当代河南女作家研究资料汇编

梁鸿卷

张莉　行超　主编

北京出版集团
北京十月文艺出版社

—— 梁鸿 ——

学者，作家，中国人民大学文学院教授，美国杜克大学访问学者。出版非虚构文学著作《梁庄十年》《出梁庄记》《中国在梁庄》；短篇小说集《神圣家族》；长篇小说《梁光正的光》和《四象》；学术著作《黄花苔与皂角树》《新启蒙话语建构》《外省笔记》《“灵光”的消逝》《作为方法的“乡愁”》等；学术随笔集《历史与我的瞬间》。曾获第十一届华语文学传媒大奖“年度散文家”，第二届朱自清散文奖；作品获2013年度中国好书，2010年度《亚洲周刊》非虚构类十大好书，新浪网十大好书，凤凰网年度十大好书，2017年《当代》长篇小说拉力赛总冠军，《当代》长篇小说年度论坛“五佳”等多个奖项。

目　录

总序

地方性色彩与女性写作的可能

——“当代河南女作家研究资料汇编”序言

张　莉

一

想到河南，几乎所有人都会想到那个著名的豫剧片段《谁说女子不如男》:“刘大哥讲话理太偏，谁说女子享清闲？男子打仗到边关，女子纺织在家园。白天去种地，夜晚来纺棉，不分昼夜辛勤把活儿干，这将士们才能有这吃和穿。你要不相信（哪），请往身上看，咱们的鞋和袜，还有衣和衫，这千针万线可都是她们连（哪啊）。有许多女英雄，也把功劳建，为国杀敌是代代出英贤，这女子们哪一点不如儿男……”

唱词如此之好，它以典型的女性视角说出了历史的真相、生活的真相。这个唱腔里有典型的河南风格和河南气质，有着古乐的典雅，但同时，女性声音的加入硬朗又柔软，某种对真相的讲述伴随着恳切、朴素，引起了一代代观众的共情。在我们民族的文化生活里,《谁说女子不如男》以其鲜明的独特性和女性气质留存下来。而豫剧、女性意识都成了“硬通货”。这让人想到何为深具地方色彩的女性写作，何为超越性的地方书写与女性艺术的问题。

二

之所以编纂“当代河南女作家研究资料汇编”丛书，是试图厘清新世纪以来河南女作家们的创作谱系。何向阳、邵丽、梁鸿、乔叶、计文君都曾在河南生活成长、写作，即使她们中有四位已经在北京生活，但是,“河南”在她们的写作中有着深深的烙印，毕竟河南是她们创作与生命的给养。

五位作家都讨论过河南之于她们写作的重要给养。何向阳谈起黄河之于她的意义。“这三十四年我切实喝它的水，吃它的水浇出的粮食，它给我生命的恩惠，无法计算。‘何水德之难量!’古人说。难量的还有它其中的精神，那是没有物的测杆的——文字能不能成为它呢？也许还是不能，标尺的想法是多余的。因为躺着的水击散到每一个人那里，就是每一个人——这直立的黄皮肤的水，他们奔涌，在历史间，一幕幕大戏开和阖，他们也是为了一个方向，一个必要到达的目的而不懈不屈，我写，在那熟悉的身影里，不止一次找得到我自己。其实是想说，在他们为理想叠加生命进去的队列里，我想找到我自己。”

邵丽非常认同“中原作家群”这一概念。“我还是比较喜欢‘中原作家群’这个称呼。河南的作家群体很有特色，从队伍方面来讲，老中青作家非常齐全。从作品内容来看，中原特色比较鲜明，有态度，有担当，有天下意识。中原作家群确实是一个非常有担当意识的群体，毕竟中原地区文化积淀深，‘天下’意识有历史传承，所以更容易做到‘我为人民鼓与呼’。当然，文学创作是一种更心灵化、个体化的活动，所以文学中的文化意识传承，必然也和作家的个体因素有关。……它是一个文学现象而不是哲学概念。共性只能在个性中存在，每个河南的作家都是不一样的，任何个性都不能完全被包括在共性之中，这才构成一个独特的群体。相对而言，我关注城市比较多，对真正的农村，尤其是底层生活还比较陌生。”对中原及河南的深深认同感，也体现在邵丽的写作中。2021年，邵丽在北京十月文艺出版社出版《天台上的父亲》，其中收录的短篇小说《天台上的父亲》和《风中的母亲》，都给人带来惊喜，那是独属于中原人民的故事，她借由这样的故事，重新为中原大地上那些最普通的人民画像。

梁鸿是“梁庄”最著名的女儿，她以那个落在河南的村庄为坐标，为中国当代的非虚构文学树立了一种写作范式。十年来,《中国在梁庄》引起的影响依然深远，十年后，梁鸿重回梁庄，不负期待，写下迷人的《梁庄十年》。诚挚、诚恳，内心充满柔情和暖意，作家写下作为生存之地、生活空间的梁庄，但也写下历史裹挟、时间变迁中的梁庄，这是《梁庄十年》给我们带来的震动。不再只是作为社会问题的梁庄，不再只是作为中国缩影的梁庄，它还是乡民日常生活、情感变化之所。作家以一种更为生动的细节和故事去讲述村庄里的父老、坟墓里的亲人以及她之于这片土地难以割舍的深刻情感，作家写下村庄之变时，其实也写下了村庄之不变，从而为我们重新勾勒了另一种意义上的作为乡土风景的梁庄。

乔叶的写作中有着另一种中原气质，温厚而多情,《最慢的是活着》《认罪书》《拆楼记》都是她关于中原大地生活的写照，在这位作家那里，河南是她写作的肌理。“河南是我的成长根基，河南文化是我的精神父母，这就是河南对我的意义。它是上天赐给我的命定的东西，我无法拒绝也不能拒绝。它对我创作的影响就是我必会带有河南气息。我曾把河南比喻成我所有作品的序。这序早在我动笔之前的几千年就开始铺展，开始弥漫，直至浸入我作品的字里行间，并延伸到纸外所有的空白。这序的作者所执之笔浩大如椽，它所用之纸，更是季节更替无边无垠。——不仅是我，事实上，它分娩和养育了这里的一切篇章。”

计文君的小说中，钧州是常常出现的地名，在她看来，河南或者北京之于她，只是一种写作时的肌理，而并不一定具有显性表征。“写作时，河南在我的认知中是一种文化和审美性质的存在。它跟我的生命经验有关系，我能由衷地感觉到河南的美——这很好理解，我的审美口味本来也就是由河南‘塑造’的。河南优秀的作家很多，每个人的河南都不一样，就像北京对不同的人也是不同的城市。我不认为存在一个客观的实在的‘河南’或者‘北京’，任何地域都是通过人显现的。人在世界之中，世界通过人来显现，河南，北京，都是我观察世界的一种具体方式。”

读这些女作家的作品和她们的创作谈，你不得不想到那句话，“所有创造性的艺术必须源于某一块特定的土壤，闪烁着地方的精灵”。会想到她们作品中强烈的地方性特色，自然，也会想到她们作品中的那些超越地域的部分，五位作家作品中蕴含鲜明的女性气质。

何向阳的评论独具个性，那是充满着爱和体谅的文字，是以随笔体方式对文学所表达的最诚挚的爱和理解。而她的诗歌，安静、沉静、优雅，写的是女性最深沉的情感和内心生活，显现了我们时代女性诗歌少有的内敛和庄重，一如霍俊明所说，何向阳的诗歌“对日常的身边之物和细微之物保持了持续的观照、打量和探问的能力和热情。这对于女性写作来说是非常关键的”。

邵丽的作品里女性叙述人清晰而鲜明，2021年出版的长篇小说《金枝》，讲述的依然是中原地区人民的生活。一代代如金枝般的女性在酷烈的社会性别秩序中努力抗争，最终拥有了自我意识和自我命运的决定权，从而，人生路途宽阔，枝繁叶茂。作为承上启下的人物，周语同的话语里包含了审视父辈、女性意识、代际冲突等重要命题,《金枝》里固然有“我们如何做父／母亲”的思考，但同时也有“我们如何做儿女”以及关于“革命”的理解。这是一部使我们重新审视父辈，同时也重新审视子辈的作品，叙述人不断向内的思考、倾诉和痛彻的反省尤其令人动容。女性叙事对于这部作品如此重要，一如程德培所指出的,“女性叙事，尤其是以父亲为名所开启的几代母亲形象都是《金枝》得以立足的基石。无论是满含深情与怨恨，在修辞上掌控着叙事进程的‘我’，还是‘我’的母亲，父亲的母亲和祖母，抑或是另一个母亲穗子以及穗子女儿等，她们为人子女都是金枝玉叶，为人父母却又承担养育下一代的职责，所谓一种天然的道德承诺。从这个意义上说，代际关系与生命传承无疑是《金枝》的时间线索”。

《梁庄十年》中，梁鸿用情感结构她的所见所闻，尤其是引领我们看到女性的力量、女性的逃离，而无论女性的力量还是女性的逃离，其实都是今天这个时代给予女性的机会。很难忘记作品中五奶奶她们一个个说出自己的原名而不是谁谁妈谁谁妻子谁谁奶奶的那一幕，当她们每个人快乐而主动地确认自我时，梁鸿勾勒的是新的中国农村女性风貌，我们从中看到包括河南农村在内的整个中国农村内在情感结构和家庭结构的隐秘而重要的变革。

作为作家，乔叶越来越意识到，女性身份与出生成长地河南之于她的珍贵，在访谈中她多次说过这两者在素材选择、观察视角、思维方式上，对她的影响。而正如我们所读到的，创作二十多年来，乔叶也从未回避过她的女性视角和女性声音，无论她的小说还是散文，都浸润着一种女性独有的对生活的热气腾腾的爱，那是对生活最朴素的爱和理解。一如李敬泽所说，“作为小说家，一直有两个乔叶在争辩：那个乖巧的、知道我们是多么需要安慰的小说家，和那个凶悍的、立志发现人性和生活之本相的小说家”。而无论前者还是后者，都基于“乔叶是那种真正具有生活热情的小说家，因为热爱生活，所以这位小说家才能看到未被理念整理和驯服过的真实的心灵”。

杨庆祥看到了计文君小说某种古典的质地，“计文君的小说，在务虚和务实之间找到了微妙的张力。务实是指善于书写和发现物质性的世界，但她最好的东西是在热闹、繁花锦簇之后有务虚的东西，她的精神气质是有穿越性的，这是我特别感兴趣的地方。她的小说中的人物一方面完全活在现实、算计、功利的物质层面，另一方面又像从古代走出来的人物”。但她的作品女性气质也极为鲜明，吴义勤评价说，“学术研究的背景、理性思维的偏好、生活阅历与经验的丰富、文学阅读视野的宽阔等作为一种‘前理解’进入其小说创作，造就了她独特的小说家气质。她的奇特，一方面表现为女性意识与男性意识的碰撞，她的小说既有强烈的女性小说的性别特征，又有着强烈的‘力量感’，有着对于女性意识的超越与怀疑；另一方面又表现为传统与现代的纠缠，她的小说叙事及思想形态有着鲜明的现代感，但她的审美趣味却又明显地钟情于传统”。

…………

“女性气质”使这些作家的作品既在河南又不在河南，既有强烈的地方色彩，又有超越地方性色彩的一面，正是这样的既“在”又“不在”，既“有”又“有”，成就了她们之所以是她们的独特性所在。

今天，讨论女性写作时，常常在单一维度、既定框架里去讨论，而讨论地域写作时，也往往就此处说此处。如何在女性写作中杂糅进地方性色彩，又如何在地方性色彩里嵌入女性写作的特质，我以为是当代地方性写作及女性写作的重要路向。

三

那个深夜，我重看了常香玉大师当年的表演，一板一眼，有力、笃定、自信，是后来的女演员们所不能企及的。那次观看感受如此强烈，它多次让我想到艺术作品与地理知识的关系：“文学作品不只是简单地对地理景观进行深情的描写，也提供了认识世界的不同方法，揭示了一个包含地理意义、地理经历和地理知识的广泛领域。”我甚至觉得，在常香玉的唱腔里，既有着鲜明的地理性，但也有与这种地理气质相关的认识世界的方法和角度。我的意思是，在常香玉的表演中，闪烁着地方的精灵、女性的迷人，但是也有超越性别、超越地方性的魅力所在。在某一刻，雌雄同体真正在常香玉的表演里得到了实现。

为什么要编纂“当代河南女作家研究资料汇编”丛书呢?某种程度上是我对自己观看常香玉表演后的回应——我试图从这些作家作品里厘清某种传统，试图思考建构一种深具女性气质的中原书写传统的可能性。我相信，这个编纂系列将使我们看到，这些女作家的创作既在中原作家的创作脉络之中，也在中原作家的写作脉络之外——女性视角是给予这“之外”的最强劲动力。

2021年5月15日

作家作品选

黑女儿

梁　鸿

腊月二十一的上午十点多钟，万明嫂子急匆匆地来找嫂子，说出事了。万明嫂子妹妹的女儿，今年九岁，被邻居一个六十多岁的老头给坏了。

前一天下午，奶奶和小孙女出去，看到邻居的那个老头，小孙女很害怕，不愿意往前走。奶奶把小孙女拉回家，盘问了一番，才知道这件事。万明嫂子问做助产士的嫂子能不能鉴定出来，治这个人的罪。

在比比划划说的时候，我看到街对面，站着一老一少，一直往这边张望。嫂子没有资格做这样的鉴定。这种事情必须要到穰县大医院的妇科去做才可以，也才有法律效用。我提出开车把她们送到穰县，帮她们找相关熟人。万明嫂子喜出望外，向那祖孙俩招手，示意她们过来。

奶奶拉着孙女，畏畏缩缩走过来。小女孩儿很艰难地向前挪动着，每走一步，嘴唇都抽动一下，很痛苦的样子。还没有上车，就拉着奶奶说要上厕所，她老想小便。一会儿，厕所里就传出小女孩儿的呻吟声。坐在车里，透过后视镜，我看到奶奶那张脸，那是世界上所有的愁苦都集中在这里的一张脸。她的呼吸好似一直没有顺畅地进入过她的肺和胸腔，就吊在嘴巴和脖颈处，下不去，又出不来，哽在那里，极为痛苦的样子。

我们到穰县医院的妇产科，找到一位医生朋友，大致说了情况。朋友让小女孩儿把裤子脱下来，让奶奶抱着小女孩，她戴上手套，仔细地查看。女孩儿的会阴部已经红肿和糜烂，每触动一个地方，她就“啊啊”地叫着。朋友神色凝重，回头把奶奶批评了一通，又问小女孩小便是否疼痛，小女孩点点头。诊断结果是“会阴部严重撕裂，宫颈受伤，泌尿系统感染，已有合并症”。她仔细地给小女孩儿清洗了一番，又涂上一些药。奶奶把小女孩儿的衣服穿上，让她坐起来。朋友开始问小女孩儿。

妹妹别着急，我问你话，你慢慢想，慢慢说。给我讲讲是咋回事，回头咱们把他关起来。

……

那个人咋找你的？

他拿了一盒奶，还有糖，让我吃。

他碰你了没？

碰了。他用手抠我那儿。

用手抠你？

后来用身上的东西。他碰我六下，然后，他又把他裤子脱了，把我裤子也脱了，塞到我这里面。

流血了没有？

流了，我自己撕点纸擦擦。

纸呢？纸弄哪儿了？

扔茅坑里了。

他以前碰过你没有？

碰了。

他都是啥时候找你的？

以前是我奶奶晌午去上街了，我在院子里看门。大凳子在院子里搁着，我坐在凳子上看门，他又来了。他把我叫到屋里。

你为啥不给你奶说？你咋不骂他？

以前是我不敢告诉我奶奶。

为啥？

……

怕你奶奶打你?

不是，我是怕我奶奶知道，我奶奶又要气。

你怕你奶奶气?

是哩。每回我哥哥惹她，我奶奶都不高兴。我不想叫奶奶伤心。

你不想叫奶奶伤心?

是哩。

……

九岁的小女孩儿始终以缓慢、平板和迟钝的声音回答，这迟钝在小小的房间里回响，像钝刀在人的肉体上来回割，让人浑身哆嗦。愤怒逐渐滋生、涨大，充斥着胸膛和整个房屋。我听到自己的心脏在“通通”地跳，感觉到眼泪流到嘴角的咸味。九岁的小妹，她还不明白这样的问话的残酷性，还不明白这件事对她作为一个女性生命的影响。但从她恐慌的、怯生生的眼神里，她已经明白，她犯错了。她不停地往奶奶身上靠，在说话时，也时时看着奶奶，仿佛在根据奶奶的神情来判断她的话会对奶奶产生什么反应。

奶奶僵硬地坐在那里，一直流着眼泪，那花白头发重重地扣在她头上，压着细弱衰老的脖子。她身上的“气”似乎被抽走了，无法撑起她极瘦的身体。在听到小女孩儿那突然转折的话时，她拿手背使劲擦了一把眼泪，身体稍微放松了一点，让小女孩儿依住了她。奶奶先说起了她的孙儿。

俺们那个孙娃儿犟得很，一回家把书包扔了就跑，不学习就算了，成天和别的娃儿打架，咋打他都不行。成天把我气得心口疼。孙娃儿是一岁多的时候留在家里的，今年都十三了。他出手重，没个准头，你说，万一把人家谁打伤了，可咋办？有时候偷我的钱，偷偷上街打游戏，一天都不见人影。黑女儿两个多月的时候，她妈们就出门打工了。也笨得很，都九岁了，还在上一年级，老师留的题都不会做。

我是咋知道的，今儿早，我俩出门，她看见那个老头，一看见就吓成啥了，拉着我要往回跑，说奶奶，奶奶，就是他把我裤子脱了。一会儿，她又催着我，说，你去找他事儿，你去找他事儿。现在想想，昨晚上回家，我发现她裤衩上有血，没有往那儿想，就给洗了。她还叫着她身上疼，她没说是咋回事，也没说清楚是哪儿，我也没在意，想着是胡叫的。我胃疼得很，回来又到处去找她哥，没顾得上管她。他们俩在家里，我成天都没顾上管，我自己身体也不好，地里还有点儿活，她哥也不听话。我是想着，我一个老婆子也不容易，能顾住他们吃喝就行。

以前那个人就坏，碰人家年轻媳妇。他当民办老师的时候，骑自行车上街，在路上碰到俺村里的一个媳妇，他让人家坐上，说带人家上街。走到路上，他让那个女的用手摸他那个地方，那个女的回来给她男的说了。我记得可清，是大年初一，那家男的拿着刀在村里到处追他要杀他。后来，不让他干民办老师了。

他今年都有65岁了吧，也在家和老婆看孙娃儿。俺们两家在挨着呢。平时俺们两家关系也不错，经常来往。我今年54岁了，她爷在她爸十几岁的时候就死了。我守寡这二十几年了，也没出啥事。我是真没想起来，他都恁老了。

村里还有个年轻娃儿，也坏，智力差，脸上带傻样，成天把他那东西露在裤子外面，见女的就胡弄。那个傻子在家，我很小心。天天出门都带着黑女儿。这段时间公安局把那个坏娃儿关起来了，我就放松了。我上街，就是两三个钟头就回来了。昨天上街主要是去包药，我肠胃不好，成天拉肚子，胃疼。一星期去包一回中药。我早晨去得早，七点多去，十来点就回来了。我出去老是说，黑女儿，你在屋里照顾门，我去一下就回来了。都是在门口说的，声音比较大，他可能就在偷偷听，听我走了，他就来了。

才开始一听黑女儿说，我拿着刀想出去跟他拼命，恁老了，还害人，我拼着自己不活了。黑女儿吓得哭得不行，抱住我腿不让我去。娃们可怜，我真要是有啥事，这俩娃咋办？我还怕他哥知道，他平时可横，不懂事。就是一条，知道稀罕他妹。谁欺负他妹，他都跟人家打架。

咱也不懂得法律，要说他应该有罪。按娃儿说的这个样，能治他罪吗？我不想给她妈说，我就想自己治他罪。我意思是我在屋里照顾着，我必须得给她妈有交代，只要能治他罪，咋都行。我还怕黑女儿受影响。咱想着，咋着以别的理由把他抓起来，要是别人说了，就说他是因为其他事被抓的。

她妈后天都回来了，今年可说回来过年。她去年都没回来，今年说早点回来。可咋办？说啥也不能告诉她妈。一来她妈是个没文化人，我怕她非拼命不可。她对我不满，我不怕。她妈脾气坏，一两年回来一次，看他们兄妹俩学习不好，成天打。能起啥作用？

小女孩儿叫黑女儿，农村小姑娘最常见的小名。奶奶的眼泪顺着脸颊不断往下流，她语无伦次地说着。有一点她表述得很清楚，她不希望她的儿媳妇和村里人知道这件事，她想治那个人的罪，又希望最好以别的名义把他抓起来。但是，小黑女儿的妈妈后天就要到家，那怎么可能？

朋友给黑女儿挂上吊瓶，输液消炎。我给一位认识的派出所所长打电话。热情的寒暄之后，说到案子，就犹豫起来。他说那就看你们了，如果你们坚决要告，那就让孩子公开做证，应该可以。但是，这样一来，就会闹得满城风雨，所有人都会知道，你们得做好承受的准备。说以别的罪行把那人抓起来，那肯定不可能。

我转过身去问奶奶，奶奶捂着脸又哭起来。万明嫂子也没有了开始的那种坚决。朋友告诉我，她这几年做过好几起这样的检查，最后都没见报案，主要还是怕丢人，怕女孩子以后受影响。说实话，就我自己而言，从一开始，在内心深处我就有隐约的焦虑，我害怕去报案，虽然理性上我并不同意我这一想法。报案，意味着公开化，公开的羞辱、围观、议论和鄙弃。这些事情人们不会忘记，一旦到了婚嫁年龄，一个闲言碎语和传说就足以毁了她。

商量了一个多小时，没有任何结果，甚至连报不报案都没能确定。大家呆坐着，不知道该怎么办。黑女儿躺在那里，先是抽泣着，一会儿就忘记了，依着奶奶，好奇地看着我。输完液，她站起来，动动身体，想要去看、去摸房间的其他物品。在我给她照相时，她露出了笑容。我教她拍照，她拿着相机给我拍了几张，自己看了看，开心地笑了。

已是午后四点多钟，没有方案，没有办法。朋友开了一些清洗的冲剂和药，嘱咐奶奶记着每天给小黑女儿清洗、涂药，每天输液。我开车重又把祖孙俩送回到吴镇。

在通过村庄的路口，她们下了车。奶奶佝偻着背，顶着那头花白头发，拉着小女孩，走在被车轮轧出一道道深痕的、泥泞的土路上。黑女儿被奶奶扯着，慢慢往前走，又不时地挣过身子回头看我。

道路左边就是高高的河坡。一排排枯树，遥远的地平线，构成苍茫的河岸。湍水沿岸，已经被挖得面目全非，一排大树下面，是一个巨深的沙坑。那扎在地下的树根被裸露出来，四处蔓延的根须显示出不顾一切的生命力。这些根须如今被架在空中，它们竭力汲取养分的沙土已经被挖走，没有力量再往下延伸，再次扎根。树干正在倾斜，生命在远离这些大树。

落日熔金，四野寂静。深冬的落日，竟是如此的红，如此的暖。我目送着那一大一小的身影慢慢消失在这红色的原野和世界深处。

天暗了下去。后天就是腊月二十三，中国的小年夜。零星的鞭炮声在天空不断炸响，有些性急的人已经开始放烟花了。那盛大的烟花，在黄昏的天空中，仍然绽放出艳丽的色彩。盛世的色彩和光芒。整个天地都被这盛世所笼罩。

重返穰县。早已和朋友约好去听穰县大调。穰县人喜欢听戏，尤其是坐茶馆喝茶时，如有戏相伴，是一大乐事。当然，现在听戏的人大多都是五十岁以上的老人。穰县大调原为鼓子曲，由明清流行的小曲、民歌演变而来。大调乐器由古筝、琵琶和三弦组成。作为古乐器的三弦即将失传，在穰县，只有为数不多的人会弹。

这是穰县文化茶馆一角。一间长形的门面房，门口摆几张矮凳子，围着桌子坐着十几个老人，下棋的，聊天的，喝茶的都有，屋里面靠墙向外坐的是乐队。驳杂的青色水泥地面，闪着暗沉的光，墙上那个黑色小座钟歪垂着头，停在四点十五分上，欲掉未掉的样子，很让人焦虑。

弹琵琶的和古筝的两个中年人表情并不丰富，甚至有点过于呆板。他们两个原来都是穰县剧团的，剧团倒闭，成员就组成演出队，去做各种婚庆、开业等的表演嘉宾，挣一些外快。那个中年人一直带着羞涩的笑容，轻声地、拘谨地给我讲他的经历。

一个面容白净的老人走到一个凳子前，侧对着听众，坐了下来。他向弹古筝的中年人示意一下，弹古筝者拨出一长串清越、悠长的音调。正在说着、笑着、下棋和吃着瓜子的人立刻静了下来，转向了乐队。

演唱开始了，曲目是《吉庆辞》，一首祝寿曲：

一门五福三多九如，七子八婿满床笏，胜似文王百子图；寿星老祖云端坐，左边仙鹤右边鹿；仙鹤口噙灵芝草，麋鹿身背万卷书；韩湘子，何仙姑，铁拐李身背药葫芦，葫芦里面有宝物；童儿打开葫芦看，吐噜噜，吐噜噜，直飞出九千九百九十九只燕蝙蝠；童儿身背八个字，上写着金玉满堂福禄财富。

这是一段明快的唱腔，曲调简单，全场人都跟着老人哼唱着，按着节拍上下晃着脑袋，神情陶然。几位弹者随着弹奏的快慢、强弱仰俯着身体，手指在弦上飞快地拨动着。三弦的雅致，古筝的清越，琵琶的婉柔，三者配合出的不是《渔舟唱晚》那样典雅脱俗的幽空意境，却是民间的喧闹的喜乐人生，透着踏实的烟火味儿来。

一个肤色黝黑的老年农民坐了过去。手掌糙厚，关节粗大，是一个长期在田地劳作的人。咳了几咳，他示意乐队开始。他闭上眼睛，一只手拿着牙板打拍子，一只手放在腿上，紧紧攥着拳头，唱岳飞的《满江红》：

怒发冲冠，凭栏处、潇潇雨歇。抬望眼、仰天长啸，壮怀激烈。三十功名尘与土，八千里路云和月。莫等闲、白了少年头，空悲切。

靖康耻，犹未雪；臣子恨，何时灭！驾长车，踏破贺兰山缺。壮志饥餐胡虏肉，笑谈渴饮匈奴血。待从头、收拾旧山河，朝天阙。

铿锵，有力，又悲凉婉转。唱者的嗓音嘶哑着，没有任何技巧，只是拼力从心里喊出来的。而他也似乎根本不在乎那唱词是什么，眼睛一直闭着，完全沉浸在其中。到了最后，一阵舒缓的曲调之后，开始了抑扬顿挫的、完全无词的尾曲。他持续哼唱着，脖子下端鼓出一个大气团，上端是憋得红红粗粗的筋，这筋在脖颈上不断地颤动，又保持着那僵硬的鼓起，好似正在拨动的琴弦，发出强力的挣扎。不断地顿挫、起伏，啊、呀、唉，咿咿呀呀，没有尽头。唱者闭着眼睛，不顾一切地、无休无止地吟唱着，那无词的旋律不断拉长、回旋、呼喊、诉求，莫名地生出一种哀愁来。

这个沉浸在自创的调子中的老农在诉说什么？在祈求什么？那无尽的命运，无休无止的悲伤，还是无穷的忍受之后那天大地阔、悠远安静？一时间，我有点迷失：这是怎样的中国，如此欢乐又有着哀愁的中国？

一个中年汉子的脸涨红着，看样子是喝醉了。他坐在一张低矮的小桌前，弓着腰，闭着眼，晃着头，跟随着旋律，手指在桌面上敲打着节拍，一下，一下，一下，“梆、梆、梆”，简短、斩钉截铁地敲着，好像要把手指敲断，要把自己的心敲进去，浑然忘记了时间和外部的存在。我仿佛也被他敲了进去，眼角有点潮湿，很想流泪。这吟唱声把我压抑了一天的情绪给释放了出来。我无法忘掉奶奶朝我看时的神情和黑女儿的迟钝与天真。我知道，和大家一样，我是把那祖孙俩抛弃了的。我努力了一下，没有办法，也就算了。不久之后，我会把她们忘记。

面对奶奶滔滔的泪水和期待的眼神，我甚至有些烦躁。我想逃跑。不只是无力感所致，也有对这种生活本身和所看到的镜像的厌倦。我不知道该怎么办，不知道该做哪一种选择，不知道那正在赶着回家过年的妈妈会如何面对她的被伤害的女儿。

我只想离开。只想沉浸在这悲凉的曲调之中，以逃避我心中的悲凉和清晰的漠然。就像我和小柱，就像我对待小柱那样，我们血肉相连，却又冷漠异常。

我终将离梁庄而去。

《出梁庄记》，花城出版社2013年4月版

历史与“我”的几个瞬间

梁　鸿

此刻，我坐在美国杜克大学图书馆。从高大明亮的窗户向外看去，是庄严静穆的杜克大教堂。蓝天之下，那不规则的赭彩色石头如同呼吸，使整个建筑充满生命，而修直高耸的尖塔在极细处与天空相接，仿佛把视线和灵魂引向那无限的辽阔处。你感觉到你的意识在内部慢慢浮升起来，生命的庄严和辽阔，“在”的清晰和逼视，你必须要思考你自己。

从来没有如此意识到天空、大地、白云、地球与人的一体关系。“天似穹庐，笼盖四野”，目之所及，天如盖，包裹着你，白云恒久地在，人既是孤零零的，因为你于如此辽阔之中，但又有所归属，因为你看到你所在的空间位置。

一个人如何与历史发生关系？就像这教堂、天空与人的关系。哪怕仅仅是一种形态，教堂的尖顶，如盖的天空，逍遥的白云，也会在不自觉中塑造着你——你的气质、性格和命运。

那最初的形态是什么？对我而言，毫无疑问，是灰尘、贫穷和村庄整体的封闭。寂静、暗淡、沉默，好像处于涣散状态，但又似乎在酝酿着新的躁动的力量。父亲和村支书之间的斗争是童年最清晰的记忆，它是我对恐惧的最初体验。村支书那双犀利、威严的大眼控制了我好多年，每次走过他家门口，甚至是看到那个朱红大门、那座院墙都会让我莫名颤抖。我不知道父亲的勇气从何而来，但我却看到这恐惧压倒了母亲，还有我们这些孩子的内心精神。

多年之后，我才明白，在我的童年时代，1970年代末至1980年代初期，村庄其实正处于大浩劫之后的死寂阶段。“文革”处于尾声，农村生产力严重下降，斗争思维还没有过去，联产责任制刚刚实施，父亲所讲的乡绅、前政府官员、基督教徒、小业主在不断的运动中都逐渐消失。但是，村支书家里的热闹及在村庄的权威，普通百姓的卑微和狡黠仍然延续千百年来的模式和思维，村支书与父亲的斗争既是“文革”力比多的剩余物，也是获得生存权利的基本形式。这战争总是以不同的面目延续着。历史的阶段性重复和折腾，其实就像人一样，所谓“好了伤疤忘了痛”，不断愈合，再重新制造新的创伤。无论如何，我并不知道“反右”“大跃进”“三年自然灾害”“文革”，我所记忆的童年只是一些碎片式场景，争斗、播种、收割、春天、夏天、上学、成长，它们嵌入在平静日常的生活中，带来并不深刻的伤心、害怕和欢乐。

1987年，香港的电视连续剧《射雕英雄传》在内地电视台上映。那一整个夏天，每到傍晚，梁庄的大人、少年就一群群地到吴镇去，寻找有电视机的家庭，站在人家门外等着电视开始，也不管人家是否愿意。所有人都看得如醉如痴，每当片头那两个骷髅出现并交错放出两道彩色光柱时，大家会发出一片惊叹声，而俏皮的黄蓉头一歪，逗她的靖哥哥时，又都发出会心的哄笑。

我也是那群人中的一个，那两道光柱，在我心中闪烁了好多年。对于当年那个十四岁的大陆少年来说，“香港”，就是《射雕英雄传》，它是工业文化和传统文化完美结合的化身；就是充满某种温柔和哀伤情感的“流行歌曲”，它们突然让你体会到一个人原来可以有如此丰富的情感，那应该是现代个体意识的初次萌芽吧；就是充满动感的“迪斯科”，它让你震惊，一个人原来可以这样放肆、自由地舒展自己的身体。在当年的大陆，这些来自香港的事物，都有很深的“解放”意味，虽然今天看来，这里面蕴含着更复杂的也更难以判断的文化意识形态。

似乎有一个通道慢慢打开，世界还有新的方式，身体还有更多感应，生命还有更多情感，它是无穷尽的。我记得十四岁的我，在看完郭靖黄蓉之后，和一个小伙伴，坐在暗夜的河坡上，在虫鸣中，羞涩地谈我们似是而非的暗恋对象。“射雕英雄传”、费翔和“恋爱”到底有什么关系，这还需探讨，但由那色彩和身姿而起，却是毋庸置疑的。

我和一个女生上自习课的时候在走廊聊天，被学生会干部发现，在被严词批评的时候，我嘟囔了一句：又不是在搞同性恋。那几个学生干部大惊失色，迅速离开。晚上，我的班主任把我叫出了教室。那时刻大家正在上晚自习。班主任是一位五十多岁的讲马列的老教师，方形脸，黝黑呆板，严肃正义。我刚一站到走廊，班主任就狠狠地推了我一把，愤怒地嚷道：“你知道那是啥吗？你还要不要脸？”我一个大踉跄，整个身体撞到了栏杆上，又向前扑倒，在倒地的一瞬间，我看到教室里那几十双惊诧的眼睛。我羞愧至极，不只是因为我在全班同学面前被羞辱，而是他语气中那强烈的愤怒和羞耻感，他眼睛里仇恨的、禁欲的、教条的目光让我震惊和害怕。

围绕着这一事件，我被连续批判了六天，我的头越垂越低，错误越来越多，也越来越清楚地认识到“同性恋”是一个来自资产阶级社会的、不道德的、罪大恶极的词语。至今我都不明白，在那时，不只是我，学生会、学校领导、我的班主任可能比我更不知道“同性恋”到底是什么，但是，那正义感、羞耻感及想象力从何而来？在这背后，有一个洪水猛兽般的“西方”：色情的、无耻的、变态的世界。“西方”就这样以一种奇异的纠缠状态出现在1980年代后期的中国日常生活中，关于爆炸头、喇叭裤、接吻等的争议和政治升华在今天看来甚至有点滑稽，但是，它突然丰富起来的身体和情感，以不合时宜的复杂、柔软、多元冲击着坚硬的中国心灵。外面的世界正在轰轰烈烈地行进，16岁的我，却因为这懵懂的出轨而被不断规训。

可以这么说，当“60后”知识分子在如醉如痴地吸收学习西方思想并借以批判中国政治与社会现实时，还只是少年的“70后”则如醉如痴地阅读来自港台的琼瑶、三毛、金庸，并沉湎于一种自我营造的感伤和对传奇的向往之中，或因模仿港台剧中的英雄人物而成为小镇的不良少年，或如我这样，被像拔刺一样把叛逆的因子一点点拔掉。对于“历史”“社会”这两大名词，“70后”是通过学习而得来的，是书本上的知识和家人的闲谈，哪怕并不遥远的“大跃进”“文革”，也只存在于支离破碎的话语之中，与现实的生活与情感都无关。没有跟得上战场（虽然这战场只有在叙事时才有意义），没有经历宏大场景，没有荣耀、炫耀和言说的资本，没有被安排继承历史遗产，也没有来得及领悟新的历史规则并投入之中，却总是被历史的琐屑、生活的边角料所击中，这些碎屑是如此琐细、不重要，以至于根本不值得被提起，但却仍然实实在在地影响着一代人的人生。

规则和惩罚一直伴随着我的整个成长过程。我常常有一种无所适从的感觉。不知道该如何处理自己的表情（就好像不知道如何面对这个世界），不知道该如何表达自己的观点（我对那些有鲜明政治观点和历史观点的人总是敬佩不已），我讨厌自己的道德感和某种保守的倾向——这一保守并非一种有意识的文化选择，而是长期被规训后的结果。有时，我觉得这种保守是一种有益的坚守，但一想到它来自当初那狠狠的“推搡”，又觉得有些诡异。规则与惩罚沉重地黏滞在心灵深处，不敢张扬，不敢冲破任何一种哪怕最简单的成规。在历史的河流里，我无从捉摸自己，无法真正投入任何一件事情。没有迷失过，因为没有选择过；没有忏悔过，因为没有行动过；没有狂欢过，因为没有自由过。我只是一个看似冷静、实则不知道如何处理自己的旁观者。

也许并不只是我。关于“70后”，在当代的文化空间中（或文学空间），似乎是沉默的、面目模糊的一群，你几乎找不出可以作为代表来分析的人物，没有形成过现象，没有创造过新鲜大胆的文本，没有独特先锋的思想，当然，也没有特别夸张、出格的行动，几乎都是一副心事重重、怀疑迷茫、未老先衰的神情。

即使“怀疑”，也并非都是有效的表情。没有经历过“迷失”、“行动”或“激情”，或者，更确切地说，没有清晰的历史意识，怀疑或者只是一种置身事外的虚妄。“50后”深沉地谈论“饥饿”，“60后”热烈地讨论“文革”和追忆“黄金80年代”，“80后”悲愤而又暧昧地抨击“商业”和“消费”，这一切，“70后”似乎都没有确切的实感，面对这样的话题和隐在话题后激动的面孔，你会有强烈的被抛出之感。这是先天不足。碎片之感、隔离之感清晰地印在我们的言行举止中，以至于无从知道自己如何与历史发生真正的关系。

无关主义，也无关立场，而是不知道从何开始。

怎么办？如果找不到历史的切入点，你将无法找到存在的理由和价值感，如果无法感受到问题和矛盾之源，你就如进入无物之阵，陷入四面空虚的困境。难道因为我们生活在历史的琐屑之中，就不配拥有进入历史并寻找自我的机会和权利？

在进入大学教书并成为一名研究者之后，这种被架空的感觉日益强烈。并非研究本身没有意义，而是你，研究者主体，无法从研究中寻找到与历史共在的感觉。这并不是在否定学院生活和纯粹思考的价值，而是害怕过早的平静，过早的隔离，和过早的夸夸其谈。我听到很多这样的夸夸其谈，看似非常有道理，但一当与正在行进中的生活相联系，你立刻就发现其中的可笑和苍白之处。更为致命的一点是，成为学者，也即确立一种阶层和一种生活方式。它意味着你再次被隔离开来。当学者仅仅是某种知识生产和一种职业的时候，它所蕴含的内在破坏力和启发价值就逐渐消退。我害怕自己再次未老先衰。

重返梁庄，最初或者只是无意识的冲动，但当站在梁庄大地上时，我似乎找到了通往历史的联接点。种种毫无关联的事物突然构成一个具有整体意义的网络呈现出在我面前。那早已遗忘的个人记忆——我走过的坑塘，经过的门口，看到的树木，那随父亲长年征战的铁球，百岁老人“老党委”家那个神秘而又整洁的庭院，童年与小伙伴决裂的瞬间，1986年左右全村、全镇种麦冬的悲喜剧，所有的细节都被贯通在一起，携带着栩栩如生的气息，如同暗喻般排阵而来。

在那一刻，个人经验获得历史意义和历史空间。从梁庄出发，从个人经验出发，历史找到了可依托的地方，或者，反过来说，个人经验找到了在整个时间空间中阐释的可能。两者相互照耀，彼此都获得光亮。

我看到村庄的坍塌。那座空荡荡的小学，它曾经是全村的文化中心和政治中心，我们在这里上学，父亲在这里被批斗，也在这里领取一年的口粮；那个像孤魂一样移动的老人曾经是全镇乃至全县的基督教长老，我曾被他的自信和光亮所震慑，如今他信徒满座的家早已倒塌，而他显赫的家族，早在新中国政权交移之际已经开始分崩离析。是的，村庄一直处于坍塌之中，只不过，不同的历史阶段，面目不同而已。

我发现，当把目光有意识地投向与“我”相关的事物时，你会很容易察觉到它内在的生长性和历史性。1986年，几个来自南方的贩子在吴镇走过，吆喝着收麦冬，一斤麦冬两块多钱。那一年，种麦冬的人家都“发财”了。光亮突然照耀在梁庄的上空，天开了，云散了，暗淡的乡村变得欢快、辉煌，所有人都忙碌起来。麦冬，金光闪闪的、圆滚滚的“南方”，第一次进入梁庄的生活空间。父亲把小麦地、玉米地全毁了，也种了五六亩麦冬，收获的时候，雇了二十多个人。一时间，家里家外，欢声笑语，父亲每天计算着能挣多少钱，还多少债，剩多少钱，怎么花。我清晰地记得那一年，是因为，父亲脸上盛开的花朵，那流溢出来的快乐实在诡异；还有，那一年，全家人，包括来帮工的人，都长了疥疮。我的手缝里、胳膊上、屁股上、腿上，全身上下，都长满了疥疮，奇痒无比。那半年时间，我只能站着上课，至今，腿上仍有铜钱大的深深的疤痕。但奇怪的是，这些痛苦都被忽略了，大家都被“挣钱”“南方”鼓舞着，对眼前的困窘视而不见。每晚睡觉前，我们的功课是互挤脓疱，看哪一个成熟了，按下去，看黄色的脓液飙出去，彼此取笑着。

那欢快从何而来？发财、南方、城市、经济、生意、贸易、广州，这些词语具有强大的魔力，封闭已久的乡村为之神魂颠倒。当然，父亲的发财梦失败了。吴镇的许多人家因为麦冬而破产，抵押房产、跑路、逃避债务，有熟识的人家一再筹措路费到广州去要债，但是，每次都凄惨而归。冬天再次来临。在“改革”的第一次博弈中，乡村以惨败而告终。城市与乡村、南方与北方，彼此之间的二元性、对立性和残酷性也立马呈现出来。

2011年，追寻梁庄的足迹，我走遍中国的大小城市，西安、南阳、青岛、内蒙古、北京、广州、厦门、东莞等，我想了解我故乡的亲人们的生活，我想看到那短暂的“欢快”是否再次出现在他们的脸上。当然，在经历了多年的学术思考之后，我也希望，能够在“实在”的生活中找到与之相对应的东西。肮脏拥挤的城中村，尘土飞扬的高速公路边，如地狱幻影的电镀厂，一双双眼睛投向我，一个个场景震撼着我，他们高度对抗性的生活，对自我命运的认知，以及种种无意识选择背后所折射出的深远的历史空间都让我意外。我意识到，1986年的命运仍在延续，而学术和政治话语中的阶级、差异、资本、金钱、发展、乡村、城市，知识分子口中的虚无、忧郁、叛逆等司空见惯的词语是怎样的大而无当和华而不实。那油污背后的一双眼睛，那电镀厂里移动的幽灵足以动摇一切理论和那些斩钉截铁的、宏大的结论。

如果你笔下的术语、心中的情绪和现实生活、历史之间没有构成真正的对话，就不会产生真正有效的思考。是的，即使是“虚无”——我们经常会拿它作为一种批判和思想的起源，也是某种姿态的标榜——如果我们对“虚无”的对象一无所知，如果没有实在的所指，它就只是肤浅的伪饰而已。

对于中国人而言，悲欢离合从来都不是自然的生活进程，而是随着政治、制度的变动而被迫改变。一种生活和传统如潮水般迅速消退，虽然这种消退或许并不值得怀旧，但它的速度及留下的疮痍却实实在在地让人惊心。我看到了激进主义的破坏性，保守主义的虚妄之处，也真切感受自中国被迫进入“世界史”以后，与“世界”、“西方”及“现代”之间的复杂联系。从梁庄的命运中，我看到，“现代性”的道路还很遥远，而如果不对密布于时代空间的诸如“乡村”“城市”“现代”等词语及彼此的相互关系做观念史的梳理的话，那么，梁庄、无数个梁庄，中国的心灵，还将继续无所归依。

这是一场战争。我们随时都处于“大时代”，战争并非都是流血的革命，这几亿人如大军般的迁徙、流散及由此带来的社会矛盾一点也不亚于一场战争，并且，是一场持续的、必败的战争。所谓的“小时代”，个人化的、小资产阶级的、物质的“小时代”，只是一个假象。裂隙无处不在，我们被锁定在特定的场域中，被围困在真空之中，探讨着言不及意的话题，对同属于一个生活场景的另一面视而不见。那些鲜亮的术语、概念就像那疥疮，密布于身体，吸噬你的精气神。或者，其实从来如此。

历史意识的生成与其所处的历史阶段无关，重要的是“我”与历史的联接方式。历史存在于其与“我”的关系之中。历史就是你自己。以“我”——既是个人的“我”，也可以是大的集体的“我”——为原点，以经验世界为基点，向过去和未来辐射，并不都导向主观和偏差，相反，它能使得我们的思考更有切实的基础。对于处于尴尬位置的“70后”而言，摆脱无历史的空虚之感和历史阶段论，也就摆脱了那种无谓的自恋式的感叹。无论何时何处的生活，都如阳光下的灰尘一样丝缕可辨，历史纷繁而又清晰异常。

大历史和大事件为后人的反思提供最基础的内容，但也很容易传奇化、浪漫化和概念化，就像今天许多人在重新谈起

“民国”“解放战争”“文革”“知青”，多是“激情燃烧的岁月”，在溢美与否定之间走钢丝，却对认知真正的历史毫无帮助。能粉碎大历史框架的恰恰是个人的记忆，是历史空白处的琐屑和不引人注意但却又久远的伤痛，它影响甚至制约着历史的运行。1986年的“麦冬”在我身上留下永远的痕迹，而父亲和吴镇的许多人也因此一蹶不振。和广州做生意的那家人，原是吴镇最早的万元户，在麦冬神话传来之前，正准备兴土木，盖“豪宅”。之后，丈夫出去避债多年不归，老婆在家做种种零活挣钱还债并养活三个儿女。多年之后，在走过一个地方时，年老的女人仍然忍不住说，这就是当年我们看好的房子处，两层，14间，砖瓦都买好了。她的手横着、大力地划过去，划出了一道虚空。麦冬，这个椭圆的、乳白的小果实，附着在“南方”“改革”身上，结结实实地改变了他们一生的轨迹。

对我而言，“西方”的概念来自“郭靖黄蓉”“同性恋”，因为它们对我更直接，所产生的思想震动更大。阐释历史的通道并不只来自大的政治事件，也可能仅来自一个词语。

与此同时，回到梁庄对我而言是一种激活，重新找到思考的起点和支点，并激活自己的生活——学术生活和实在生活。它是一种学术实践，我从来不认为它只是创作实践。这四年多的田野调查、阅读和写作给我的锻炼和启发不只是最终的那两本书，而且我似乎越来越接近问题的源头，我注意到由生活实践所折射出的观念冲突，由观念冲突所引发的生活实践的种种反应。我意识到“乡土中国”这一概念的生成性——自晚清以来它一直处于被塑造中——及这一生成背后的社会意识的变迁、时代精神的分裂和利益驱动的巨大作用，它们互相生成，并且正塑造着新的中国形象。我想我会重返书斋进行学术研究，并且，我会把这一学术研究看作我的生活实践的一部分——它不再只是无关任何风月的书斋生活，而是历史的一部分。“生活实践”，即与正在行进中的历史相结合的能力，从正在行进中的生活场域寻找理论的起点和依据，最终达到一种及物的思考和结论。从这个意义上讲，我反对过早的专业化，反对过早的平静，我崇尚某种行动、冲突，甚至自相矛盾（包括思想上的），哪怕它可能偏激，可能错误，也比四平八稳要更有启发性。当然，从另一方面来看，偏激和愤世嫉俗是一个可以向上的词语，但如果没有扎实的考察和思考支撑，也会流于某种狡诈的圆滑和为虚名寻租的屏障。

文章还没有写完，我又回到国内。十一月初下午四五点钟的北京，雾霾满天，天空灰暗，高楼飘浮在空中，如同末世纪的魅影。灰尘阻塞着呼吸，我不由得在内心发出许多人都发出过的感叹。

而此刻（又一个“此刻”，这是又一个历史瞬间，和我坐在杜克大学的图书馆看大教堂，在出租车上看北京的天空时一样），阳光穿过乌云，照在满是灰尘的窗玻璃上，又斜映在书桌上，从外面隐约传来压抑的车流声，极具穿透力的工地敲打声，高亢而杂乱的对话声。我背对着室内，阳光之下那一屋的灰尘让人心烦意乱，虽每天打扫，灰尘仍然扑天盖地，落在每一件物品上，一切都黯淡且眉目不清。但是，当凝视并倾听这一切时，仍有莫名的踏实的愉悦感从神经末梢传导入心脏中央。是的，这是你自己的日夜。与爱国、民族和那些宏大的词语都无关，而与你自己相关。或许，重要的不是你爱不爱国，而是你无法选择，最终才生成某种类似于“爱”的历史感。

这是一种颇具先验性的愉悦感，或者，悲怆感？你无法选择最初的历史瞬间。美国的蓝天、白云像梦一样，没有真实感。这种感觉真的非常奇怪，仅仅十来天而已，那几个月的生活已经在你意识中遁去，就好像从来没有经历过。它对你的观点、逻辑思考，甚至对美的感觉都产生过影响，它也成为你经验的一部分，但却没有形成历史感。我似乎明白了“离散”这一词背后的含义。历史是活生生的“在”，热闹与喧腾，灰尘与阳光，黑暗与光明，都与你相关。如果没有这一相关性，你又是谁呢？梁庄、家人，从出生起就看到的天空、大地，你所读的每一本书，所感受到的每一种情感和思考都是你的“在”。如果一个人在此地没有“在”的感觉，那么，这风景、历史就与你无关，你也无法从这里的时间和空间得到真正的拯救。

T. S. 艾略特在《四个四重奏之四》这样写道：

玫瑰飘香和紫杉扶疏的时令
经历的时间一样短长。一个没有历史的民族
不能从时间得到拯救，因为历史
是无始无终的瞬间的一种形式，所以，当一个冬天
的下午
天色晦暗的时候，
在一座僻静的教堂里
历史就是现在和英格兰。

我想，艾略特想说的是历史、时间和“我”的关系。一个没有历史的民族，不能从时间中得到拯救；一个没有历史的人，也无法从有限的人生中得到救赎，哪怕你坐在庄严的杜克大教堂里，聆听高亢而清澈的歌声。

时间并非只是线性的存在，它具有并置性和空间性。历史

并非只是过去，人并非只生活在现在，而是活在传统的河流之中。你的一滴眼泪、一个动作或一次阅读，所蕴含的都有你的过去与未来。所以，现在即过去，未来即历史。

这样，无论生于哪一年代，身处哪一时空，都是一样的，因为历史赋予了我们一个个瞬间。能够对这瞬间所包含的形式及与世界产生的关联进行思考，我们就汇入了过去、现在和未来的洪流。

《历史与我的瞬间》，花城出版社2020年9月版

到第二条河去游泳

梁　鸿

正是中午时分，天热得厉害。

上午她从吴镇回到娘家路村，和弟弟一起，到妈的坟前，给她烧“二七”的纸。

路村刚好被规划到那条大河的位置。她眼看着庄稼被铲平，房屋被拆除，一台台压路机、铲土机、拉沙石的大货车、装各种机器的装载车轰隆隆开来开去，空地一点点变成大路、水泥地、河道、护河堤。戴橘色头盔的人、开车的人、施工的人，春夏秋冬，都像蚂蚁一样在那里忙。

两年过去，一条高高的大河起来了。两旁的护河堤有八九米高，从南向北，蜿蜒而去。地平线被改变了。路村、王营、李家和紧邻的村庄，像一个个小矮人样，可怜巴巴的，萎缩在大河两旁高高的河堤旁了。树低了，房屋小了，人站在村口、走在路上，像被抛到很远的地方了。那轰隆隆的大货车开过去，像一只小玩具车一样了。从公路上看，它们就像一头巨蟒边的小蚂蚁，小到可以忽略不计了。

跪在妈的坟前，她把纸钱一张张揭开，折叠，摞起来。火碰到蓬松易燃的纸钱，立刻就蔓延开去。她看着火起来，火苗舔着坟前插着的柳枝往上爬。纸灰被风和火扬起，在空中化为碎片，上下盘旋，向远处飘散。她趴在地上，磕了九个头，自己、丈夫和儿子，各三个。

没等人散，她就骑上电动车走了。弟弟和弟媳已经买好车票，下午去吴镇坐小巴到穰县，晚上就要坐火车，回广州中山市的一个什么镇，他们在那边的服装加工厂上班。她不想看几个侄子哭爹喊妈的场景，她很讨厌，她也不想看见她爹，一个胡子拉碴的酒鬼，她也很厌恶。

她往村子后面老寨墙那边去。老寨墙的外面，就是湍水了。老寨墙年久失修，墙上的砖、木头不知多少年前就开始被人撬走，但高度和墙体还在，半个村庄还在它的合围之内。路村人从坍塌的寨墙中间踩出一条路，直通往湍水的一座小桥边。

过了寨墙，视线豁然开朗。地势慢慢变低，河坡往下延伸，先是野生的灌木、合欢树，接着是一片整齐的细白杨树林，整片整片的沙土地，上面种着花生、西瓜和其他经济作物。白色的沙土路交叉纵横，再往下低一些就是很宽的河道。

桥断了。中间坍陷，水泥面板的两头高高翘起来，像一只折断翅膀的、一头扎进河里的大鸟。

她并不很吃惊。从小到大，在同一位置，她见过很多次桥断的情形。小时候，这个地方只是一座窄窄的木板桥。下面几十根木头插入河中，两边用绳索牵着，中间铺上一层稀疏的木板，桥就成了。河北边的人们来河南边的吴镇赶集，河南边的人们去河北边走亲戚，都要过这座桥。桥是私人修的。一到春节，来往赶集和走亲戚的人最多，就有人在桥两头收钱，一毛，两毛，五分，都可以。夏天，往往第一场暴雨就把木桥卷走了。她看见过木板和绳索在大浪里翻滚的情形，看见过那家人沿岸跑着拿长竹竿捞水中的木头和其他一些杂物的情形。暴雨过后，那家人就把一只小小的渡船从河不远处一个小屋里推出来，来往接人。并不要钱。只是在秋收的时候，到各家各户要一瓢玉米、半袋红薯，或一把黄豆、绿豆、辣椒，任何秋收作物都行。

后来政府修桥了，也是几年一坏，修修补补。这座桥是她从重庆回来那年修好的，从桥墩到桥面，一水儿水泥浇筑，宽大结实。桥修好的时候，乡里还来人剪彩发言，把村里人叫来听了好久。

断桥下黑色的水翻着浪朝下游奔去，好像还有点气势，但这气势并没有维持多久，水量实在太小了。河对岸，悬崖一样的沙堆矗立在水边，旁边是一个挖沙机，机器轰隆隆地响，还在不停地从河底往上抽沙。水到那里，像一下子被吸进地洞里，平静异常。再往下，水开始在错乱分岔的河道里错乱地流动，越来越不成流，也越来越浅。虽然是夏天，湍水却很难发大水，芦苇也不再紧挨水边，而是东一窝西一簇，凌乱地分布在新踩出的路两旁。河道里面露着大大小小的鹅卵石，中间是一道弯弯的细流。

湍水退得很远很远。

爹说，三十年河东，三十年河西。

连河都能变，凭空远了，凭空少了，凭空又多了一条。

稍远处是悬于湍水之上的渡槽。湍水上竖满巨型的水泥柱子，那巨大的水槽就横架在这水泥柱上。据吴镇人传言，只这一个渡槽，就花了六七亿人民币。

她朝渡槽那边看着。高悬的大河和下面的湍水形成十字架状，一个南北向，一个东西向。在灰色的天空下，大河严整高傲，威严孤绝，像一个被万千宠爱的阔家少爷，湍水则软弱卑微，破败不堪，如年老色衰被人遗弃的良家妇女。

像是突然明白了什么，她发动电动车，快速朝着大河那边骑过去。护河堤并不能轻易接近，离它有十米远的样子，一道长长的铁丝网拦护着。网内有新栽的树，新种的花，还有各种她叫不上来名字的植物。电动车开近的时候，停在铁丝网上的麻雀呼啦一下飞出来，黑压压的，漫天遮了过去。

她沿着铁丝网外的那条路走。她知道，沿路的铁丝网或涵洞旁有一些绿铁皮小房子，里面有看门人。房子旁边一般都有一个给养护工人进出的小门。

几百米外就有这样一座小房子。一个老头儿，坐在小房子内的椅子上，头歪垂着，正打着鼾。旁边的小门开着。她推着电动车悄悄走进去，沿着紧靠护河堤的小路继续往前骑。野草攀爬到路的中央，有的已经把路面完全覆盖了。

村庄已经很远。这一处冠形的景观小树非常繁盛，满眼都是清的绿色，花也开得艳。那黑压压的麻雀们像没有看见她一样，发呆的继续发呆，啄食的继续啄食，散步的继续散步。有小风吹过来，层层叠叠的树叶轻轻摇动，没发出一点声音。安静极了。

她停下来，把车锁好，取下一直斜挎在身上的包，把钥匙放进去，把包放到前面的篮子里，又脱下被汗浸湿的黑丝外套，叠好，放在车座上。然后，她开始朝着高高的护河堤攀爬，借助水泥方格的突起，她左右挪动着，灵活地爬上那八九米高的护河堤。

河堤上面是宽阔的平台。她站在那里，向后看路村，一个遥远的几乎低到地下的村庄，她踮起脚尖，使劲向后看，想看到妈的坟，却被村庄里高高低低的树挡住了。往左面看，是吴镇，那座红色的二十层高的地标建筑变成了非常普通的楼房，她家的文具店就在这楼房前的街面上。她的丈夫肯定又坐在店里的电脑前，在电脑里和人“斗地主”。往前看，是弯曲向前的河道，右边高高悬着开始偏西的太阳，灰红色，阳光似乎并不强，却没来由的很热。

她脱下那双白色的平底软革凉鞋。鞋底很软，质量也不错，一个夏天快过去了，鞋襻和鞋底都没怎么磨损。夏天刚来的时候，她在她家旁边的服装店里看到了，她就买了两双，一双她穿，一双拿去给了妈。妈死的那天穿的也是这双鞋。

她把鞋放好，两个并排，左右对齐一下。她喜欢整齐。然后她坐在高高的河堤上，朝河下面看看，又抬头看前方。

过了一会儿，她起身，半弯着腰，用手按着河堤内部的水泥斜面，慢慢往下溜。她用脚使劲抠着水泥面，一点一点往下滑，两只手使劲撑着地面，保证不突然翻滚下去。

她的脚碰到水面。那么凉。她吃了一惊。冰凉冰凉，直通通的，没有一丝柔软和阻隔。她停顿了片刻，可是手撑不住了，身体直往下落，一下子沉到了水里。水呛了她几下，她有点惊慌，手本能地在水里乱划着，很快，头又浮了出来。她并没有死。她调整了一下自己的身体，把手紧贴在腿两旁，屏住呼吸，闭着眼睛，使劲往下潜。过了一会儿，身体又慢慢浮了上来。

水流动得非常慢，平缓均匀，浮力也很大。她又一点点被托了上来。

她还活着。身体平躺着，沿着水流往下漂移。她睁开眼睛，看到天。一朵灰蓝色的云，跟着她。一切都太安静了。她想，就这样漂下去，也挺好。

一个人漂了过来，和她一样，直直地躺在水里。她吓了一跳。是一个穿黑衫的男人，衣服鼓了起来，遮住了他脸的大部分，只露出眼睛。那人望了她一眼，毫无表情地漂过去了。

过了一会儿，又一个人漂过来。是个胖胖的老太太，看到她，那老太太蹬了几下水，慢了下来，跟在她后面。

又一个女人过来了，穿着艳丽的裙子，裙子被水漾着，像一面被风鼓着的小旗子，张力十足。那女人漂过老太太，到和她并排的地方，侧过脸，笑眯眯地看着她，好像认识她很久一样。

你咋到这儿了？

那女人开口问她，语气很惊喜。就好像她们才刚分手，就又在街头见面，一种夸张的高兴和热情。

她不认识这女人，但却不好意思违拂她的热情。

我妈死了。喝药，麦毒灵。今儿是她“二七”。我去给她烧完纸，就来这儿了。

哎呀，真可惜，她为啥死啊？

为啥死？她看着天，上方还是那长长的云彩，略灰带蓝，既没有远，也没有近。

她太狠了，把一整包麦毒灵碾得碎碎哩，和在水里，一点儿不剩，全喝了。一点儿都不剩，只想着自己赶紧死了，解脱了，根本不管我。

她好像在回答那个女人，又似乎在自言自语。

要不是她，我回来干啥？我有儿子有老公，为了她，我才回来，才又结婚，我儿子都不要了，想着只要有我妈。可她先死了。

她接着给那女人讲。

我妈经常把死挂在嘴上，说日他妈，我不想活了，喝药死了算了。她像唱戏一样，唱十几年了，都当成笑话听，没人当回事。她心直口快，风风火火的，天大的事儿，一会儿就好了。她走的那天上午，先去银行，把我弟弟让她存的一万块钱取出来，给我爹，我爹是个酒迷瞪，她怕他忘了，又给我爹交代谁家还欠一些钱，谁家的红白事记得送礼。到中午，她蒸一大锅馍，分给我几个侄女侄娃儿吃。她自己拿个馍，走着吃着，往村里的老屋去。

路上碰到我花奶奶，我花奶奶还问她，秀兰你干啥去啊？

我妈吃着馍，笑着说，日他妈，我不想活了，我想喝药死。她说话的腔调高高兴兴的，谁能听出来是想死的人说的话？

我花奶奶就说，说啥憨话哩。

我妈说，活够了，不想活了。

她边说边走。到老屋里，找出麦毒灵，用擀面杖擀成碎末，和上水喝了。喝得干干净净，一滴都没留。

我侄女去找奶奶，才发现她倒在地上。没死起，乱动，还能说话。她跟人们说，我喝药了，我不想拖累娃儿们。我爹使劲抠她的嘴，又扇她的脸，说你中啥邪了，活哩好好哩你要死。

喝药死的人一般都眼睛鼓着，瞪着。她走的时候眼睛闭得可好，很安生。她是一心想死。得愿了。

河水托着她，她在水面上平稳地漂流。灰蓝色的云倒进她心里。她慢慢讲着，感觉眼泪流了出来。她好久没哭了，妈的葬礼上，她都没哭出来。她怨她，你太狠了，你高高兴兴去死了，不管我了。

和她聊天的那女人流着眼泪，大声地叹息，死了好，死了啥都好了。一直跟在后面的老太太不停地“唉”着，抽抽搭搭地哭着。

我妈为啥死，要说啥也不为。她年轻时受过苦，为养活我和俩弟，她和我爹一天到晚在地里干活，也去卖过血。不过，那时候村里人都去卖过，没有人觉得有啥。就是这些年得个胃溃疡，啥都不敢吃，不敢凉不敢热。一疼起来，就说日他妈不如死了算了，也不拖累娃们。不过都只是说说，她没有恁娇气。

我俩弟长大了，房子盖了，媳妇娶了，对她也不错，家里她还能做主。弟弟们两口子都出去打工，她和我爹在家种几亩地，看几个孙娃孙女。想吃啥，都能买。

有时候，几个孙女孙娃儿折腾得受不了，她胃又疼，就嚷嚷着，日他妈，早晚一天我喝药死了。

我从重庆回来，我妈高兴得呀，哭哭笑笑，像捡个闺女一样。她想着我肯定是死在外面了。我听她的话，又结婚了。这都怪好。谁想到她恁狠心。

俺们邻居那家男的前两年喝药死的，也五十多岁。要给他洗胃，他不让洗，说你让我赶紧死。估计我妈那时候就真转这个心思了。

她只管自己，不管我了。我想死也不是一天两天了，可我不敢说。我怕她伤心。她倒好，不管不顾，只管自己先解脱。

慢慢地，其他漂在河里的人也聚过来，听她们聊天，和她们一起往前漂。她穿着黑色的碎花短衫和七分黑裤，那个女人穿着艳丽的连衣裙，其他有男人有女人，有老人，也有小孩。大家的衣服一团团鼓荡着，往前漂着，像一群快乐的、与世隔绝的漂流者。

她忽然特别想说，想把一切没有讲过的话都讲出来。

我早就不想活了。我妈死了，我就来死了。

我从山里回来时，我那个老公还给我买了金项链金戒指，带着儿子，把我送到县里的火车站。他为啥不说让儿子跟着我，他是想着让儿子做个牵挂，这样我就肯定会回去。他也傻，不知道自己跟着我回来。我想起那天，我就想哭。我儿子白白胖胖，眼珠子黑黑的，挥着手，说妈妈再见，妈妈快点回来。

我现在的老公也挺疼我，他原来那个老婆生了个闺女，他让自己爹娘养。他在吴镇开店，也不让我帮忙。我成天坐在电脑前，上网，看QQ空间里我儿子的照片。你不知道，我儿子可好看，结实得像石头一样，没事儿就“妈—妈—”地喊我。我四年没见他了，他该十岁了。

你这个女子咋恁傻哟，你为啥要跟这个人结婚？你不会回重庆，把你儿子，他爹一块儿接到咱这儿。你又不是没出去过，到哪儿没个活路啊？

她没有回答那女人急切的插话，她一直盯着天上那片灰蓝的云。

火车开始走，我就知道，我不会回去了。那里山太大了，咋走也走不出来。我不想再回到山里。我不知道自己咋想的，我心也狠。这中间七八年我都没跟家里联系过，我妈都以为我死在外面了。我也想着，我这辈子就这样了。可一坐上火车，我就知道，我不会回山里了。

她看着云彩，她突然意识到，她不是为妈才回来，她是为她自己啊。是她自己就先抛弃了儿子，她把错都怪到妈身上了，好自己原谅自己。这些年，她见妈从来没有好脸色，好让妈知道都是她让她抛弃儿子。

妈啊妈啊，我错了。她想多叫几声妈，想再回到妈坟上给她磕几个头。

那你儿子的爹没有来找过你?

不知道他找没找过。好像我也没给他留过家里的地址，他只知道我是河南的，河南哪儿的，他肯定不清楚。原先我也不知道他家是哪儿的，在广州打工认识的，他手指头被机器轧了，干不了活了，我就跟他回他家了。坐完火车坐汽车，坐完汽车坐三轮，坐完三轮又走路，我才知道，他家是大山里的。我也恨他，他当时非不让我走。等怀孕了走不了了。

回来后，我妈让我相亲，我就相了。让我结婚，我就结了。我和现在这个丈夫不吵架，也没话说。

她第一次和别人讲自己的事，第一次说这么长的话。从前，她谁都不讲。不和妈讲，不和朋友讲，更不和她现在的丈夫讲。她把它们藏起来，藏得很深。她以为自己也忘记了。可是，它们像谷种一样，一直种在她心里。她一直在怨别人，怨妈，怨爹，后来结婚了，又怨老公。她觉得都是他们，让自己没了儿子。

我错了。是我把妈害死了。可是也不重要了。妈死了，再没有可牵挂的了，死了也挺好。

她对大家说，有一点我和我妈不一样，我不想让人折腾。

我要死得远远哩，不让人找到。

就有人笑了起来，说，我也是，打这条水泥河开始在俺们村铲庄稼，碾路，打水泥地基，我就天天看，等着它通水。

又有人说，你看，这么高的水泥堤，一死一个准儿，谁想捞都捞不上来。现在四周的铁丝网又加高了，王庄那个涵洞处，铁丝网倒了，我就是从那儿爬上来的。我不想让儿子们找到。

那个一直哭着的老太太也不哭了，说，咱吴镇人都说笑，说通水了，这条河就开始死人了，一路漂着死人上北京了。老太太声音很洪亮，语气里是斩钉截铁的笑意，生怕别人抢了她这句俏皮话。

人们七嘴八舌地议论着，对自己能侥幸跨过铁丝网，站到高堤上，投到这条河里，很是得意。

她也不自觉咧开了嘴。

那穿裙子的女人离她越来越近，热烈、悲伤又期待地看着她，她觉得似曾相识，又觉得很陌生。

她只好问她，你为啥也走这条路？看你怪开朗的。

我啊，我和你不一样，我死得痛快，我把人骂够了，我就来死了。

这个女人说话像蹦豆子一样，极快，没有任何停顿。

今儿我给老李打了俩小时电话，直骂了他俩小时。俺们已经俩月没联系了。我前面那个，就是我娃儿他爹，上吊死了。死之前，让儿媳妇给我捎信，想见我最后一面。他一直想见我。儿媳妇不捎。她不想让我回去，她怕我一回去黏住她，她还得养活我。老东西死的时候眼睛一直睁着，咋也合不上，死不瞑目。儿媳妇怕了，怕老东西做鬼缠住他。一七、二七、三七都喊着叫我回去给他烧纸。我不回去。我和他离婚都十来年了，现在回去算咋说哩。

跟我离罢婚，老东西也没有过头了，天天喝酒。酒精中毒了，不上吊也没几天活了。

她看了一眼这个说话极快的女人。这个女人没有一点儿伤心，像说别人的事情。

我出去打工，和老李就好上了。他是大厨，我是服务员。其实在家也认识，就是前后村的。我没立马和老东西离婚，我一直在外面挣钱，给家里盖了十来间房，把儿子养到十八岁，净身出户。老东西也没啥说的。

老李，俺俩也搁不到一块儿。他好来赌。上年，俺们在吴镇开个胡辣汤店，生意还行。他天天晌午去来赌。你想，这店是小本生意，咋经得起你输。我俩天天吵架，后来，我把东西摔摔，起来走了，店也关门了。他又回俺们村口一家店里当大厨，他打电话叫我回去。回去住哪儿？俺们连个房子都没有。我张口就骂他，发短信也骂他。他叫我回去住他儿子家，我能去住吗？我也回不去原来的家了。我儿子也不稀罕我。

她很不解地看着这女人，说，你为啥要骂他？你不会在那个店边租个房子，住下来，像个家一样。

女人扑哧哧地笑。我就是要骂他，我想骂他就骂他。

骂骂心里美。我租个房子算啥说法，就在村旁边，村里人知道了，不笑话死我了。我也不会去住他儿子家。那算咋说哩。我自己儿子我都不管，我去管他孙子。我自己儿媳妇的气都不愿意受，去受他儿媳妇的气。

我骂完了，痛快了，也没啥留恋了。我就跳河了。

她看着前前后后的这些伙伴，他们以自己的姿态躺在水中，往前漂着，好像约好了去某个地方看风景。

世界上所有的溺水者，都是自己选择的游泳。

世界上所有的死亡，都是结伴旅行。

她突然发现，和她说话的好像是她的小姨。小姨名声不好，妈死后，都没有人想起来通知她来参加葬礼。她没想到小姨也漂到这河里头。

小姨很好看。小时候，她经常住在外婆家，和小姨睡一张床。小姨辫子长长的，脸蛋红润润的，和谁说话都能咯咯笑个不停，好像到处都有让人发笑的东西。她就嫁在离吴镇不远的赵村。她在吴镇上初中的时候，小姨在和小姨夫闹离婚。村里人都议论小姨，说她出去打工，找野男人了。这不算，找的还是自己村边的。后来，她也出去打工，远走山里。她和小姨就越来越远了。

小姨。她叫了一声。

小姨咯咯笑了出来，傻姑娘，你才认出我来啊。

你咋也在这儿？她四下里张望，有些疑惑，咱们这到底是在哪儿啊？

小姨又笑起来，到阴间了，小喜。

她不相信，她知道自己还活着，她能看见小姨，能看到河，看到天，还有那片总跟着她的灰蓝色云彩。

仍然活泼的小姨看前后左右围着听她们讲话的人，扭过头，开始和别人聊天。

哎，你是咋回事？这年轻轻的，咋也想不开？

她听到那人低哑着嗓子，忿忿地说，我是想开了。是个年轻男人的声音。旁边一个年轻女人愤怒地插话，到现在还在怨我，到哪儿都是小肚鸡肠。她扭过头去看，一个年轻女孩正努力挣着手，想挣脱那个男孩，可是他们的手绑在一起，被水浸湿的绳子越发紧地把他们捆在一起。那个女孩高声说，现在后悔还来得及。男孩说，狗才后悔，猪才后悔。

她听到周围一阵哄笑声。她忽然有点烦躁，她想找个安生地方，安静地去死。可这里也不安生。她想漂快点，离开这群人。

她想着，这会儿该到哪儿了？

已经漂一阵子了，该出吴镇了吧。路村前面是赵村，她记得大河在这里往南拐弯，过王村，王村有她的好朋友红彩，她们一块儿上学，十六岁一起出门到广州打工，到广州转了几家厂后她们就失去联系了。从重庆回来后，她曾经到王村找过红彩，红彩妈说她嫁到湖北了，几年也不回来一次。然后是李村，李村村头有一条小河，弯曲环绕，人们都说是龙脉，她很小就去过那里，看着河边的大树倒在拐弯处，腐烂着，阴森恐怖，很有气势的样子。再往前是周村，周村是个大村，村头有一个古庙，古庙里黑压压的松树，周村的族谱就放在庙里。再往前是夏村，她初中一个女同学就是夏村的，有一年为救被淹的小孩，自己淹死了。她爹想为她申请一个英雄称号，却一直没弄成。她忘了那个女同学的名字，可每次路过夏村，她都想起她。

再往前是吴楼村、西河村、郭李村，每个村她都很熟，她跟着妈去走过亲戚，跟着爹去卖过炒花生，跟着女同学到过家里去玩，然后，然后就出吴镇，到文镇了。

出了吴镇，她就应该沉下去，就能死成了。

她扭头看左边，左边是灰色的水泥斜坡，她扭头看右边，右边也是灰色的水泥斜坡。她忽然有些惊慌，她不知道自己在哪儿了。她找不到位置了。她感到她像又到重庆的大山里了，前后左右都是山，没有任何坐标。她想逃出那座山，她连儿子都不要了。现在，她又处于这样的境地了。

要是在湍水漂着，就肯定不会是这样。

她熟悉湍水，每一道拐弯，每一丛芦苇荡，每一个漩涡。芦苇倒在水中，长长的草在水中摇摆，岸边的泥土沙石被河水冲刷着，一点点失去和流动。她知道哪个地方水深，哪个地方水浅，哪个地方有大鱼，哪个地方有老鳖。有一年，她在河里洗衣服，看见一只老鳖在浅水里慢慢游。她拿衣服把它搂了上来，它也不动。她把它放到篮子里，它也不动。她要回家的时候，就把老鳖给放了。

在盛夏的中午，她知道哪个地方可以洗澡，哪个地方不会有人经过。即使万一有人过来，一上来就是合欢树林，她躲进去，不会有任何一个人发现。她知道每一个村庄后面湍水的形状，河坡上有什么树，河里有多少瓜地、花生地，有多少新栽的树。

要是在湍水里漂着，她就可以清清楚楚、踏踏实实。她知道自己在哪儿，湍水在哪儿。她知道她会在哪儿被水草缠住，被哪一丛芦苇拦住，会停留在哪一个拐弯的地方。可现在，湍水的水太小了，河道太乱了，她怕还没有淹死就被冲到沙滩上，搁在那里，像一条半死不活的鱼，张着嘴，翻着白肚子。她不想那么难看。

她只想着找水大的地方，不会被别人发现的地方，却忘了这条新河的坚硬和冷淡，忘了它没有一丁点儿淤泥。这条水泥大河，是死的。它被水泥包裹起来，严密、坚固、威武，唯我独尊。它不会有任何生长性，不会长出荒草、芦苇、鱼虾，不会随季节的变化而涨潮落潮，不会随时间流逝和泥土、天空、气候融为一体，最终就好像从来都有这条河，好像从来如此，起源于宇宙洪荒，和人一起经历沉浮、盛衰和死亡。

它不会和所有河一样，三十年河东，三十年河西。它不会这样。

死寂的水。死尸一样的大蛇。庞大、笨拙，蜿蜒在陆地中央，没有任何活的感觉。

她想让泥沙把她耳鼻塞实，沉淀下去，被河底的蔓草挡住，被水边的芦苇丛拦住，慢慢变为腐殖质，最终化为淤泥的一部分。她想这样把自己藏起来，藏在最深处的黑暗，谁也找不到她。她儿子，儿子的父亲，她现在的丈夫，妈，谁也别想把她找到。她就藏在泥里，永远、彻底地把自己藏起来。

可现在，她将永远在这条水泥大河里漂流，慢慢分解，肉一点点剥离、烂掉、发臭，一路漂过陌生的地方，直到到达北京。她将逐渐分解成恶臭的细菌，溶于水中，最后，到达某个人的口中，胃里。

这真恶心。太恶心了。她想起身，重新回到湍水旁边，去寻找能让自己死掉的地方，她愿意往湍水上游再走一些，再远一些，也许就有宽阔的水面了。

她感到头越来越重，水慢慢地涌过来，把她压倒，冲到水中，撞到坚硬的水泥地面。灌在她口里的不是湍水那样的水，混合着泥土、沙石、鱼虾、水草的味道，这水淡而无味，淡得要死。她受不了这寡淡。

连死都这样寡淡。那就死吧。

大幕合拢，天空最后一丝光被收起，大地陡然暗了下去。

黑夜来了。

《上海文学》，2015年第1期

作家创作谈

断裂时代的“痛”与“爱”

梁　鸿

当说到“一代人”这个词语时，你心中的你的一代人包括哪些群体？这个不是问题的问题在今天是我们必须要面对的问题。社会学家孙立平教授早在多年前曾经说过，我们身处一个断裂的社会和时代。“断裂”不单是社会阶层的分裂和固化，在更大层面上，也包括我们的心灵和观念意识的断裂。

2015年，我失去了我的父亲。天地变了。突然空旷了。万物萧瑟而且遥远，我无法找到与它们的联接点。这样一个人，如此亲密，如此纠缠，但他永远躺在黑暗里了。我想为父亲做点什么，我想为他及他那一代人做点什么，因为在一天天的痛中，我逐渐意识到，我们的很多痛都来自我们的父辈，然而，我们并不真的了解他们，不了解他们的时代及给他们带来的影响，而不了解他们，就无法了解我们自己，无法了解我们是在怎样的河流里成长。于是，花了两年时间，我写了《梁光正的光》。不是歌颂、赞美父亲，而是想写出一个人，一个在生活最低处却试图发光的人，他的可笑、荒诞背后交织着时代的痕迹和作为一个人的倔强挣扎。

其实，在这之前，我曾经花五年时间游走在梁庄及与梁庄有关的乡村和城市，最终写出《中国在梁庄》和《出梁庄记》。我至今还记得在完成《出梁庄记》之后我的悲伤。我非常沮丧，被一种巨大的空虚所笼罩，还有无法去除的虚伪之感：你从梁庄获取资源和声名，而不能为它带来任何改变。以真实之名，抵达生活，最终却仍然远离。你和梁庄，仍然没有真切的关系。

是的，我和梁庄，究竟是什么关系，我到今天还不能确定。

我想给大家讲一个梁庄里的故事。

2011年，我到青岛采访我的堂叔一家，我在青岛待了八九天时间，每天晚上和我的堂婶睡一张床，她紧紧抱着她的小儿子，一动不动，呼吸平稳，我觉得她没有睡着，有一天我就说，婶子，我们聊会儿天吧。她第一句话就是：自从宝儿死之后，我十二点之前从来没有睡过觉。宝儿是谁？是她的大儿子。他在家跟着奶奶生活，2001年夏天，在河里淹死了。我在《中国在梁庄》中写了这个故事。去青岛的那几天，我一直没有提宝儿，我们都没提，但是，在夜深人静的时候，她张口而出，就好像就在她嘴边，她一直等人来问，她一直想诉说，但没有人问她。

我和我的堂婶之间，有关联，又没有关联。有关联，是因为我们同是梁庄人。没有关联，是因为我和她的生活几乎完全不同。如果不是我写梁庄，如果不是我走进他们的生活，我真的不认识她。

我们有否想到，我的堂婶，其实，和坐在下面的大多数人都是同一代人？老实说，我没有想到。还是在准备这个题目的时候，我才突然意识到：她和我们，是同一代人。

前几天和一个记者聊天，他1992年出生，他说他和他周边的朋友们聊天，感觉农村离他们很远，也因此不太会关注像《出梁庄记》《梁光正的光》这样的书写和这样的生活。当时，我本能地回答，我们是一个有八亿农民的国度啊，即使到了今年，据国家统计局统计，农村户口仍有将近六亿人。我突然意识到，在他的社交圈里，已经几乎没有农村出来的，尤其是贫穷地区农村出来的孩子。那些孩子很少能考上好的大学从事好的职业，他们没有上升通道，因此，也无法成为城市的中等阶层，更没有办法发出自己的声音。看似乡村今天也拥有了手机，能够迅速知道发生在世界各地的资讯，甚至拥有了快手这样表达自己的平台，但是，他们仍然不为人所知。这是因为，世界来到了他们面前，而他们却并没有站在世界面前。阶层固化已经越来越严重，严重到了以至于我们不知道对方的存在。

我的父亲，没有成为他同代的一代人，我的堂婶，没有成为我同代的一代人，那些农村出生的90后年轻人，也没有能够成为那位90后记者的同代人。

为什么？

再重新回到2012年。我为什么痛哭？不是因为你书写了别人的生活就一定要背负这一生活，而是因为，我始终不愿意承认，我面对的是如此真切的遗忘。那广阔而又艰辛的生活，那坚韧而又痛苦的劳动，每一个人就在我们时代的内部，可所有人遗忘了他们。断裂社会的最大特点就是，一整个阶层无法被包容到整体的社会结构之中，他们被迫成为漂泊者，成为社会的病症和问题。就像我的堂婶，她的痛苦只是被作为农民工问题来表述，她的爱和倾诉也被作为一个农民工问题衍生出的问题而对待，无法拥有独立的价值。

就像梁光正，这里我指的是我真实的父亲。他一直不认命，他一生都在努力让别人把他当作一个人，而不是作为一个农民来看待。我想，这也是他始终坚持穿白衬衫的隐秘心理。在他内心深处，他希望把自己纳入一个更宽广的存在。只有理解了这一点，才能理解他的种种荒诞与可悲可笑。

当我们站在这里，诉说我们的痛与爱时，我们想到的是我们自己，它几乎成为一种权利，因为话语本身就是权利，拥有话语权就是拥有权利。我们没有把我堂婶的痛与爱也放进去，没有把梁光正的痛与爱放进去，我们的灯光如此明亮灿烂，我们的语言如此华美高雅，而我的堂婶，住在一座散发着发霉味道的老旧房屋里，日复一日做着单调的工作。她的语言粗糙俗气。她说她的儿子要死了，她看见黑压压的蚊子落满蚊帐，她说火车上人太多，她不想活了，她每天紧紧抱着她的小儿子，像抱着一个珍宝，她害怕再次失去。

这样来讲，并不是说一定要心怀内疚，连自己生活中的愉悦、舒适都不能享有。不是这样。每个人有权利拥有个人的幸福，有权利享受生活中的“小确幸”。这些毫无问题。我只是想说，我们要警惕这些小确幸，警惕所使用的日常词语，要在观念层面有所意识。我们的痛与爱被分出了层次、高低和优劣。在我们的文化里，“生命”本身，“人”本身并不值钱，除非你在文化系统之内找到价值的对应，才被赋予肯定和尊重。当你对这个社会没有价值或者价值低的时候，你就不被认真对待，就不是那么重要的人。这一观念里面包含一个冷的内核，即我们对人、对人自身是冷漠的。这是我们文化结构里面非常大的负面的因子，也是我们很多大的行动的依据。更进一步来讲，为什么一个农民，一个收垃圾的，一个保洁阿姨，一个保安，他们不能过很有尊严的生活？因为这些劳动被认为价值不高，它被分了三六九等，并依此进行相应的管理。在这样一种文化思维和政治思维下，每个人都面临着被分门别类、高低优劣的危险。换句话说，我们的“小确幸”并非就是确定的，它被包裹在整个社会形式之中，随着社会形式的变动，也面临着随时被拿走的危险。

实际上，“人应该是有独立存在价值的，他在没有任何附加价值的情况下，依然有一个巨大的价值存额，人们不能漠视他的存在”。“生命本身就是一个巨大的价值存额，不应该依附于任何外在的社会价值”，哪怕他是一个小偷，一个流浪汉，或者是一个痴呆的人，都和其他任何一个人一样，拥有同样的权利和价值。

只有在这样的观念下，我们才意识到，我们身处同一场域，面临着同一失去，承受着同样的压力，但是，却相互遗忘。这才是最为深切的痛与爱。我们是如此担心失去，因为失去太容易。失去的范围太过宽阔，再高超的想象力也无法想象出边界，你连房间里的物品都不能有足够的时间收拾，你连基本的居住权都不能获得，一场大火所产生的结果不是更细致的检查，却是一刀切的大规模的驱逐。因为，生命本身不被尊重。

作为青年，作为正处在生命最强健时期的一位生活者，你该如何面对自我，如何辨析自我，如何在最常识性的话语和表述里面发现漏洞，这是我们现在最为迫切的任务。苏格拉底说过，未经省察的生活不值得一过，也不是真正的生活。我想套用这句话，未经省察的痛与爱也不是真正的痛与爱。

我的堂婶，她叫朱桂丽，今年43岁，她已经回到梁庄老家，她也应该是我们“一代人”，她的痛也应该是我们的痛之一，她的爱也应该是我们的爱之一。

愿我们每个人拥有一颗宽阔而敏锐的心。

谢谢。

朗读：

自从宝儿出事后，我十二点之前就没有睡着过。我记得清得很，2001年5月26日，家里打来电话说，宝儿出事了。打到厂里。我一听，当时晕了过去，脑子里一片空白。一直哭，猛一下接受不了。我们是1995年10月19号从家里出来。是王家传有介绍来的。想着出门总比家里行，就出来了。当时走到XX县，在那儿倒一趟车，再上车时，我就想着回去算了，舍不得屋里，舍不得宝儿。

我们是27号早上往家走的，第二天上午到的家。回家没见着宝儿。你光亮叔让他们赶紧埋了，怕我回家受不了。一开始我还打你光亮叔，我埋怨他，骂他，娃儿最后一面都不让我见，太狠心了。幸亏没见，要是回家再见到，那是要我的命的，我肯定活不成了。

出事之前，我都有预感，那天加班加到夜里十来点钟，我眼睛忽然啥也看不见了，心里慌得很。还有一个晚上，蚊帐上落一层黑蚊子，厚厚的，一动不动，我看着害怕，就想着有事。

俺们回去，你五奶奶一直在哭，跪在我身边哭，又抱着你叔的腿哭。她是想着内疚。村里人还怕我埋怨她，你想，我咋能怨她，她比俺们还稀罕宝儿。她养活他的时间比我长。当时也根本没想着去追究谁的啥责任，水里的事，谁能说得清？后来，咱湍水又淹死那么多人，也没见谁去告状。

现在，我在屋里睡着，老是害怕，心里经常一惊，觉得娃儿在屋里。回老家住在老院，还感觉宝儿在院子里。就是现在，感觉他还在，好像还在身边。干活时，一想起来，心里就难受得很。这些年不知道哭多少眼泪。

2003年我得胆囊炎，拉肚子，心里压力大，拉的都是白东西，一天去厕所几十遍。回老家，看好几回，都说没事，只算是胃炎。我都忧郁着我要死，是鼓症。别人都说我是想出来的。你说，能不想吗？好端端一个娃儿没了，咋能不想？那两年，我和你光亮叔一块儿坐火车从青岛回梁庄，一个座上坐了七八个人，我一看，恁难，我就想哭，想死了算了。有一回正在吃饭，吃着吃着晕过去了，赶紧把我送到镇上医院。打吊针，回去几天进了三天医院。还是宝儿的事儿，思想压力大。

——丽婶的自述,《出梁庄记》

“国家统计局2017年2月28日公布的《中华人民共和国2016年国民经济和社会发展统计公报》显示，2016年年末全国大陆总人口138271万人，其中城镇常住人口79298万人，农村户籍人口58973万人。”

一代人正在到来——意味着某种力量，挟带着潮水般不可遏制的席卷之势，冲破阻力，挑战陈规，与时代对话，并在对话中寻找时代的精神内核。“一代人正在到来”意味着我们自身也是这一时代精神的一部分，我们的行动是这一时代的行动之一，我们的声音、动作和姿态也是这一时代的声音、动作和姿态之一。因此，不推诿，不矫饰，认真生活，让“一代人”因每一个体的独立、真实而富于生机。

《断裂时代的“痛”与“爱”》，2017年12月20日，

在“第三届单向街·书店文学节开幕式”上的演讲

艰难的“重返”（节选）

梁　鸿

2012年11月中旬,《出梁庄记》终于交稿。持续的压力突然卸去，我以为我会如想象中那样欢欣和畅快。然而，没有。呆坐在租来的小书房，我不愿看书，也无法思考。这个小书房陪伴我二十个月，让我这个从来没有过书房的人享受了一段难得的安静、独立和内向的生活。因为不断出差，窗台上的那盆文竹经常从碧绿变为枯黄，又顽强地从枯黄变回绿色。每天早晨，来到书房的第一件事，就是往文竹的每一个枝茎上细细洒水，观察那枝茎上的绿色是否又往上攀爬了一些。然而，这一次，那一半却无论如何回不去了。

“我终将离梁庄而去。”好像患了强迫症一样，我在脑海里不断重复这句话。有时候，我惊慌地抬起头，四处看看，我怀疑我已经悄声说了出来。它已经在心里叙说太久，不知道从什么时候开始。也许，从重返梁庄的第一天，从再次看到梁庄淤黑的坑塘，坍塌的老屋，衰老的叔婶，从一次次在城市艰难地寻找、接头，看到堂哥在西安漆黑的厕所，兰子那漆黑眼睛里蓄满的泪水，电镀厂那浓重的雾气时，这句话就像旋律一样反反复复响起，并且音量不断增大，最终，聚合为一个巨大的感叹句出现在“梁庄”的结尾。

我害怕这句话成为现实，也好像是为了反抗这必然的结果，2012年11月下旬，我再次回到穰县。每天早晨，我沿着湍水往下游、上游，或往周边的村庄里走。没有任何目的。只是漫走。丰盛而芜杂的水草蔓延在湍水广阔的湿地之上，层层交结、错综、缠绕，如悬于水上的无边迷宫。踏在上面，如行走于虚空之上，步步心惊。

梁庄和梁庄的生命究竟是什么样子？我与梁庄，梁庄与我，到底是什么样的关系？我为何重返？是否真正到达？在不断“重返”梁庄的过程中，我逐渐意识到，“我”，甚或说，自上个世纪以来，“我们”，在不断逃离梁庄中试图建构梁庄。它的生命、历史、形象，都被盖上种种印戳，并以此成为时代“风景”的基本元素。

我把这篇文章的写作看作一次重返梁庄和反思自己的机会。

“真实”的限度

“真实”是个很奇怪的词，许多时候，我把它作为对我的批评，但这又是这两本书获得频率最高的词语，而我确实又企图在文本中塑造一种“真实”感以带入读者。这也促使我思考，面对这样的评价，为什么我会觉得这是一种批评，而不是肯定？为什么我又要冒险进行尝试？

必须承认，这里面有我的虚荣心在作祟。我不希望“梁庄”只局限在“真实”层面，因为我知道，大部分读者所赞美的“真实”只是事实存在的“真实”，指的是事件本身，并不包含文学的“真实”。

但我想谈的并不是我的虚荣，而是梁庄的“真实”到底包含着哪些层面。在通行的文学标准中，“真实”只是最低级的文学形式。韦勒克在《文学理论》中谈到“现实主义”时认为，“现实主义的理论从根本上讲是一种坏的美学，因为一切艺术都是‘创作’，都是一个本身由幻觉和象征形式构成的世界”。“真实”从来都不是艺术的标准，这里所说的“真实”是就其最基本意义而言的。“那儿有一朵玫瑰花”，这是可以达到的物理真实。这不是文学。文学总是要求比这物理真实更多的真实。“那儿是哪儿？庭院、原野、书桌？谁种的，或谁送的？那玫瑰花的颜色、形态、味道是什么样子？”这才进入文学的层面，因为关于这些会是千差万别的叙述。

我冒险塑造一种“真实”氛围把读者带入梁庄，是因为我想达到另一种效果，即，让读者感知到“梁庄”是活生生的情境，活生生的人和活生生的现实，它不是与你无关，也不是只在历史深处，而是与你息息相关，在同一时空之中。

这样的结果所面临的第一个发问必然是：你写的是真实吗？这是许多人会问我的话。面对这样的问话，我总是非常为难。但我自己种的苦果我必须吞咽。于是，我肯定地回答，我写的是真实。另一方面，我又会补充：这一真实是我所看到的并且叙述的真实，它们必须是同时存在的条件。物理真实是陈述的基础，而叙述的差异性则是必然的结果。所以，我既希望你认为它是真实的、历史的，同时，也希望你意识到其中作者的叙述性，它是经由作者的思想所结构出的梁庄。我不想打着“真实”的旗号塑造一个伪客观的村庄。

我还是希望读者能够意识到梁庄的叙述性。我不敢狂妄地说我写出了梁庄的全部历史性和现实性。我想，没有一个写作者敢说他写出了全部的真实。因为我非常清楚，我父亲的梁庄和我的梁庄肯定不一样，清立的梁庄和我父亲的梁庄也不一样。同回梁庄，同出梁庄，同听故事，你和我，看到的和写出的肯定不一样。也许，你根本看不到梁庄的芝婶也在为留守孙子的事情而苦恼，因为她看起来是如此雍容闲适，与众不同；在青岛，你会看到电镀厂里很多工人，但你或许就看不到我的光亮叔和丽婶，你也看不到那一年也不歇一天的我亲爱的云姐，看不到那几个妇女在冰冷的夜晚唱赞美诗。你写其他人，和我写梁光亮、云姐是一个道理。我们的真实都是经过选择的真实。哪怕是头顶“非虚构”之名，也不能说自己所写的就是全部“真实”。在听到八十几岁的福伯讲“勾国臣告河神”的故事时，你也很难有突然的震惊和通透。只有在对梁庄人和福伯性格有一个基本了解后，你才会明白，平时木讷的福伯为什么突然眉飞色舞，而我父亲和我的堂兄们又为什么听得那么入神，那么意味无穷，津津有味？因为他们讲的就是自己，就是他们自己的过去和未来。对于梁庄人而言，“勾国臣告河神”并不是一个神话故事，它就是真实。

“真实”需要很多条件。并非你亲身到了某一场地，你就是真实的。那只是一个最无用也最虚伪的假设。“真实”要求你对情境、细节或事件过程的准确描述并具有再现性（这和小说的要求不一样），但另一方面，这些细节肯定不是最核心的要素。因为最终这些事物都必须组成意义，而这一意义是由作者的排列、意图和塑造产生的，它必然会有倾向性。因此，在更多时候，我们所呈现出的或者只是对真实的幻觉，而非真实本身。所以，即使是非虚构写作，也只能说，我在尽最大努力接近“真实”。在这个意义上,“真实”其实是文学的最高要求，不管你是通过小说的虚构、象征或夸张，还是通过非虚构的准确、细节和再现，我们最终想要给世界呈现的都是我们自己认识世界的一个图式。也因此，对自己写作的前逻辑的警醒和考察是一件非常必要的事。

无论是虚构，还是非虚构写作，文学作品中的“真实”并非“是这样”，它更指向“我看到的是这样”。它通过在现实中行走、观察、体验，通过对现实存在的人和场景的描述去达到作者所理解的人、社会和生命，它包含着作者本人的偏见、立场，也包含着由修辞带来的种种误读。

但是，只有在你声称自己是非虚构写作时，你才面临着“是否真实”的质疑和指控。假借“真实”之名，你赢得了读者的基本信任，并且，这一信任被置换为“你描述出了整个世界的真实”，你因此拥有了阐释权和话语权。它使你获得了某种道德优势。你也必须承受这样的质疑和挑剔。

《人民文学》杂志把《梁庄》放在“非虚构”栏目，无意间使“梁庄”获得了一种命名，并因此得到广泛的认可，但也使它陷入某种困境——《中国在梁庄》和《出梁庄记》经常因为不符合“非虚构”的标准而被批评。

但是，对我来说，我又不愿意被这一命名所束缚，我愿意去探索一些边界，文体的边界，喜欢看到当超越或模糊这些边界所产生的特殊效果。我也从来不认为《中国在梁庄》和《出梁庄记》是社会学的，因为它并不客观，也并不具备科学性。我听到过很多争论。认为它们是社会学的，会批评它们（尤其是《中国在梁庄》）过于情感化，不够客观，问题不够清晰，也没有提出解决方案；而如果被作为文学文本，它们好像还不够“纯”，形式和结构有些混杂。

说实话，面对这样的歧义甚至争论，虽然有点尴尬，但也愿意由此思考一些问题。文学能够溢出文学之外，而引起一些重要的社会思考，我想，这并不是文学的羞耻。相反，这一文学应该具备的素质之一离当代文学越来越远了。同时，文学文体并非有某种固定的模式，一个写作者如果能够用一种新的结构使文学内部被打开，那无疑是一件幸运的事情。但同时，我也意识到，如果多数人仅从社会学方面来理解这两本书，也恰恰说它们可能存在着一些问题。文学的结构没有在文学性和社会性之间形成一种张力，而让一方遮蔽了另一方，这说明文本在某些层面还不够成熟。

但不管怎么样，“梁庄”是文学的。它所以让人谈论，恰是因为文学的溢出。梁庄从来都不是客观的、物理的“真实”。生活的复杂性和敞开性远远超出了作者眼睛所见。梁庄是我的故乡，它一开始就是情感的、个人的、文学的“梁庄”。我也是以梁庄女儿的身份重回并体察梁庄，我的所有调查也因这一亲缘关系而变得更加内化和敞开，“我”本身就是梁庄风景的一部分。这里的时间、空间是双重叠加的，这是我和梁庄特殊的关系所致。

因为奉“真实”之名，一切都变得非常艰难。“非虚构写作”变为了一种悖论式的写作。或者，写作本身就是一种悖论。写作要面对世界，但是，我们面对世界时并非为了改变它，而只是为了叙述它。文学者对叙述世界的兴趣要远远大于面对世界的兴趣，更不用说“行动”。我们着迷于叙事和文字本身，并不真正关心真实的世界。

“我”是谁?

《中国在梁庄》和《出梁庄记》中都有“我”。有论者这样认为，“不是梁庄要你写这两本书，也不是梁庄人要你写，而是你要写这个梁庄。因为，你需要它”。是的，“我”需要它，

“我”想找到救赎。对于我来说，重返梁庄的第一冲动不是想揭示梁庄的真实，而是为了寻找一种精神的源头，以弥补自己的匮乏和缺失，个体精神的要求要远远大于对集体精神的探索。但“救赎”这个词在这里无疑又是高高在上的。你必须意识到，“救赎”“忏悔”本身就是一种居高临下的姿态。想通过“梁庄”来完成“我”的精神重建，这是“我”羞耻的根源之一。无论是作为一个知识分子，梁庄的亲人，还是哪怕只是一个观察者，“我”的身份、位置和叙事姿态都是让人质疑的。

我一度想放弃“我”，用一种完全客观的方式重写梁庄。《出梁庄记》第一章在部分上显现了我的这一放弃，一种遥远的、与己无关的、仿佛是客观存在千年的生活。但如前所述，我并不满意这种固化的和封闭的“风景”。在开始进入城市后，书写每一具体的打工人和打工生活时，我又放弃了这一“客观”。我反复衡量两种写法。譬如“西安”一章。如果完全舍弃“我”，那么，我的大堂哥二堂哥的生活又变为一个“与己无关”的风景，他们与“我”，也就是离每一位读者是被观看者和观看者的关系，是分离的，不是互为所属的关系。因为“我”的存在，他们生活的状态、场景变得鲜活，更有同在感和现场感。

但同时，也因为这一“现场”，它似乎离文学的“自性”

远了。这是一种代价。在写《出梁庄记》的过程中，我充分衡量了这一代价后，仍然选择人物自述作为主体。一是两本书有某种延续性，另外，就是，我希望能够把“我”和“梁庄内部”之间真正弥合，并创造一种新的文体。文学并无定法，关键在于你能否使你的框架具有张力并最终变成一种可供叙说的新文体。

我希望能够在文本中如实呈现并探究“我”的存在，因为，唯有通过“我”的眼睛，才能够更加深入地展示出“梁庄”在我们时代和历史中的存在真相；反过来，通过“梁庄”，“我”也看到了“我”自己的历史形象。

“我”是谁？我强调作品中的“我”梁庄亲人的身份。书中的人物都是我的亲属，我也以亲属的名称去称呼他们，他们往往是我的堂叔、堂侄、堂兄弟姐妹，哪怕只是按照辈分排的一个亲属关系，它本身就是一个巨大的网络。每个人在这网络上都有自己清晰的标属。梁庄是一个有机的社会网络，并非只是一栋栋房屋。每一个人和另一个人有关，彼此互为所属。在当代社会，他们也利用这一互为所属的关系以“扯秧子”的方式进入城市，并在城市的边缘建构一个个“小梁庄”。在这一“小梁庄”里，他们仍然打架、吵架，爱恨情仇着，但是，他们都有结构感和身份感，在这里，他们感觉到自己在活着。而一旦离开进入城市，他们只是城市边缘沉默风景的一部分，没有身份和依托。

在许多时候，我真的觉得我就是梁庄的一分子。当建昆婶拿着告状信给我看，并希望我能想出办法去惩罚那个十八岁的王家少年，我突然纠结和害怕；当看到梁平那深陷的、明亮的而狡黠的眼睛，我仿佛看到他的叔叔小柱在朝我笑，刹那间，我对眼前这个年轻莽撞的小伙子产生了柔软的感情，我像任何一个家长一样开始对他絮絮叨叨。那一刻，我觉得我是梁庄人。

2011年8月的一个傍晚，我们从南阳贤义家开车回梁庄。突遭暴雨。天瞬间变黑，雨扑天盖，我小心翼翼地开着车，但却什么也看不见。天地茫茫，我们像被抛弃了。恐惧和不祥的感觉爬升上来。我情不自禁地在心中呼唤着各路神灵，老天爷、耶稣、真主、观音菩萨、土地爷，我在心里一遍又一遍地呼唤他们，向他们祈祷，希望他们保佑我们。我想起了贤义，我羡慕他有神灵的庇佑，羡慕他明亮、平和的双眼。在那一刻，我觉得我就是梁庄人，因为我就是贤义。

但我又始终不是。在梁庄，我时时遇到的是陌生而茫然的目光。即使是在村庄住了几个月，即使是你每年都要回家几次，并且每次都尽可能地探访一些人，但是，那眼神投过来的一刹那，你明白，在他们眼里，你已经是异乡人。还有，当你在西安堂哥家的厕所面前徘徊，在小旅馆里如坐针毡，在青岛光亮叔家因霉味而想逃跑时，也都说明了，你不是梁庄人。你已经习惯了明窗净几的、安然的生活，你早已失去了对另一种生活的承受力和真正的理解力。

我不是梁庄人，还因为我时时承担着阐释的功能。许多时候，正是这些阐释，暴露了“我”其实已经不是梁庄人的尴尬事实。《中国在梁庄》在“人物自述”和“我”的议论之间有明显的分裂和不协调。当人物自己讲的时候，他讲的是自己的生活、结构，讲自己对社会的认知和世界观，他所包含的内在层面远远超出了书写者所能理解的层面。反过来，“我”的叙述一方面构成梁庄内部风景的一部分，而一当我以客观的形象进行公共议论时，所运行的完全是另一套话语。比如在“平地掘三丈”那一章里，最后“我”的议论多余而俗气，和老贵叔自己的精彩叙述非常不协调，并且苍白无力。这也显示了“我”作为一个外部人对村庄内部生命的简单化理解。

我是谁?“我”是我们这个时代的每一个人。逃离、界定、视而不见、廉价的乡愁、沾沾自喜的回归、扬扬得意的时尚、大而无当的现代，等等，我们每个人都是这样风景的塑造者。

现在想来，在《出梁庄记》结尾处，“我”的形象很让人生厌。“我”为什么有如此大的无力感？“我”在代谁哀叹、诉说？“我”把这种无力和下坠之感也附着到了小黑女儿身上，这贬低了小黑女儿和“梁庄”的存在。或者，它只是作为中产阶级的“我”的浅薄和软弱而已，“我”却把这些作为乡村生活和精神的全部。小黑女儿还活着，这就是她的意义和力量，这就是“梁庄”的意义和力量，大地再一次包容并继续抚育她。就像那时而世俗，时而铿锵的穰县大调，唱出的是欢乐、悲愁和力量并在的中国。

《出梁庄记》试图揭示“我”在“梁庄”结构中的暧昧存在（这一点也是在重新阅读后才感觉到的），并在文本结构上形成重要的参差和互文作用，“我”的视野、情感和“梁庄”的时空交织在一起，形成一个更大的时空。“我”也是一个“出梁庄者”，当重又回到“梁庄”之时，“我”没有资格做任何道德审判，更没有资格替“梁庄”做出判断。相反，“我”应该是一个被审问者。在西安，那个只有十八岁的、倔强的年轻人在“我”面前的羞耻感是对“我”最有力的审判。

《法制资讯》，2014年第4期

超现实语境中的非虚构写作

梁　鸿

前不久在英国参加活动，在不同场合，有好几个读者问我《出梁庄记》中的小黑女儿的事件。我想是因为“me too”事件使得大家特别关注这个故事。我也想以这个故事作为我演讲的起点。

那是2011年7月，当时我正在老家做《出梁庄记》的调查。一个早晨，小黑女儿奶奶带着小黑女儿到诊所看病，她们邻居的老头性侵了小黑女儿。一检查，发现病情非常严重，我就赶紧开着车拉她们去县城医院。在医生给小黑女儿看病时，我试图联系我认识的一些人，派出所的、法院的，等等，看怎么办。所有的人，不管是医生、警察还是法官，都说，报案肯定是对的，但不建议报案，根据以往的经验，不报案肯定比报案对小黑女儿伤害少一些。

那两天是我极为痛苦、煎熬的两天。事情不断回到原点。

奶奶一会儿说要去报警，一会儿又揪着头发说对不起自己的儿子儿媳，把头往墙上撞，不如死了算了，再或者，就是把头低到腿上，默默地哭。奶奶心里是怯懦的，她其实不敢报警，她怕和邻居撕破脸，她怕人家倒打一耙，怕事情被人知道孙女将来找不到婆家，怕在村里、亲戚那里丢人。

从现代角度来看，这件事情事实清楚，没什么可说的，但是，当真的处于其中时，你会发现，简单的“法理”无法解决她们所面临的困境。在那一刻，传统的、现代的，女性的、社会的，乡村的、城市的，所有的元素都倾压了过来，变成了不能承受之重，压在小黑女儿和她奶奶身上。

这也正是中国目前的状态，一个并存的超现实时代。一方面，我们几乎能够同时看到世界上发生的事情，巴黎游行、埃及空难、美国选举，另一方面，我们所看到的似乎又是被拣选过的。一方面，我们似乎清楚这件事情的正确处理方法，譬如小黑女儿的遭遇，另一方面，我们却又被围困其中，无法行动。

我们经常会听到一句话，说中国在短短四十年的时间里，完成了西方四百年的历史，这句话看似褒义，实则存在很多问题。在这一巨大转变下，中国生活经历了犹如过山车般的速变。前现代、现代、后现代之间相互挤压，再加上威权，形成种种光怪陆离的超现实生活。信息多到要爆炸，却又极为匮乏，科技高度发展，但人们信奉传销、保健、鸡汤、民间术士到了几为迷狂的地步。你会不由得想：我们的社会究竟处于什么状态？到底该以何种方式书写这个时代和人的复杂性？这也使得我们今天的话题成为可能。

我想从三个层面来讲这一复杂语境下的非虚构写作。

一、复调性

2015年诺贝尔文学奖授予白俄罗斯作家斯维特兰娜·阿列克谢耶维奇，当时的授奖词是“她的复调式书写，是对我们时代苦难和勇气的纪念”。

阿列克谢耶维奇是一位记者，但她的写作并非只限于报道事件。她用与当事人访谈的方式写作，记录了二次世界大战、阿富汗战争、苏联解体、切尔诺贝利事故等人类历史上一些重大事件。

我更看重授奖词中所说的“复调式书写”。所谓“复调式书写”，是苏联文学理论家巴赫金的一个理论术语[①]，用来指陀思妥耶夫斯基小说的诗学特征，用来区别“那种基本上属于独白型（单旋律）的已经定型的欧洲小说模式”，意指小说中多种声音互相交织、互相对话，最后形成众声喧哗的思维景观。

所谓“众声喧哗”，就是没有单一的、强大的、权威的声音，作品中有多个声音，多种观点，它们之间是一种对话的、辩驳的，甚至相互消解的存在，最终，时代的或事件内部的复杂性被呈现出来。在这样的复调式表达中，作家本人，皇帝和臣民，富翁和贫民，他们的声音都是平等的、同等重要的。

譬如《锌皮娃娃兵》，写的是1979年苏军入侵阿富汗的事件，派了大批的学生兵过去，那些战死的士兵被装在一个锌皮棺材里被运到各家，被作为战斗英雄。在战争还没结束的时

① 所谓复调（polyphony）本是音乐术语，指欧洲18世纪（古典主义）以前广泛运用的一种音乐体裁，它与和弦及十二音律音乐不同，没有主旋律和伴声之分，所有声音都按自己的声部行进，相互层叠，构成复调体音乐。针对陀思妥耶夫斯基的“复调小说”，大意为：陀笔下的人，是破碎的完整体。作品中有众多各自独立而不融合的声音和意识，每个声音和意识都具有同等重要的地位和价值，这些多音调并不是要在作者的统一意识下层层展开，而是平等地各抒己见。每个声音都是主体，议论不局限于刻画人物或展开情节的功能，还被当作另一个人的意识，即他人的意识，但并不对象化，不囿于自身，不变成作者意识的单纯客体。陀的世界，根本上是属于个人的世界。小说具有对话性。

候，在苏联国内，阿富汗战争就被定性为侵略战争，那么，问题来了，这些死去的士兵算是英雄，还是侵略者？作品没有正面写战争，而是以母亲、旁观者、军官等的自述为中心，母亲们讲述她们内心的恐惧，她们为死去的孩子无法成为英雄而愤怒，亲历者讲述战争过程中的各种细节，将军讲述战争的必要性，不同的声音交织在一起，相互碰撞，让我们看到人的伤痛及战争的残酷和非正义性。

《二手时间》，写的是苏联解体。阿列克谢耶维奇是听故事的好手，她在城市、乡村游走，听人们聊自己的故事，她把这些故事一个个梳理出来，让我们看到大地上的千样人生，看到政治与人之间复杂的纠缠。有时候，她又好像是城市大妈的一分子，在厨房洗菜做饭的时候，干完家务坐下喝杯茶的时候，和自己的亲人或邻居姐妹窃窃私语，说起那些似乎没来由的担心，柴米油盐的艰难，某一瞬间的崩溃，这些话通向四面八方，没有宏大主题，带着厨房的牵牵绊绊，枝枝蔓蔓，最终走向历史与自身。

我以为，这样的复调式书写是非虚构文学的基础。它强调根本性的平等，致力于呈现被大历史所遮蔽的种种存在。历史不是由大事件，不是由英雄或掌握话语权的人构成的，最普通民众的思想、情感同样是历史的一部分，它们具有同样的重要性，甚至，在很多时候，它们更能代表历史的真实。

尤其是今天，在总体话语越来越权威，个人话语越来越微弱的时代，一些东西越来越被遮蔽的时候，这样的复调式书写无疑更能够进入广阔的生活内部，更能够准确发现历史，探寻人的精神逻辑。

实际上，非虚构文学在中国并不陌生。早有司马迁的《史记》，近有1980年代前后如徐迟的《哥德巴赫猜想》等一系列被称为“报告文学”的文本，揭露重大社会问题。但到90年代以后，“报告文学”就只有大的“报告”，而无真正的个人声音，变为以颂扬为主的主旋律文学了，更妄谈准确性了。

2010年左右开始兴起的非虚构写作和之前的报告文学或纪实文学最大的区别就在于，它们没有大型话语，没有主旋律，没有英雄或劳模，多以个人性的角度写最普通人的生活。李娟《羊道》，慕容雪村《中国，少了一味药》，美国人彼得·海斯勒的《寻路中国》《江城》，包括我的《中国在梁庄》和《出梁庄记》，还有后来的袁凌的《青苔不会消失》《我的九十九次死亡》等，都是如此。在某种意义上，也在探索复调式写作的可能。

二、准确性

复调式的众声喧哗和准确性并不相悖，恰恰相反，它们在非虚构文学中是一对互相生成的概念。

新闻也讲究准确性，但更多集中于事件的叙述上，什么时候、在哪儿、过程是什么，譬如天津工业区的爆炸案，要把事件的来龙去脉梳理清楚，这就可以了，如果作者能够把事件背后所涉及的社会腐败再挖掘一些，就会更好。但是，作为一名非虚构文学写作者，除了把事件弄清楚之外，还要写爆炸过后的空气是什么味道，灰尘以什么方式下落，整个天空是什么颜色，除了写多少人受到伤害损失了多少钱之外，他还要写他整个生命状态，除了写社会腐败之外，他还要把事件内部更为复杂的、无法归结的因素写出来。譬如整个社会情绪和个人情感的涌动。我们常常会听到一句话，“新闻结束的地方，文学开始了。”也是在这个意义上而言的。

从更深层来讲，非虚构文学的准确性是要求一种开放性。

它要求你对事件有准确的描述，但这一“准确”不是确定意义的，而是就“不确定”意义来讲的。阿列克谢耶维奇的《锌皮娃娃兵》分别从母亲、士兵、军官、普通人等多个视角来谈这件事，他们彼此的观点甚至是相互冲突的，他们的立场也各不相同，她把关于这一事件的多个方向呈现给读者，邀请你去判断。它是开放性的，也恰恰把社会的复杂面相给表达了出来。《二手时间》也是这样。农民、地主、落魄贵族，各种人，各种人生，有人爱斯大林，有人恨斯大林，有人爱共产党，有人恨共产党，他们每个人都在历史的长河中沉浮，你仿佛跟着这些人在这条河里游动，以一种类似亲历的方式感受各个浪花的疼与痛。每一个人的痛都很真切，都很个人。在这里，没有集体的、大统一的声音，只有个人的声音。我想，单从形式而言，作者也消解了某种威权的、一统的话语。她把社会的各个面向都呈现给读者，而不是只有一个面向，所谓的“准确”是在这个意义上而言的。文学不是要确定某一个真理，而是要试图挖掘通往真理的多个路径，最终消解那一“真理”，或使得它显得可疑。

这样一种准确性要求写作者对现实、对生活有非常深入的理解和思辨能力。一个非虚构写作者不单是一个文学者，要让自己的文本具备只有在文学中才有的情感作用，另一方面，还必须同时是一个社会学家、人类学家和历史学家，要有见微知著的能力，要对事物的多向性和复杂性有足够的学术理解力，这样，才有可能看到更多肌理的真相。历史，从来都是有待去发现，从来都是未完成的，而不是完成时。

我想，司马迁的《史记》之所以被称为“史家之绝唱，无韵之《离骚》”，也恰恰是从历史和文学这两个层面来理解的，这也是非虚构文学所应该兼具的价值。

三、个人性

这样的复调性和准确性并不排斥个人性。相反，它们常常与个人性一起，参与、形成文本结构和意义的生成。

因为写作两本“梁庄”，我经常会遭到质疑。譬如说有人认为里面不够“客观”，过于抒情，等等。后来，我也认真思考这一问题。

非虚构文学里面的“个人性”，尤其是作家的立场、情感，是一个非常值得探讨的问题。虚构文学不必面临这一问题，因为它的姿态摆得很鲜明，我就是虚构的，我可以任性而为。但是，既然你宣称你是“非虚构”，又如何可以有“我”之存在呢，又怎能保持客观性或真实性呢？

我想，有这一疑问，也是因为大家对文学里面的“客观”、“现实”或“真实”有基本的误解。一个写作者，或者说，任何人，都不可能说你“穷尽了全部真实”，而只能说，我在尽可能地接近“真实”，而这一“真实”也不是唯一的、确定的，正像我在前面所讲的，它唯一可以确定的是它的“不确定性”，一个非虚构写作者面临的挑战是如何把这些“不确定性”一一呈现出来，去挖掘它隐秘的路径、可能的方向和相互之间的纠缠。

在这一过程中，写作者必然地受到“我”的牵制，不管你的作品中出现还是不出现“我”，你的知识背景、情感立场必然会影响你对事件及生活的理解。你要意识到这一点，努力去克服它，或利用它。

非虚构文学，我想虚构文学也是一样，在很多时候是在与自我作战。内心观念越强大的人，越是面临挑战，因为现实的复杂性会不断冲击你既有的知识结构和情感框架，而那些没有内心观念的人，又无法去发现生活，无法走向生活的深处。我们想想20世纪五六十年代的美国非虚构小说，不论是卡波特的《冷血》还是诺曼·梅勒的《刽子手之歌》，都在某种意义上启发了美国民众对自身生活和精神形态的思考。它们不单单是在描述罪犯，而是在发掘罪犯后面汹涌的美国精神状态。

有时候，非虚构写作就好像一种行为艺术。

当年奈保尔为写“印度三部曲”——《印度：受伤的文明》《幽暗国度：记忆与现实交错的印度》《印度：百万叛变的

今天》，不断重新回到印度。他住在一个小宾馆里，在贫民窟里穿梭，他在印度大地上辗转，以目之所见思考宗教、世俗社会与印度普遍人生的关系。书中，有一个鲜明的“我”，带着先验的知识和偏见，但同时又怀着不可抑制的激情（面对“故乡”？“古老文明”？），有时候他愤怒异常，有时候又喋喋不休，反复描述一个场景一个人。他喜欢把印度大地上的某一个人的形象定格为一种文明形象，永恒的卑微，或永恒的神秘，同时，他又致力于打破这种神秘（这是他写作的最初宗旨），他既建构又解构，既肯定又否定。正是这种矛盾的情感，使得三部曲幽微深刻，耐人寻味。我想，我们可以说奈保尔有偏见，但我们不能说奈保尔写的是虚假的。因为，即使如非虚构写作，所涉及的也不只是生活本身，同时也是关于生活的理解和思考。

我自己兴奋于非虚构的写作，可能也在于此。我渴望到一种生活内部去，它广阔的向度，抽丝剥茧般的层层递进又歧义丛生的逻辑，越来越深远的历史性，越来越复杂的人的存在和生活的样态。我喜欢这种不可知性，犹如探险。

很多人把非虚构文学自然等同于现实主义的文学，其实还是应该有更加准确和更加清晰的认知。传统的现实主义文学既被看作一种叙事方法，同时，也经常被等同于关于生活本身的描述。用这样的观念再来看非虚构文学，好像恰恰就是现实主义的。但是，我想说的是，现实不是一个大统一的、硬核一样固定的、不可撼动的东西；相反，现实是混沌柔软、模糊难辨的，真正的现实主义应该包容，并去描述生活中不可捉摸的触角，它应该是毛茸茸、湿漉漉的，充满弹性和可能性，而不是一个确定的结论性的东西。就像我们在阅读奈保尔或阿列克谢耶维奇的作品时，我们不会想到它们是现实主义的，我们想到的是，生活像潮水一般，不断涌来，每一次涌来都挟带着新的泥沙，新的微生物，新的漂浮物。它们都预示着：远方，或者就是当下，你脚下的这片土地，这片海，还有很多我们尚未发现的、尚未思考的事物。

非虚构文学在中国正在成为一种思潮，一种流行文本，甚至，我觉得它有点过热，过分流行了。但总体而言，中国的非虚构文学还并不成熟。一是这一文体在中国当代文学中并没有充分的实践性，它作为文学文体的价值没有通过创作实绩充分呈现出来，更重要的一点是，在当代中国，非虚构文学的写作越来越难。许多时候，你不能直接面对大的现实，更不能去书写它。譬如一个村庄的失踪人口，中国乡村的女性生存，等等，我都非常想写。有很多人对我说，梁庄如果放在今天，想都不要想出版的事情。但它们都存在我心里，小黑女儿和她奶奶的哭泣始终在我心里，捶打着我，让我不要忘记这些疼痛，终有一天，我会以自己的方式写出来。

这是非虚构文学面临的挑战，也是它值得期待的地方。

《超现实语境中的非虚构写作》，

本文系作家梁鸿演讲稿

写作与世界的关系

梁　鸿

写作与世界的关系，就像魔术师与真相的关系。

真相从来只有一个：魔术师的表演不可能是真的。但是，大家却仍然为魔术师的表演所着迷，因为那里面包含着人类的想象力，人类对自身及世界的渴望，它探求的是可能性。

文学也是一样，它的目的不是在告诉你，真相就是这样，而是告诉你，它还有另外的可能性。这一可能性既来源于人类已经创造的事实——社会形态、文明结构和人性状态，也来源于人类内部所包含的可能的方向。在此意义上，文学与世界是在一种悖反、错位和隐喻中彼此彰显的。

这也是我今天想要给大家分享的三个层面。

第一，悖反关系。

写作不是简单地解释世界，而是背向这个世界。作家要走到阴影处，走到时尚、华丽的巨型建筑背后，去看那里世界的形态和道路的走向。并且，这一巨型建筑——也可以说巨型话语——越具有确定性，越需要作家转过去看看。这两者是相互依存的关系，就像阳光和阴影，肯定与否定，巨大与微小。

在巨型话语中看到日常人生的众生相，在喧嚣中寻找沉默的、安静的那一部分，并且，试图发掘它们之间如何互为生长，这是作家非常重要的任务。

《百年孤独》中马孔多小镇的扩张是历史的正面，是正在发生着的社会现实。在政治层面，它甚至可能是必然的，拉美的城市化、现代性，和中国的城市化、现代性在现代文明发展的过程中都是一种必然，但是，作家的任务不是要写马孔多发展的必然性，而是写出这一必然性中所同时生长出来的百年孤独。乌苏娜、奥雷连诺上校，他们被飓风一样的发展裹挟着，无法决定自己的命运，但又顽固地保持自己的存在。这一顽固性为他们赢得了尊严，也无形中成为一种力量和“历史的正面”博弈。

阎连科的小说《炸裂志》*The Explosion Chronicles* 也是同样。他所描写的是中国狂飙式的发展，在短短几十年内，从一个村庄“炸裂”为一个镇，一座小城，到一个大都市。但是，你从中读出这一发展背后的荒诞性及在这一过程中人性的扭曲。

第二，写作与世界的关系是小等于大，或者，小大于大的关系。

就像我刚才讲的《百年孤独》，一个村庄可以是全世界，马孔多从一个几户人家的村庄到繁荣的小镇，再到衰败，在此过程中，作者所描述的众生相包含了人类很多的形象，马孔多小镇的命运也几乎是整个现代拉丁美洲的命运。

一个人的爱情可以是全人类的爱情。譬如托尔斯泰的《安娜·卡列尼娜》。书中有一个细节是这样的。安娜和伏伦斯基吵架后，伏伦斯基独自一人坐着马车去彼得堡参加宴会。这时，安娜站在楼上的窗口边，看着英俊、衣着整齐的伏伦斯基走向马车，内心非常嫉妒、失落和不甘。他们一起私奔，但是，彼得堡的上流社会可以接受伏伦斯基，却不接受她。她只能躲在家里，任凭绝望吞噬自己。我想，在那一刻，安娜的痛苦不只是一个上层社会女性的痛苦，而是所有爱情在现实面前遭遇壁垒的悲伤，是所有爱情都可能经历的悲伤。

一个人的梦魇可以是全人类的梦魇。卡夫卡《变形记》的第一句话是“格里高尔清晨起来，变成一只甲虫”。我们都清楚，人不可能变成甲虫，但是，每个人都经历过这样的时刻，恐惧、焦虑、担忧，非常非常压抑，卡夫卡把这种无形的情绪变成有形的语言给表达了出来。

回到我们的主题，今天我来到伦敦，坐在这个书店，给大家讲梁庄及梁庄的人生。

梁庄是中国当代村庄，我的家乡，它与英国，与此时正在倾听的你又有什么关系呢？

我给大家讲一个小故事。以《出梁庄记》的结尾小黑女儿的故事为例。

当时我正在老家做《出梁庄记》的调查。一个早晨，小黑女儿奶奶带着小黑女儿到诊所看病，一检查，发现病情非常严重，我就赶紧开着车拉她们去县城医院。在医生给小黑女儿看病时，我试图联系我认识的一些人，派出所的、法院的，等等，看怎么办。所有的人，不管是医生、警察还是法官，都说，报案肯定是对的，但不建议报案，根据以往的经验，不报警肯定比报警对小黑女儿伤害少一些。

那两天是我极为痛苦、煎熬的两天。事情不断回到原点。奶奶一会儿说要去报警，一会儿又揪着头发说对不起自己的儿子儿媳，把头往墙上撞，不如死了算了，再或者，就是把头低到腿上，默默地哭。奶奶心里是怯懦的，她其实不敢报警，她怕和邻居撕破脸，她怕人家倒打一耙，怕事情被人知道孙女将来找不到婆家，怕在村里、亲戚那里丢人。

有一次，我无意打开电脑里的录像存档，翻到采访小黑女儿的那一段，我又一次听到录像里我抑制不住的哭声。当时，我正问小黑女儿，为什么那个邻居老人第一次对她那样做时她没告诉奶奶，都那么疼了。小黑女儿慢慢说，因为她怕她奶奶伤心，因为哥哥太调皮，她奶奶已经很累了，她不想让她为自己多操心。

隔了那么多年，我仍然忍不住流了泪。她不知道她遭受了什么，而导致她进一步受伤害的原因竟然是心疼奶奶。

听着小黑女儿的诉说，再次看到她奶奶的花白头发，我想，也许事情发生的原因及处理的方式可能是中国式的，但那一刻，奶奶的痛苦一定包含在全人类的痛苦之内，它是人类永恒的痛苦和永远面临的困境。与此同时，小黑女儿因天真所遭受的伤害也是人类所有天真所遭受的伤害，它是真实的个人遭遇，但同时，却也好像人类世界的内在形象之一，与你我都息息相关。

在这个意义上，梁庄就是世界的中心，它承载了全世界人类在当代文明中的命运。

也可以说，写作与世界的关系是小等于大的关系，甚至，更大于这个世界，是小大于大的关系。

第三，隐喻关系。

写作与世界不是反映与被反映的关系，而是隐喻和象征的关系。当作家起笔写一个人物或一个村庄、某个庄园、某个故事时，他并不是按照现实的模型来写的，相反，他要把模型——这里的模型指的是日常观念中的现实认知——打碎，打成一个个元素，然后，再重新捏合。即使我们说《傲慢与偏见》是19世纪英国中产阶级的风俗画，也不能说它和现实一模一样，而是如同日本的浮世绘，把一些重要的人物突显起来，让他们成为某种隐喻和象征的存在。这也是故事之所以有价值的原因。

这是文学创作的基本起点。隐喻不只是一种修辞或创作手法，而是创造文学世界的基本起点，尤其是对于虚构文学而言。

如何既具有人类的众生相，同时又能通向隐喻性和普遍性，这是所有作家所追求的艺术方向。

如布尔加科夫的《大师和玛格丽特》透过以化身为教授的魔鬼撒旦考察人的灵魂为起点，考察了当时俄罗斯的社会现实和精神状态，这样一种超现实的起点本身就有强烈的隐喻色彩。马尔克斯、卡夫卡的小说都是这样的起点。

但是，也有另外一种方式，就是通过对现实世界非常清晰的精雕细刻，最后达到一种强烈的隐喻风格。前天去伦敦国家美术馆，看小汉斯·荷尔拜因（Hans Holbein the Younger）的肖像画，我被他画作强烈清晰的风格所吸引。他的画非常现实主义，每一个细节，哪怕是手上的褶皱，都会画出来，但是，当你观察整个肖像时，它们又具有强烈的超现实风格。人物像浮雕一样在空间中凸显出来，凌厉、强大，又孤独万分。

回到文学作品上，譬如像《傲慢与偏见》《包法利夫人》这样的作品，小说本身非常现实主义化，但是，最终却有强烈的隐喻风格。我想，这与作家对世界的理解，对人的理解都有很大关系。

我自己也刚完成一个小说《四象》*four images*。小说写一个患精神分裂的大学生，返回家乡河边的墓地放羊。在这里，他和三个人聊天、说话、学习，经过一系列事件之后，重返城市，被尊为大师。最后，他的精神基本上恢复了正常，但是，他再也听不到那三个人说话了。这三个人其实是墓地里的亡灵。

表面看来，这个故事有一点点魔幻性质，但我的目的并不是要写作一个魔幻现实主义的小说。在看荷尔拜因的画时，我突然想到，我追求的就是这样一种风格：强烈的、清晰的真实性，这一真实性甚至是粗暴的，以至于最终能达到某种隐喻。所以，在我心里面，我一直把这墓地的三个人作为真实存在的人物来写的，他们在那个患精神分裂症的年轻人那里，也的确是真实存在的。

这个小说并不长，十三四万字，但我写了两年多，已经改到第四遍，目前还在改，我个人非常喜欢，其中一个原因就是，它与现实世界是这样一种变形的，但又密切的关联。

再回到开头，文学世界是一个既不同于现实世界，但又一定诞生于现实世界的世界，它与现实世界之间是你中有我、我中有你的关系，是看似一个面相，但其实却是由无数面相组成的关系。

我想，这也是写作与世界之间最基本的关系。

《写作与世界的关系》，2019年3月14日，

在伦敦光华书店的演讲

对谈

梁鸿：时间的凝视者

梁　鸿　行　超

“我要当作家”

行超：很多人关注您的创作是从《中国在梁庄》开始的，但事实上，此前您在文学评论、理论研究方面也颇有建树。可否请您简单介绍一下自己的文学创作过程，尤其是大家不大熟悉的起步时期？

梁鸿：其实说实话，我们都是文学青年，我很小的时候就喜欢文学。小时候生活环境很封闭，家里人也比较多，可就是那种热闹中的孤独，反而更能够让人去思考，或者说有一种思考的可能。可能是因为小时候大家都忽略我了，我就自己去想、去写，虽然都还是朦胧的一种动态。后来我翻到自己初中时候的日记，才发现上面写着，“我要当作家”，其实成长之后我完全忘掉了，也不记得有过这种愿望，但确实应该是那个时候已经有了热爱写作的影子。

中学的时候，我开始非常明确地喜欢写作，喜欢塑造一个感伤的场景，尤其是面对大自然，让我特别着迷。我15岁考上中师，那个时候开始已经算是有意识的创作了，每天早上起来，我会观察云朵的变化，我会在同一时间、同一地点，坐在那个地方去描述云彩，描述每一天的天空不同的景象，这对我影响非常大。今天我在写作中对自然界的关心、洞察，包括试图去描述的动力，我想很大程度上是受益于曾经那种缓慢的凝视。

一旦写到大自然，包括写到那种人与自然的对视的时候，我会感觉时间不自觉地慢下来了，我非常喜欢这种感觉。我记得当时我们的学校是在郊外，我的教室比较高，刚好可以看得很远，我喜欢坐在窗户旁边发呆，远方就是一条公路，路两旁种满了白杨树，视线特别好。在那个时空中，人会有一种慢下来的感觉。我觉得这种“慢”对写作来说可能是非常重要的，虽然当时是完全出于热爱，后来我又读了本科、硕士、博士，可能慢慢会朝着研究的方向去走，但实际上这么多年我一直在写作，可能没发表，写了很多散文、小说，现在我电脑里还有一个文档，里面都是当年写的东西，包括很多日记。我后来在小学教书也写了好几本日记，那些日记现在看可能比较轻浅，但其实已经是一个创作的雏形，比如我在里面描写了路上散步看到一个小孩，看到农民、看到河流等。现在想想，我在村庄教书的那段时间是很封闭，对于今天这个时代而言，那时的时间也是非常缓慢的，而这种缓慢对于写作来说是非常有价值的。现在我一开始写作的时候，我都感觉就那段时间那种状态又回来了，我好像在跟某个人、某种事物对视，至于想什么可能不知道，但是确实有一种对视的、时间慢下来的感觉。这种写作中的空间感、时间感，应该是很早就奠定了，一直到今天都还在受益。

后来我博士毕业开始教书，这么多年相当于一直在隐形写作。当教师之后，其实反而好像有点远离了“写作”的梦想。2007年、2008年左右，也可能是到了一个思想的极致，我就觉得不能再继续这种生活，特别想写点自己内心的东西，这个时候才又开始琢磨我要怎么写作，或者怎么去转换一个思路。我觉得，人心中如果一直有个若隐若现的东西，那它总有一天会出来。我是中师毕业，之后在小学教了三年书，又重新脱产进修，读了大专，同时我开始自学本科，然后又考研究生，我30岁博士毕业开始教书，但最终还是回到了写作的路上。

行超：您这段求学的过程也确实是蛮坎坷的。更不容易的是，在这样的过程中还能一直坚持着写作这件事，大部分人，即便内心有着写作的愿望，也多半是被这种琐碎、疲惫的日常消磨掉了。

梁鸿：现在看好像是的，但我当时还真没觉得有什么不容易。我上教育学院的时候，所有人都是听完课就走了，大家都是来拿个文凭而已，只有我一个人一天到晚在教室里坐着，读书、写作，但当时还是挺开心的，因为你自己遨游在那个知识的海洋里，完全沉浸其中。我记得当时我要学本科的课程，还要学英语，每天都忙得不得了，时间都是按分钟来分割的。早上6：30去教室读英语，别人来了我赶紧跑下去吃个饭，然后回来开始上课。中午又是我一个人在教室里，还要写日记，还要办我们学校的刊物，那个刊物叫《原上草》，当时我是主编，有的时候没人写稿子，我就得自己化名去写，但当时也不觉得有多辛苦，每天按照自己的节奏，可以说几乎是不知道别人的存在。有一次考完试，我抬眼看到旁边的女生，忽然发现这个女孩儿挺漂亮的，以前几乎完全没注意到她的存在，太专注在自己的世界里了。一个人专注于某件事的时候，时间是不知不觉过去的，你不会觉得艰难，只是觉得充实、快乐。

行超：感受不到艰难是因为内心爱那个东西，为了它，付出什么都没关系的。

梁鸿：对，还是喜欢这种状态。我18岁中师毕业开始教书，21岁重新开始上学，一直到2000年，我博士毕业，30岁了。这中间的9年时间实际上一直在求学，然后开始在大学教书，这段时间写的基本上都是学术论文了。2007年、2008年的时候，我要"创作"这个念头可以说是再次升起了，可能因为之前一直在求学的状态里，比较专注于写论文、教书、生孩子，只是零星的一点时间写一写，而到这个时期，我重新燃起了那种强烈的"创作"的愿望。

行超：那几年差不多就是创作《梁庄》的时候？我记得《人民文学》的"非虚构"专栏是2010年年初开始的。今天来看，其实《梁庄》的写作对您的文学生涯，包括整个的人生，其实都是一个很大的转折吧？

梁鸿：对，《梁庄》是2010年发表在《人民文学》的"非虚构"专栏，后来出版了单行本，名字改为《中国在梁庄》。转眼间也10年了，最近我刚写完一部新作《梁庄十年》。现在想想，那确实对我是个非常大的变化，但这个变化其实也是埋藏心中已久的，并不是突然发生的，即便没有《梁庄》，我想也会有其他事让我回到原来的生活，回到我童年的梦想。可能就是那种“我要成为自己”的想法吧，它总是有某个契机要出来的，所以对我而言是挺自然的，因为一直没有真正离开过。我记得很清楚，即使是在读博士期间，我当时每天到图书馆，也都是先写点东西，小说、散文什么的，然后再读书、做学术研究。我好像成熟得比较晚，当时也已经二十七八岁了，但还是很简单地、乐此不疲地在写，写完自己看一看、改一改，我记得当时也让别人看过，但是好像都没有想去发表，觉得好像也无所谓的。所以我好像是比较晚才进入所谓的“文坛”，但是也好，人生就是这样子的。晚有晚的好，你可能会写得更持久。对我而言，前30年一直在积累，一直在阅读、思考，然后再磨炼自己的笔，结果可能慢慢地有一些进步。我觉得如果一个人在很长时间里，一直是自己一个人在默默探索，那他可能就会有更真挚的东西始终包含在里面，这种东西是个内核，会影响你以后漫长的写作，比较少有名利的缠绕，就只是老老实实地看书、使劲琢磨着怎么写东西，这种状态其实是很难得的。

行超：近些年很多批评家、学者“转行”写小说，大家好像多少觉得有点隔膜，因为做学术研究更依赖的是理性思维，但是写小说还是更侧重于感性的发现。我也是渐渐地发现，其实这些“转行”的学者，他们早期都有过创作的经历，只不过有的作品发表了，有的没有发表，所以不为人知。不太了解您的人可能觉得您是从文学批评领域转到非虚构，又转到小说创作，看起来好像总是在“跨界”，但是如果梳理您整个的文学历程，会发现其实您一直在坚持创作，所以后来从文学研究转向文学创作，与其说是“转型”，不如说是“回归”？

梁鸿：的确，对我自己而言，这些转变是顺其自然的。我记得当时我的博士论文答辩时，一位很资深的教授看了我的论文说，你的博士论文写得还挺感性的，这么写行不行？她当时是有点怀疑的，但后来想了想还是觉得，这样写其实也挺好的。当时我印象挺深刻的，她最后还是说，挺喜欢我的论文的。我一直不是纯粹的学院派，我的本性一直在那儿，所以情不自禁就会用一种比较开放性、感性的语言，所以即便是做学术、写论文，可能也还跟别人不太一样。

扩张我们的语言形态

行超：我们再谈具体点，您20岁左右的写作，实际上是自发的、感性的、自然流露的，后来经历了一系列的学术训练之后，又创作了“梁庄系列”，以及之后的许多部小说。那么您觉得，中间这一段时间的学术训练，对于您的文学创作，包括语言、观念、思维方式等各方面，产生的是什么样的影响？它会压抑创作中那种飞扬的、轻盈的东西吗，还是会提供什么新的意义？

梁鸿：我自己觉得不是压抑，其实这也是我最近几年一直在思考的问题。一个作家的思维，尤其中国作家的思维、语言形态到底是什么样子的？我发现中国的作家，不管是哪个年代的作家，其实大部分都是比较关注于纯粹感性的、感情的问题。但你稍微再琢磨一下，欧洲的作家，他们大部分都和理性问题缠绕得非常紧密，他们常常感兴趣于哲学、逻辑，包括天文、物理等，你看卡尔维诺，他学习过很多物理、数学的问题。相比而言，中国作家的知识面是有些狭窄的，包括我自己在内，感性经验非常充分，但我们的语言形态是单调的，因为我们的思维可能一直是一种纯粹感性的状态，很少受逻辑的、理性的知识的洗礼，因为这不是我们的生活形态，这也不是我们的知识形态。所以我觉得，像我们这样算是受过科班训练的作家，是不是能够找到一种语言，能够包容，能够多向，能够在理性和感性之间达到有机的融合，虽然我也没有成功，但我觉得这应该是一种努力的方向。现在我们的资讯发达多了，获取知识的方式也变得相对容易，我们这一代作家与50后、60后的前辈相比，应该说接受了更多的教育，掌握了更多的知识，所以我觉得我们应该花更多的时间去磨炼我们的思维方式、语言形态。换句话说，用一种知识的语言来进入文学，或者把知识融进文学，变成文学语言，知识不单单是知识，它应该是生成性的。我们都会引用，但仅仅引用一个知识点是没多大意义的，它不是一个语言形态本身，或者说它不是一种思维形态本身。真正难的是要将这两者进行有机的融合。

所以对于我而言，写了那么多的论文，我的语言太理性了，既然这样子，我就不应该让它成为写作的一种障碍，而是要克服它，我要把它去除掉，在这个基础上，我还要扩张自己的语言形态。因为它已经是我生命中的一部分了，我把它怎么样能够融合到我的创作语言里，使它更加宽阔，这是我一直在琢磨的事情。这种扩张确实非常艰难，但我始终觉得，这不是一种障碍，反而是一个亟待我们这一代作家去琢磨、去攻克的问题。因为说到底，怎么样使我们的文学更加宽阔，这跟我们使用的语言是有直接关系的，如何使用我们的语言，很大程度上决定了我们会呈现出怎样的文学。

行超：这个问题特别重要。其实几乎所有的作家，包括您在内，最早期的写作都是来源于纯粹的感性观察，是一种直接的情感流露。这个阶段，所谓“才华”当然是很重要的，但这个“才华”不足以支撑写作的耐力和持久度。不少中国作家出道时让人有惊艳之感，但很多人就此停留在这个层面，我甚至发现，有的作家20年后写的东西、关注的问题跟他20年前几乎没有什么区别，这个时候，20年前那种曾经很吸引人的“才华”反而会变成他此后写作中最大的障碍和负担，它让作家变得视野狭隘，作品肯定也是越来越单薄。

所以我觉得，其实学术研究也好，理论学习也好，反过来对于创作来说是一个特别好的事，像您说的，它会培养另一种思维，也让作家跳出自己局限的小世界。我个人认为，您之后写“梁庄系列”一定也是因为您走出了梁庄，来到北京，进入到一个更复杂的环境里面，隔着一定的距离，回过头来再去看自己成长的那个地方，才会有不一样的思考。

梁鸿：我觉得任何经验都是要离开之后，才会得到一个更好的、完整性的认识。离开之后，你才会去真正体察它，包括我们现在生活在北京，我觉得北京是很难写的，当然也还是会去写，但这种书写是身在其中的，还很难说有一种整体性的把握。一方面，我们这个城市本身就是生长性的，还没有一个确定的都市性出来；另一方面，其实我们很多时候的经验，就是在你离开那个地方之后获得的。随着你的不断成长、知识的不断增加，才有可能对那个地方、对那些事物有一个新的理解力，可能我觉得这是一个正常的状态。

行超：对。在我看来，对于梁庄、对于乡土社会的观察和思考，其实成为了您之后所有创作的底子。梁庄是“种子”，最先长出的当然是《中国在梁庄》《出梁庄记》，但又不仅如此，《神圣家族》《梁光正的光》《四象》等，即便是想象中的、虚构的世界和故事，也都是基于对现实的观察和思考，也是梁庄这颗“种子”结出的果实。

梁鸿：应该是。我对梁庄、对乡土社会的思考，尤其是对其中复杂性的观察和感受，不仅是影响了我的创作，甚至也是我思维方式的一种底色。不管面对什么问题，我都有一种本能的思辨，我会更加注重“实感”，比如这个人在具体语境里是什么样子的，我不喜欢轻易去做判断，这种不轻易正是因为我看到过生活内部的复杂性、混沌性，我不愿意那么痛快地去那么表达，我觉得这种“痛快”有一种虚假在里面。当然这另一方面会造成我有时比较谨慎，或者比较软弱，我觉得那也没办法，这是代价，包括对一些观点的争论，其实我都很少参与，我觉得观点是干脆的、单一的，表达一个观点是很过瘾的，但其实这里面的偏见也是很大的，我自己其实不愿意轻易形成观点，并且写作到现在，我对所谓观点越来越警惕，还是更希望能够展现生活内部的那种多向、多义，至于它到底是什么，我真的不敢去轻易说。所以有时遇到一些社会学、人类学的学生，说他们的老师把《中国在梁庄》作为必读书目，我都会说我这是文学著作，里面肯定会有很多问题的。我这样说不是谦虚，而是因为我确实不想让它成为一种观点，早年写《中国在梁庄》的时候，我的观察确实是比较问题化的，虽然很多问题其实自己也没想清楚，但是那个阶段的思考是很珍贵的。我是觉得，如果真的形成了一个固定的、呆板的印象和观点，这本身就是一个非常有问题的事情。包括后来写《出梁庄记》，现在写《梁庄十年》，我其实都是努力写得更加放松一点，更加多维度一些，也是希望呈现自己这些年的思维的变化，更着重于呈现生活本身的形态。

行超：我在读《中国在梁庄》《出梁庄记》这两本书的时候，明显感受到您在情感上，甚至立场上的那种挣扎、纠结，一方面，作为“梁庄的女儿”，您当然对这片土地有很深的感情；另一方面，作为一个接受了高等教育的人，对于这里正在发生的问题，一定会有一种“批判”的眼光，这种“批判”在情感上是不是一种“背叛”，很可能就是其中情感挣扎的来源。

不过现在十年过去了，刚才听您重新说起梁庄，说起正在写的《梁庄十年》，显然感觉到不那么挣扎了，好像情绪上松弛了很多？

梁鸿：对，肯定是这样，现在要松弛很多。写《梁庄》的时候我还是难免有些观点的，因为这个作品本身就是社会性的一种整体观，难免会有观点的呈现。所以后来有时候想想，确实还是应该更加谨慎一些。虽然我其实一直是以呈现为主要的目的，我从来不敢说总结一个规律、总结一种生活形态或者社会问题给大家，这本来也不是文学的任务，再加上我觉得自己其实是不太喜欢那样的写作，提供观点是很容易的，真正客观地呈现是很难的。

行超：坦白说，这一点可能也是“梁庄”系列所遭受的最大争议。您当时创作这两部作品时，是有意识地使用“非虚构”这个文体吗？

梁鸿：其实没有。当时写《梁庄》的时候，说实话并不懂得什么叫非虚构，就完全按照自己本能的想法去写的。后来写《出梁庄记》的时候，因为被大家叙述了太多次，“非虚构”已经变成了一个太热的概念了。这时候怎么写，我还是经过了一番思考的。你还用不用“我”来叙述？这里边还出不出现

“我”？这是个特别大的问题，很多人批评《中国在梁庄》里面的“我”太过感情外露，情感浅薄、轻浅什么的，没有里面的人物自述好。我也是认真思考了这个问题，但是首先我有一个最本质的想法，就是要把梁庄写完——既要写在家的梁庄人，也要写在外的梁庄人，这样才能构成一个完整的梁庄。不管失败还是成功，我一定要把这件事完成，这是第一点。第二点就是在决定要写的过程之中，我也一直琢磨，这个“我”要不要？刚才我们所说的这种情感性的东西还要不要？但后来我觉得还是要维持体例，只不过稍微有一点距离，退一点。之所以保留“我”，是因为我觉得其实《中国在梁庄》里边，“我”是特别重要的一个身份，是一个角色、一个观察的视角。“我”的那种心理，那种看待事物的、内在的情感方式，其实也就是我们大部分阅读者的心理和情感方式。很多读《中国在梁庄》的读者，都是有一定知识水平，大部分也是离开家乡，脱离了原本生活的人，所以我觉得我也代表了这些人的视角。有人看着觉得“不舒服”，这种“不舒服”实际是对自己的不舒服。所以我愿意把真实的自己坦露出来，实际上最后的效果也基本是这样子，像你说的，很多人看到了“我”的羞愧，这种羞愧其实也是读者自己的羞愧。

第三点，我觉得这里面的“我”构成了多重空间：“我”既是城市人，也是梁庄人；既是所谓的知识分子，但同时也是一个普通的生活者，“我”在看梁庄这群人的时候，其实也是在一种创作的空间里，这个空间是读者能感受到的。因为实际上，我们每个人都可能是某个庄的人，你可能是李庄的，可能是王庄的人，那你与你的故乡也构成了一个空间感，这个空间是隔离的，但同时又有一种在场的感觉，它既不是属于你的，但同时又是你的一种感觉。所以我当时是希望能够有这样的效果，才又再次采用了“我”这个视角。当然，在写的过程中，你的笔墨能不能掌握得好，这是另外一个话题。大部分读者看完之后会觉得，我的家里好像也有梁庄所发生的事情，我的家乡也是这样，这是我想达到的一个特别重要的效果。

乡土社会的问题正在逐渐内化

行超：所以梁庄的问题就不仅是一个个案，它是一个整体性的大问题的代表，是我们社会共同的一种存在，因此，它变成了跟每一个个体都相关的问题。这就是文学。如果没有那个“我”，就很可能不是一个文学的文本，而是社会学的报告。《中国在梁庄》和《出梁庄记》的文学性其实很大程度上也来自这个“我”,“我”的视点、“我”的感受，不管是同情、反思，还是批评或者自我批评，其实都是非常重要的，这个当中包含着文学性。

梁鸿：实际上也是说明梁庄内部它有种空间，有的时候我们看一个作品，可能只是你的事情，跟我没关系，看完之后大家哭哭笑笑，感叹感叹，就没了，你不会去再有一个更长远的思考。如果能够让每个人想到自身，而不是像看奇观一样地看完梁庄的故事就完了，那么我想要的基本的写作效果就达到了。到现在为止，我自己感觉，这个“我”的保留是对的。你现在想想，好像客观性外面包含着一层主观性，虽然你尽可能地把每个场景、每个人说的话、他的表情客观化地表达出来了，但实际上，这个客观性的外面一直有个主观的眼光注视着，而读者又是用另一个主观的眼光来注视着这个作家、这个“我”，这里面有很多重眼光、多重空间。也是因为这样，让它成为了有意思的文本，至于其中社会学的特点和文学的特点，如何能够找到一个有机的方式把它们结合起来，挺难的，说实话。

行超：是很难。因为你既是局内人，又是局外人，这其实也是我们的国家和社会在转型时期所面对的一种特殊现实。我们这代人，很多都是成长在城市与乡土之间的，比如我的爷爷、奶奶都是农民出身，我爸爸也是在农村长大，但是后来爷爷到县城工作，爸爸读了大学，留在城市生活。我从小生活在城市，但是“根”显然还是在农村，我以为通过读书，或者长辈的讲述，对中国的乡土社会是有一定了解的，但是直到前段时间，因为奶奶去世，我回老家住了比较长的一段时间。你知道，在中国乡土社会中，葬礼是最重要的人生仪式，通过这几天我发现，其实对于乡土我几乎一无所知，别说是具体的仪轨了，乡土社会的基本伦理、情感逻辑，与城市是完全不一样的。你作为一个外来者去观察，与你真正作为其中的一员，按照它本身的方式去生活，其实是有很大区别的。您写梁庄的时候，是已经在北京生活了一段时间，然后为了写作又回去的吗？还是本来也经常会回去？

梁鸿：确实是很不一样的。必须有这种切身的经验、感觉，才有可能体会一些更深层的东西。我读书出来之后，确实回去得比较少了，当时寒暑假还是会回去，包括平常有什么事都会回去，我基本上还是每年都会回去，回家之后我都会在村里逛逛，因为我哥哥在镇上住，镇上离我们家很近，走路都可以回去。我应该还算比较熟悉整个乡村的状况，但有的时候这种熟悉就像你说的，只是走马观花。所以，从外表看来，我还算比较熟悉整个村庄的人员，村里的老人我也都还认识，但实际上，确实还是有一些陌生感在里面。这是没办法的事，你就是回来了，看一眼，然后就走了。所以2007年、2008年，我再回去的时候，就在家里住下来了，然后有意识地每天去村庄里走来走去的，在那儿吃饭、找人聊天，确实有不一样的感觉，很多脉络的东西会一点一点出来，这是很重要的。同时，你会看到更细微的日常，每个人都是多变的，他这回是悲伤的，可能下回就好了。那他为什么悲伤？为什么一下子又好了？这种变化，还是需要你花一段时间去停留、去观察。其实我觉得非虚构对我而言实际上还挺艰难的，我还是非常看重这个时间段的停留和生活，这种时间的长度才能给我带来不同的感受。如果说你让我去采访他们一下，然后就写一个非虚构，那对我来说太难了，我可能写不出来。

行超：实际上，如果您是去另外一个村庄，或者是另外一个作家去梁庄，肯定都写不出来现在所看到的这种情感和深度。我记得《中国在梁庄》里写到，被采访的梁庄人的情绪是很复杂的，一方面，他们知道您是自己的乡亲，但是另外一方面，当您以一个采访者或者是作家的身份去跟他们聊天时，他们又多少会有点防备，这时候的心理、这时候说的话其实都是很微妙的。

梁鸿：当时确实是这种感觉。但是现在，你看我回到村里面，大家其实对我没有任何防备，我觉得我们梁庄人特别好玩，所有人都知道我写东西，但所有人都没有故意地、刻意地去隐藏什么，他们大部分都看了我的书，知道我在写东西，但从来没有人说你写得怎么不好、不对，我们梁庄人特别大方，我觉得北方人对知识的尊重是天然的、骨子里的，他们觉得你在写东西，这就是好事，哪怕你写到我的缺点，当然因为我也做了处理，但其实如果细抠，其实都是能看出来的。现在我再去采访吴奶奶，她的儿子、女儿、孙子，他们都会尽可能把自己的内心都挖掘给我。比如我问一个本来在外打工的梁庄人，我说你好好想想，你到底为什么又回到梁庄来？他就会说，我想想，然后很认真地告诉我，我那个时候是怎么样怎么样，我觉得他们都挺可爱、挺好玩的。

行超：这次又回去做采访是为了写《梁庄十年》？

梁鸿：对，10月份又回去一趟，写《梁庄十年》我回去了三四趟。我为什么刚才说梁庄人很可爱，就是我在采访中感受到的。比如我采访一个在县城里面做生意的，我说你当年在东莞开服装厂，挣了200多万，汶川地震还捐了好几万块，现在完全赔了，一分钱都没了。然后我就问他，你想想你生意失败的原因到底是什么？是性格的原因，时代的原因，还是这个职业本身的原因？他特别认真地想了很久，最后说，“我性格当然有问题，我比较偏执”，另一方面，他说还是对这个行当不了解，特别认真、特别坦诚，自我剖析得特别深刻。我觉得他对人有一种相互的本能的尊重，他觉得你在思考一个挺严肃的事情，他也会跟着你去思考。我每次回家都要请大家吃很多次饭，我也喜欢大家在一块儿，大家在一块儿聊啊说啊，特别有意思。我之前写《出梁庄记》的时候采访过一个小伙子，他的儿子梁安现在10岁了，这次又见到他，他妈妈就跟他说，你看这就是当年采访过你的那个姐姐，然后让他好好学习，将来去北京什么的。那个孩子就看着我，我感受到他其实很想靠近我，觉得很新鲜，然后又有点不好意思。这种交流我觉得挺好的，有一种与大家融为一体，成了一个大家庭的感觉。

你跟村庄的人打交道越多，越会发现里边的善意，就是那种人与人之间的最自然的情感。我觉得作为一个从外边回来的梁庄人，经常回去跟他们在一起是挺好的，会让孩子们有一种精神向往，某种程度上还是有一种启蒙作用的。我记得我小时候，我姐姐老带着她们高中同学回家，聊一些听起来好像很高尚的、不同于日常生活的话语，虽然我听不懂，但它会让你脑子里面有一种莫名的向往。我想如果我能够在村庄里起一点这样的作用也挺好的，我特别愿意去跟他们多交流。

行超：听您这么说，我觉得好像您现在回梁庄的感情、感受，跟十年前写《中国在梁庄》《出梁庄记》的时候是很不一样的，原来那种挣扎、紧张、沉重好像没有了，现在轻松了很多，是不是对乡土社会的认知有所改变，还是您自己的生命状态也不一样了？

梁鸿：对，这次我有个特别强烈的感觉，就是不再像原来那么沉重了。很多之前着重关注的乡土社会的问题，现在已经内化了，当然我自己也在慢慢消化一些东西。但并不是说一种否定，而是看问题的视角、自己的状态变化了。因为我是在持续地观察，比如说我观察吴奶奶，《中国在梁庄》的时候看到她失去了孙子，看到她那种悲伤，但是现在看到的是她天天在家门口跟人聊天、说话，她又有了个孙女，每天很高兴。这次我就写一节“吴奶奶上街去理发”，她孙女骑个粉红的小电动车载着她，出去转一圈回来，啥也没干，就是为了见见人，那一幕还挺幽默、挺好玩的。这里面有更细微的东西了，也就是日常性，日常性才是真正支撑一个人活下去的力量。之前写到的吴奶奶那么悲伤，但那其实只是一个点，一个她生命中非常重要的点，但在更长的时间中，她并不是每天都在以泪洗面，她还是在过一种日常的生活。以前我的写作可能更关注的是沉重的一刹那，当然那也是她生命中非常重要的一个痛，但是过了10年，你再去看她的时候，你发现她确实还有生命的另一面，这就像是“长河写作”一样。过一段时间再看看这个人，你的生命形态、他的生命形态都在变化，对吧？对吴奶奶来讲，孙子已经去世20年了，可能她也在慢慢消化内心的悲伤，她更加真实地爱现在眼前的孩子，特别珍惜，把全部的心都给这个孙女了，好像要弥补上次的那个失误一样。

这次写《梁庄十年》感觉变化特别大，确实比原来轻松一些，更能够体察到细节的一些东西，这种状态也是很重要的，这里面包含了我的价值观的变化，我对村庄的情感变化，等等。所以呈现梁庄，其实也是对我自己的不自觉的呈现。我现在不可能再写早年那么激烈的、问题化的东西，当然十年前那个时期可能也是乡土社会问题化比较突出的阶段，这么多年过去了，很多问题不再那么凸显，变成了内在的、不那么容易一眼看到的问题。对于我写的梁庄人本身而言，该回来的回来了，该在外面的还在外面，老的老了，去世的去世了，吴奶奶生病了，明太爷意外死亡了，我的父亲也去世了，等等。这本身就是生命长河的不断变化。

行超：这个变化很有意味。您这次回去再看梁庄，之前观察到的那些问题、困境，有没有去比较看看，现在是有一定程度上的解决吗？还是会更严重？

梁鸿：都是有连续性的，包括土地问题、房屋问题、经济发展的问题等，现在确实是有变化的，这种变化实际上也不仅是村庄的，外面的世界也一样。我觉得中国的乡村问题比较复杂，每个乡村的状况也不太一样，比如说像现在，整个国家的经济状况不断好转，对个人而言，在物质生活上都是有很大的改善，梁庄也一样，但是这并不代表没有内在的问题。另外对村庄的实体而言，对文化实体和组织实体而言，里面还有很多问题存在，一方面我们的确在发展、在变化，另一方面，我们该怎么更重视一个乡村的存在，或者说你更能够了解作为乡村的存在，这还是一个大的问题。比如我问过一个原来在北京做生意的梁庄人，你为什么回家，不在北京干了？他说他精神上受不了，压力太大了，他都抑郁了，他说哪怕我在这儿少挣2/3的钱，最起码我心里是放松的，这种感觉特别重要。另外一个就是刚才说到的，原来在东莞做生意的人，他现在没有钱，只能回家了，其实他是没地方可去了，回来之后其实也特别受气，同学们老嘲笑他，他心情挺不好的。但是不管怎么样，他还是选择了回来，因为他没地方可去，在某种意义上，梁庄实际上还承载着一个人最后的希望。当他在外面没有地方可去的时候，梁庄一定还是最后他会选择回去的那个家。这种心理承载还是很重要的，还有很多人在外打工挣了钱，买了房子，却还是要回梁庄盖房子？好像看起来有点庸俗的心理，但实际上，他就是要有一种内心的安全感。我现在越来越能理解这种感觉，我父亲去世之前也一直想弄梁庄的房子，说要弄个小图书室之类的，当时我都没有认真回应，因为我父亲跟着我哥哥住在城里，我当时不能理解为什么要修村里的房子，就是虚荣吗？结果我父亲去世了，梁庄的房子更破了，现在想想挺羞愧的。这次回去，我站在自家的院子里面，感觉真的非常安静，好像一下子变得特别自然、特别舒服，它真的是能够让人感受到人与自然界的那种联系，我现在也想有机会再回去把房子修修，把院子稍微整理一下，回去待一待挺好的。

行超：从《中国在梁庄》的出版到现在，已经十年了，我的感觉，十年的时间对于城市来说，带来的变化可能是天翻地覆的，但是在农村，时空好像是基本静止的，现在的农村太安静了，也会有那么大的变化吗？

梁鸿：相对来说，农村确实比较凝固化，但是每个人的生命都是在变化的，生老病死、生生死死，这本身也是个发展。

另一方面，在观念上，基本上在乡村，人的公共观念并没有真正地进步，尽管大家现在都有钱了，都盖了新房子，但对于公共空间的概念，对于公共精神的概念，村庄的整体意识其实并不鲜明，权利意识也不鲜明。只是说物质生活在发展，大家出门打工或者挣钱的门路可能相对多一些，但精神生活上的发展是很有限的。这当然也是个老问题，但同时，因为整个经济在发展，人的观点却没有变，那么差距就变得更大了，实际上也构成了一个新问题。《梁庄十年》里，我写了一章叫《人家》，就是说，大家都认为公共的事情是“人家”的事，跟自己没关系，一说到梁庄的公共事务，每个人都不大热心，“那是人家的事情，管他呢”。这种想法多奇怪呀，大家都在这儿住，你不希望这个地方好一些吗？咱们祖祖辈辈都在这儿住，以后你也要住、你的孩子也要住，对不对？这实际上就是乡土社会中权利意识的模糊，乡土社会中公共精神始终还是一个特别大的短板，这是跟城市很大的区别。总体而言，我觉得乡村的问题是更加内化了，表面看起来冲突少了很多，但是深层的，精神、心理层面的问题，我们还是没有充分关注到。

行超：这种内化的问题，其实是更容易被忽视的。我们刚才一直在聊您的“梁庄系列”，其实在这两个作品之后，您的创作是以小说创作为重，从短篇小说集《神圣家族》，到之后的长篇小说《梁光正的光》《四象》，可以说，文体的多变是您的一个明显特点。这种不断的变化，是写作中的主动尝试，还是不同写作状态下的自然产物？文体对您来说意味着什么？

梁鸿：对，中间几年写小说比较多。应该还是自然而然，说实话，我对文体的意识并没有那么鲜明，很多人劝我继续写非虚构，主要精力放在这个文体上，但我好像对这个没那么大兴趣，我内心还是觉得，根据自己在生活中的感受，根据自己的写作状态，想怎么写就怎么写，这个好像对我来说更重要。我希望能始终坚持自己内心的想法，我不会去规划第一步达到什么状态，第二步达到什么状态，第三步达到什么状态，最主要是我想写，比如写《神圣家族》时，我就是觉得特别好玩，特别想写里面那些人物，也没有考虑文体的问题，虽然是小说，但实际上里面包含了很多非虚构的元素。我就是这样写的，它既是真实的，可能又有一点点想象的东西，我觉得没关系，在这方面我还算是百无禁忌，没有给自己弄个框框，我觉得框框是别人给设的，写作者的真正任务是要突破这个框框，这才是有意思的。当然这也可能造成一些困扰，比如你写小说的时候，别人可能觉得你是新手，没有写非虚构时候的那种评价，但我觉得这也很正常，慢慢写，我是会承受这种后果的。

作家需要突破“舒适”

行超：确实，每次看您的作品，我都会觉得是又一次突破，每一次看到的作品都跟之前很不一样，这其实是很难的。写作风格对每个作家来说都是非常重要的，个人风格的形成，其实很大程度上依赖于长久的积累。但是在您的写作历程中，似乎更重视的是变化与挑战？

梁鸿：我觉得我骨子里可能讨厌重复，我无法忍受重复，你让我一直待在一个地方我真受不了，这是天性，不是为了写出什么新的东西，而是天性使然。我一定得变，因为我脑子里想的事情在变，所以写的东西也要变，所以不是说强行的为变而变，而是随着自己的思考、自己的想法，包括我不久前写的短篇小说《迷失》，我个人感觉也挺有意思的，就是一个梦中之梦，包括写到了知识给人的缠绕，女性身份，一个写作者的困境等，也是我的一种思考。

行超：说到这个小说，我还有一个问题，我也看了围绕这个小说的对谈《女娲曾抛夫弃子吗？》，是季亚娅老师跟您做的，她主要是从女性主义的视角展开的。但是说实话，我看您所有的作品，并不会看到那种明确的女性主义立场，性别意识在您的笔下应该说是“内化”的。我不知道这跟您做学术研究，多理性思考有关吗？比如王安忆老师，她的小说看起来好像也没有什么性别意识，但恰恰是这种“雌雄同体”的写作，反而反映出这个作家内心对于性别身份的一种思考。您怎么看这个问题？

梁鸿：我觉得写作是没有性别的。但是你的性别是一种本身的存在，所以写作中自然会涉及这一层面，自然会敏感到某一点。但是我不会因为我是一个女作家，就一定要去写什么女性主义的话题，只是因为你自然的性别身份，赋予了某种观察的维度，这方面我是特别浅淡的。

行超：很多女作家好像不喜欢别人说她是“女”作家，只强调自己是“作家”，您应该也不抵触女性身份吧？

梁鸿：我绝不会抵触。我在《梁庄十年》里专门有一章《丢失的女儿》，就写两个女儿嫁出去了，没有身份，乡村很多女性都是这样的，她们没有名字，只是作为“谁谁家的”而存在。我发现我早年也写到了这方面的问题，很多女性人物都没有名字，只是二嫂、奶奶，但是我在写的过程中，并不是刻意地站在女性的视角，要写一些女性的问题，而是非常自然地呈现过程，如果我想到，我就去写；如果没有想到，我就不会这样去写。

但是我绝不反对以女性立场来写小说或者来思考问题，因为我觉得这是我们文明里面最大的缝隙之一，这个问题，我觉得不管是作为女性，还是作为男性，都应该思考。这是社会问题、文化问题，它跟种族、政治等问题是一体化的，这就是我们文明的形态。在生活中，我们时时刻刻都会遇到很多偏见，很多看起来知识特别渊博的男性，在这方面其实就是空白，“我们家钱都是我妈管着”，觉得这个就是女性地位的表现。这是吗？在我们的文化里，关于所谓的男女平等、男女之间的关系，或者女性在漫长的文明史里面的地位，其实真的很少有人去深入思考，现在为止依然是这样的。

行超：您说的这个问题，我觉得现在已经不仅是男性的盲区，很多女性也在慢慢地服从于这种逻辑。这几年全球范围内女性主义成为一个潮流，但是在中国，我反而觉得现在是在倒退。就看看我们的文学作品吧，现在很多70后、80后的女作家，虽然生活在一个看起来女性地位应该是相对比以前好的社会，但是你看她们的作品，其中的女性意识与张洁、铁凝、王安忆这一代的女作家相比，其实是天壤之别。我很奇怪这是为什么？

梁鸿：是有这个感觉。我觉得对于女作家来说，不是说每个题材都要涉及女性，而是你脑子里应该始终都有这根筋，或者你的认知层面应该包含这个东西。这样自然而然地，你就会在写作里面呈现自己的思考，不用刻意怎么做，就像我们思考生活的本质一样。可是如果你连这根筋都没有，你的作品很可能连基本的女性意识都没有。

行超：对，这个应该是我们的自觉意识，今天我们肯定不会像世纪之交的林白、陈染那批女作家那样写女性话题，那个时候，在特殊的历史语境中，女性主义更大的作品可能是一种旗帜、口号，但今天不是了。我在看您的作品时就有这种感觉，虽然不是为了彰显什么女性主义的立场，不是要写一个女性主义的话题，但是其中所涉及的很多细节，比如《中国在梁庄》的“黑女儿”一节，你往细处琢磨，背后都是有女性意识在里面的。

梁鸿：对，这就是我的自觉意识，是我所有意识的一部分，不是说我刻意地要怎么写，那都是太早时候的事了。在今天这个时代，这种语境之下，性别问题应该完全是作家的自觉意识了，如果到现在我们作家还没有这种自觉意识，那我们的文学就很难发展，我们的社会观念也很难发展。

行超：我记得您的博士论文是做的中原作家研究，写这个论文的过程中，您对中原，尤其是家乡河南的文化有什么新的认识？您觉得您的写作跟您曾经研究过的河南作家有什么不一样？

梁鸿：对，我的博士论文相当于是做了中原文学史、外省笔记，它对我的写作还是有帮助的。通过这个研究，我对中原地区的一些地域性的文化特点，包括具体几位作家的写作特点，都有了一种整体性的认识。当年地域文化还是很热的，当时我的论文主题是从外省文化空间的嬗变去看中原文化的变化，试图在文学、文化之间找到一种勾连，然后以河南作家的创作为主。那几年搜索了很多资料，包括晚清时期留学生在日本怎么活动，民国时期作家是怎么进行社会活动，各种观念的冲突，等等，很多收获不是显见的，而是一点点累积起来的。

我觉得自己还挺幸运的，有那么一番研究，使以后的写作越来越顺畅。首先，叙事的方式不一样，看待世界的方式不一样，看待文学的方式也不太一样。比如刘震云，他是有大智慧的、经验特别丰富的作家，他小说里面的想象力、驾驭语言的能力、构造故事的能力是非常强大的。在这方面，我可能是没有办法跟他进行对抗的，所以我觉得我作为新一代的作家，恰恰是要戳破这种“文化原型”，反其道而行之，要有新的写作方式，这是非常重要的。前代作家所建构的世界，他们的文学能力已经发挥到极致了，你也写不出什么新鲜东西来了，但是，你的思维在变化，你看到的世界与他们不一样，自然而然也不像他们那样写，你的知识结构、整个思考状态，都应该是去“破”的。所以当时为什么我要用那种方式写梁庄，我本身就不想写成小说，我觉得这类小说我看太多了，莫言、贾平凹、阎连科、刘震云，他们写了那么多，有那么宏伟的著作在前面，方方面面都涉及了，文化变迁、性别关系、民族性等，他们都有呈现。这时候再去写一个关于梁庄的小说，我觉得没有任何意义。我要找一些新的方法，同时也是自然而然地形成了一种新的视角，就是要进到那个场域去看一看，看看里面的每一个人，也挺好玩的。

从小的文学性来讲，我觉得当年《梁庄》写得非常一般，但它有独特的味道，正是这种特别才会使得它在文学史上有成就，在文学的序列里面稍微有点位置。就是因为我选择了用新的方法呈现乡村，它表现了有乡村经验的这一代作家新的起点，带来了一种不同的景观。

行超：乡土社会的问题一直是受关注的，但确实没有人从这个角度来写，那几年也刚好是乡土文明转型的关键时期。现在十年过去了，乡土好像越来越衰落了，乡土文学也越来越少了。有时候我会觉得，在我们的社会高度城市化之后，过20、30年，不知道还会不会有人再写乡村？很多年轻人完全切断了与乡土的联系，而真正完全在乡村长大的孩子，他们可能是没有话语权的，很难发出自己的声音。

梁鸿：对，是这样的，这是很大的问题。不管怎么样，乡土社会或者乡村社会仍然是中国现实中巨大的存在，作为有这种经验的作家该怎么来写，这实际上是摆在我们面前的重要任务。很多90后作家完全在城市生活，你没有办法苛刻他去写乡土。我们这样的作家，毕竟还是在经验之内，我觉得是有义务找到一种新的叙述方法，让乡村呈现出它内部不一样的东西来，这是我们这代人的责任，我们这代作家承担着承前启后的作用。而且确实，有书写能力的，并且能够写得很好的大部分都是城市的孩子，以后农村孩子会写作的越来越少，发声的机会越来越少，但是这并不意味着它不存在，我们中国社会到现在还有多少农村孩子，如果把它完全忽略掉，是很有问题的。对我而言，不说有使命感，最起码我觉得挺愿意去写乡土的。对于一代作家而言，如果说对这么大的现实避而不见，避而不写，肯定是有遗憾、有问题的。

行超：我觉得我们现在的生活越来越呈现出一种分裂的状态，我们研究文学的人天天在一起，关注的、讨论的都是特定的、类似的问题，长此以往，我们会觉得可能世界就是这样的，但实际上，我们的生活只是这个世界中很小很小的一部分。好多作家写着写着就写不出来了，或者写不好了，很大程度上，我觉得可能就是因为他成为了一个作家，他仅仅过着作家的生活。我看到您有一篇创作谈《艰难的重返》，里面提到自己在高校生活，每天关注的都是抽象而高蹈的话题，我很能体会那种感觉，就是有一天你忽然觉得，完全不知道自己做这些研究的意义何在，它与我的生活本身到底有没有关系？

梁鸿：我是这样想的，我觉得作家的生活也是有意思的，作家生活并不代表不能写出好东西，但是一个作家还是要超出自己的舒适区去找感觉。作家的生活真的容易封闭，这是现实，没办法，基本上一个作家的前10年写作是个人的经验，随着时间的推进，你慢慢局限在书斋之内，早年生活的经验、感觉慢慢被书写得差不多了。另一方面，人的思维本身就应该是交叉思维，我们看书、思考都是很重要的，是一种智识生活，但我们的生活的确很容易成为象牙塔，如果你天天在家写作，确实很容易陷入一种空对空的状态。并不是说你没有在生活之中，但你一直生活在舒适区里，对一个长久要写作的人而言，是绝对不够的。我觉得我的写作就是得益于天天走来走去，不仅在学校教书，还会回梁庄，去别的地方看，跟现实经验还算有某种勾连。我们的生活都很狭窄，你要获得所谓的真实感，就必须走出舒适区看看，跟各种人聊天、说话，观察，才能获得一些新的灵感，新的冲击，新的写作能量。

写作《四象》是一场沉浸

行超:《四象》显然就是一次冲破“舒适区”的尝试，在结构上，选取春夏秋冬作为四个章节，每个章节中又有四个叙事者的声音，以此勾勒出四个人生、四段历史。这种结构与小说前面的引文:“是故，易有太极，是生两仪，两仪生四象，四象生八卦，八卦定吉凶，吉凶生大业。”(《易经·系辞上传》)形成了呼应，形式本身也似乎具有了意义。不过有时候，过于追求结构与形式会对写作构成一定禁锢，甚至会导致读者的阅读障碍。您有没有考虑过这个问题?

梁鸿：在这方面我确实比较任性，其实当时很多人给我指出了这个问题，可我觉得挺简单的，没那么难懂吧？后来想想还是应该考虑读者的反应，有机会再做修订吧。是我太喜欢语言形态了，我喜欢喃喃自语，喜欢吵架、说话的这种方式，我一直着迷于这个状态，一个人在时间的河流之上，凝视了许多年，那么寂寞了许多年，终于来了一个人把他们带出来了，几个人物就这样相遇了。我很喜欢这种感觉。大家蹲在坟里去看湖泊，看海里是什么样子，林子是什么样子，他们各自在想什么，这个意象迷着我了。

行超：我第一次读这个小说也觉得有点障碍，不过第二次读就完全解决了，回过头来看，就能理解您对结构的考量。比如，小说中的四个主要人物，都有着改变个人所处的具体现实的愿望，只是路径不同。韩立挺继承了祖先的“天”，希望通过传递信仰来改变大众。韩立阁主“地”，他更经世致用，所以一直在“复仇”。灵子代表了人的原初生命，她天真无邪，接近一种“法自然”的状态。小说最后写到，孝先小时候父亲曾告诉他，那三个坟头上始终寸草不生，暗示了他们生前命运的悲惨，其实也说明了他们无力改变任何人、任何现实的结局。这四种价值观、四段历史、四种信仰，通过四个声音融合在一起的时候，会碰撞出很多东西。

梁鸿：最起码有所碰撞，但实际上韩孝先可以再写得好一点，就是活着的人，他的生活线可以再写得清晰一点，这一点我当时没有处理好。他作为一个活着的人，又是重点大学毕业生，怎么就精神分裂了，怎么样回到湖泊、遇到了这4个人，他们怎么重新回到世间去行骗，成为“大师”，这段写得太隐晦了。很多人都觉得有点晦涩，这个地方可以稍微加点现实的描述，更鲜明一点，整个文本读起来就会相对容易一些。

行超：韩孝先无疑是这个小说中最重要的人物。他是串联此岸与彼岸、历史与现实的桥梁，他出场时是牧羊人的形象，带有救世主的意味，小说前半部分，韩孝先也一直都被赋予了这样的希望。但是到最后一章，他发生了明显变化，开始纠缠于物质和现实，我一度担心他被写成一个当代生活中典型的江湖骗子。但是最后，孝先回复成了一个普通人，他既没有救世，也没有沉沦，而是重新回到了人间。春夏秋冬这一个轮回，对孝先来说好像一场意外的出走，回来之后，生活还在继续。您是怎么设置这个人物和他的命运的？

梁鸿：当时想了好久这个结局，不能让这个人就此断了，要不我写小说干吗呢。现在很多作家特别喜欢写丧，我骨子里不太喜欢这种精神，我觉得小说不要过分光明化，但其实还是要有逆反的。其实韩孝先出去之前，他也比较决绝地做这件事情，希望把大家的欲望重新收敛起来，还要真正做一个上师，作为一个真正的救赎者。但如果他只是行走在人间的所谓上师对我来说也不够。我觉得现在这样写，对这个人物来说，确实是完成了心灵的成长，得到了一种自我完成。很多人都说这点挺意外的，在别人看来，叙述上稍微有点混乱，这个考验耐心。

行超：小说中的灵子有一种孩童的眼光，她完全没有进入世俗，体现的是人的本真。您刚才说您小时候特别爱观察自然，我就想到了这个人物，可能里面有很多都是您自己的观察？这个人物您是怎么考虑的？

梁鸿：灵子其实还是有原型的。这几个人物除了孝先都是有原型的，灵子就是在我母亲坟旁边埋着的一个小女孩，不知道她叫什么名字，没有墓碑，我们后来只能做想象。那个小女孩的坟应该是很早就被遗弃掉了，家人都不在意她，快看不到了。每次我们去给母亲扫墓，都有人提醒说别踩在上面，这是谁谁谁，但好像也没人真正记住她的名字。后来我们把她的坟头稍微拢了拢，年复一年做这件事情，当我开始写作的时候，这个人物突然就出来了。

当然灵子的眼光也确实有我的影子在里面，我是特别着迷自然的。上初中时特别爱逃学，天天在河边荡来荡去，看看这个，看看那个。在村庄教书的时候，周边也有一个湖泊，一到春天，开满了五颜六色的小花，特别美，我每天走来走去地看书、学习，生活也很寂寞，那个印象是非常深刻的，所以在写作时也不自觉地会用进去。

行超：韩孝先是没有原型的吗？我以为他的原型是《出梁庄记》中的“算命者”贤义，我记得您写到贤义外出打工受挫后自学《易经》，成了神秘的“算命仙儿”，这个人物跟孝先很像。

梁鸿：孝先应该是没有原型的。这么说起来确实是有点像贤义，但是我写的时候一点都没想到他。我脑子其实有另外一个人，是我的一个同学，他得了精神方面的疾病，我去看过他，张口就是陶渊明、毛泽东，什么都编在一起，编得还特别才华横溢。后来我查了很多案例，发现精神病其实脑子非常发达，他沉浸于一个世界里面，他说话滔滔不绝，不知道从哪儿来的那种潜意识，所以你看小说中韩孝先的说话都是那种滔滔不绝的、大段大段的，现在我都不会说了，不知道当时是怎么写出来的，应该是完全沉浸到他的世界中去了。

行超：在我看来，小说《四象》的最大难点还不是结构，而是语言。小说中有四个叙事者，因此必须创造四种不同的语言，以此构建出他们四种不同的性格。在这一点上，这部作品在您的创作中是一个大的突破。您是怎么区别这四个声音的？小说正文前引了狄金森的诗，文中韩孝先有一段呓语式的呐喊，以及小说结尾处的最后一段，其实都是里尔克的著名诗篇。诗歌对您的小说语言有影响吗？

梁鸿：这个小说的语言确实挺考验人的，像你说的，要创造4种语言。你得分别进入四种状态里边，每个人物都需要找到合适的语言形态去对应，同时你还得兼顾，四个人是四个扇面，不能重复，还得相互彰显。所以你看孝先的语言是疯癫的、狂热的、滔滔不绝的，有点呓语似的，怎么写这个人物的语言，当时我也找了很多的资料，然后我就觉得自己也是滔滔不绝的。韩立阁的语言是略微带一点古典性的半文半白，这也是符合他人物身份的，他是晚清时期的人，学过古典，也学过西方的理论，所以他的语言是有点古今混杂的。韩立挺因为信仰的关系，他的语言比较靠近基督教，相对比较透明一点，善良、慈爱什么的。而灵子就是纯粹自然的、轻快的语言。四个人是很不一样的，我现在已经写不出来了，已经恢复到一种很正常、平庸的人的说话方式，真的是要沉到那个状态里面、真正进入那个人物的世界才可以。

里面的诗歌有一些是引用的，还有一些是我自己写的。我平时也是偶尔写一点，写得特别不好，但我喜欢诗的语言，《四象》里还是有一点诗的感觉，因为很多有喃喃自语的部分，那个是接近于诗歌的。我觉得诗歌阅读对作家是挺重要的，它对我的语言确实有锤炼的作用。这个小说其实我也改了两年，主要就是试着想把握一种语言形态，应该对以后的写作也有帮助。

研究论文

关于梁鸿的阅读札记

王　尧

梁鸿熟悉而陌生：文学批评家、教授，非虚构作家和小说家。许多年前，我曾经说我很想像20世纪三四十年代的一些学院知识分子那样，教书、研究和写作，写论文、写散文、写小说。这个理想中，当然也包含着以专业的方式介入现实的念头。我一直以为，鲁迅那一代知识分子之所以重要，不仅在于著述，还在于他们是历史进程中的一个环节。这是今天的知识分子或作家的羞愧之处。一个人文学者，如果失去对现实的人的关怀，不仅会失去人文学者之于现实的价值，也有可能失去历史的意义。我无法预测梁鸿能够走多远，但我对她的努力和成就怀有敬意。

多年前在北京的一次小范围聚会上，说到我的拙著《一个人的八十年代》，梁鸿说她在写非虚构作品。我没有在意她这一句话，还鼓励她集中精力做好关于90年代文学的研究，我认为梁鸿的理性、历史感、问题意识在他们这一代批评家中是突出的。我们是在一间工厂车间改造的餐厅里午餐和聊天的。在有点昏暗的灯光下，我看到这间餐厅残存了许多特定时代的痕迹。据说这是北京的一种“时尚”。不久读到梁鸿的《中国在梁庄》《出梁庄记》，然后是《神圣家族》，接下来是我们现在读到的长篇小说《梁光正的光》。梁鸿跨越了文类的边界，文本的体积也在增大。无疑，在不同领域，以不同的文体形式写作并不始于梁鸿，梁鸿和许多有才华的写作者一样显示了她多方面的才华和可能。梁鸿角色转换的意义是什么？梁鸿的独特意义是什么？我回想起那次聚会，意识到当时的梁鸿身在北京，已心在“梁庄”。

当我把梁鸿的文学批评、非虚构文本、小说文本等不同类型的书一起堆放在案头时，我想到的问题是：有无可能基于这些文本讨论作为“整体”的“梁鸿”？

《中国在梁庄》发表之后的这些年，梁鸿本人有不少关于自己写作理念和文本意义的阐释。当她在面对读者面对自己的作品时，她显示了作为批评家的独到之处，她对理念、技术的解释游刃有余，这些都可以视为“副文本”。但在阅读梁鸿时，我更在意她写作《中国在梁庄》之前的文学批评中对许多现在看来与她的创作相关的一些问题的理解。这里的差别是：之前关于“他者”的解释，可能更让我们了解梁鸿的“初心”和非虚构、虚构文本生成的“心理机制”；之后关于“自我”的阐释，则是基于文本产生的已经选择和修饰过的表达。如果我们把梁鸿的写作视为“整体”，她的创作和文学批评之间的关联，则是我们首先要关注的。

在梁鸿的文学批评中,《“重返现实主义思潮”与当代文学理论的转向》，或许是我们进入“梁庄”最重要的通道之一。我未必完全赞同“重返现实主义”就意味着当代文学理论转向的判断，当代文学转向中“现实主义”并未离开，变化的是对“现实主义”的理解和运用。但是，梁鸿在对“重返现实主义”现象和相关作家作品的研究中，阐释了她对文学与现实关系的理解，而这些理解正是她进入“梁庄”的理论准备和“初心”。

梁鸿的基本判断是，当代作家和批评家对文学的“文学性”与“现实性”始终没有相对科学和理性的认识，忽略了两者之间的“互文性”:“在批评、文学和中国社会变革的合谋下，技巧、形式、语言、审美等文学的形式本质被作为‘文学性’确立下来，而文学的物质内容，即它的历史属性，却从‘文学性’中被完全清除出去。”[①]这是反思“纯文学”思潮时很多批评家

---

① 梁鸿：《“重返现实主义思潮”与当代文学理论的转向》，《灵光的消逝》，中信出版社 2016 年版，第 5 页。

和学者持有的基本观点。梁鸿认为，这一“确立”和“清除”导致的问题是：第一，把文学的审美属性和历史属性对立起来，在此意义上，把文学的宏大叙事与个人叙事对立起来，并且形成隐性的等级秩序，这使得文学较少对社会重大问题进行现在进行时的跟进和思考；第二，把中国当代资本改革所产生的现代和后现代心理当作文学的本质内容，因此，对知识、制度、深沉、严肃等的解构主义成为文学最深刻的意义，这直接产生了对历史、道德、社会和文化的虚无主义，以此种方式“介入”社会现实，只有颓废的伤感，很难产生理性的建构。[①]在这样的表述中，梁鸿清晰地呈现了她的理论主张和文学介入现实的方式与重点：不是对立的，而是在相互关系中理解“文学性”与“现实性”；文学需要对社会重大问题进行现在进行时的跟进和研究，不是以“颓废的伤感”，而是以理性建构历史、道德、社会和文化的意义。

回溯梁鸿文学批评中的这些理论主张，让我们进一步靠近了“梁庄”周边的田野，在这片田野上，梁鸿已经踏出一条泥泞的小道。“现实”是“宏大”的，梁鸿要“介入”的“现实”

① 梁鸿：《“重返现实主义思潮”与当代文学理论的转向》，《灵光的消逝》，中信出版社2016年版，第5-6页。

是什么，关注的中心是什么？在下面这段略长的文字中，梁鸿的“梁庄”已经呼之欲出：

“可以说，作家对当代社会生活的‘现在时’集体失语是当代文学最大的症候之一。以笔者长期关注的乡土小说家来说，无论是贾平凹、莫言，还是李佩甫、阎连科，都在不同程度上失去了成名初期对乡村改革和乡村现实的关注热情，转而进入了对乡村历史和发展史的抽象叙述。对于20世纪90年代以后中国乡村所经历的嬗变、痛苦与生存状态，这些作家几乎没有书写，这无疑是一种极大的缺失，也为读者和批评家所诟病。这是其一；还有一点，即使作家对乡村现实的想象，也显得非常虚假、苍白，没有击中现实的内核。2002年《中国农民调查》所引起的热烈反响可以说是对作家乡村想象的最大打击，虽然它的成功并非在于文学意义，但是，它告诉作家一件事，乡村现实所蕴含的残酷和苦难远远大于作家廉价的虚构和坐在书桌旁的空乏幻想！其次，作家逐渐成为一个与思想无关的专业技术人员，而不再是一位公共知识分子。公共关怀、人道主义精神、社会责任心等，对于作家来说，并非必需的品格。这是20世纪90年代后作家对自己的基本定位，这种定位有它的道理，它表明作家对文学的审美属性已经有了深刻的认识，与此同时，却也把作家与文学排除在人类精神之外，而后者曾经是文学最根本的属性之一。”①

当我读梁鸿这段文字时，我甚至认为梁鸿作为“梁庄”之子的身份远远大于梁鸿作为批评家的角色。她的《艰难的重返》可以视为她的精神“自序”。她关注的是20世纪90年代以后中国乡村所经历的嬗变、痛苦与生存状态如何进入文学，文学以什么样的想象方式呈现能够击中“现实”的“内核”。在这里，梁鸿心仪“公共知识分子”这一角色，《中国在梁庄》和《出梁庄记》所引发的巨大反省，也表明梁鸿的写作触及了公共领域的问题，而很多读者和学者也肯定了梁鸿在这个角色中所具有的公共关怀、人道主义精神、社会责任心等品格。但就梁鸿与文本的关系而言，我更倾向于把梁鸿视为人文知识分子，这个身份的内在构成是“梁庄之子”。梁鸿写了“梁庄”的诸多人物，在那些人物的身上和内心，我看到了梁鸿自我痛苦和矛盾的折射。如果说“梁庄”有一个轮廓，我觉得那就是梁鸿的脸庞。

梁鸿对乡村叙事的失望和问题的确认，让我感受到梁鸿批评、非虚构、虚构文本中的疼痛感。在创作《中国在梁庄》等作品之前，作为批评家的梁鸿和作为“梁庄”之子的梁鸿是“互

① 梁鸿：《“重返现实主义思潮”与当代文学理论的转向》，《灵光的消逝》，中信出版社2016年版，第7–8页。

文性”的，在创作《中国在梁庄》等作品之后，作为作家的梁鸿和作为“梁庄”之子的梁鸿是“互文性”的。或许梁鸿是无意识的，但这些论述无疑是建立在“梁庄”这个具象而非抽象、现实而非虚构的基础之上的，梁鸿关于“梁庄”们的经验渗透其中。当然，无论是贾平凹、莫言，还是李佩甫、阎连科等，他们持续不断的创作表明他们的乡村叙事已经很难以“历史”和“现实”来区分。是历史中的现实，现实中的历史，抑或是历史与现实，也许都不是重要的问题。梁鸿《中国在梁庄》《出梁庄记》之后的《神圣家族》《梁光正的光》，也已经不是简单的“现在时”的乡村了。所以，我在阅读梁鸿时，感觉不能完全以梁鸿自己理解的“现实主义”的“要义”来解读梁鸿，否则会缩小作为整体的梁鸿的意义。

梁鸿对乡村叙事中的“廉价的虚构”和“空乏幻想”表达了失望。我在意的不是梁鸿对“虚构”所涉问题的判断，而是认为正是她如此理解了一些“虚构”现象，才有了她后来的“非虚构”；如果纠缠于“非虚构”是对“虚构”的反拨，就不能理解梁鸿近几年转向“虚构”的写作，以及“虚构”和“非虚构”在梁鸿的文本中其实也没有明晰边界这一特征。即便是《中国在梁庄》《出梁庄记》，也无法做到百分百的“非虚构”的验证。至少在我看来,《神圣家族》是在“非虚构”与“虚构”

之间。如果将“非虚构”夸大到是现实主义的最佳文体，那么其荒谬性便是显而易见的。当我把梁鸿的非虚构和虚构文本作为整体来阅读和研究时，我以为一些研究对梁鸿“非虚构”文本的理解存在误区。这里的核心问题是：梁鸿不赞成什么样的“虚构”，并由此转向“非虚构”。

在谈到作家如何对历史和人民的困难进行“正面”叙事时，梁鸿批评了这样的“虚构”：反观当代文学会发现，即使作家对历史和人民的困难进行正面叙事，当在重新进入历史场景时，作家也只是在一些常识性的历史基础上进行苦难展示，这一常识性的历史基础在文中充当的只是一个静态的、有固定结论的背景，其中的批判也是一个普通中国人就有的情感和情绪，没有更深层次的“发现”。这可以说是另外的历史虚无主义，也是读者厌倦虚构文学的原因之一。[①]梁鸿是在这个意义上以“非虚构”纠正“虚构”的偏差的。梁鸿因此说：“批评家并没有批评作家的虚构本身，而是批评作家这一虚构背后的观念化和虚假性。”[②]

事实上，梁鸿并没有将重返现实主义视为进入历史和现实

① 梁鸿：《“重返现实主义思潮”与当代文学理论的转向》，《灵光的消逝》，中信出版社 2016 年版，第 18 页。

② 梁鸿：《“重返现实主义思潮”与当代文学理论的转向》，《灵光的消逝》，中信出版社 2016 年版，第 15 页。

的唯一方法，她充分意识到现实主义和现代主义在对待历史和现实时的差异，而她自己选择现实主义则与她的理论主张、个人经验、文化心理相关。这不是排他性的选择。梁鸿这样理解现实主义和现代主义关于“现实”的差异：“两者的‘现实’究竟有什么差别呢？这就涉及现实主义的另一核心概念：历史感。现实主义强调作家必须进入历史，必须在历史中塑造人物和环境，这一历史感并非对历史的全部分析或即时反映，也不是所谓的还原历史，而是体现在作家‘生活在其中’的意识，要有时间感和历史洪流汇集于此的坐标感。这意味着作家必须进入历史进程当中并提炼出历史、场景或人的独特意义与启示。从这个意义上讲，现实主义的‘现实’与现代主义的‘现实’最大的差别在于：前者强调‘现实’的历史存在和典型意义，后者则侧重于‘现实’的抽象体验和哲学上的普遍意义；前者强调人与社会冲突的悲剧存在，后者则侧重于人的自我冲突与存在本身之悲剧。”如果以这样区分，我们当然可以在《中国在梁庄》、《出梁庄记》和《梁光正的光》中侧重读到“历史存在和典型意义”“人与社会冲突的悲剧”，[①]但同样可以在《梁光正的

① 梁鸿：《“重返现实主义思潮”与当代文学理论的转向》，《灵光的消逝》，中信出版社 2016 年版，第 12 页。

光》中读到“人的自我冲突与存在本身之悲剧”。因此，创作方法的差异在具体的文本中不是对立的，有时是交融的。

事实上，梁鸿的文学批评也在不断深化或转向。她的《回到语文学：文学批评的人文主义态度》是和《“重返现实主义思潮”与当代文学理论的转向》同样重要的文论。她认同萨义德《人文主义与民主批评》中提出的“回到语文学”的重要性，言词不是被动的标记和符号，相反，它们是构成现实本身必不可少的一部分。梁鸿感兴趣的是萨义德对文学批评通向“人文主义”的独特界定：语言和自我身份。梁鸿的理解是，重回语言和言词，意味着重新进入语言所产生的民族的历史与时间之中，在对语言的探索中寻找历史；探讨语言的生成过程和使用方式，也即重新回到历史源头，去寻找遮蔽在时间深处的真相。这篇文章的核心表述是：“一种真正的人文主义态度是从自身——‘民族’和‘自我’的双重身份——的经验、体验和伦理感出发，从内部的历史和原点出发，去发现其与外部世界的关系。”[①]如此，语言和历史不再是截然分割的。这样一个认识，避免了她在《“重返现实主义思潮”与当代文学理论的转向》

① 梁鸿：《回到语文学：文学批评的人文主义态度》，《回到语文学》，山东文艺出版社2017年版，第7页。

中可能出现的偏颇。

在这样的相互关系中，语言、形式、文体和现实、历史、意义就有了“整体性”，而不是以一种片面代替另一种片面。但我注意到，在梁鸿的顺序中，现实、历史和意义是第一位的，语言、形式和文体是第二位的。她所认同的“人文主义态度”首先是一种世界观，然后是文本的方法论。因为“生活在其中”，“自我”的经验、体验和伦理感变得十分重要，梁鸿不只是贴近，而是“生活”在“梁庄”中，语言、文体、形式是从“梁庄”内部的历史和原点出发去发现其与外部世界的关系、揭示真相的一种形式，当这种形式和历史属性相融合时，“非虚构”这一文体的意义就呈现出来了。所以，在我看来，梁鸿“非虚构”的意义首先不是文体特征，而是对待生活的态度。有什么样的世界观，就有什么样的文体。

概而言之，梁鸿创造了象征当代中国的“梁庄”，改写了“非虚构”文体，也塑造了作为“梁庄之子”的“自我身份”。

我在前面曾经提到梁鸿精神世界和文本世界的“疼痛感”，正是这种疼痛感让梁鸿有了与别人不一样的“乡愁”，并且在遍地弥漫的“乡愁”书写中脱颖而出。我想，关于梁鸿“非虚构”文本中的“乡愁”已经有了很多的阐释，也许我们需要关注作为“方法”的“乡愁”在梁鸿那里意味着什么，又如何与她的重返现实主义、回到语文学相关联。

梁鸿有一本专门研究阎连科的《受活》与“中国想象”的著作《作为方法的“乡愁”》。梁鸿对阎连科《受活》文本的分析是独到的，而她在研究方法上的探索也值得我们注意，即把“乡愁”作为文学批评的一种方法。当我的视线从阎连科转向梁鸿时，我发现，在梁鸿那里，“乡愁”既是一种文学批评的方法，也是一种文学创作的方法。无论是《中国在梁庄》《出梁庄记》，还是《神圣家族》《梁光正的光》，都显示了“乡愁”作为一种方法对梁鸿的重要性。

就像梁鸿意识到的那样，“乡愁”这一词语包含着过多感性的成分，伤感、追忆、美化、怜悯等，把“乡愁”作为一种方法，意味着在思维方式上背向现代性发展的方向，这一“背向”会带来单向度思维的可能性，会形成二元对立的态势。事实上，在现代化进程中许多书写乡愁”的文本在以“回退”平衡“进步”、修复“进步”的“疾病”的同时，也显示了其消极的意义。梁鸿试图让这种“消极”变为“积极”。梁鸿以历史的、理性的姿态重新处理了“乡愁”:“在这里，‘乡愁’不只是一种超越于时空的情感存在，同时也是现代性发展过程中的一个产生物。所谓的‘乡愁’是在现代发展观照下的‘乡愁’，只有在现代性的视野下，才能考察它所代表的时间维度和心灵指向的深层原因，‘乡愁’才有作为方法论的可能性。”[1]正是这一现代性的维度，让梁鸿的《中国在梁庄》和《出梁庄记》不是对一种生存方式和一种感情的回溯，而是出现了“乡土中国”和“现代性”的复杂关系。

如果仔细理解梁鸿作为“方法”的乡愁，我们就会发现，其要点与她“重返现实主义”和“回到语文学”的主张在逻辑上是一致的。在梁鸿看来：把“乡愁”作为方法意味着以此出发，把自己置身于民族生活之流中，去感受民族生活的种种；重返“乡愁”，是重新思考“乡”在中国生活的独特意义，思考“乡”的内部生活样态，挽留住乡村政治经济学之外的另一半：文化、道德和家；与此相关，以“同情之心”回到民族生活的内部，与人的情感、道德和生命感受相联系，成为观察世界的起点和终点；在这一过程中，以“乡愁”为起点，要求作者和批评者关注自我的身份及自我身份的历史之规定。

在这个意义上，梁鸿的《中国在梁庄》、《出梁庄记》和《梁光正的光》是“乡愁”作为方法，同时又作为问题的产物。

梁鸿是有着远大抱负的，她的抱负正渐次展开。

在作家与时代的关系中，梁鸿思考的大问题是：当代中国

---

① 梁鸿：《绪论》，《作为方法的“乡愁”》，中信出版社 2016 年版。

社会生活是否已经失去了“总体生活”的历史性与象征性，是否失去了“中国生活”的史诗性和隐喻性？在这一思考中，梁鸿寻找那些在中国社会生活多层次分化后，尚未浮出历史地表的那些“人”和群体及生活场景。由此，梁鸿试图以人文主义精神去承担并体会这些“人”的内在精神方式和生活方式，发现这些“人”的位置，并在文本中呈现出来。因此有了《中国在梁庄》、《出梁庄记》和《梁光正的光》。后者和前者的区别只是形式上的差异，在“历史属性”上是一致的。

梁鸿也试图在这样的思考和写作中重新处理主体与历史的关系，重塑自己，以“乡土中国”重写“中国”。梁鸿曾经以诗性的语言抒怀：“我们应该在文学中恢复这样一种广阔的激情，恢复爱的能力，恢复对‘中国’这一名词的爱，抛开现实政治、世俗性对它的干扰，寻找到纯粹的存在。”“这是一种将全部的灵魂奉献给与自己相关的大地、山川及故乡的一切时的冲动，痛苦与甜蜜的纠缠，阔大与细腻的重合，爱与恨的交织，民族与人类的呼应。”

这当然是痛苦的思考和艰难的恢复。在这样持续的思考和恢复中，梁鸿会不时产生新的痛苦、困境与可能性。而新的可能性或许是参照“梁庄”而又告别“梁庄”。梁鸿近作《梁光正的光》与其说是“梁庄”的延续，毋宁说是“梁庄”在“再生”

中告别“梁庄”。

我这篇札记最后想说的一句话是：梁鸿依然在“梁庄”，但梁鸿已经出“梁庄”。

《扬子江评论》，2018年第1期

理性与“灵光”

——简谈梁鸿的文学批评

张清华

文学批评的传统链条，在“70后”一代这里似乎是打了一个结，出现了一个小小的变局，甚至某种间歇和停顿。这样说当然有非常武断和简单化的嫌疑，我的意思是说，首先，“70后”出生的批评家总体上显得“少”了，这与时代和文学界的大气候有关——因为与别的行业相比，文学批评确实显得寒碜了一些；其次，作为同时代出生的人，“70后”的作家和批评家们似乎没有像他们的前辈那样，在应该“互相成就”的年龄完成其“相互的命名”——很显然，“70后”少量的优秀的评论家所日常谈论的作家，主要还是60年代以前出生的一批，而不是他们的同辈。这是一个有趣的现象：为什么“70后”作家迄今的经典化程度尚不够高？这首先应与其同时代的批评家的趣味和作为有关，是“70后”的批评家们没有有效地诠释出他们同代作家的价值与意义，并且使之经典化。因为我不太相信上代批评家能够准确地解释更年青一代的作家，因为经验方式的不同决定了理解的限度；其次，也不大可能是因为“70后”一代作家的创作真的像有人所说在整体上是比较差。其实每代作家都应该是其同时代人经验的代言者，他们的价值就在于呈现了独特的经验样态，而不是简单地重复上代作家的经验与标准。不能因为他们文学趣味的新异和陌生而认为他们无足轻重，断言文学出现了“衰落”，相反这应该是其创造性的一部分。无论是“个人历史终结论”还是“代际历史终结论”，都是短视和可笑的。将近二十年前，以60年代出生者为主体的先锋派诗人和作家早就名声大噪，成为具有符号意义的人物，原因何在？是因为与他们具有共同经验与记忆的同时代批评家对这些人的创作给予了有效的诠释，他们的诠释使这代作家的意义被有效放大，并且成为一种“稳定的知识”。这一切犹如吴亮、陈晓明的评论之于新潮先锋小说家们的成名，唐晓渡、陈超、程光炜、耿占春的诗论之于“第三代”诗人和“90年代诗歌”的经典化，他们在这样一种关系中得以互相确立，批评家确立了作家的意义，作家也反过来使批评家的知识生产获得了依据和成就。这当然应该是文学批评活动及其生产的常态。然而到了“70后”这里，一个令人焦虑的情况则是，批评家感兴趣的仍是上代作家的创作，对于自己同辈作家的意义并未表现出特别的兴趣和解释能力。其结果是大大影响了这代作家的经典化程度，同时也反过来减少了这代批评家提供新的文学经验与知识的机遇。也许这就是很多人感到“70后”的批评家数量较少、影响稍弱的原因吧。可是对这一现象为什么会出现，我却百思未得其解。

说这番话的目的，是要引出本文要谈论的主人公梁鸿。作为“70后”的批评家，梁鸿的出现让人眼前一亮，尽管她同样把目光主要投射到了上代作家身上，尽管她的文学经验与知识也并未表现出强烈的“改朝换代”的迹象，但她的综合与大气，宏观把握与微观阐释相结合的能力，开阔的文化视野与深及文学思想与肌理的批评素质，她的充满理性思索、文化探求的学院品格与感受体悟文本的“灵光”，还有她的勤奋与丰沛的产量，都使人无法忽视，让人看到了新一代批评家的锐气、素质与能力。

迄今为止，梁鸿的文学批评可以说已经覆盖了当代文学几乎所有的话题，这是我之所以说她综合与大气的一个理由。梁鸿，某种意义上也可以说是一只飞行于文学世界之上的大雁，对如此之多的问题与领域，进行着广阔的俯瞰与巡游，在短短的几年中，即写出了一系列富有特色与见地的文章与著述，建立了自己的批评园地，并且产生着实实在在的影响。她从对出生地河南作家的系列考察，到对于当代乡土文学叙事的研究，对家族主题、女性主题叙事的分析，到对60年代出生作家叙事特点与美学思想的整体性考察，到对民间理论与美学倾向的梳理，对新世纪以来“狂欢”式美学与文化趣味的思考，还有对“70后”一代作家写作的共同特征的分析，对底层写作所关涉的伦理与文学性问题的辨析等等，此外还有对部分作家如王安忆、毕飞宇、王朔、史铁生等人的个案研究，对文化界时尚人物与现象的批评，其批评视野几乎可以说遍及所有重大问题与领域，她在这个广阔的空间中恣意漫游巡视，收获了相当丰硕的成果。

大概与师承也有关系，梁鸿的博士学业是由著名学者、现代文学界卓有名望的王富仁先生所授，王先生治学数十载，著述丰厚，其文章和学术的思想性、思辨性一向为学界称道，宽广的视野，充满激情的论辩，批判性的立场，闪现其间的人文主义的思想与情怀，都可谓是今日学界的标杆。梁鸿看来确得其先生之真传，有乃师文章的气象与格局。这在女性批评家中是比较少见的。通常女性批评比较集中于性别研究或者文本细读的工作，但梁鸿却把目光投向了更广阔的空间，不但对当代文学的众多敏感的现象进行了宏观评述与思考，在理论思维方面也表现出过人的兴趣和能力，她总是力图将纷杂具体的作品与事件上升到整体的高度进行理性的把握和解释，从当代文学和文化的整体格局中对之做出评判，甚至其思辨性的文风，对问题执著探问和诘疑的姿态，也闪现着个人鲜明的特点。如果说她的博士论文《外省文化空间的嬗变与文学的生成——20世纪河南文学研究》，其中对于河南的地域文化与文学特质的形成之间的影响关系的阐释还有些吃力和含混的话，那么她在近年对于60年代作家的创作特质、对于新世纪以来的现实主义、底层写作、“狂欢”美学等问题的阐释则是十分清晰和别具洞见的。她2009年出版的《“灵光”的消逝——当代文学叙事美学的嬗变》一书，汇集了近几年她的批评成果，对当代文学的许多深层问题提出了富有启示的分析。比如她对“重返现实主义思潮”的分析，可以说相当准确地涵盖了近十年来中国文学的演变趋向，她分析了这种演变中所蕴藏的文学发展的巨大可能性，分析了其合理的和正面的意义，但是对如何重返现实主义，重返什么样的现实主义，则提出了发人深省的疑问，比如古典现实主义能够适合今天的文学现实吗？比如“现代主义中的现实”应该如何看待和处理？比如作家对历史和现实的某种符号化和抽象化的处理，是否有效地表现了现实？等等，这些问题的讨论，使得文章不再简单地停留于对现实主义思潮的首肯和提倡，而是打开了关于文学的方法论、关于文学在今天的文化境遇、作家的写作难度与困境等复杂的问题空间。还有，像她的另外两篇谈论当代文学中的“历史意识”的文章，也同样富有深度和见地，她认为当代作家对于历史的批判存在着简单化的倾向，多数作家只是按照“常识”提供的“概念”来进入历史，而对历史本身的具体性与丰富性则缺乏体察的能力，所以多数写当代历史题材的作品都存在着虚假的、大同小异和互相模仿的问题，这些都可以说是抓到了当代作家的命门。

梁鸿重要的宏观论述的文章还有对60年代和70年代出生作家群的整体性考察，这也是能够显示其高度和气魄的作品，是令人兴奋和得到普遍欣赏的一种批评视野。其中《理性乌托邦与中产阶级化审美——对六十年代出生作家美学思想的整体考察》一文受到了广泛的注意，这篇文章试图从“智性书写”“追求理性的乌托邦”“成长叙事”“中产阶级化的审美观”等方面来对这个代际群落进行概括性的解释，以笔者的眼光看，该文在许多问题上都说到了要害之处，抓住了这代作家的一些共同特质。当然，对于什么是“中产阶级化的审美观”可以讨论，但作为结束了叛逆性的青春时代、普遍进入了“有成就的中年”的这一群体的身份角色，其文学趣味当然会随之发生微妙变化。另外，热衷于“成长叙事”式的写作，也是这代人从童年记忆到青春成长期中国社会屡屡发生巨大的变故所致，过多的断裂性记忆对于他们的童年来说，具有格外的祭奠与追怀价值。这应该是一个内部原因，只是论者在具体的论述中还阐释不够，但关于特质本身，我以为是凭着她的敏感而准确地体味到了。另一篇讨论“70后”作家的文章,《小城镇叙事、泛意识形态写作与不及物性——七十年代出生作家的美学思想考察》则更具意义，据笔者所见，这是近年来不多见的一篇全面归纳阐释“70后”一代作家写作状况与特质的文章，尽管我无法对该文做明确的判断，但朦胧地感到，它的许多分析比之前者的阐释更具体和到位。

不只是宏观把握，在微观的作家研究与文本批评方面，梁鸿同样有过人之处，特别是她对于河南籍作家刘震云、阎连科、周大新、李洱等人的论析，对于阎连科的《日光流年》《坚硬如水》《受活》《风雅颂》《丁庄梦》等长篇小说的逐一细读品评，每每都能够给出一个精细而准确的、公允而辩证的解读，对于其中的问题与不足当然也是直言不讳地提出，这种宏观与微观、理论与文本的紧密结合，既拓展了梁鸿的批评空间，丰富了其批评的内涵，也涵养了其文学观念与思想，其对文学内部肌理的理解。

我约略统计了一下梁鸿发表的数十篇文章，发现其中大部分是2002年、2003年之后发表的，更集中的则是2005年之后，这就足以说明她是一个“新秀”，但她是一个相当成熟的新秀。其实文章的价值并不在多，而在于见识，我以为梁鸿在近一两年内的文章，显示了不凡的品质，其分析问题的深度，独辟蹊径的洞见和直入问题本质的犀利，给人留下了深刻的印象。这些文章可以说是具有“穿越”的力度，具有可以见出主体精神的“灵光”。比如她对于近年文学“重返现实主义”倾向的分析，我以为是深具眼光的，她在该文中既一针见血地指出了近年文学中乡村现实的匮乏，同时也精辟地指出了表象现实主义的弊病。在关于当代作家热衷乡村历史书写而回避当下难度的问题上，她说：

“无论是贾平凹、莫言，还是李佩甫、阎连科，都在不同程度上失去了成名初期对乡村改革和乡村现实的关注热情，转而进入了对乡村历史和发展史的抽象叙述。对于20世纪90年代以后中国乡村所经历的嬗变、痛苦与生存状态，这些作家几乎没有书写……2002年《中国农民调查》所引起的热烈反响可以说是对作家乡村想象的最大打击，虽然它的成功并非在于文学意义，但是，它告诉作家一件事，乡村现实所蕴含的残酷和苦难远远大于作家廉价的虚构和坐在书桌旁的空乏幻想！”①

这样的分析可以说是切中文学时弊的，乡村经验书写作为现代以来中国文学的基本经验，不但支持着文学的生产繁衍，同时也是体现当代中国知识分子价值承担的重要形式，鲁迅和一代五四作家正是通过对乡村的书写，担负起了文化批判与疗救国民的启蒙重任，而对于当代作家而言，他们要么是回避了残酷的现实，只去处理相对容易的、已然被政治廓清了边界的历史题材；要么在书写的时候失去了方寸，只是停留于现象的展示，而丧失了批判的能力和精神。这一点我以为既是当代作家的缺陷，也是批评家所面临的难点。能够给出恰切的分析，是非常难能可贵的。

同样，她对于当代文学中另外的许多矛盾与困境的分析也富有透视力，比如在谈到余华的《兄弟》为什么遭到了部分读者、公众和批评家的批评时，她指出了《兄弟》对历史与现实的批判性，指出了其使用的解构主义笔法的先锋性，但是问题仍然没有解决：“非常奇怪的是，当作家以解构和游戏的方式

---

① 梁鸿：《当代文学往何处去——对“重返现实主义”的再思考》，载《文艺理论与批评》2007 年第 1 期。

批判政治精神的压抑与残酷的时候，却意外地陷入了大众精神的圈套，并导致作品陷入非此即彼的尴尬境地，对政治的控诉也由此变为对商业社会的膜拜，李光头的形象不但没有成为作家批判社会的代言人，反而走上了与作者期待完全相反的道路——时代精神的‘英雄’。巴赫金式的狂欢化最后得到的不是‘广场吆喝’后的释放与升华，而是彻底的松懈，背后没有任何力量的支撑……”[①]这样的分析无疑是鞭辟入里的，它不但是对作家困境、文本矛盾的深层辨析，同时也是对读者的感受、阅读的时代与精神背景的精辟解读。

文化的阐释高度是梁鸿文学批评的理性品质的表现，但她的好处是善于将开阔恢宏的文化分析与细密内行的文本与叙事的技术分析结合起来，这样既减少了空疏之论，同时又避开了无坐标不及物的个案阐释，这一点决定了一个有出息的批评家的前景。她在谈到“70后”一代作家登场之初的两个代表性人物卫慧、棉棉的时候这样说：“回顾90年代以来的文学，可以说，由卫慧、棉棉所引起的身体写作思潮是最有力量、最值得思辨的文学事件与文化事件。”之所以如此，是因为“这些小

① 梁鸿：《“灵光”的消逝——当代文学叙事美学的嬗变》，文化艺术出版社2009年版，第22页。

说蕴含着一种深刻的不安，这种不安既来自个人心灵的焦躁与紧张，也来自现代社会给其的挤压与诱惑，它是一种病症的征兆，揭示了这个时代的内在情绪，有着很强的文学隐喻性”。[①]类似的分析看似平实朴素，实则深刻透辟；还有，她对于毕飞宇的《玉米》等作品在给予了由衷的赞美之后，也这样指出了其潜藏着的问题：“整体来看，毕飞宇的分寸感似乎过强，有点拘谨，好比墨还没有完全在砚中化开，有块状东西在里面，缺乏大的气象。”[②]这些批评应该说也是很有锐意和心得的，能够发现一个作家非常隐秘的困难与苦衷，是一个好的批评家值得尊重的理由。

鲜明的批判性是梁鸿的另一个不俗的特点。这一点的基础和依据不是简单的道德义愤，而是人文主义的理想情怀，这是一个批评家和人文学者基本的出发点。但梁鸿不是“骂派”与“酷评”的思路，而是主张把批评与爱结合起来，她自己也是这样来观察文学、阐释当代作家的。不管是她“偏爱”的河南籍作家，还是其他风头正劲的作家，她都能在热忱肯定他们的

① 梁鸿：《小城镇叙事、泛意识形态化与不及物性——七十年代出生作家的美学思想考察》，载《山花》2009年第4期。

② 梁鸿：《理性乌托邦与中产阶级化审美——对六十年代出生作家美学思想的整体考察》，载《当代作家评论》2008年第5期。

同时，毫不讳言他们的弱点和问题，我以为这是很难做到的，批评者不屈从于作家的“淫威”，不说违心的话，已属难得，而梁鸿几乎是在每一篇文章中都要坚韧地表达她的这种态度。她说：“作为一个作家，可以，也应该在时代之中做‘持不同政见者’，虚无、绝望、怀疑，甚至诅咒，但是，那只是针对这一国度中某一具体的能指，你不能把拒绝的范围扩展到‘中国’——她躯体上的每一缕阳光，每一粒灰尘，与所有看得见和看不见的生与死，爱与痛，温柔与残暴，都应该成为你‘批判’背后的温暖底色，成为你灵魂永不熄灭的神圣事物。”平心而论，这是梁鸿非常值得欣赏的一点，这既是对作家而言的文学原则与信念，也是批判者应当永恒持守的价值立场。她说出了对于中国当代作家而言最为困难的一点，那就是如何处理真与善、爱与恨的关系的问题。由于宗教文化的匮乏，我们民族在这些事关人性与道德的重大问题上确实存在着种种困境，文学精神的缺陷本身即反映了民族精神的弱点，而这类弱点又反过来注定了文学的不足。而梁鸿总是试图从这样的结合角度去评价她的对象，并且由此展示了她批评的精神追求与价值高度。

文章开头我曾表达了对于“70后”批评家缺少对自己同代作家的有效阐释的一种遗憾，确实，“批评的代际经验与知识差异”，对于文学的发展具有重要的意义。但我们无权要求一位批评家这样或那样去做，持续关注上代作家，或延续上代批评家的知识型构与批评话语，从另一方面来说也是一种好事，即表明文学的标准显示了相对稳定的趋势。对于梁鸿来说，她富有理想精神与人文气息的批评质地是令人欣悦的，这种精神的薪火相传也许是最重要的。何况她也已经开始了这样的努力，她对于“70后”的整体的谈论，既使我感觉到这一历程的遥远，又毫不怀疑这一使命的可能。我坚信这一代批评家终将用自己的知识和经验，使他们同代的作家得到应有的阐释，并且互相确立。

批评的道路与一切认知一样，是一个过程，不存在“终结真理”意义上的批评，只有见仁见智不断改写的批评。从这个意义上，我觉得最重要的不是一个批评家业已说了什么，而是他或她是否在生出自己的文学见解与思想的过程中迈出了令人信服的脚步。批评也应该是文学的一部分，是“写作”一种有意味的美文。如果只是忙于归拢概念和说法，那其意义也是值得怀疑的，关于这一点，前代的批评家有太多的教训。某种意义上“人民”并不需要批评，作家也并不“真正需要”批评，需要批评的就是批评家自己，因为这是一个执意要认识文学的人一生的事业和宿命，他或她，在通向文学认知的道路上留下自己的话语和足迹，借助于一场场批评的实践，来完成他或她接近文学的意愿。所以，如果我要给予梁鸿一些心得，那么就是要对她说这些，因为毕竟年长一些，进入这个行当早一些年，所以要说出这样一些“不成器”的话来。

我也注意到，作家阎连科在给梁鸿的《“灵光”的消逝——当代文学叙事美学的嬗变》一书所写的序言中，使用了这样一个题目，叫作《穿行在现实与学理之间》，他当然是怀着赞美之意取了这个名字，但字里行间我也似乎读出了他的一种犹疑。他所论的人物穿行在“现实”和“学理”之间，唯独越过了“文本”——也许我误读了他的意思，但即使是误读，我也想借此说一个小小的建议，就是也许可以多从文本入手。因为说到底，批评一个作家没有这样没有那样是容易的，但他这样或那样写的理由与意图还是藏于文本之中的。做批评的人总是希望有一个按照批评的理念完全“正确”的作家，然而这样的作家几乎是不存在的，这正如要求李逵温柔细腻，责令黛玉变得坚强，都是无意义的。殊途同归，也许粗鄙喜剧的笔法正蕴含着最深刻的悲剧本质，也许含泪的笑才是真正的笑。一个好的作家不会，也没有必要跑到前台，直接在他的作品里表达准确立场和道德义愤，那还不如写檄文更有意义。所以我以为在现今做一个批评家，最重要的不是确立规则，而是要从文学的全部可能性出发，唯有如此，批评才会有的放矢。

说了半天，意思要总结一下，便是梁鸿的文学批评已经做得足够好，但是也许还可以更好，有时不一定要先设置一些繁复的概念和说法，可以先从现象开始，从具体的对象开始，从形象开始，也许批评的魅力和美丽、它的固有的“灵光”就会更加容易显露出来。我首先也要求自己这样做，但确实没有做好，没做好但又不能不做明白人的样子，否则又只能说半天昏话——当然大约可能终于也只是一些昏话而已。

《南方文坛》，2009年第6期

如何让乡村说出自己的声音

——读梁鸿《中国在梁庄》《出梁庄记》有感

贺仲明

在这么些年对乡土文学（乡村题材文学）的关注和思考中，有一个经常困惑我的问题，就是如何能够让乡村自己说话，让乡村表达出其真实的意愿和深层的诉求？因为我以为，作为文学书写，无论是从对书写对象的尊重角度出发，还是立足于文学创作的艺术角度考虑，反映出书写对象的生存状貌，传达出它的真实声音，都是一个很重要的目标。这一点，对于一直处于边缘地位和失言状态的乡村来说更是如此。然而，在中国的现代语境中，乡村书写遭遇到多方面的困境，牵系的问题更是方方面面，它们对乡村书写产生了严重的制约。

首先，从乡村的主体——农民角度来说，由于文化水平、表达能力的局限，更由于社会提供给他们发言场所和机会的限制，他们很难直接开口说话，也难以清晰准确地传达出乡村的声音——尽管他们对乡村生活的感受是最直接，也是最深入的。而且，即使他们（或者是他们在“文化人”中找到的代言人）有机会开口，因为受视野限制、表达能力等原因影响，比较容易囿于相对封闭的视角，难以全面、客观地表现乡村——在文学史上，特别是近年来出现的一些由农民作家书写的作品，就普遍存在这样的局限。它们拥有生活的本色和质感，但在表述的深度和视野的广阔上却有较大缺憾。所以，尽管中国的乡村一直处于社会底层和边缘，深受各种统治者的压榨和欺凌，也形成了自己独特的历史和文化态度，但在漫长的文学史（包括传统文学和新文学）上，除了少数民歌、曲艺文学作品传达出乡村的部分心声，它更丰富、更深层的内涵一直处在农民自身的叙述之外，远远没有得到应有的体现。

其次，从乡村的主要书写者们——乡土小说作家们来说，也存在着两个重要的障碍：一方面，虽然乡土作家们基本上都是从乡村走出去的，对乡村有着较深的感情，也有一定的乡村生活经验，但由于中国差异巨大的城乡生活对立格局，作家们一般都只拥有短暂的童年和少年乡村生活经验，等到他们成年、有独立思维能力时，他们已经离开了乡村。此后，最多只是在节假日时，走马观花般“回乡村看看”。这样，他们所拥有的乡村生活经验往往会与现实乡村脱节，特别是游子思乡般的情绪会使他们的乡村记忆染上浓郁的感伤和怀旧色彩，现实本身的沉重感却被滤去，影响他们乡村叙述的真实性和真切性；另一方面，也是更重要的，在20世纪的中国，以城市为中心的现代性文化占据绝对优势，在其视野里，乡村文化被蒙上了传统和落伍的衣衫，处于待启蒙和待拯救的边缘位置。作家们都在这种文化环境中成长，又长期生活在这种文化氛围中，因此，他们既容易感受到来自乡村的身份自卑，更普遍被城市文化彻底同化，对乡村文化持完全的否定和贬斥态度。这使作家们很容易陷入感性与理性之间的内在冲突，难以自如地传达乡村自我的声音。

当然，在文学史上，也不是完全没有作家能够走出这样的困境。比较早的如赵树理。他虽然身兼农民和共产党员的双重身份，但农民是他最根本的立场。在1940年代解放区的特殊历史环境中，这两种身份具有较多的和谐，因此，赵树理能够为农民代言，在一定程度上传达出农民的现实和文化声音。只是身份的冲突对他的创作和生活始终都有较大影响，文化视野的局限更在根本上限制了他的文学成就。另一个是与我们同时代的莫言。相对于赵树理，莫言获得的成功更大。这在一定程度上与他生活的政治和文化环境有关（当然这并不意味着莫言创作没有受到外在的掣肘。事实上，更关键的因素还是作家主观上的努力），这使他能够具有更开阔的视野和更自由的姿态，其乡村立场能够更为明确也更为深入，并在广泛汲取乡村文化和文学的滋养上，成为中国乡村一名优秀的“自语者”[①]，最终获得了世界性的影响和声誉。

但是，就总体而言，中国的乡土小说虽然有近一个世纪的历史，但却与乡村始终有着较远的距离，乡村的真实状况没有得到充分的表现，乡村的内在欲求没有得到深入的表达。这一点更典型地体现在当前文学中——由于近年来中国乡村社会的变化特别迅速，乡村伦理文化发生了巨大变异，在情感与理性冲突下的乡土作家们，创作心态普遍呈现复杂而不稳定的状态，对乡村的表现颇为表面和混乱。

以对“农民工”的书写为例。当前“农民工”的出现已有20余年的历史，其人数更已达到了几亿人之多，但是，由于不熟悉“农民工”生活等原因，当前文学对“农民工”的叙述虽然很多，但却普遍存在简单化和模式化的缺陷，基本上没有脱离苦难、仇恨、炫富的故事模式。这样的结果，正如梁鸿所说，“因为被谈论过多，大量的新闻、图片和电视不断强化，要

---

① 贺仲明：《农民文化小说：乡村的自审与张望》，《文学评论》2001 年第 3 期；《乡村的自语——论莫言小说创作的精神及意义》，《首都师范大学学报》2006 年第 3 期。

么是呼天抢地的悲剧、灰尘满面的麻木，要么是挣到钱的幸福、满意和感恩，还有那在中国历史中不断闪现的‘下跪’风景，仿佛这便是他们存在形象的全部”，[①]“农民工”们的真实生活在很大程度上处于被遮蔽和扭曲的状态，严重影响人们对他们的认知：“‘农民工’，已经成为一个包含着诸多社会问题、歧视、不平等、对立等复杂含义的词语，它包含着一种社会成规和认知惯性，会阻碍我们去理解这一词语背后更复杂的社会结构和生命存在。”[②]

对于以虚构为基本特征的乡土小说，过于要求它真实传达乡村声音，也许存在某些苛求之嫌（反过来说，虚构的小说不管怎么说还是与现实隔了一层，在乡村声音传达的直接性上也存在一定限制），但是对于写实类文学，人们就会有更高的期待。对于处于巨大变异中的当前中国乡村社会，对于乡村和农民（特别是进入城市多年、已经成为城市生活不可忽略一部分的“农民工”）的生活状况，人们更存有了解其真实面貌的强烈愿望。也许正是由于这一阅读需求的推动，近年来开始兴起了“非虚构文学”潮流，其中以乡村和“农民工”为书写对象

---

① 《出梁庄记》“后记”，花城出版社 2013 年版，第 309 页。

② 《出梁庄记》“后记”，花城出版社 2013 年版，第 309 页。

的作品占据了主要部分。

梁鸿的《中国在梁庄》和《出梁庄记》就是其中值得特别提出的两部。它们叙述的是作者梁鸿家乡河南省一个叫梁庄的乡村故事，记叙了留守乡村的农民和在城市中奔波的“农民工”的现实生活。它们最与众不同之处，就是借助对乡村农民和“农民工”生活的表现，让乡村说出了自己的声音。其中，聚焦于城市打工“农民工”生活的《出梁庄记》是新近出版的作品（花城出版社2013年版），本文的论述主要以它为中心。

《出梁庄记》让乡村说话的意图是很明确的。首先，也是最直接的，它充分给予了农民自己说话的机会，让农民在作品中亲自倾诉心声。就篇幅而言，这些来自梁庄的“农民工”所说的话几乎占了全书的一半，而且还不包括那些直接记录他们生活场景的诸多图像。而且，作品对他们的叙述基本上保持原貌，很少做出删减和剪裁，语气、方言都原汁原味，很有“农民色彩”和地方气息；其次，作者在给予“农民工”说话机会、与他们交流时，没有丝毫的俯视姿态，而是站在与农民工平等而切近的位置上，保持着对他们的平等和尊重、真诚和亲切，以及充分的关怀态度。作者对待他们，就如同对待自己的亲人（事实上这些说话者中有相当一部分就是她或远或近的亲人，至少是关系密切的邻居），其中蕴含着真诚、爱、理解和认同。

在这样的态度下，“农民工”们说起话来就会比较自如，少有掩饰和顾忌，说出的话也真实可信。

作品让“农民工”们自己说话，直接传达出乡村的声音，这是一个方面。与之相关联的另一方面，作品让作者也参与到对乡村的叙述中，成为乡村自我声音的一部分。作者梁鸿是一个现代知识分子，在作品中，她始终保持着较强的理性和客观的高度，以现代的理性眼光来打量和审视他们。这就如作者阐述她所持有的对乡村的感情，“不是因为个体孤独或疲惫而产生的忧伤，而是因为那数千万人共同的命运、共同的场景和共同的凝视而产生的忧伤。忧伤不只来自这一场景中所蕴含的深刻矛盾、制度与个人、城市与乡村等，也来自它逐渐成为我们这个国度最正常的风景的一部分，成为现代化追求中必需的代价和牺牲”。[①]作品虽然蕴含着对“农民工”生存和生命状态的深切关怀，但它主要不是对现实中某一具体人或事的简单同情或谴责，而更是在于思考乡村的命运，思考农民和乡村文化的命运，在思考着不可避免的乡村城市化进程以及它的代价问题。

这两个方面的叙述，从表面看似乎有矛盾处，梁鸿的知识分子话语与“农民工”们的讲述似乎构成了一定程度上的张力。

---

① 《出梁庄记》“后记”，花城出版社2013年版，第309页。

但实际上，它们更构成了一种互补关系，从不同侧面共同构成了乡村的声音。因为梁鸿的立场虽然以现代理性为中心，但又始终保持对乡村和乡村文化某种程度的认同和维护，也就是说，她对乡村进行的思考虽然包含着否定、批判和反思，但它是以对乡村的关怀为前提，她不是立足于乡村之外，而是建立于乡村之内。所以，就像她更宽宏的视野是对单一乡村立场的补充和完善，她的批判所代表着的是乡村的自我反思和深层忧虑，所说出的是那些文化水平比较低的农民说不出，实际上却在思考和忧虑着的话语。正如此，梁鸿的声音与“农民工”的声音一道构成了乡村声音的双声道，层次有所差异，实质却完全一致。

依靠着这样的叙述方式,《出梁庄记》超出了我们常见的对乡村和“农民工”们的叙述模式，实现了对“农民工”和乡村世界更深层也更真实的讲述。

表现之一，是揭示了农民（“农民工”）的深层生活和精神世界。与访问者梁鸿的亲切关系和梁鸿的平等态度，让梁庄的“农民工”们坦率自如地讲述了他们进入城市后的种种生活经历和遭遇，细致地表达了他们对城市的复杂感受。“农民工”们的话语非常质朴，在他们的讲述中，没有我们经常看到的传奇故事，没有着意的渲染和夸张，但却真实地展现了这些在城市中挣扎着的农民工们的生活面貌，道出了他们的真实心声。由于作品中发言的“农民工”涵盖老中青不同的年龄层次，囊括了从企业家到公司职员，以及最底层的搬运工、传销者等几乎所有的工作范围，来城市打工的时间有长有短，与城市的关系有深有浅，所以，可以说，作品中“农民工”们所讲述的这一段段生活，以一个个鲜活的姿态，从一个侧面展现了近年来“农民工”们在城市的生活过程，是“农民工”们的生活史和心史。

其中值得特别提出的，是作品对农民心灵世界的展示。作品中，“农民工”们不只是讲述了他们的生活故事，更展现了他们曲折隐秘的内心世界。其中有青年“农民工”在面对城市时难以祛除的自卑和羞涩感（第二章“羞耻”部分），有老年“农民工”对于生活的无助和无奈，有他们在城市中艰难挣扎过程中的强烈失败感、压抑感和孤独感，以及在面对文化冲突和困境时的迷茫和困惑。其中最常见，也是最复杂的，是他们与乡村、与城市之间的复杂关系。对于城市，他们充满着向往，却又始终无法融入；对于乡村，他们情感上难以割舍，又不愿意长期留驻——由于长期处于社会底层的历史和受压抑的现实，中国的农民（农民工）一般都不太擅长说话，更不愿意袒露自己的深层心理世界。在一般情况下，我们很难听到农民（农民工）倾诉自己的心声。只有在梁鸿这样的亲人面前，他们才放纵了自己，让我们体会到了那些在城市中漂泊，与我们日夜相伴，却为我们严重忽略的“农民工”的内在心灵世界。

表现之二，是对乡村文化世界的深度思考。作品写的虽然是城市中的打工农民，但通过这些“农民工”的生活和心灵叙述，让我们真切地体会到了乡村文化在现实中的变异和发展。“农民工”的生活是复杂的，从空间来说，他们在城市生活应该属于城市人，但在精神上，他们又与乡村有着不可分割的关系。他们是当前社会文化从传统向现代转型最直接的承受者和体现者，因此，在他们的生活世界中，乡村文化、乡村伦理发生了很复杂的变迁，他们身上，更深刻地折射着文化变迁的轨迹和脉络。这其中有与农耕文明有密切关系的传统仪式的无奈变异（比如对“葬礼”和“算命”两部分的叙述），也有在现代文明熏染下，农民们在文化选择上的困惑、迷茫，甚至扭曲与堕落（比如“恩怨”“打官司”部分的叙述），更有在失去乡村家园之后、难以找到自己生命归宿和信仰的茫然和无奈（比如“孤独症患者”“这村落中最后的房屋”等部分的叙述）。应该说，在城市化不可逆转的今天，乡村文化的变化和发展是必然趋势。作品所展现的这些盘桓在城乡之间的独特群体的变迁状况，很能够让我们感受到乡村文化的命运和发展方向。应该说，尽管《出梁庄记》并不是一本以思想为主要特色的作品，但其思考确实是敏锐、深刻而富有启迪性的。作品能够对那些看来很简单的事物如此敏感，如此准确地捕捉到背后的文化内涵、感知其中的文化变迁，作者的思绪沉重而复杂，都充分反映，也得益于作者蕴含强烈乡村关爱的知识分子精神。

也许有人会说，梁鸿《中国在梁庄》《出梁庄记》的成功与其写实的文体有关——因为只有这种文体，才可能让农民（农民工）有更多直接说话的机会。这确实有一定道理，但却绝非说其成功来得容易。因为要真正深入地反映乡村和农民（农民工），传达出乡村的真实声音，较之虚构文学，写实文学有着同样的难度，甚至还有特别的挑战。简单地说，写实文体要求作者生活感受更切实丰富，要有更具体的调查、统计和数据，其中难免会遇到某些限制和困境。而且，在现行文学和教育体制中，写实文学既非学术，也不是主流的文学创作，但实际上，它对作者的要求也许更高，既要有生活体验，又要有思想，还要有写作能力，绝不是一般人可以驾驭的。

在这个意义上说，梁鸿的书写梁庄，既是一种个体行为方式，也具有某种方法学的意义。或者换句话说，梁鸿的这两部作品能够获得成功，是主观和客观多种因素的结合，既是一种机缘，也蕴含着必然因素。

就客观方面说，首先是梁鸿所生存的乡村地域，也是她的书写对象——梁庄。从两部作品的介绍看，这是一个乡村文化传统色彩比较浓郁或者说传统乡村文化保存得比较好的地方。大的家族，相对封闭的环境和文化，赋予了它较多乡村传统伦理的温馨。梁鸿在这样的文化环境中长大，肯定会对乡村社会有更深的感情，对乡村文化的内涵有很深的体会，也就能更敏锐地感受到当前乡村文化的剧烈变化；二是梁鸿的乡村之根扎得很深。也许正因为受到其地域文化的影响，梁鸿虽然也通过上大学的方式离开了乡村，进入大都市生活和工作，但她始终与故乡的关系密切，对乡村的情感依然深厚，与乡村的亲人几乎没有间断联系，对乡村生活的变化也相当熟悉。也就是说，她虽然是一个都市人，但也几乎同时（至少在精神上）依然是一个梁庄人；三是梁鸿长期从事乡土文学研究，谙熟中国乡村社会的历史和文化，熟悉相关的理论知识，对乡村问题有持续深入的思考和研究。当然更重要的是在她这样的年龄，成长在多元文化兴起的1990年代文化背景下，既接受了现代启蒙文化的洗礼，但又不至于被某种文化完全限制，而是能够更独立、清醒地思想，更客观、平等地关注乡村和书写乡村。

当然，说上述因素是客观的，其实它们与作者的主观精神紧密结合在一起，或者说，客观环境造就了作者的许多主观质素。正因为这样，梁鸿才能够不甘于做一个固守书斋的学者，愿意深入到乡村和“农民工”当中，花费巨大的心力来描画她的梁庄世界，给梁庄一次自我叙述的机会。从这个方面说,《中国在梁庄》和《出梁庄记》也可以说是乡村借梁鸿这个乡村之子对自我声音的传达。对于梁鸿来说，它们也应该是一个心灵愿望的完成，是对于自己的一个精神慰藉，是一件送给自己的珍贵礼物。

个人和社会共同造就了梁鸿的写作，这一写作也同时具有社会和个人的双重意味。它对我们文学创作上的启示也是两方面的。

首先是文学的观念或标准问题。梁鸿的写作方式，在中国现代文学中并非没有沿承。如出版于20世纪40年代林耀华的《金翼——中国家族制度的社会学研究》(以下简称《金翼》)，以及它的追随者庄孔韶于20世纪末出版的《银翅——中国的地方社会与文化变迁》。它们都是实证性极强，既是社会学乃至超出社会学范围的著名作品，也是很富感染力的优秀文学作品。但是，我们的文学史都集体将它们排斥在外，完全忽视了它们的文学意义。其实，这些作品中，既有对人、对社会的深切关注，也有对人性的深入揭示，无论是对生活细节描绘的真实、细腻，还是语言的准确和优美，它们都达到了相当高的水准（特别是《金翼》），可以说将真实生活记叙与文学性笔法作了非常巧妙的结合。更重要的是，它们蕴含着对乡村和农民的真诚关注，有对乡村平等和尊重的朴素感情。我以为，对于乡村书写，乃至对于任何文学作品来说，这种感情都是弥足珍贵的，也是构成优秀文学的基本品质。我们将它们排斥于文学之外，绝对是文学自身的损失，也反映了我们文学观念某些方面的缺失。

其次，是作家创作观问题。否定世界观（我们当然可以不用这个时代和政治色彩太强的词汇，可以用"价值立场"或"意识形态立场"之类的词汇来代替）的存在和对文学的影响，显然有脱离实际之嫌，也会导致我们对文学认知的偏差。

事实上，我们每个人都有自己对世界的基本态度，有我们看待事物的基本价值立场，它们对我们的生活方式、文学方式和审美方式起着非常重要的作用。在我们今天的文学世界中，如同其他领域一样，其实严重地存在着由意识形态立场差异而形成的巨大文学偏向，只不过我们为宏大的"人类立场"所限，对此视而不见而已。其实，关键不在于我们有没有价值立场，有没有因此而形成的文学偏向，关键在于我们有什么样的立场和文学偏向。我们是偏向普通大众，偏向对柔弱生命的人性关怀，还是偏向权力、金钱和利益集团？而这，将直接决定我们文学创作的价值、高度和意义，也决定我们如何对待身边的生活。就乡村书写而言，正如梁鸿所说："其实许多时候，生活就在我们身边，只是，我们从来不愿正视它。"[①]生活始终在那里，关键是我们作家对待生活的态度，对待乡村、农民和所从事的文学事业的态度，有没有对它们的热爱，以及为之而付出的决心。有了热爱和决心，我们才可能放下身段，放弃自己的生活和文化优越感，去真正直面和接近农民（农民工）的生活，让他们的生活和心灵世界真正进入到文学中。

所以，对于我们的乡村书写者们，思想立场确实是个重要、严峻而且无法回避的问题。当然，我们不主张以外在改造的方式来改变作家立场，作家立场主要依靠的是作家的文学素养、精神追求和道德自律。个人的思想和文学创作都是作家的一种选择，选择是一种自由，也是一种责任。我相信当梁鸿有了更多的后继者，中国的乡村书写会有更大的成就。

《文艺争鸣》，2013年第7期

① 《出梁庄记》，花城出版社2013年版，第71页。

行动者的写作

何　平

从梁鸿的写作实践，我们能够捕捉到知识界的新动向。而且对我个人而言，读梁鸿的《梁庄在中国》以及她此前的《中国在梁庄》也是一次极其私人的“自我清洗”的过程。这样的阅读能够回应我对自己的日常生存状态——亦即所谓大学教师（回避使用“学院知识分子”这个词）围绕着课题、论文、晋职等展开的工作和生活现场——的不满。很多时候，我不知道这种拘囿在书斋里的知识生产的意义何在？它完全不能使我和日日新的世界建立起一种“常识”和“真实”的联系。反而让我感到和世界的断裂、脱节，每当枯守书斋，听着楼下由远及近的卖米收旧清洗煤气灶的喊声，生活就像空气中的浮尘飘起来。而梁鸿干脆让自己“在路上”了，写作拓展了他们生活的疆域。从下面的日志约略能看到梁鸿写作《梁庄在中国》走过的路，遇到的人。

2011年1月和7月初，我重回梁庄，着手收集在外打工的梁庄人的联系方式，了解梁庄打工者所在的城市、所从事的职业和大致的家庭成员分布状况。

2011年7月10日—18日，到西安。采访福伯家的大儿子万国、二儿子万立和其他梁庄人15位。他们在那里蹬三轮车，卖菜或做其他小生意。采访穰县、吴镇和其他县的一些老乡40余位。

2011年7月22日—26日，在信阳。采访梁庄老乡10人。他们在此地蹬三轮车，做工人。

2011年7月28日—8月4日，到南阳。采访梁贤生一家9口人，韩小海一家4人及其他老乡12人。贤生的大弟弟贤义在现代都市做了算命者，韩小海传销发财，都是传奇般的当代故事。

2011年8月13日—20日，在穰县周边县城做调研，考察南水北调工程和湍水，考察穰县传统戏剧。

2011年8月25日—27日，到广州、东莞虎门。采访开服装厂的梁万敏一家、服装厂工人，采访在虎门开各种厂的和做工人的吴镇老乡18人。调查虎门小型服装厂的工作环境和工作模式。

2011年9月28日—10月7日，在内蒙古。采访韩恒武一家12人和其他吴镇老乡10人。

2011年10月24日—30日，在青岛。采访梁光亮一家3人，王传有一家2人和其他吴镇老乡23人。梁庄人前后有40多人在青岛的电镀厂打过工。福伯的小儿子，我的同岁的堂弟小柱，在此地得重病，最后去世。

2011年11月25日—30日，2012年5月8日—11日，在郑州。采访富士康工厂和在富士康上班的梁平。采访梁东、兰子和其他梁庄人10人。采访大学毕业在郑州打工、居住在城中村的年轻打工者5人。

2011年9月—2012年3月，在北京。利用周末，在北京郊区采访梁庄和吴镇老乡55位，举办工友座谈会，采访年轻工友30余位。

2012年1月14日—2月14日，北京—郑州—南阳—梁庄。采访梁庄打工者60余人。

2011年1月20日—25日，2012年4月22日—24日，在厦门。采访安兜村、“国仁工友之家”、几家科技电子厂。采访工人40余人。

2012年4月24日—5月2日，到台湾。考察台湾农村农民的生存、精神和传统文化状态。

2012年5月3日—5月7日，在深圳。采访梁磊等4人。

说老实话，每年我遇到的人并不比她少，但她却通过“走”和“写”的切实“行动”，让这些人和自己内心有了一种隐秘和贴近的关系。仅仅就表相而言，中国作家似乎“动”得并不少，“下生活”“走基层”“采风”……但这些热闹的“行动”，并不意味作家们对他们所抵达的世界就洞悉了然。当然，我并不认为作家的写作都建立自己的私人经验之上，我也承认有的作家是有一种借助知识通向冥想和想象的能力。但是一个时代一个民族的作家，如果他们的写作和他们生活的当下构不成彼此激发的关系，这样的文学生态不能说是没有缺陷的；进而，如果一个时代一个民族的知识者，他们所有的生活都被框定在他们的专业以内，我们听不到他们参与公共生活的声音，这样的知识界也不能说是正常的。

因此，和我们沉湎书斋的生活相比，梁鸿是“行动者”，是有能力重组自己世界的人。拒绝被生活裹挟、安排和驯化，而是主动质疑和追问世界的“理所当然”，反思、批判性地打碎和重建人和世界的关系，重新厘定自己的位置并安放自己。从这种角度看，因为“行动”，《中国在梁庄》《梁庄在中国》里梁鸿和故乡的关系也不是传统意义上的游子和故乡的关系。“行动者”让我们意识到一个写作者知识人的内心尺度。“行动”使他们的世界滋生出新意义，而“写作”则是在叙述中再造新世界。

是的，文学应该有书写和反思当代生活的现场的能力，知识人应该有言说和阐释当下生活的能力。智识者在他所生活的时代在怎样的位置？为谁发声？如何发声？是每一个“活”在当下的智识者应该思考的问题。写《中国在梁庄》《梁庄在中国》的梁鸿，这个衣食无忧的女子，偏偏要和自己别扭“对自己的工作充满怀疑”，“怀疑这种虚构的生活，与现实、与大地、与心灵没有任何关系”，“甚至充满了羞耻之心”，所以她要“回到自己的村庄”，“替‘我故乡的亲人’立一个小传”。

应该意识到，梁鸿《梁庄在中国》的写作不是孤立的样本。陈庆港不是所谓专业作家，他的本业是新闻摄影，类似的例子以前还有拍“麦客”的侯登科，拍“人与土地”的阮文忠。早前陈庆港的《真相》写过慰安妇，这次《十四家》写“穷人”。陈庆港的“十四家”——甘肃省岷县寺沟乡纸坊村六社车应堂、车换生、车虎生家，甘肃省宕昌县毛羽山乡邓家村郭霞翠、王实明家，云南省镇雄县安尔乡坪子社、小米多村水井弯社李子学、高发银、王天元家，云南省会泽县大海乡二荒箐村公所马家凹子村蒋传本家，山西省大宁县太古乡坦达村史银刚家、李栓忠家，甘肃省武山县马力乡双场村李德元、王想来家，贵州省毕节市朱昌镇朱昌村七组翟益伟家，涉及四省七县七镇。我不需要按着地图找，就知道这十四家都在僻远荒蛮之地。写这十四家农民十年的劳动、收入、迁移、疾病、教育、文化、日常生活、精神生态等方面的生存和变迁，对他们的物质、精神极贫极困的真相“报告”之，我应该是有着心理预期的。但即便如此，我还是被他们的赤贫，被他们未有穷期的赤贫震撼到。所谓的“生存”，在这十四家，一方面除了极个别的温饱之家，所有的日常生存几乎就是为简单的口粮苟延残喘地“活着”——在贫瘠的隙地上望天收般讨口粮，或者背井离乡地讨饭、打工。他们，在乡者，忍饥挨饿；去乡者，有的被骗到黑砖窑黑工厂，有的客死他乡。但另一方面，值得注意的是，这十四家，只有极个别的成员有过偶然起意的盗窃摩托车的罪案。

盖亚特丽·斯皮瓦克谈庶民政治时曾经提出“该（the）庶民不能说话”的命题。一个“行动着”的写作者，他的工作不应该只是归纳、概括，而是要面对“该（the）”的“独一无二”，写出属于自己的“这一个”。[①]陈庆港的《十四家》、梁鸿的《中国在梁庄》《梁庄在中国》、李娟的《冬牧场》写了一

① 霍华德·怀南特访问：《盖亚特丽·斯皮瓦克谈庶民政治》，刘健芝、许兆麟选编：《庶民研究》，吕卓红译，中央编译出版社 2005 年版，第 243 页。

群真正意义的“穷人”，一群赤贫却有尊严地、忍耐地活着的“穷人”。虽然，我们仅仅把“行动者的写作”局限为让“穷人”说话，但在许多大众传媒将“贫穷滋生暴民、刁民”当作当然的逻辑向“穷人”大泼污水的当下，这些写作让我们想起法国作家勒克莱齐奥说的：“笔和墨有时候比石头还重要，可以对抗暴力。”还不只是“对抗”，对一个写作者而言，至少首先要选择和正义、良知、尊严、善良、美好……站在一起。在这些写作中间“穷人们”都是我们时代真正干净、纯正的“良民”。“良民”即“穷人”，这使得“行动者的写作”往往有了一种苍凉、不平之气，一种写作伦理上的道义自觉担当。这是“行动者的写作”之立场之关怀所在。正因为如此使得“行动者的写作”往往具有“声援穷人”的意味。这种声援不只是物质、道义之上的，而且是他们能够进入别一个世界人们的内心理解和体恤他们内心的无望和孤独，无论是陈庆港、梁鸿笔下的农民和打工者，还是李娟笔下的牧民，还是王小妮笔下的青年学生们，如陈庆港所说：“我们的社会应该更公平地对待他的每一个成员。”

“穷人”在中国现代史已经缠绕了许多复杂的政治意识形态和文化内容。因此，对“穷人”的声援并没有先天赋予，也不是在任何情境下都具有合法性。但这些书里的“穷人”首先是应该得到比现在还要广泛的声援的。那么，何为“声援写作”？我考虑的是智识者的身份和责任。“谁”声援“谁”？当然是智识者对沉默“穷人”的声援。为什么要在“穷人”前加“沉默”的前缀。一个显见的事实是，在今天智识者也可能是经济、精神意义上的“穷人”，但却能够“丰富”“丰沛”地言说。他们是声音、言论的“富裕者”。而沉默的“穷人”，连言说的资格也可能被剥夺了。因此，“声援写作”强调的是能言说者对沉默者的道义、良知上的声援。就像梁鸿思考的：当代文学与现实世界之间，作家与社会生活之间，是不是出现了某种误区？文学的“行动力”“批判性”表现在何处？它与人类整体生活和精神存在之间的关系又是什么呢？希望在文学中能够找到这样一种血肉的关联，希望能启动自己内在的精神的痛点，以达到最终的“真实存在”。从这种意义上，“行动者的写作”可以理解为“我”和世界关系的重建和再造。显然，这不是这几个写作者所面临的问题，而是整个中国知识界面对变动不居的“新世界”所必须正视的问题。也正是从这种意义上，我们看到“行动者的写作”的背景是一批智识者开始自我选择的“上山下乡”，（我谨慎地使用“上山下乡”，强调行动者的独立、自由的选择，因为这个词有着太多灾难性集体记忆，对这场灾难的反思迄今远未完成。）进行植根中国大地的乡村改造实践。

王小妮的《上课记》、陈庆港的《十四家》、梁鸿的《中国在梁庄》《梁庄在中国》、李娟的《冬牧场》近乎“实录”，如果我们把它们看作散文，这些“行动者的写作”也是在重建散文文体的尊严。它们既没有对中国田园牧歌想象，也没有嗜痛炫痛般妖魔化中国，而且尽可能地褪去了“文人腔”和“文学腔”去“实录”中国之一角之一些人一些事。“文人腔”“文学腔”里说去，总感到和生活之间有种说不出来的隔膜。书斋里编故事，从江湖上看去，终是一派书生意气。不粗、不野，没有一股狠劲和杀气，很“贵族”很“山林”。当然，这差不多是整个中国文学的“病”。所以，我曾经多次重提“人道主义”的基本常识认为：“人道主义”是好东西，知识分子的悲悯也是好东西，但那都是要有坚硬的骨、浓烈的血，才能撑得起，才能蓬勃和活顺。回到中国现代文学的开端，记得周作人在《人的文学》说过：“我所说的人道主义，并非世间所谓‘悲天悯人’或‘博施济众’的慈善主义，乃是一种个人主义的人间本位主义。”“慈善主义”和“人道主义”的混淆是当下中国文学一个需要警惕的问题。比“慈善主义”更退步的是，“穷人”“底层”“弱势群体”在今天频繁地被知识界所劫持和征用，有时还不是智识者真的对“穷人”“底层”“弱势群体”抱有悲悯和同情。我不惮以小人之心去揣度，如果不沉浸到“穷人”“底层”“弱势群体”中间，不是“声援”的精神立场，在今天一些所谓的知识分子去谈论“穷人”“底层”“弱势群体”，远比讨论“富人”“上流”“强势群体”安全得多，也容易博得掌声得多，当然也更可以树立起“知识分子”之“公共”名头得多。因此，那些“农村”的走马观花式的过客是很难抵达今日中国“农村”真相，也不可能指望他们予穷人以有力量的声援。

新世纪中国文学写“底层”写“穷人”弥漫着廉价浅薄的同情。这种庸俗化的“慈善主义”的文学表达在中国现代文学是有着自己传统的。从五四“问题小说”的“爱”与“美”到“现实主义冲击波”的“分享艰难”，再到今天的“向往温暖”，现实主义一直没有能够被贯彻到底，甚至沦为作伪的“现实主义”。“慈善主义”不是“人道主义”。因此，对于我们当下心系“底层”和“穷人”的知识人、写作者们，我们能不能先收起浅薄的“慈善主义”，而是精准、到位地将底层的真相说道一二？在这方面“行动者的写作”不约而同地都对源自智识的议论和抒情保持足够的警惕。“它是一个记录，虽然我会议论会抒情，但这次所谓文采，要让位于踏实真切的记录本身。”（王小妮）“议论容易陷于空泛，容易有观点和一元化和绝对化，当然，也容易暴露自己的弱点和缺陷。”（梁鸿）“《十四家》整个文字中没有加入论议，一切外显的主体解说被弱化或者抽去，这样做只是想对叙事进行客观的原色呈示。书中的每段内容，都是正在行进着的生活的一个切片，不加附着物。”“当然，任何一件作品都无法回避作者的情绪，在这本书中我可能无法做到完全彻底地排除了个人情绪，它一定多少夹进了我的个人情绪，虽然这并非我情愿，但假如存在这种情绪，那么这种情绪也是一个正常人在面对某些事实时的可以理解的正常反应，它应该也是事实的一部分。一个负责任的记录者，可能不是一个没有情绪的人，而是一个不会因为自己的情绪而去改变真相的人。”（陈庆港）

中国智识阶层一向有一种藏掖不住的居高临下的“嘚瑟”气。从这种意义上，夏榆所强调的“自我清洗”就有着很重要的现实意义。夏榆是当下作家中少有的把“黑暗”作为自己一贯文学志业的作家。此前我就读过他的《白天遇见黑夜》。在夏榆看来：“写作对我个人而言，更多地像是某种清洗行为。我试图通过写作清洗生活和境遇加给我内心和精神中的黑暗，以回复我作为人的本性的光亮；通过写作我清洗虚假的知识和伪饰的逻辑带给我的非真实感。让自己行于真、坐于实是我给自己的生活要求。”夏榆写人在矿场的劳作，写人在漂泊中的命运，也写强权对人的奴役，资本对人的剥夺，写底层生活的暗哑和无权者的屈辱。如他说:“是把它们看成是‘自由的试金石’,‘繁华的检测体’,‘文明的显示剂’。……我书写当代生活的现场,从个人的境遇和经验出发,从个体的人类身上,我看到时代的光影和时间的刻痕。”也正是从这种意义上,我理解梁鸿所说的“行动的前提是谦卑”。而“行动之后”呢?李娟是自觉到自己的渺小和微弱。李娟的《冬牧场》本来是《人民文学》资助的一个“非虚构写作计划”,这种计划本身就带有“下生活”的意思。在2010年至2011的冬天里,李娟跟随一家熟识的牧民进入新疆阿勒泰地区南部的古尔班通古特沙漠中生活了三个多月。这三个多月李娟所体验到的不乏中国文学中惯于招摇的“边地”“异域”“他者”“传奇”,但李娟的《冬牧场》却只朴素地记录了她为这个家做的“背雪、赶小牛、赶羊、绣花毡、缝补衣服、解说电视内容”这些平易的事情,记录牧民困苦的生活;只记录了男女主人内敛隐匿的爱与忧伤;记录“我不能理解他,他也不能理解我”的深沉隔断。李娟的《冬牧场》说:“在这样的生活中,并不是‘体验’的时间越长,就越理直气壮。恰恰相反,我越来越软弱,越来越犹豫和迟疑,越来越没有勇气……日日夜夜的相处,千丝万缕的触动,一点一滴的拾捡……知道得越来越多时,会发现不知道的也正在越来越多。这‘知道’和‘不知道’一起滋长。这世界从两边为我打开。”“总之我小心翼翼地观察着眼下的生活，谦虚谨慎，尽量闭嘴。否则一开口就是废话、蠢话或梦话。”或许这就是“行动者的写作”的最终意义吧。

嘚瑟的智识者们何时能够少说不说“废话、蠢话或梦话”呢？

《中国图书评论》，2012年第12期

出梁庄，见中国

杨庆祥

梁鸿的新作《出梁庄记》毫无疑问是《中国在梁庄》的自然延伸：2010年，梁鸿将目光和笔触聚焦于她的家乡——河南省穰县梁庄，用口述实录和田野调查的方式完成了一组对中国农民生存现状的描述，这就是《中国在梁庄》。2013年，梁鸿将视野延展开来，追踪采访走出乡村的梁庄人，记录他们在现代城市中的挣扎与困惑，以及身份的转换与重塑，这便是《出梁庄记》。这一创作路径基本上是一个必选之题：对于梁庄的乡愁式的描写只是中国这一巨大“现代神话”的半张脸，而另外半张，则在梁庄之外，在那里，无数的人群和无数的故事构成了奇怪的沉默之脸，高悬在“盛世中国”的城楼上，可远观而不可亵玩。至少在意识形态的探照灯下，我们默认了这张脸的表面性的存在，而把可怜的疑问，转化为酒足饭饱后的谈资。

但梁鸿与众不同。作为她的朋友，早在《中国在梁庄》还没有出版之前，我在一次餐后的交流中，听她偶然提到她正在书写的梁庄，语气与神态别有一种关切和凝重。我当时意识到，这会是一部特殊的作品，甚至不仅仅是一部作品，而更是一种特殊的关于我们时代的存在方式的追问。《出梁庄记》再次证明了这一点，证明了梁鸿有一种特别的坚韧和勇气，她走得比我们都要远，远离高谈阔论的知识分子腔，远离不痛不痒的所谓学术和讲台；她走得远是为了走得近，她一步步走近一种更真实的、有血有肉的世界，在这个世界里，她看到了她的兄弟姐妹，她的亲人们——也是我们的兄弟姐妹和亲人们——在他们巨大的沉默和失语中，有一种东西在击打着我们的心。

《出梁庄记》的版图浩渺广阔，梁庄人“西到阿克苏、阿勒泰，西南到日喀则、曲靖、中越边界，南达广州、深圳，北到内蒙古锡林浩特”。梁鸿前后历时二年，走访十余个省市，采访了三百多人。梁鸿的叙述具体而开阔，几乎每个被记录的故事都关联着广泛的现实社会问题：身份歧视、户籍管控、留守儿童、非法传销、环境污染等。比如，全书以梁庄流浪汉梁军的溺亡开篇，而他的家人却迟迟不愿意认领尸体，由这个有悖人之常情的故事，梁鸿引出了“南水北调工程”与农民之间的利益博弈，这种博弈的深层隐喻，正是现代化的巨大工程与渺小失败的个体之间的冲突和矛盾。需要强调的是，梁鸿没有像中国当下一些肤浅的知识分子那样，停留在简单的同情和批评的表层，在中国当下最流行的批评方式就是，以一种先在的理念为标准，不符合这些标准的，则被判定为非法或者是邪恶。梁鸿的优势恰好在于，她始终立足于本土的经验，而不是盲从于那些所谓的普遍真理，比如自由、民主、公平和正义。毫无疑问，和所有有良知的知识分子一样，对于这些真理的追求构成了我们生命价值的一部分，但这并不意味着我们可以罔顾现实的复杂，以一种非历史化的普遍性来书写和解释中国的当下。事实是，中国的问题远比这些概念复杂生动，梁鸿意识到了这种困难和可能性，她在《出梁庄记》的后记中说："如何能够真正呈现出'农民工'的生活，如何能够呈现出这一生活背后所蕴含的我们这一国度的制度逻辑、文明冲突和性格特征，却是一件非常困难的事情。并非因为没有人描述过或关注过他们，恰恰相反，而是因为被谈论过多。大量的新闻、图片和电视不断强化，要么是呼天抢地的悲剧、灰尘满面的麻木，要么是挣到钱的幸福、满意和感恩，还有那不断在中国历史中闪现的'下跪'风景，仿佛这便是他们存在形象的全部。'农民工'，已经成为一个包含着诸多社会问题，歧视、不平等、对立等复杂含义的词语，它包含着一种社会成规和认知惯性，会阻碍我们去理解这一词语背后更复杂的社会结构和生命存在。"

出于对这种既有成规和想象的规避，梁鸿的着力之处在于“做好对生命本身的一种叙事，这种叙事具有无限的开放性，它不是结论，每个人都会以不同的角度去思考”。这恰好是梁鸿叙述的独特之处，她写的并非一部社会学的著作，指向某种解决的方案或者现实的答案，比如上文提到的“南水北调工程”与农民之间的矛盾，显然没有一个“合理”的解决问题的方式。在另外一个故事中，大学生梁磊既不能在深圳找到满意的工作和奋斗的目标，又不能回到梁庄重新做一个农民。梁磊找不到解决困境的方法，梁鸿也找不到，在这些结构性的社会矛盾面前，梁鸿和梁磊其实是完全平等的，他们同样困惑，同样无能为力。因此，她停留在叙事的本身，至于“叙事”将带来何种阅读的效果，那是另外一回事。在这个意义上，即使梁鸿的著作被很多读者作为调查报告甚至是社会学著作来阅读，但在本质上，它是文学的，它展示的是一幅广阔生动的生命图景。正如李敬泽所指出的:“《出梁庄记》具有‘人间’气象。众生离家，大军般、大战般向‘人间’而去，迁徙、流散、悲欢离合，构成了中国经验的浩大画卷。在小说力竭的边界之外，这部非虚构作品展现了‘史诗’般的精神品质。”（《出梁庄记》一书推荐语）

梁庄是这一生命史诗的起源。中国大地上有多少个这样的梁庄，有多少这样的梁庄人，他们从一个个微如细点，在地图上无法标志的小村庄拥入城市，改变着自己同时改变着中国甚至世界。可以找到一个词来形容这人类史上都少见的大流动和大迁徙吗？“漫游”显然已不合适，它太过于浪漫主义的诗情画意；“盲流”更不合适，它带有奇怪的偏见和有产者的自高自大。也许只能这么说，他们遵循着让人惊讶的强大的生命本能去完成自我和历史，即使被冰冷的历史搅拌机搅成一堆肉末，即使在我们的理论词典里找不到一个词来予以命名。

梁庄不过是一个小小的范本，但正是在这个小小的范本中，我们得以窥见一个“看不见的阶层”。如果要用一个词来形容今日的中国——我想这个词应该是“围”。今天的中国是一个“被围起来的中国”。这造成的后果是，我们生活在一种并不真实的生活世界中，这个世界以高度的现代化为其形式，却罔顾其肌理的血肉内容。从这最后一点来看，《出梁庄记》是一种反景观式的写作，也是一种突围式的写作。不仅要突破景观之围，更重要的是，要突破一种人心之“围”，在这一“人心之围”中，我们出于安全的考虑——安全的生活和安全的意识形态——而拒绝去看见“景观”之内的东西，去看见真实的世界和真实的生存。而我们这个时代最基本的写作伦理，恰好是应该去看那些“他者”，那些在我们的日常生活中缺席者的存在。从这一点看来，《出梁庄记》中的“出”有一种“反包围”的意义，仅仅从字面意义上看，这很容易让我们想起伟大的《出埃及记》，摩西带领以色列人走出异教徒的包围，寻找真理和幸福。但是从《出梁庄记》的内容来看，它显然不是一个圣经式的拯救故事，甚至可以说它恰好是《出埃及记》的“反故事”，因为摩西缺席了，只有藐视人类的历史本身在引导这一切。除此之外，更有意思的也许是来自中国现代史的启示，早在20世纪30年代，中国革命的领导者们就提出了农村包围城市的革命战略，并通过这一战略获得了革命的成功，在这一历史过程中，农民作为一个阶级获得了前所未有的文化主体地位。这是中国极其独特的历史语境，这一语境恰好构成了《中国在梁庄》《出梁庄记》等一系列以农民为书写对象的作品的潜在背景，正是因为农民阶级一度在中国当代史上的主体地位，当历史在20世纪90年代发生逆转之时，当城市开始包围农村之时，当现代化不停地以牺牲农民和农村的利益而向前推进之时，农村和农民的命运尤其显得富有戏剧性和悲剧感。

像那些伟大而残酷的时代一样，比如19世纪，对于今日中国的观察要求我们有一种摄像机般的冷静和客观，去记录和呈现那些看不见的阶层和那些被过滤掉了的生活。他们毫无疑问是这个时代庞大的失语症患者群，但恰好是这群失语者的背后，有着丰富而庞杂的故事空间。当镜头打开，哪怕是像梁鸿这样一种朴素的采访式的扫视，单一的历史也变得丰富和生动起来。在此时刻，梁鸿不仅仅是一个记录员，她更是一个倾听者，她要放弃自己的成见和经验，不仅要以一种全新的方式去看，更要以一种全新的方式去听。德国哲学家瓦尔特·本雅明在论及现代之时，强调“讲故事的人”，但本雅明却没有意识到，在现代之后，在今日的中国，“听故事的人”和“讲故事的人”同样重要。只有在这种平等的“讲”与“听”之间，历史才不会被知识、观念、理论所阻隔。历史原来就是我们的父母先人，历史原来就是我们的兄弟姐妹，历史原来就是亲人啊，只要我们放弃了姿态，他们就变得清晰可见，他们就变成了真正的人，在我们身边发出虽微弱却温暖的呼吸。原来他们并非失语了，他们只是被一种语言所阉割——那种所谓现代的、文明的语言，他们一直在以自己的语言，同时也是以自己的血肉之躯在创造并讲述着历史。

《出梁庄记》在叙述上的最大特色就是多种叙述声音的并置交错，这里面，首先有一个典型的叙述者，这个叙述者既是梁鸿，又高于梁鸿，也就是说，通过《出梁庄记》中的叙述，梁鸿实现了其自我的一种超越。更多的叙述者由此纷至沓来，讲述其个人故事，这里面既有像梁军这样开场就陷入永恒沉默的亡灵，也有像梁磊这样接受过高等教育能够叙述并反思自我的个体，更多的人，如大哥、二哥，他们凭借某种语言的本能来勾勒自我的生活。他们意识到他们的失败和屈辱了吗？更进一步，这种失败和屈辱是不是一种语言的强盗般的指认，根源不过在于知识分子冷冰冰的启蒙逻辑？在《中国在梁庄》出版之后，就有评论指出梁鸿的叙述视角过于知识分子化，但是如果没有这种知识分子的视角，梁庄这一“风景”会被自动呈现出来吗？显然不会，梁鸿不可能活在现代的“身份政治”之外，即使她万般克制，她依然不得不服从于与其身份相一致的生理性反应。在《出梁庄记》的开篇有两个细节值得一提。一是她在农民工聚集的城中村德仁寨看到的生活环境：“挨着二哥房间左边，是一个公用厕所……房间约有十五平米大小，地面是灰得发黑的老水泥地。进门左首是一张下面带橱的黝黑旧桌子，橱门已经掉了，能够看到里面的碗、筷子、炒锅、干面条、蒜头、作料等零散东西。桌面上放着一个木头案板，案板上放着一大块红白相间的五花猪肉。”一是对其下榻的“如意旅社”的叙述：“如意旅社不如意：房间积尘满地，鞋子走过，能劈开地上的灰尘。床上可疑的物品、拉不上的窗帘不说，到卫生间，那水池里的污垢让人气馁。小心翼翼上完厕所，一拉水箱的绳子，绳子断了。转而庆幸，幸亏还有个热水器，虽然面目可疑，但总算还可以洗澡。”如果梁鸿没有一种先在的生活经验，她能感觉到这环境的肮脏和不洁吗？或者将主体置换一下，在那些农民工，那些梁鸿所采访的对象中，他们会觉得他们的生活环境肮脏或者不洁吗？或许也有，但他们肯定没有梁鸿这么敏感，因为对于他们来说，这就是他们的日常生活最结实的一部分。这里出现了一种典型的断裂，一种生活和另一种生活的断裂，一种经验和另一种经验的断裂。毛泽东在《在延安文艺座谈会上的讲话》中曾说过一段非常著名的话：

> 拿未曾改造的知识分子与工人农民比较，就觉得知识分子不干净了，最干净的还是工人农民，尽管他们手是黑的，脚上有牛屎，还是比资产阶级和小资产阶级知识分子都干净。

这一段话曾被奉为经典，并成为农民和工人确认自我主体的重要法理依据。但现在似乎又回到了这段历史之前，农民和工人再次被降格为“不干净”的群体，而资产阶级和小资产阶级（当然包括可怜的知识分子）则沐猴而冠，窃取了所有优美词语——文明、礼貌、谦让、高雅、干净——来为自己涂脂抹粉。梁鸿应该是对此保持有一定程度的警惕，在《出梁庄记》中，她尽量克制对其采访对象生活的厌恶和反感，她知道如果不首先克制这种生理性的反应，她就无法在精神的层面和他们进行有效的勾连。因此在我看来，以《出梁庄记》为代表的这种非虚构写作，在更大的层面上应该是实践性的。它暗示了当下中国因为匮乏而尤其需要倡导的一种实践态度，一种生活和工作的方式：一个人不仅应该写，还应该像他写的那样去生活。或许没有人能真正做到这后一点，但即使我们不能像我们写的那样去生活，那么至少，我们应该在情感的层面上和我们的对象保持必要的血肉相连吧。从这个角度看,《出梁庄记》有某种“和解”的意味。城市和农村之间的和解，知识分子和农民阶级之间的和解，更具体一点，一个出身农民阶级的知识分子与她背叛了的阶级之间的和解，或者更大一点，我们和他们之间的和解——归根结底，也是人与人之间的和解。和解需要一个契机，一个节点，一个合适的舞台和故事，这是和解的密道。梁鸿找到这个密道了吗？我不知道。就在我读到《出梁庄记》的一个下午，我办公所在地的大楼正在进行维修，我在大楼前的工地上遭遇了一个男孩，他大约十六七岁，正光着上身，坐在一架小型挖掘机的驾驶窗里，非常娴熟地操控着机器。当我走过他前面时，他突然停止，目光直直地盯着我，带有某种挑衅的色彩。那一刻我们四目相对，我觉得我不能理解他，就好像他也不能理解我一样。那一刻我强烈感受到了一种割裂，虽然我们近在咫尺。我想起福斯特《印度之行》中的一句话：“因为走了不同的路，要和解，还不是此时，也不是此地。”

《出梁庄记》究竟想要表达什么？是法国社会学家孟德拉斯所谓的“农民的终结”，带有那么一点迟疑和审慎？是重新看见那“看不见的阶层”和看不见的资本的“手”，批评原始积累的恶贯满盈？是中国现代化的寓言，带着我们爱憎交织的情结？全部都是，也全部都不是。梁鸿或许会被这些概念和理论所绑架，并被胁迫进各种社会学、历史学的微言大义中，但是好在她有一个作家的敏感，她以一种直接性——他者的语言和他者的故事——突破了这种种的桎梏，在这个意义上，她不过是在写人——这亘古不变的，不服从于任何观念的动物——普遍的求生的欲望和意志。在《出梁庄记》中有一幅“他们在西安”的照片，照片中的九个男性建筑工人笑容灿烂地面对镜头，他们背后，是高大的脚手架和尚未完成的景观楼体——是的，他们在笑，这笑容感动了我，历史在此刻依然残忍，生活在此刻依然艰难，但是我们——这些活在历史和此时此刻的人——可以笑！这笑，似乎有一丝嘲弄和反讽；这笑，却又有更多的生生不息；这笑，如寓言一般蕴含着中国当下的种种复杂和神秘。

《当代作家评论》，2014年第1期

非虚构写作与想象乡土中国的方法

——以《妇女闲聊录》《中国在梁庄》为例

张　莉

近年来，一大批描写乡土中国的作品成为媒体与公众讨论的热点话题。这些作品包括《私人生活的变革——一个中国村庄里的爱情、家庭与亲密关系（1949—1999）》《中国农民调查》《浮生取义——对华北某县自杀现象的文化解读》《妇女闲聊录》《中国在梁庄》《一个村庄里的中国》《新乡土中国》《生死十日谈》《崖边报告——乡土中国的裂变记录》《我的凉山兄弟——毒品、艾滋与流动青年》《过日子：农民的生活伦理——关中黄炎村日常生活叙事》等。从广义来说，这些作品都属于非虚构写作，尽管有些作品属于社会学研究，有些作品偏重于纪实，有些作品则被认为是非虚构小说。

本文拟从林白的《妇女闲聊录》与梁鸿的《中国在梁庄》入手，讨论当代写作者以非虚构这一文体想象乡土中国的方法。之所以选择这两部作品，首先在于它们的共性：都是中国当代文学中具有广泛影响力的作品，都讲述了一个村庄的故事，都由女作家创作，都采取非虚构的写作方式。《妇女闲聊录》在出版时被认为是纪录体长篇小说，而在今天看来则是典型的非虚构小说；《中国在梁庄》则一直被认为是非虚构写作中的典范之作。

不过更重要的是差异。这两部作品勾勒了不同的乡土中国之景，其叙述立场、叙述策略、叙述旨向都有较大差异。在笔者看来，这些差异在当代乡土中国的非虚构写作中具有代表性。本文将从两部作品的差异入手，结合其他同类著作，讨论非虚构写作之于乡土中国想象的贡献，同时，也希望指出近年非虚构写作的同质化倾向，讨论非虚构写作者如何诚实表现所关注的乡村及农民生活，如何既摆脱启蒙视角，同时也不放弃写作者的主体性。简言之，论文希望由个案出发而致力于寻找想象乡土中国的更多方法、更多的可能性。

一、村庄故事：来自农妇/回乡女儿的讲述

2003年7月，人民文学出版社出版《万物花开》时，在小说后面发表了名为《妇女闲聊录》的八万字作为“附录”及“补

遗”，那是作者为创作《万物花开》而收集的素材。令人意外的是，附录比小说正文更令批评家和读者兴奋，它被认为是一次“最胆大包天的尝试”[①]。因而，《妇女闲聊录》在2005年作为单行本由新星出版社出版，成为轰动一时的文学事件，林白也由此获得了2004年度华语传媒文学奖年度小说家奖。

今天看来，《妇女闲聊录》之所以令人难忘，一方面因为它是林白作为女性主义代表作家的转型之作。在这部作品中，她不仅看到了更为广阔的世界，也听到了更多“别人的声音”[②]。另一方面，这一文本值得关注处在于木珍讲述的王榨村生活，新鲜、粗粝、生猛，令读者深感陌生。

《妇女闲聊录》讲述的是王榨村的日常生活，而最吸引人的首先是村民的过年：贴对联、包包面、买爆竹、看烟花、办年货；春节走亲戚时互送酥糖和猪肉；喜欢打牌；现在村民不喜欢种小麦而选择种油菜，给蔬菜打农药很正常；孩子们中午在学校里自己做饭，甚至要抢饭吃，然而学校还是空了，许多孩子早早出去打工挣钱；有的女孩子去工厂做工，有的女孩子做妓女，有的女孩子去做二奶；人们喜欢去城里找工作，有收

---

① 林白：《妇女闲聊录》，新星出版社2008年版，封面。

② 林白：《世界如此辽阔》，《妇女闲聊录》，第226页。

破烂的，有木工，也有修表的和贩药的；村里男女间私通很常见，对伴侣也不避讳；女人间无话不谈，互相拿性事做调侃；年轻人结婚不领证，老人们死后怕火葬；有的人病死了，有的人撑死了，有的人死得莫名其妙；人们喜欢看戏逛庙会，希望中彩票盖大房子，也喜欢看打架……侃侃而谈的乡村女性讲述了一个活生生的乡土中国。

而《中国在梁庄》首发于《人民文学》2010年第9期，单行本则由江苏人民出版社于同年出版。这部作品被称为非虚构写作的“扛鼎之作”，获得广泛赞誉，引发读者对中国农村生活的持续关注。作品讲述梁庄这个“废墟村庄”①的状况：村子里污染严重，人们在黑色的河流上建立“幸福生活”②；砖厂使百姓们遭殃，人们甚至不敢靠近村子里的河流；一个留守少年强奸并杀害了一位老太太，令人心痛；梁庄小学变成了梁庄猪场；有理想的青年为生活所迫日渐消沉，对生活感到失望；昔日的少年伙伴变成了成年“闰土”；村子里的文化茶馆和戏台子很冷清……梁庄破烂，衰败，一片荒芜。《中国在梁庄》的字里行间弥漫着一位高校女教师回乡所见的痛切思考与感悟。

---

① 梁鸿：《中国在梁庄》，江苏人民出版社2010年版，第23页。

② 梁鸿：《中国在梁庄》，江苏人民出版社2010年版，第29页。

细致对比会发现，这两部作品讲述的乡村生活内容多有交叉，比如污染、教育、留守儿童和老人、文化生活和道德等。换言之，王榨村和梁庄生活有许多重合之处，大体属于同一个乡村之景。但是，因为创作者身份和社会地位的不同，同一个乡村之景在不同的讲述中呈现出不同的样貌。王榨村在林白那里是快乐、热闹、有生气的村庄，而梁庄在梁鸿那里则是寂寞、千疮百孔、令人唏嘘的存在。那么，随之而来的问题是，是什么引发了这样的不同，这些不同背后代表着怎样的叙述立场、叙述策略以及乡土中国的想象方式？

《妇女闲聊录》与《中国在梁庄》中的叙述人尽管都是女性，但社会地位、思考方式却有明显差异。前者几乎通篇都是农村妇女木珍的声音。这是林白的有意为之："我听到的和写下的，都是真人的声音，是口语，它们粗糙、拖沓、重复、单调，同时也生动朴素，眉飞色舞，是人的声音和神的声音交织在一起，没有受到文人更多的伤害。"[1]而这种大胆让农民说话的方式，也是《妇女闲聊录》最受关注之处。在这里，木珍是作为一个有独立思考能力的农民出现的。刘志荣认为，木珍的声音至为重要，"她讲她的世界时的那种生动、泼辣、生机勃勃

① 林白：《世界如此辽阔》，《妇女闲聊录》，第226页。

的感觉，跟文人脑子中想象的农民的形象差别太大了”[①]。

《中国在梁庄》的叙述人虽然也来自乡村，但由于受过完整的高等教育，她不是以乡村中人而是以离乡之女的身份进行叙述。换言之,《中国在梁庄》是以一个回乡者的视角重新审视家乡二十多年来的巨变。时光荏苒，那些熟悉的邻里乡亲、那些熟悉的景致和人事全都变了模样。家乡成了我们“前进”中的包袱和累赘。这个女儿无法将眼前的村庄和记忆中的村庄并置在一起，无法安之若素，无法不加判断地展示梁庄。所以，在这部作品里，尽管梁庄人也在发声，但分贝最高、最具感染力的还是作家本人的声音，她的判断、好恶与悲悯情怀都强有力地引导着读者。

讲述人社会地位、文化水准的不同，导致两部作品的叙述方式、价值取向、表达路径的差异。木珍站在村庄内部进行讲述，即使她后来离开农村到北京打工，但依然觉得王榨村里发生的一切都很有意思，她不认为这里的生活悲惨，也不认为这里的生活不值一提。木珍与王榨村里发生的一切是同处、共在的。作为讲述者，木珍的文化水平有限、眼界有限，而正是因为其所知有限，使她对村庄里发生的一切都没有批判和审视。

---

① 张新颖、刘志荣：《打开我们的文学理解和打开文学的生活视野——从〈妇女闲聊录〉反省文学性》，见林白《妇女闲聊录》，第 241 页。

梁鸿则不同。作为梁庄拿到博士学位的女儿，她的眼光比木珍更辽阔，心里有比村庄更大的世界。她思考的问题非常宏大：“我希望，通过我的眼睛，能使村庄的过去与现在、村庄所经历的欢乐与痛苦、村庄所承受的悲伤慢慢浮出历史地表。由此，透视当代社会变迁中乡村的情感心理、文化状况和物理形态，中国当代的政治经济改革、现代性追求与中国乡村之间的关系，一个村庄如何衰败、更新、离散、重组？这些变化中间有哪些与现在、未来相联系？哪些是一经毁灭就永远不会再有，但对我们民族又非常重要的东西？”[①]也因此，叙述人将自己的回乡所见取名为《中国在梁庄》。换言之，作为叙述人，她不只是要写梁庄，而是要通过梁庄来思考中国，写出作为中国典型问题存在的梁庄。正是以上种种不同，造成两部作品最终在媒体接受层面有着不同际遇。

二、“低于大地”的“闲聊”与致力于“透视”的“回乡”

《妇女闲聊录》和《中国在梁庄》都给读者带来强烈的震惊体验。作为作者，林白和梁鸿遭遇乡村生活时的震惊一定不

---

① 梁鸿：《从梁庄出发》，《中国在梁庄》，第 2 页。

亚于读者。但是,《妇女闲聊录》里记述者的震惊感并没有直接传递给读者，而在阅读《中国在梁庄》时，每一位读者都能清晰感受到梁鸿的震惊。

这是因为两位作家使用的叙述策略不同。从《妇女闲聊录》的书名可以看出，它与一般访谈和纪录体文字的不同之处在于“闲聊”。如果说“访谈录”一般由问话人做主导，那么“闲聊”则由说话人做主角。从《妇女闲聊录》的谈话顺序来看,“木珍有充分的自主性和灵活性，根据自己的思路和见闻来闲聊。即便是在她跑题和不合逻辑时，即内容与该卷标题不一致及前后重复时，作者也未刻意提醒她重新入题”[①]。然而在《中国在梁庄》中，作者将自己的震惊感毫不掩饰地表达出来，自始至终在引领读者的思考和理解，记录者本人具有强大的主体性。

在这样的叙述策略背后，是对乡村生活的不同理解。如何理解木珍及其生活，决定了《妇女闲聊录》的写作旨向和叙述方式。在《万物花开》之后附录《妇女闲聊录》时，林白写过关于木珍其人的说明，也正是在这段话里，她表达了自己面对木珍及其所述之事的态度：

① 朱坤领：《小说形式与内容的新尝试——林白〈妇女闲聊录〉研究》，载《当代文坛》2009 年第 9 期。

木珍是我家的亲戚，从湖北农村来，小学毕业，比她的丈夫有文化，喜欢读书，读金庸和岑凯伦，还有《家庭杂志》。说话爱用书面语，比如说老婆，一定要用“妻子”，她大概认为老婆这种字眼粗俗。她说话的方式并不是我一贯认为的农村妇女的方式，那种所谓土得掉渣的，那不过是文人的臆想。她说的事也如此，跟我经验中的农村相去甚远。总之我认为她是一个有趣的人，她的闲聊也同样有趣。我写作《万物花开》的部分素材，就来自她的闲聊。但她说的大多数故事我没有写进去，如果我日后有志于此类写作，它们就可以变成许多中短篇小说。但我觉得，一个云山雾罩的文本未必比这些闲聊更有价值。由于这种认识，我将放弃对它们的另一种使用，而把它们辑录于此。[1]

从这个讲述中可以看出林白的态度。首先，林白欣赏木珍，认为她是一个有趣的人；其次，在作家看来，木珍并不是那种“土得掉渣”的农民，她讲述的农村与林白经验中的农村相去“甚远”。因此，林白认为这样的闲聊有价值，甚至比“云

① 林白：《万物花开》，人民文学出版社 2003 年版，第 171 页。

山雾罩的文本”更有价值。这种对农民及其生活的欣赏使林白决定尽可能使木珍发声，并把自我全部隐藏在文本之后。在《妇女闲聊录》的后记中，林白坦承自己的叙述立场是“低于大地”的，在这里，她令人印象深刻地提到了“我愿意多向民间语言学习。更愿意多向生活学习”[①]。正是对民间生活的尊重，决定其要采用“闲聊”的方式。

“闲聊”给文本所带来的作用是深远的。在与张新颖对谈时，刘志荣提到木珍闲聊的重要性：她的叙事大胆、流畅，让你很吃惊，这与文学体制制造出来的农民形象是完全相反的，后者总是低三下四、受尽压制却敢怒不敢言，如果再向以前的启蒙传统中追溯，就是麻木——总而言之，似乎“他们不能表达自己”，只能由别人去代言。但我们看到木珍开口说话时不是这样，她有自己的主体意识，虽然不是知识分子想象的那样，但她就是一个有自己独立人格的人。[②]

木珍的叙述不但没有居高临下的感觉，也没有低三下四的卑琐的感觉，她就能够把自己生活世界里的事情自然生动、理直气壮地叙述出来——我觉得这是非常重要的，它让我们看到

① 林白：《世界如此辽阔》，《妇女闲聊录》，第226页。

② 张新颖、刘志荣：《打开我们的文学理解和打开文学的生活视野——从〈妇女闲聊录〉反省文学性》，见林白《妇女闲聊录》，第241—242页。

了一般的老百姓绝对不是我们的文学制造出来的那个样子，他们可能会有些混乱，但绝对有属于他们自己的生活世界和心灵世界，一点也不比知识分子简单。[①]

的确如此，木珍的闲聊使读者和批评家看到一种新的农村生活，这一形象也是对惯常农民形象的一次有力反拨。而只让木珍一个人开口说话的文本处理，对读者如何理解木珍及王榨村的生活也具有内在的引导作用，它有意使读者进入村庄，避免使读者居高临下地看待王榨村里发生的一切。

《中国在梁庄》则不然。作品里虽然有许多梁庄人在说话，但他们的声音常常被有意识地裁剪而归纳到某一类的问题里。他们的讲述仿佛只是在证明某一种问题的存在。梁鸿在此后的访问中多次谈到她希望避免启蒙主义视角，但是在《中国在梁庄》中，她并没有完全调整好个人的写作姿态。事实上，作为读者，刘琎也委婉地批评作者对梁庄过于强大的控制力，“从文本的表现力而言，让人物或者一草一木来说话，比作者自己说更有说服力”[②]。比如在关于留守老人的问题上，“我”一直试图使老人认清他们际遇的艰难，而老人却一直躲避，不愿意正视

① 张新颖、刘志荣：《打开我们的文学理解和打开文学的生活视野——从〈妇女闲聊录〉反省文学性》，见林白《妇女闲聊录》，第 242 页。

② 《〈梁庄〉的讨论会纪要》，载《南方文坛》2011 年第 1 期。

自己的困境。在讲述梁庄人生活时，如何尊重他们感受并让他们发出自己的声音？这部作品在叙述时似乎忽略了这一点。书中也讲到一段村里人对幸福生活的认可："和几个老人在一起，谈到合作医疗、免税、补贴，大家都非常兴奋，说这是几朝几代都没有的事情。按一位老人的话说：'现在早晚穿得像客人一样，没有破烂现象，说话办事不一样。坐在家里，南京北京，国内国外，都了解。各种知识在电视里都能学到、看到，当然高兴。'"[①]但是，在这样的陈述之前，作者加上了自己的看法："中国的农民永远是最容易满足的，给他们一点好处他们就念念不忘。"[②]显然，作者并不认可这样的幸福感，因为，她觉得一切还可以更好。

这样的叙述态度使读者意识到，作为梁庄的女儿，梁鸿并不认同村庄发生的巨变，许多变化在她看来并不合理。因此，作品中的"众声"并不明显，叙述人强烈的悲悯情怀控制了整个文本。这种悲悯情怀不仅使读者，也使文本中每个人的生活笼罩在一种独特的情感氛围里，牢牢地吸引了广大读者。今天看来，《妇女闲聊录》在如何理解乡土生活方面具有某种先锋性

① 梁鸿：《中国在梁庄》，江苏人民出版社 2010 年版，第 192 页。

② 梁鸿：《中国在梁庄》，江苏人民出版社 2010 年版，第 192 页。

和冒犯性，看似“零度叙述”的文本也引起了许多评论家的赞扬，但也在另一些批评家那里遇到抵抗。因为这里的农民和乡土生活挑战了大众读者接受的底线，使人深感不适，这是这部同样讲述乡土中国的作品并没有能在更广大的社会层面引起共鸣的重要原因。

三、问题意识或以“乡愁”作为讲述方法

写作《中国在梁庄》时，梁鸿有清晰的问题意识。这从作品的章节标题可以看出。从第二章开始，每个章节是一个问题，书中大致讨论了七个问题：“蓬勃的‘废墟村庄’”“今天的‘救救孩子’”“离乡出走的理想青年”“守在土地上的成年闰土”“被围困的乡村政治”“农村的新道德之忧”“乡村的未来梦想”等。每一个问题里有四位讲述者，他们讲述的内容与“我”忧虑的问题形成互相阐释的关系。这些小标题表明，作者试图通过思考中国乡村目前存在的问题来讲述梁庄的故事。

当我们放大一些情景时，另一些东西则会被淹没。问题意识可以使读者在短时间内对梁庄有清晰的认识和把握，但也可能遮蔽乡土中国的某些特质。比如，“我”来到吴镇，想到以前

人们在商业街上“以物易物”，而“现在，吴镇已经成为了新的集市中心和贸易中心，一排排崭新的房屋和矗立在道路两旁全是尖顶的欧式建筑，很现代，却显得有些不伦不类。镇子原来的主街道被周边新兴的街道和新建的房屋所包围，更加显得破败不堪，荒凉异常。原来的一些房屋、商店都还在，甚至连店名都没变，但是，由于整体方位的变化和房屋的破旧，它们的存在却给人一种奇异的陌生感和错位感。我始终无法适应这一错位，每次走在路上，都有强烈的异乡异地之感”。[①]作家为何有“荒凉异常”之感？既是因为那些欧式建筑的不伦不类，也夹杂着时过境迁的感慨。这里已经有了崭新的房屋，人们的物质生活客观上也比以前好了，但由于被今非昔比的“问题感”笼罩，繁华便成了问题。在这里，读者没有看到梁庄人自己的理解，有的只是回乡者本人的感喟。

作为中国问题镜像的梁庄，暗合了今天中国知识分子和大众对乡土中国的想象。“从本质上讲,《中国在梁庄》是一次带有大众品格的跨界言说的尝试。所谓重建自我与现实、知识与生活的关联，说白了，即是面向大众发言。听得懂、有共鸣是必要的基础。而‘中国’则是提请公众注意的起点，我们于此

① 梁鸿：《中国在梁庄》，江苏人民出版社 2010 年版，第 7 页。

达成‘共识’。”[1]写作者是观看者，受访者则是被观看者和有限制的言说者。这导致梁鸿作为问题的讲述者出现在文本中，也使写作者与被访问者之间没能建立起平等关系。正如杨俊蕾所分析的：

> “《中国在梁庄》的非虚构叙述显然昭示了另一个被遮蔽的潜文本存在。作者‘我’一次次进入不同村人的私人生活，相反，那些村人却很少进入作者的生活，表现出反向叙述上的有意遮蔽或者删除，再次印证‘事实’与‘虚构’的区分本身经常值得怀疑。另外，作者苦心营造的谈话语境在引导/窥视的功利诉求下力求全景呈现，使读者几乎看到梁庄的某一类人，却看不到梁庄人和人之间的自然关系和彼此间的动力影响。每一类人代表每个问题方向的单篇章节造成了文本内的结构裂隙。”[2]

梁鸿本人显然也意识到了这一点，在两年后完成的《出梁

---

① 李丹梦：《“非虚构”的“中国”——论〈中国在梁庄〉》，载《文学报》2011 年 12 月 5 日。

② 杨俊蕾：《复调下的精神寻绎与终结——兼谈〈梁庄〉的非虚构叙述旨向》，载《南方文坛》2011 年第 1 期。

庄记》中，她消解了自己强烈的问题意识而有意使农民工自己说话，从而让自己真正成为一个记录者、一个乐于倾听他人声音的写作者。也是在那部作品里，她写出了活生生的、有主体性的农民工群像。

当然，没有问题意识的非虚构写作是不存在的。当作家决意写这个而不写那个时，意味着问题意识已经开始形成。《妇女闲聊录》中的问题意识尽管没有《中国在梁庄》那么清晰，但它依然有自己的问题意识。林白认为木珍与我们通常理解的农民形象并不相同，这是她写作的问题意识之一；而另一个问题意识则是她认为木珍讲述的农村生活超出了我们的想象，是一种与众不同的乡村经验；第三，林白是深具女性意识的写作者，她意识到妇女视角、闲聊以及王榨村本身所具有的民间性和边缘性，因而在这部作品中，她侧重选取夫妻关系、性关系、女性身体疼痛来凸显农民的际遇。可是，当木珍津津乐道于村民讨论绑架问题、丈夫为老婆出气而追打哥哥和母亲时，如何体现记录者的态度？如果只是一味地呈现，写作者的主体性又如何确立？

已经有多位研究者指出《中国在梁庄》中有浓郁的乡愁。乡愁于《中国在梁庄》是一把双刃剑，没有乡愁，就没有这部作品的诞生，也没有这部作品的广受欢迎。事实上，许多读者在这样的乡愁中感受到某种亲切。但是，这种乡愁也遮蔽了其他一些东西。贺桂梅在谈到阅读《中国在梁庄》的感受时说："在这个叙事过程中，我感觉到或许有比较浓的、一种面对'破碎'家园的感伤姿态。我虽然很喜欢这种叙事的感觉，但还是会想这种叙事本身可能带来什么问题。它构成了人们进入这个乡村世界的基本'透镜'。虽然梁鸿有很强的自省意识，不过这种经验和情调大概总会以不同方式传递到书写的过程中去，并在某种程度上左右着梁庄人的呈现方式。"①

比如，作品中多次提到兴建高速公路给村民生活带来的不便，一个村庄变成了两个，这使得回乡的女儿再也找不到原来的生活样貌。但是，高速公路的兴建是否使村民的出行更便捷？高速公路的意义应站在怀旧的立场上来理解，还是站在村民当下的生活上来理解？作者对这一问题的思考显然受限于乡愁。当然，梁鸿在作品中也并未完全回避乡村的美好：

> 整个乡村给人一种温暖自在的感觉，虽然有触目惊心的破败。它的确有变化，但也是自在的变化，没有时间与速度，因此，也就没有危机与焦虑。几位妇女在村头的树

---

① 《〈梁庄〉的讨论会纪要》，载《南方文坛》2011 年第 1 期。

下打牌，有的人带着孙子到处闲逛聊天，有的人在田地里干活，青年也在各自忙碌。我预想的悲伤、痛苦、无奈都慢慢被消解，甚至被我自己给否定了。因为在这里，这些都只是生活的一部分。[①]

可惜，对村庄美好一面的认识在书中并不多，事实上，“温暖”与“荒凉”两相兼顾，恐怕才是更复杂、更接近真实的梁庄样貌。这是作家在思考和处理梁庄问题时所忽略的，也让人感到有些遗憾。

在《中国在梁庄》的前言中，梁鸿谈到过对“言不及义”式写作的厌恶，梁庄对她来说是找回学术自信和写作意义的关键。换言之，梁庄不仅仅是梁庄本身，也是梁鸿作为批评家重新界定自我的媒介。尽管避免启蒙视角、放弃各种成见，但从回到乡村的那一刻起，梁鸿已经将梁庄视为帮助自己逃脱无意义生活的“抓手”。与其说她是为梁庄人代言和说话，不如说这是她作为知识分子借梁庄面对社会的一次非虚构写作形式的发言。

《妇女闲聊录》则几乎没有乡愁，它荡涤了感伤、感慨和

① 梁鸿：《中国在梁庄》，江苏人民出版社 2010 年版，第 193 页。

感动，拒绝将乡土和乡村问题化。这部作品是作家尽可能不带成见地进入乡村的尝试，是作家站在农村内部和以农民视角进行的讲述。这是林白精心完成的另一个乡土中国之景，是被我们视而不见或不愿面对的乡土中国之景。可是，读者在《妇女闲聊录》中只看到“被看者”在言说，却没有看到“看者”的言说，只感到“被看者”的能量，却没有感到“看者”的能量。在某种意义上，记录者放弃了她的主体性。这是它的问题。

无论是《中国在梁庄》还是《妇女闲聊录》，它们共同的困难在于写作者在叙述过程中如何清醒地认识“自我”以及如何认识“自我”与所写对象的关系。前者的问题在于克制情感和尽可能尊重写作对象的主体性，而后者的问题则是如何与写作对象平等交流，如何使文本不陷入暧昧、破碎和含混的境地。

四、在“礼崩乐坏”的乡土中国之外

1921年，鲁迅发表了短篇小说《故乡》。离家二十年后回到故乡，记忆中的故乡与眼前的村庄之间出现了巨大的裂隙，这使鲁迅遭遇极为强烈的震惊体验。九十多年过去了，中国知识分子在书写回乡经验时，几乎都采用“归去来”的写作模式。

《中国在梁庄》也不例外，这种写法引领了近年来乡土中国的写作热与阅读热。梁庄及其相关作品，为我们这个时代想象乡土中国提供了重要镜像，它将被遮蔽的乡土重新带回社会公共空间。而最近几年的春节，网上会出现大量“回乡所见”的热帖，这对全社会关心“三农”问题有重要的推动作用。有关梁鸿为非虚构写作做出的贡献，笔者在不同的场合和不同文章中都多有论及。[①]然而，一旦这种文体成为众人争相模仿的写作范式，便意味着它由先锋变成了枷锁。一些问题需要反思：在梁鸿的写作范式之外，在“归去来”回乡书写范式不断累积的今天，有没有另一种想象乡土中国的方式。换言之，在大量同质化的书写之外，有没有另外的对中国乡村及中国农民的理解方式？当然，近年来，也有一些非虚构写作者致力于另一种乡土中国的写作。其中，熊培云的《一个村庄里的中国》是出版以来印刷已达十五次的畅销书，具有代表性。这位作家几年间不断回到村庄，与村民相处、交流，写下许多关于乡村日常生活的所见所闻。与梁鸿的写作不同，他不仅仅关注此刻的村

① 张莉：《非虚构女性写作：一种新的女性叙事范式的出现》，载《南方文坛》2012年第5期；《非虚构写作潮中的女性力量》，载《人民日报》2012年7月13日；《今天我们如何回故乡：评〈中国在梁庄〉》，载《南方都市报》2010年12月26日。

庄，也关注这个村庄在百年历史脉络里的人事风俗流变。那些村民亲身经历的故事、那些偶遇的村干部、那些“文革”时的“知青”传说、乡村的精神病人、露天电影院等，书中都有所涉及。整部作品让人觉得平实、沉静，有说服力，也富于启发性。读《一个村庄里的中国》，可以看到村民生活对作者的冲击，也可以看到他们相互间的交流与互动。虽然书名中也有“中国”二字，但村民们也并不全以问题或病灶的方式出现。这是难得的另一种想象乡土中国的方式。[①]

令人印象深刻的是，熊培云在《一个村庄里的中国》中引用农学家董时进的说法：“我素来认为要知道乡村的秘密和农民的隐情，惟有到乡下去居住，并且最好是到自己的本乡本土去居住。依着表格到乡下去从事调查，只能得到正式的答案。正式的答案，多半不是真确的答案。”[②]调查，或者带着问题去考察乡土，书写一个“定见”之内的乡村是有问题的，在今天那

① 本文开篇提到的另外一些关于乡土中国的著作多属于学术著作，写作者均多次往返自己所关注的村庄，围绕对问题的思考和理解深入调查写就，如《私人生活的变革——一个中国村庄里的爱情、家庭与亲密关系（1949—1999）》《浮生取义——对华北某县自杀现象的文化解读》《我的凉山兄弟——毒品、艾滋与流动青年》等。这些著作致力于通过采访和调查而解决问题，因为写作方式的冷静，对调研对象有深入、独特的理解而令人难忘。

② 转引自熊培云《一个村庄里的中国》，新星出版社 2011 年版，第 7 页。

么多一窝蜂写作热潮里，怎样避免匆匆一去便写下洋洋洒洒回乡之感的文字，尤其值得深思。

在笔者完成这篇论文之际，在《新京报》上读到岳永逸的文章《“返乡文学”和“乡愁大军”背后，是被代言的农民日常生活》，作者严厉批评了当下返乡写作者的主题先行、吸引公众眼球的写法。在他看来，新近出版的《过日子：农民的生活伦理》会使我们认识到，“当代乡土中国不仅仅有被符号化、情绪化和非虚构化的梁庄，不仅有被同样高调炒作的似乎只有毒品、艾滋的凉山诺苏，不仅有被网友热议实则子虚乌有的‘上海女孩’逃离的‘黑黢黢’的江西农村，还有黄炎村这样人口殷实、鸡犬相闻的村庄……由此，对三农中国的关切，也就不仅仅是痛心疾首的片段、片面的‘崖边’或‘断崖’式的轻快媒介思维与唯我独尊的精英教化的千年定势”[1]。而就笔者的阅读经验而言，与其说这部《过日子：农民的生活伦理》讲述了一个真实的日常的乡土中国，不如说它新颖的写作理念对当下乡村苦难式书写模式进行了反拨。但是，在当下，如果有一个一心一意“过日子”的日常乡村，那么，农民面对污染、

---

① 岳永逸：《“返乡文学”和“乡愁大军”背后，是被代言的农民日常生活》，载《新京报》2016 年 3 月 5 日。

贫穷和教育条件匮乏的困境时又怎么安心“过日子”？或者，在这些尖锐的社会问题面前，农民“过日子”的信念受到了什么样的冲击，他们怎样应对这样的冲击？对此，该书显然并未深刻触及。

结语：寻找乡土中国非虚构写作的多种可能

中国现代文学史上，鲁迅、沈从文、赵树理构成了书写乡土中国的三种重要传统。在阅读当下乡土中国纪实作品时，我常常想到现代文学发生期的乡土写作及“问题小说”。尽管文学史上对这些作品的文学性颇多微辞，但我们依然不能否认其在中国社会现代化进程中的重要作用。一如无论我们怎样批评乡土中国非虚构写作中的同质化倾向，也得承认，这些作品对于今天的中国社会有着重要的意义。想当年，鲁迅的《故乡》虽然与那些“问题小说”发表在同一时期，也都是启蒙主义视角的写作，但艺术性高下立判。在《故乡》中，作家呈现乡土中国的态度冷静、克制，并没有把自己从农民的生活中剥离出去。因而，在《故乡》中，尽管叙述人有强烈的情感，却绝非浅表意义上的抒情和愤怒，这也是鲁迅的乡土小说成为经典、能跨越时代流传至今的重要原因。

在鲁迅的启蒙主义写作之外，沈从文构建的是一个美好的乡土湘西，那里有勇毅、纯朴而自在的农民。但在某种意义上，那其实是一种景观性的写作。沈从文在20世纪40年代对自己的乡土写作也有过非常沉痛的反省①。在书写一个田园牧歌式的乡土中国时，写作者如何不脱离事实对作家是一个挑战。这意味着沈从文式的乡土书写既要认识到乡村的明亮和光泽，也不躲避它的黑暗和困顿。40年代赵树理的乡土写作通常被认为是站在农民内部的写作，他使一个个面目模糊的农民眉眼分明，有了性格和主体性。但是，赵树理写作也常常面对这样的两难：当他站在农民立场发声时，怎样保持自身作为知识分子的主体性和批判性，而不误把农民身上的“灰暗”当作“光明”？

整体而言，今天的乡土中国非虚构写作都处在这三种范式之下。如何写出乡土中国的真实面容，如何写出农民自己真实的声音对近代以来的每一个作者都是挑战，到今天也不例外。

---

① “可是近三十年来，这个‘多数’的农民，在中国这么一大片土地上，活得如何卑屈，死得如何悲惨，有一个人能注意到没有？除了笼统地承认他们的贫和愚，是一种普遍现象，可是这现象从何而起？由谁负责？是否有人能够详详细细地来解释过？……对于这个多数的重新认识与说明，在当前就是一个切要问题。（沈从文：《〈七色魔（魇）〉题记》，载《自由论坛》第3卷第3期，转引自解志熙《考文叙事录》，中华书局2009年版，第234页。）

我以为，面对乡土中国，非虚构写作者诚实表现“我”之所见固然重要，但更需要思考的是如何理解我们所关注的对象，如何既摆脱那种“自上而下”的视角，同时也不放弃写作者的主体性。如何不把“我们”从“他们”那里切割出来？如何真实地传达他们的生活而尽可能不以我们的判断为标准？如何不把乡土中国人的生活问题化、戏剧化？也许，一个面目含混、明亮与灰暗并存的乡土中国不会引起全社会的热议，也不符合众人心目中的乡村图景，但却有可能更接近事实本身。

《文艺研究》，2016年第6期

新世纪乡土中国现代性蜕变的痛苦灵魂

——论梁鸿的《中国在梁庄》和《出梁庄记》

张丽军

从2010年作品发表以来,《中国在梁庄》在新世纪中国所引起的巨大反响，大大超出了作者的预料，为其带来极大声誉[①]。紧随其后出版的《出梁庄记》，作为《中国在梁庄》的姊妹篇，延续了《中国在梁庄》的出版奇迹，创造了乡土中国文学写作的“当代传奇”[②]，在新世纪中国文化界连续刮起旋风，乃至在欧美文化界引起了回响。梁鸿在这两部作品中所叙述的“梁庄”，不仅逾越了文学的界限，而且进入了社会学、文化学

---

① 《中国在梁庄》获“2010年度人民文学奖”“《新京报》2010年度文学类好书”“《亚洲周刊》2010年度非虚构类十大好书”“第七届文津图书奖”“第二届朱自清散文奖”等众多奖项与好评。

② 近几年来，梁鸿的“梁庄”，不仅在文学界，而且在人文社科等领域也引起强烈关注。

和思想史的诸多领域，成为继“费孝通的江村、梁漱溟的邹平、陶行知的晓庄和于建嵘的岳村”之后，研究当代中国社会变迁史、文化史、思想史和文学史重要的新世纪乡土中国的一个缩影[①]。正所谓，不读“梁庄”，何以认识农村？何以认识当代乡土中国的历史、现在和未来？[②]

梁鸿叙述的“梁庄”，是重新认识这个庞然大物般正在发生着“千年未有之巨变”的古老乡土中国现代转型的一把钥匙，是觑看面目模糊、杂乱无章而又混沌幽暗的被现代性遗忘与遗弃存在的一面镜像。因此，从乡土中国百年来文明转型、文化变迁等角度来认识和思考“梁庄”，阐释梁鸿所建构“梁庄”的意义和价值，将不仅仅是像梁鸿一样重返故乡的艰难之旅，也是对梁庄叙事所裸露的乡土中国灵魂的探魂、追魂与铸魂之旅。“每一个悲剧都与自己的血液相连，每一样痛苦都直抵心底。要下多大的决心才能将故乡的阴暗与隐痛和盘托出”，

① 在《中国在梁庄》一书的红褐色腰封上，赫然印着两行大字体的白色字，上面一行是“费孝通的江村、梁漱溟的邹平、陶行知的晓庄、于建嵘的岳村”，下面一行是“梁庄——让我们再次回望村庄”。

② 李敬泽在《中国在梁庄》的封底推荐语中，郑重写下了这样的话语：“梁庄质疑、修正了关于农村的种种通行定见。不曾认识梁庄，我们或许就不曾认识农村，不曾认识农村，何以认识中国？”

“这是对心力的最大考验，是对神经系统的强大挑战”[1]。粗大的关节，厚茧的手掌，黧黑的面庞，木刻般的皱纹，那些父老乡亲、兄弟姐妹痛苦的灵魂与无声的叹息，都让我喟然感慨。忧伤与悲恸，战栗与不安，惶恐与焦虑，在一次次阅读中灼伤与撕裂着我。从梁鸿所描述的梁庄生活出发，我们不仅触摸到微渺而又坚实存在的生命之根，而且感受到广袤的大地上乡土中国现代性蜕变的痛苦灵魂。

百年“乡土中国”审美叙述的变迁

乡土中国以农为本，农民是社会人群的主体。故乡、农事、乡情是乡土中国文学叙述与抒情的主要内容，即所谓的“土气息”“泥滋味”。乡土中国文学典型体现了一种以农耕为主的生产方式和以宗法亲情为主要联系纽带的农业文明社会的精神文化特征。英国工业革命使人类社会演进发生质的变化。人类文明的巨大演变对乡土中国这一传统农耕社会产生了极大影响，导致了中国近现代以来一系列丧权辱国事件的发生和乡土社会形态、思想文化的剧烈嬗变，可谓“千年未有之巨变”。

---

① 申霞艳：《“梁庄”与中国想象》，《文艺争鸣》2013 年 7 期。

彰显了中国新文学运动创作实绩的鲁迅较早认识到了这一文明更替、文化巨变的深刻精神内容，在文学创作中鲜明表现出来。鲁迅的《故乡》，一开始就写出了“故乡”的那种萧瑟、忧伤与“焦灼”，奠定了与古典悲剧感“决然相异”的20世纪乡土中国文学的“以‘悲凉’为基本核心的现代美感特征”[①]。20世纪20年代，受鲁迅影响的“乡土文学”，以对乡土中国愚昧、落后民风民俗的叙述为主题，呈现了国民劣根性，表达了五四一代人的“启蒙文学观”。正是在这种精神维度下，20世纪三四十年代沈从文的乡土文学写作，尽管描绘了一个优美善良的湘西和湘西姑娘翠翠等人，但在最深的精神内里依然是无比的忧伤。

随着“革命文学”的兴起，鲁迅式的“乡土文学”及其所塑造的“闰土”“祥林嫂”“阿Q”等落后、愚昧的“老中国儿女”形象受到了激烈批判。一种描绘觉醒与反抗的“乡村革命者”形象的新无产阶级革命文学开始出现。茅盾的《春蚕》、叶紫的《丰收》《星》、蒋光慈的《咆哮了的土地》、萧红的《生死场》和萧军《八月的乡村》等作品，展现了从“老中国儿女”到“觉

---

① 钱理群、黄子平、陈平原：《二十世纪中国文学三人谈·漫说文化》，北京大学出版社2004年版，第12页。

醒农民”之间的艰难蜕变和从“一潭死水”到“吹皱一池春水”的不安的、躁动的中国时代变革过程，呈现出了变动中的乡土中国新的美学特征。在连续不断的时代变革和残酷的战争环境里，“老中国儿女”不仅要经历思想启蒙、阶级启蒙和民族启蒙，而且要担任人性解放、民族解放和社会解放的多重功能和全面解放的使命。

不同于20世纪初期的乡土中国文学的悲凉美学，20世纪40年代的解放区文学和新中国成立后“十七年”文学的乡土书写则展现了一种新的喜剧美学基调。“解放区的天是明朗的天，解放区的人民好喜欢”，《解放区的天》这首歌鲜明呈现了40年代解放区文艺创作的喜剧美学特征。赵树理、孙犁、马烽、西戎等人的作品描绘了获得解放的乡土农民的翻身喜悦和人性之美。这种美学特征直接进入了“十七年”文学，而且获得了更加阔大的文学地理空间。在毛泽东提出“农村是一个广阔的天地，在那里是可以大有作为的”[①]之后，无论是在政治意识形态上，还是在文艺审美创作中，农村成为社会主义新中国关注的中心。农民作家赵树理写了《愿你决心做一个劳动者》的一封公开信，希望女儿“应该进一步在一个社里落户，当一个有文

① 毛泽东：《毛泽东文集》（六），人民出版社1999年版，第462页。

化的青年社员”[1]。风靡一时的豫剧《朝阳沟》也向我们描绘了战胜享乐主义思想、立志到农村奋斗的女知识青年银环形象。乡村、农业和农民，在“广阔天地”的召唤中，达到了乡土中国喜剧性审美想象的最高潮。做有文化的社会主义新农民，建设社会主义新农村，无疑是当时乡土文学审美想象的精神价值导向。

事实上，城乡越来越严重的二元对立，让越来越多的人感受到乡村农民生活的困窘与无奈。新时期乡土文学作品较深刻地展现农村生活的艰难和农民被剥夺生命尊严的痛苦。在新旧的对比书写中，新时期乡土文学呈现出了改革开放政策下乡村生活的新变化和农民主体性的新觉醒。高晓声的《陈奂生上城》《李顺大造屋》、何士光的《乡场上》等作品，表达出了新时期乡土中国的变革和希望的先声。新时期之初的乡土文学呈现出一种理想主义的纯真喜悦之情。

随着中国城市化进程的加速，乡村生活、生产方式及其文化伦理越来越被抛掷于城市化、现代化进程之外，陷入存在的虚空和消逝的废弃世界之中。从王润滋《鲁班的子孙》到阎连科的《乡间故事》，那个带来希望、生机和生命尊严的乡村不

---

① 赵树理：《愿你决心做一个劳动者》，《赵树理全集》（5），北岳文艺出版社 1994 年版，第 270 页。

见了，取而代之的是鲁迅曾描绘的可怕的、死气沉沉的“无物之阵”。而到20世纪90年代后期，乡村从物质层面到精神层面都已经呈现空心化、荒漠化。贾平凹的《秦腔》描绘了被淤泥吞没、与土地相拥抱的乡土中国“最后一位农民”夏天义。迟子建的《额尔古纳河右岸》以最后一位女酋长的身份深情而忧伤地回忆了鄂温克族及其狩猎文化伦理的消亡故事。阿来的《空山》三部曲则描述了原始状态的藏族“几村”被现代性所吞没的悲情与无奈。这无不昭示我们思考，在文明的拐弯处，我们是否遗失了什么，如何在新文明语境中重新打捞和承继优良的传统文化。至此，乡土中国文学的美学基调，已经不复是悲凉感伤，更不是喜剧欢悦可以涵括，而是一曲对传统伦理、文化正加速度消逝并且无可阻挡的悲恸挽歌。

梁庄：丢了魂的“乡土中国”

“谁人故乡不沦陷”，近乎一夜之间在中国大地上到处流传，成为当下中国人表达“乡愁”的流行话语。事实上，这一话语传递了一种可怕的现实。但是当我们进一步追问，21世纪之初的乡土中国到底是怎样“沦陷”的，有着什么样的隐秘的精神秘密，有着怎样的内在逻辑肌理，怎样的痛苦、挣扎与抵抗？这又陷入巨大的黑洞之中，几乎无人能具体回答这些疑问。“当我们面对当前的农村时，便不能不感到陌生。而这样的状况应该说是相当普遍的。”[①]这是新世纪剧变中的乡土中国对当代作家提出的一个巨大挑战。这种认知难度对于众多在城市中出生的知识分子是不言而喻的，即使是出生于农村的文化人而言，也是难度极大的。因为今天的教育现代化已经把乡村孩子“哺育”得城市化了，他们已经回不去了，即使勉强回去，也早已经是“客人”了。早在20世纪40年代的费孝通就已经指摘这种城市化教育的文化弊病。而在21世纪的今天，更大的、更内在的挑战，则来自文学内部生态的剧变。在21世纪的今天，生活现实远比小说还要陆离、生活荒诞远远超出小说荒诞的时代，作家为何创作、如何创作？这是作家必须追问和思索的当代性课题。正是在这个意义上，作家梁鸿以《中国在梁庄》和《出梁庄记》这两部非虚构作品，回应了新世纪乡土中国文学所亟须回答的问题，向我们展现了古老的乡土中国在当代文化剧变语境下跳动的脉搏、沉重的呼吸与裸露的伤痕累累的灵魂。

---

① 李云雷：《我们能否理解“故乡”？——读梁鸿的〈梁庄〉》，《南方文坛》2011年1期。

梁鸿是以故乡女儿的身份重新进入梁庄，这就注定了梁鸿与梁庄存在着千丝万缕的割不断的情感联系。这片土地里有着来自生命记忆深处的美好记忆，也是一生都抹除不了的刻骨铭心的记忆。梁鸿对梁庄的书写，是一种对生命之根、情感之魂的追寻之旅。故乡、家园、亲情，就是从未断绝的古今中外的、永恒的文学母题。但是，对于21世纪初期的梁鸿而言，显然遇到了极大的难题。故乡已经发生了从未有过的质变：那个山清水秀的梁庄，那个河岸开满菊花的湍水，那个有着大片大片浓密树林、湖上有成对野鸭的湖洼，都统统不见了；取而代之的是“黑亮亮的，像汽油，像常年擦拭、却从来没洗过的抹布的颜色”的“黑色流动”[①]的河水。“如果不是有家人、有老屋、有亲人的坟在这里，我几乎不敢相信这是自己生活了二十年的村庄。”在及膝的杂草和灌木的老屋，“我”看到了妹妹学字时写在墙上的“错字连篇”的诗，找到了童年存在的痕迹；而在母亲的墓地，“远远望去，一片苍茫雾气，开阔，安静，有一种永恒之生命与永恒之自然的感觉。每次来到这里，心头涌上的不是悲伤，却是平静与温馨，有一种回家的感觉”[②]。苍茫的雾

① 梁鸿：《中国在梁庄》，江苏人民出版社 2011 年版，第 40 页。

② 梁鸿：《中国在梁庄》，江苏人民出版社 2011 年版，第 9 页。

气，荒凉的大地，永远沉睡的母亲，让“我”迷失的心灵与“异乡异地”的感觉获得暂时的纾解与安宁。“我”让儿子跪在坟前磕头，向儿子讲述“外婆”是“妈妈的妈妈，就是妈妈最亲的人”；而且还与姐妹们“坐在一起，闲聊一会儿家里的事”，“家庭的概念、亲情的意义总是在瞬间闪现出来”[①]。“质变”的梁庄被永恒的死亡、稳固的亲情消解了，回到了生命的原始和自然状态。这正是梁鸿这种现实和回忆对比叙事所带来的既冲突对立而又消解融会的独特艺术魅力。而能让这种截然不同的矛盾消解的东西，就是对故乡、大地与亲人的绵绵无尽的怀念之情。所以，《中国在梁庄》一书体现了一种独特的结构张力和叙述艺术魅力，而其最大秘诀就是作家梁鸿所灌注于梁庄、灌注于整个梁庄叙事的无限眷恋的“女儿之情”及其所带来的饱满的生命之气。

“如果没有这些，没有故乡，没有故乡维系、展示我们逝去的岁月和曾经的生命痕迹，我们的生命、我们的奋斗、所有的成功与失败又有什么意义呢?”[②]在这里，梁鸿向我们揭示了故乡、生命与存在的内在复杂而极为重要的精神联系。梁鸿很

---

① 梁鸿：《中国在梁庄》，江苏人民出版社 2011 年版，第 9 页。

② 梁鸿：《中国在梁庄》，江苏人民出版社 2011 年版，第 9 页。

好地把曾经存在的故乡展示给我们，同时带出来了一个故乡正在沦陷、消逝与变质的无比危险的现实。更为重要的是，这在很大程度上，危及了作家对故乡的“维系”，危及了作者“曾经存在的生命痕迹”，也危及了其对故乡的过去与未来的想象，危及当代人和后辈人基于梁庄这一空间所生长出来的生命之根与情感之魂。

“变质的”梁庄，不仅是体现于对有形的自然地理空间的污染，而且更隐蔽地表现为对乡土文化内核和生命肌理，乃至是对文化魂魄的致命伤害。“村庄里的新房越来越多，一把把锁无一例外地生着锈。与此同时，人越来越少，晃动在小路、田头、屋檐下的只是一些衰弱的老人。整个村庄被房前屋后的荒草、废墟所统治，显示着它内在的荒凉、颓败与疲惫。就内部结构而言，乡村不再是一个有机的生命体，或者，它的生命，如果它曾经有过的话，也已经到了老年，正在逐渐失去生命力与活力。”[①]梁庄生命活力的萎缩不仅仅体现在成年劳动力的流失，更体现在未来一代乡村孩子的身上。鲁迅曾经在20世纪初期发出“救救孩子”的声音，可是在21世纪的今天，梁鸿依然在《中国在梁庄》直接以“今天的‘救救孩子’”为题，再次

① 梁鸿：《中国在梁庄》，江苏人民出版社2011年版，第21页。

发出这一最为沉痛的声音。这不仅仅是因为梁鸿在采访中，接触到了强奸八十多岁老太太的王家少年、被六十多岁老头性侵的九岁黑女儿、淹死在挖沙河流漩涡的五奶奶孙儿等一系列触目惊心的事例，而且也从昔日的“教书育人”的梁庄小学如今变成“梁庄猪场”感受到曾生机勃勃的梁庄正在走向颓败衰落的腐烂气息。“对梁庄而言，随着小学的破败，一种颓废、失落与涣散也慢慢弥漫在人们心中。在许多时候，虽然它是无形的，但它最终却以有形的东西向我们展示它强大的破坏力。”[①]

可贵的是，梁鸿在发掘这些乡村隐痛的同时，还力图进入乡村文化深处的精神内核，试图去把握21世纪乡土中国伦理文化心理结构的内在裂变。理想、志向，这曾经都是我们这些从乡村长大的人一步步向前迈进的最大精神动力源泉。路遥在20世纪80年代发表的《平凡的世界》曾经鼓舞了无数乡村少年。《中国在梁庄》的毅志就曾是这样的文艺青年，他的日记记录下了这个时代乡土中国青年的心灵幻灭史：“现在呢？什么金光大道，道路是越走越窄，在家，挨饿受穷；出门，被人瞧不起，我们这样的乡村青年走进一个死胡同了。”[②]何止是毅志一

① 梁鸿：《中国在梁庄》，江苏人民出版社2011年版，第73页。

② 梁鸿：《中国在梁庄》，江苏人民出版社2011年版，第89页。

个人这样质疑“理想”，梁鸿的曾经在一起“看月亮”“写文章”的初中同学菊秀，也这样反思和质疑自己的生活“理想”。菊秀没能过上“物质生活与精神生活结合在一起”的“比较让人满意的生活”。残酷的生活把菊秀变成了挣钱的机器。菊秀喊出了“世界上最坏的东西就是理想”①的心灵控诉。这无疑是椎心泣血之言。理想的破灭，不仅是对毅志和菊秀，而且极大破坏了一代人对未来、对生活、对生命期许的那个心灵深处最内核、最紧要的东西。那颗曾经努力进取的心破碎了，那个满怀无限生机与活力的魂魄散了。

如果说这依然是无形的东西的话，乡村青年妇女青梅的自杀则更清晰地呈现出乡土中国伦理文化结构的内在巨大精神危机。费孝通在《乡土中国》中提炼出“差序格局”的经典性观点，但是对于乡土中国人的情感心理，尤其是性心理方面并没有进行深刻的阐述。在中国新文学作品中，郁达夫的《沉沦》曾经因为性心理描写引起轩然大波。接受现代文明教育的城市中国人尚且如此，在“男女授受不亲”的古老乡土中国世界里，性，特别是之于一个乡村青年女性而言，无疑是洪水猛兽，是不可言说，也是无法言说的巨大黑洞性存在。所以，无论是青

---

① 梁鸿：《中国在梁庄》，江苏人民出版社 2011 年版，第 94 页。

梅的婆婆，还是村里的其他人，都不理解年轻女性青梅一年半以来没有见到丈夫的心情。更有甚者，婆婆对青梅思念丈夫所表现出的“花痴”给予公开的当面辱骂，导致青梅喝敌敌畏自尽。梁鸿通过青梅自尽事件的描写，向我们呈现了一个无比巨大的事实，即21世纪初期的乡土中国在性心理方面处于一种巨大的心理困扰和深深压抑之中。新时期以来乡土中国创造了无比辉煌的、前所未有的经济奇迹，但是我们何曾想到这是以无数乡土中国农民的妻离子散、骨肉分离为代价的，又有哪位经济学家把这种极度的本能压抑、强烈的生命隐疼、惨烈的内在精神创伤计算在内？“这背后有多少悲欢离合，有多少生命被消磨殆尽？”[①]事实上，在青梅的自杀行为中，来自邻村的外出打工者得性病、查艾滋的事情，成为彻底压垮青梅焦虑内心的最后一根恐慌与绝望的稻草。青梅之死和邻村因此上吊自杀的媳妇，都是这一乡土中国文化心理“内疾”发作的时代精神症候。

一段段散发着臭味的河流，一片片黑色淤泥的洼坑，一处处上锈的铁锁与颓圮的房屋，一个个非正常的死亡事件，让我在阅读《中国在梁庄》过程中感觉到一种可怕的黑色的、绝望

① 梁鸿：《中国在梁庄》，江苏人民出版社2011年版，第103页。

的、窒息般的死亡气息。这并不是梁鸿一个人的体验。贾平凹在《秦腔》中描绘了这样一个场景：乡村小学老师夏天智深夜把从乡村医生处买来的“大力补气丸”埋在墙屋的四角，力图给已经心竭气衰的乡土中国“补气”[①]。这无疑是一个精彩绝伦而又无比沉痛的精神隐喻。在梁鸿看来，“无论是传承意义上的道德和习俗，还是求知方面的文化，却处于一种断裂与衰退之中。人们总是用‘转型’这一个词来概括、形容这一断裂，却忽略了这一转型背后所造成的‘黑洞’效应”[②]。这一可怕的“黑洞”效应即是故乡的沦陷。“村庄的溃败使乡村人成为没有故乡的人，没有根，没有回忆，没有精神的指引和归宿地。它意味着，孩童失去了最初的文化启蒙，失去了被言传身教的机会和体会温暖健康人生的机会。它也意味着，那些已经成为民族性格的独特个性与独特品质正在消失，因为它们失去了最基本的存在地。村庄，在某种意义上，是一个民族的子宫，它的温暖，它的营养度，它的整体机能的健康，决定着一个孩子将来身体的健康度、情感的丰富度与智慧的高度。”[③]正是在这个意

① 贾平凹：《秦腔》，作家出版社 2005 年版，第 142 页。

② 梁鸿：《中国在梁庄》，江苏人民出版社 2011 年版，第 220 页。

③ 梁鸿：《中国在梁庄》，江苏人民出版社 2011 年版，第 221 页。

义上而言，新世纪以来中国村庄与日俱增的消颓，不仅是乡土中国乡民千年日常生活景观的彻底打破，而且是千百年来乡土中国文学审美所依赖和凭寄的艺术母体的消亡，乃至是中华民族千年文化母体与宗族血缘根脉的断裂。“皮之不存，毛将焉附?”从鲁迅《故乡》开始的现代性之殇，百年乡土中国的“村庄”到“梁庄”这里，无疑是一个历史纽结。

“20亿农民站在工业文明的入口处：这就是在20世纪下半叶当今世界向社会科学提出的主要问题。”[①]对于梁庄人而言，对于21世纪的乡土中国而言，这将是一个艰难的、长期的、痛苦的蜕变过程。何以化解，何以慰藉？何以助力？梁庄未来的道路，乡土中国未来的道路在哪里？这是梁庄“女儿”梁鸿和我们每一个关心乡土中国的人所追问与思索的问题。

出梁庄：乡土中国城市化的迷途

正是带着这一巨大焦虑与疑问，作为梁庄“女儿”的梁鸿开启了故乡之旅。梁鸿这次探访的是离家的梁庄亲人所到的城

---

① [法]H.孟德拉斯:《农民的终结》，李培林译，社会科学文献出版社2005年版，第1页。

市之地，是作为进城农民工的“出梁庄人”的第二故乡。中国人强调既来之则安之，存身处即是心安处。乡土中国进城的农民工希望能在城市的异乡把焦虑困顿的心灵安放下来，化异乡为故乡。但遗憾的是，农民工之于城市而言，是一种陌生化、他者性存在，无法“心安”也从未“理得”，反而是不断地被区隔与遮蔽。这是梁鸿的故乡亲人们，即进入城市打工的“出梁庄人”，也是数以亿万计的进城农民工残酷野蛮、悲哀无助的现实境遇。在梁鸿看来，只有把这部分来到城市打工的“出梁庄人”的生活命运的遭遇呈现出来，这才是一个真正意义上的、完整的梁庄，而且也为已经正在凋敝、颓败和日趋消亡的梁庄探索一种全球化、城市化的现代性框架下未来发展的可能性。“出梁庄人”的新生活及其未来发展可能性，不仅仅关系着梁鸿的留在梁庄的老人和孩子的命运，也关涉到古老而辽阔的乡土中国和数以亿计中国农民的未来。

西安的德仁寨是梁鸿在《出梁庄记》中采访“出梁庄人”的聚居地。梁鸿在遇到德仁寨打工的二哥的一瞬间，关于梁庄的心灵记忆一下子浮现在脑海之中。二哥、梁庄小学、班主任老师、击中“我”额角的铁皮黑板擦、发怒的牛一样的圆眼、一堆唾沫与急速运转的话语等记忆的浮现，联通了现实的我与童年的我、跟前发福的二哥和童年记忆中的二哥，也快速搭建起了我与在外打工的“新梁庄人”进行心灵沟通的精神渠道。“二哥”在自我叙述中，向我们清晰呈现了他在河北邢台小铁厂“又烤又烧，每个人都像鬼娃儿”翻铁砂、安阳小刨光厂噪声大得“刺耳刺心”、到南窖地为铁路“挖电缆线”、去新疆摘棉花、阿勒泰种哈密瓜弄得人“黑瘦黑瘦、受罪哩很”，一直到现在西安骑三轮车拉货的血泪打工史，中间夹杂了在青岛镀金厂打工的弟弟小柱的死亡故事。“二哥”的打工史，无疑是乡土中国农民从乡村大地走出来，在城市中国游走闯荡的寻找新活路的城市生活史。在闯荡了大半个中国城市之后，“二哥”来到德仁寨之后就没再走了，是因为这个钱是活钱，不受气。但实际上，“二哥”“大哥”等“出梁庄人”在这里依然受到来自方方面面或明或暗的压榨。“黑狗子”“托儿”“抢劫”是梁鸿从“大哥”那里听到的话语的关键词。“出梁庄人”在城市中的生活，本来可以光明正大地凭借自己的劳动和汗水挣钱，赢得生存的尊严，但是城市中这些“黑狗子”的暧昧存在使他们的生活蒙上威胁会随时到来的极大阴影，乃至是巨大危险性存在。“出梁庄人”抱成团，以集体的、原始的反抗方式，应对着来自方方面面的“抢劫”与迫害。“出梁庄人”在21世纪城市中国的生存逻辑，依然是残酷、血腥与原始的“丛林法则”。可怕的不仅是现实的、肉体的血腥与暴力，更可怕的是来自城市中国的对“出梁庄人”等农民工的发自内心深处的精神歧视与情感敌意。这不仅体现在具有隔离墙性质的德仁寨围墙，而且呈现于围绕着农民工问题所带出的城市话语霸权的内在歧视。贾平凹的作品《高兴》就曾以“垃圾”来隐喻城市中的农民工的“不洁性”[①]。不仅如此，即使作家梁鸿，也没有隐藏对“出梁庄人”这种“不洁性”现实的“反胃”。这让我们重新想起毛泽东的“讲话”[②]。我们不能不质问，从什么时候起，我们开始有了作为城市人的精神优越感和对乡村、农民的厌恶与遗弃？事实上，这不仅有来自乡土中国传统文化深处的问题，更有着来自20世纪50年代以来所建构的城乡二元对立机制，以及由此逐渐派生出来的城市人的“生存优越感”和城市中国的话语霸权。“‘清理’，这是城市管理对二哥他们所经常使用的字眼。这就是大哥二哥们的历史形象，是属于要被清理掉的那一部分。”[③]这就是那种更为可怕的属于城市中国的话语霸权。“在规则、惩罚和羞辱之中，农民内心的被损害及对这种被损害麻木的承受赤裸裸地呈现出来。最后，它变成了一种生活方

① 吴义勤、张丽军：《“他者”的浮沉：评贾平凹长篇小说新作〈高兴〉》，《西安建筑科技大学学报（社会科学版）》2008年3期。

② 见杨庆祥的《出梁庄，见中国》，《当代作家评论》2014年1期。

③ 梁鸿：《出梁庄记》，花城出版社2013年版，第41页。

式和一种象征。[1]"出梁庄人"如同"出埃及记"中的先民一样，在乡土中国秩序崩溃的生存困境下，到新的象征着文明和现代的城市中国中去寻找新的生机。但即使挣了钱，"出梁庄人"依然对所挣钱的地方充满了仇恨和敌意，"大家谈起梁庄，提到梁庄的很多人"，"二哥、二嫂、父亲两眼放光，大家都很兴奋，呈思考状、紧张状和幸福状。梁庄才是他们精神的中心，梁庄的人和事闪闪发光"[2]，唯有"梁庄"才是心灵可以安放的地方。

毫无疑问，梁鸿向我们描述的"大哥""二哥"是比较早离开梁庄到城市中国各处闯荡历练的老一代中国农民。他们渐渐学到了与这个异质性城市打交道的生存模式，已经安然麻木于这种无奈的、带有某种屈辱性的生活，而把希望寄托于曾经热恋而且至今怀有深厚感情的故乡与下一代孩子的未来身上。梁鸿描述的"民中"这个年仅18岁的三轮车夫，却有着与老一代"出梁庄人"截然不同的生命体验、思维方式和情感态度。民中一开始以一种拒绝的姿态吸引了"我"的注意。"一个年轻人，上身穿着紧身的黑色T恤，下身一件腰间有金属链的深蓝色牛

① 梁鸿：《出梁庄记》，花城出版社2013年版，第41页。

② 梁鸿：《出梁庄记》，花城出版社2013年版，第21页。

仔裤，额前的头发挑染出一撮鲜亮的黄色，脚上穿着一双人字拖。”[1]从衣着服饰来看，民中已经完全实现了从乡土中国农民到城市中国“现代青年”的转变。更重要的是，民中在对生活的理解与思考上已经完全没有了老一代“出梁庄人”的乡土依恋情感，而是从审美趣味到内在精神气质的“城市化”。可惜的是，民中汲取的不是“城市”的民主、开放、平等与自由的现代精神，而是深深感染上了“城市”中的“邪恶”毒素。这点非常像苏童《米》中的五龙形象，一个内心追求稻米之香却被城市之恶吞噬的人。问题并不能完全归咎于五龙和“民中”，因为这个“城市”没有展示它文明和善的一面，反而处处是“恶”与“侮辱”的一面。这是民中和现代城市的双重悲哀：一面是民中力图拒绝父辈的乡土生活、追求城市新生活梦想的难以逾越的现实壁垒，另一面是现代城市歧视性意识形态所造成的精神壁垒与可能的巨大风险。正如梁鸿所言，老一代“出梁庄人”认可了存在的区隔、“羞耻”与侮辱，乃至以此为存在身份获得一份可怜而卑微的存在，从而达成与现实的某种和解。但是，民中“一瞥而来的眼神，那仇恨、那隔膜，让我意识到我们之间无比宽阔的鸿沟”，意识到他“羞耻于父辈们的

---

① 梁鸿：《出梁庄记》，花城出版社2013年版，第52页。

自嘲与欢乐”，“不愿重复他们的路”，“在城市的街道上，他们被追赶、打倒、驱逐，他愤恨他也成为这样的形象”[①]。民中接到小兄弟出事电话时说的话语与“霸气、冷酷、镇定”的声音，让“我”意识到某种正在临近的巨大危险性。“我”对民中说“你要好好的”，明年来见。民中“嘴角牵起一个诡异的微笑”，说“什么好不好的，再见我，说不定就在监狱里了”，“他看我时的眼神，是另一个世界的眼神。我无法进去，也无法打破”[②]。民中对自我未来的可能性走向有种无比清醒的绝望感，呈现了新一代农民工与现代城市、被侮辱生活的无可和解性。虽然民中与老一代“出梁庄人”表现出极大差异，但是在反抗方式上竟然是惊人一致的原始、野蛮与血腥的“丛林法则”；不同的是，更加仇恨、更加血腥与凶狠。

事实上，民中等新一代“出梁庄人”是一个心理高危人群。在富士康工厂打工的新一代“出梁庄人”梁平被折磨成马尔库塞所言的“单面人”。毕业于信息工程职业学院的梁平，尽管有着城市背景的教育经历和职业素养，但是“其实用处不大”，依然从事最低廉的工作，乃至不得不到处寻找打工机会，混

---

① 梁鸿：《出梁庄记》，花城出版社 2013 年版，第 54 页。

② 梁鸿：《出梁庄记》，花城出版社 2013 年版，第 55 页。

同于一般的农民工。梁鸿在“国仁工友之家”，找到了一群类似民中、梁平的“新生代农民工”。“这些年轻人喜欢上网、聊天、打游戏，喜欢穿着帅酷的劣质衣服，染着黄头发，穿着牛仔裤，挣一点钱就去买手机，在城市的大排档和同伴大声地聊天、喝酒。他们宁肯在城市闲逛，也不会回农村定居。”[①]这就是“新生代农民工”的生存现状和精神状态。昔日的工人老大哥时代已经是遥远的历史，今天的“新生代农民工”即使在“工友之家”这样的力图增进交往友谊、培养现代意识的群体机构，依然感到孤独、无助，成为一群在城市社会空间里游荡的绝不回父辈故乡而无家可归的“孤魂野鬼”。“离弃村落的人们流浪太久了，/许多人说不定死在半路上。”[②]如果说老一代“出梁庄人”尚且有个故乡挂念着、眷恋着，那么我们的新一代“出梁庄人”、新一代“农民工”的出路在哪里？未来又在哪里？来到城市寻求新生的“出梁庄人”，依然是城市化的迷途羔羊。

---

① 梁鸿：《出梁庄记》，花城出版社 2013 年版，第 197 页。

② 梁鸿：《出梁庄记》，花城出版社 2013 年版，第 243 页。

梁庄未来道路的思考

“整个乡村给人一种温暖自在的感觉，虽然有触目惊心的破败。它的确有变化，但也是自在的变化，没有时间与速度，因此，也就没有危机与焦虑。几位妇女在村头的树下打牌，有的人带着孙子到处闲逛聊天，有的人在田地里干活，青年也在各自忙碌。我预想的悲伤、痛苦、无奈都慢慢消解，甚至被我自己给否定了。因为在这里，这些都只是生活的一部分。”[①]梁鸿的“梁庄女儿”的回忆性叙述视角与其描绘的梁庄人“在场者”叙述视角在这里产生了认知对立与冲突。或许，悖论就在于只有离乡者才能对当代乡村的剧变有着如此“触目惊心”的感受与思考。可贵的是，梁鸿没有进行绝对性判断，而是从变中感觉到常，看到了“这里面蕴含着更为复杂、多义的东西，它不仅仅与政府相关，也与传统、文化、道德，与这块土地、这片天空、这片原野相关，它与已经深深扎根于土壤中的几千年的民族生活息息相关。它是一种久远的密码，它是一种民族无意识，而时代政治、政策以及由此带来的变迁则只是一个横

① 梁鸿：《中国在梁庄》，江苏人民出版社 2011 年版，第 215 页。

截面，是暂时的影响，一旦这种强大的外力消失，一切可能又恢复到过去。[①]

真的还像千百年前的乡土中国变迁一样，“一切可能又恢复到过去”吗？当下所面临的以“梁庄”为缩影的乡土中国乡村从外在生态污染到内在伦理文化的裂变，都已经处于岌岌可危的状态，但是身在其中的“梁庄人”却对此熟视无睹、爱莫能助。“在农民眼里，社会仍然是别人的，他们不属于其中。所有的好与不好，他们都只是被动地接受。他们只是‘被拯救者’，而不是主人公。乡土中国不仅是地理意义的农村，而且是整个中国社会文化的基本特性。”[②]在与穰县县委书记的交流中，梁鸿感受到政府对社会主义新农村建设的热情与重视；然而“政府—村干部—农民之间始终是三张皮，没有形成有机的统一体”，“当代的农村政策不停地改变，身在其中的农民不知道哪一种东西还真正属于自己，包括土地。因为没有拥有过权利，农民也不认为那些都是自己应该关心的事情，国家给一点，当然好，不给也是自然”。[③]

---

① 梁鸿：《中国在梁庄》，江苏人民出版社 2011 年版，第 215 页。

② 梁鸿：《中国在梁庄》，江苏人民出版社 2011 年版，第 215 页。

③ 梁鸿：《中国在梁庄》，江苏人民出版社 2011 年版，第 224 页。

但是，即使逃离乡村，来到城市，农民依然受到了来自城市的物质盘剥和精神歧视。当代乡土中国的最大危机即在于：梁庄人无论是在梁庄，还是出梁庄到城市，都不是真正意义的主人。但拯救梁庄的力量，只能是梁庄人自己，而不可能寄托于外力。事实上，面对黑色淤泥之殇的梁庄，留守的梁庄人依然每天都要承受，都要继续生活下去。梁鸿从众多对话者的抱怨性话语中依然感受到“掩藏在背后的爱与宽容”，“仍然有一种非常细腻的感情”。梁鸿留意到芝婶对留守孙子的“疼惜、怜爱的眼神”，“芝婶绝不是没有意识，她只是把这种疼痛、这种伤感深深埋藏起来。她没有抱住孙子整天哭，也没有对哭泣的儿子过分表示安慰，因为在乡村生活中，她们必须用坚强来对抗软弱”[①]。对于乡土中国农民而言，“他们不表达，不但对外人，对儿女更不表达。这一切，是属于地层之下的，被深深埋藏起来的，连他们自己也意识不到。乡村的生命，其韧性之大，是与自然界生物相等齐的”[②]。正是这种掩藏于地层深处的岩浆般炽热的情感和与大地万物一样广博深厚的生命韧性，支撑了梁庄人与苦难、血泪、屈辱相抗衡的生命力量和永不停息

① 梁鸿：《中国在梁庄》，江苏人民出版社 2011 年版，第 61 页。

② 梁鸿：《中国在梁庄》，江苏人民出版社 2011 年版，第 204—205 页。

的日常生活世界。

老一代“出梁庄人”坚忍地生活着，把故乡梁庄作为皈依的心灵家园，把希望寄托在回乡和下一代教育上。新一代“出梁庄人”的生活空间和精神空间更为褊狭。比较而言，流落在城市中的算命者贤义的生存空间与精神空间的拓展，倒是耐人寻味。从出梁庄、回梁庄到再出梁庄，贤义对新生活道路的探索经历了反复的多次磨难，最后选择了算命这个职业。贤义把释迦牟尼、毛泽东等人物的图像并置在一起，“是如此坦然，他的神情是如此明朗、开放，他对他的贫穷生活如此淡然，他对事物的独特超然理解又使得这几种相互冲突的事物融洽地相处在一起”[①]。贤义平和的语气、眉宇间安静与超脱的气质，他与儿子的良好关系、儿子的健康成长、小家庭的温暖，显现出其生活的“开放性和光明性”。这不仅有别于他的姊妹们的只有现在、只有金钱、没有未来的麻木生活，也与其他“出梁庄人”的冷淡、孤独、仇恨心理和苟且生活拉开了距离，而多了“一重空间，一重光亮、开阔的空间”，“心灵的痛苦从来不是法律和制度的范畴，而是最古老的方术”[②]。贤义在对自己的城市生

① 梁鸿：《出梁庄记》，花城出版社 2013 年版，第 79 页。

② 梁鸿：《出梁庄记》，花城出版社 2013 年版，第 84 页。

活进行着来自古老乡土中国文化基因的现代阐释，慰藉了自己的和同乡人的心灵。“在这个现代算命人身上，还存在着某种光亮，古老的光亮，它曾被我们熄灭、遗忘，被我们扭曲、误解，在狭窄的钢筋水泥的缝隙中，它挣扎着，以孱弱而又顽强的姿态向我们传递着久远的信息。”[①]贤义这个现代算命者是值得我们深思的，我们不缺少“发展是硬道理”的物质发展主义，却还没有形成心灵可以依附的文化伦理和道德规范。梁庄旧的伦理文化正在崩溃，而新的伦理文化还没有形成。这种伦理与文化的困境，才是当代乡土中国的深层精神危机所在。应该说，古老的乡土中国文化并没有失效，它依然在发挥着不可替代的作用，新世纪乡土中国伦理文化的重建依然需要从母体文化基因寻找精神遗传密码。

今日中国知识分子能够做什么？如何呈现今日之中国，如何阐释今日之中国，这是我们亟须面对的。从晚清开始时至今日的乡土中国现代性之变所引发的社会结构和心理文化结构深处的撕裂之痛、文化震荡、伦理危机，尤其剧烈而深重。在越来越难以整体把握时代精神、处理时代经验的审美困境下，梁鸿的“梁庄书写”提供了这个时代鲜活、微观和精神深度

---

① 梁鸿：《出梁庄记》，花城出版社 2013 年版，第 83—84 页。

的“非虚构”文本，描绘了“梁庄”乡土世界中的最卑微、最孤苦无依而又最被忽视和遮蔽的“梁庄人”，为我们呈现了乡土中国百年来最为细致真切的灵魂蜕变史。梁鸿的“梁庄书写”已经实现了“让‘乡土中国’具象、个性、丰富”，“‘梁庄’再度成为符号，成为‘乡土中国’的隐喻”[①]。作为当代知识分子，梁鸿以其“梁庄书写”诠释了她对“新命”的担当与思考。

事实上，梁鸿作为梁庄“女儿”的叙述身份，不仅为梁鸿的“非虚构写作”提供了进入梁庄人日常生活和心灵世界的有利条件，而且为这一非虚构文本注入了饱满的生命之气。“对于乡村书写，乃至对于任何文学作品来说，这种感情都是弥足珍贵的，也是构成优秀文学的基本品质。[②]应该看到，这种“非虚构写作”在给作品带来叙述的客观性、真实性、民间性等品质的同时，不可避免容易削弱作家审美虚构想象的自由空间，而且往往难以避免文学性品质弱化的倾向。从本质上说，“梁庄书写”是一种空间性书写，它作为“中国的非虚构文学，其内

① 申霞艳：《“梁庄”与中国想象》，《文艺争鸣》2013年7期。

② 贺仲明：《如何让乡村说出自己的声音——读梁鸿〈中国在梁庄〉〈出梁庄记〉有感》，《文艺争鸣》2013年7期。

涵和表现形式，远远超出了西方的同类文学形式的限定”[1]。贯穿全文的是线索性人物“我”，书中真正意义上的叙述中心和主角是“梁庄”，一个个人物都是梁庄生命叶脉的一部分。梁庄就是“梁庄书写”中的最大主人公形象，是所有现实与精神问题的归结点，也是所有生命的发源地和心灵的皈依地。

梁庄向何处去？这是一个没有答案的，没有终结的问题。乡土中国现代转型远远没有终止，梁庄人和出梁庄人在继续经历现代性撕裂痛苦的同时，也将迎来全面挣脱束缚、全面解放的新历史动力、新可能性与新使命。让故乡不再沦陷，留住乡愁，留住青山绿水，留住乡土中国村庄最微小的文化有机体，阐释和建构从生存伦理到文化伦理的新生态文明理念，这就是今天的“旧邦新命”。城乡融合、共享城市化和工业化文明，建设一个物质适度、精神开阔的“有生命的空间”，这是人口密集型的东亚国家的乡村未来发展的可能性道路。“围绕9亿农民的生活与他们生存价值的重建，乡村建设将具有无比宽阔的空间”，这“不单是一项应对中国现代化挑战的权宜之计，而且是关乎中华文明崛起和世界未来出路的庞大工作”[2]。《出梁庄

① 房伟：《梁庄与中国：无法终结的记忆——评梁鸿的长篇非虚构文学〈出梁庄记〉》，《文艺争鸣》2013年7期。

② 贺雪峰：《什么农村，什么问题》，法律出版社2008年版，第374页。

记》结尾部分书写了一个99岁“老党委”奶奶的去世。报小庙、报大庙、送路、送葬，梁庄人严格遵循着乡土伦理秩序，庄重宣告一个世纪老人生命的终结。送葬的路上绵延成一条线，梁庄每个人都在经历着一场死亡。活着的人与死亡的人融为一体，完成整个宗族血缘的生命共同体的文化认知和精神皈依。死亡在此时也意味着新生。从梁庄到乡土中国，这个古老的文化有机体和生命共同体，正在经历着死亡和新生的重要蜕变。梁庄，在挥别过去，并站在了新世纪新文明的入口处。

《文学评论》，2016年第3期

我们能否理解“故乡”？

——读梁鸿的《梁庄》

李云雷

梁鸿的《梁庄》(即《出梁庄纪》)，让人既感动又惊讶。这部书展现在我们面前的是一幅幅当前农村的场景，那些人物、故事与画面是如此真实，又如此残酷，让人们不得不正视。梁鸿将人们习焉不察的农村及其20年来的变迁，以一种立体的方式呈现出来，让我们看到了当前农村中存在的诸种问题，以及人们在情感、精神、内心深处的变化，读之令人触目惊心，也可以启发人们更为深广的思考。对于我个人来说，阅读《梁庄》有一种特殊的意义，因为长久以来，我也有一个愿望，就是以家乡村庄的调查为基础，写出中国农村的整体面貌及其变迁，由于诸种原因这一愿望一直没有实现，而在梁鸿的《梁庄》中，我看到她实现了我没有实现的愿望，这让我既惭愧又欣慰，对梁鸿的工作充满了敬意。我想对于梁鸿来说，这部书的写作也具有特殊的意义，这是一部困惑的书，也是一部思索的书，梁鸿所写的是农村，也是她的故乡，她出生并成长了二十年的地方，对于她来说，这样一次写作是回溯生命源头的写作，她既是一个归乡的“游子”，也是一个观察者与思考者，这样，她的写作便不仅为我们呈现了当下农村的“真实”，而且也可以让我们感受到她的目光，她的忧思与感悟；这也是一次“越界”的写作，梁鸿是一位评论家，但在这部书中，她却以纪实的方式直面农村的现状，写出了她所观察和理解的“故乡”，这样一种尝试与探索，可以说来源于两种不满，首先是对当前文学作品的不满，这些作品与农村“真相”的隔膜，促使评论家不得不直接拿起笔来，写出她所认识的“真实”。其次则是对自身评论工作的不满，文学评论作为思想文化领域的一种工作，与社会现实之间是一种更加“间接”的关系，如果长期陷于符号与知识的生产，便会与社会现实更加隔膜，而这样的写作方式使她摆脱了羁绊，直接面对具体的现实，突破了“从文学到文学”的内在循环；同时这在文体上也是一次探索与创新，梁鸿所做的是社会学与人类学的工作，但与之不同的是，她所做的并不是客观、冷静的分析与记录，也投入了她的情感，这也不同于一般意义上的“报告文学”或“纪实文学”，她所关注的并非某一社会现象或社会问题，而是对农村（“故乡”）整体状况的考察，因而在这部书中，作者结合了社会调查、口述实录、访谈等不同的体裁，在具体写作中则既有叙述与说明，也有议论与抒情，不拘一格，为我所用，但是综合在一起，凝聚了作者深厚的情感，展现了一个村庄的全貌，也以其质朴、真切打动了读者的心。本文将结合这部书，讨论下面三个问题：在今天，我们如何理解农村？如何理解这个时代？我们需要什么样的文学？

1. 我们如何理解农村？

“我们能否理解农村？”这在很多人看来是一个不成问题的问题，尤其是在农村里待过的人，比如当年插队的知青，或者通过高考进入城市的“大学生”，不少人谈起农村的事情都会以一种过来人的方式娓娓道来，仿佛无所不知，但是他们所了解的农村，只是他们当年置身其中的农村，而从“土地承包”到今天近三十年来，农村已经发生了很大的变化，今天的农村和那时的农村已经有了天壤之别。如果我们只停留在过去的印象中，以过去的经验来看待今天的农村，就会陷入一种困境。这也是我个人所遇到的问题，我从90年代中期离开家乡到北京读书，每年都会回家两次，平常里对关于农村的文学艺术作品以及社会学的研究著作也颇多留心，但即使如此，每一次回到家乡，仍会感到颇为陌生。之所以感到陌生，我想主要在于两方面的原因，一是农村的变化过于剧烈，在我们离开家乡这一段时间，正是“三农”逐渐成为“问题”的时期，农村中的土地、劳力以及生产方式都处于剧烈的变化之中；二是“我”自身的变化也过于剧烈，无论是在价值观方面，还是人际交往方式方面，已经与农村中的亲友拉开了相当的距离，难以深入乡村内在的逻辑。我想正是这样的原因，当我们面对当前的农村时，便不能不感到陌生。而这样的状况应该说是相当普遍的，即使在那些关心当前农村状况的人之间，也是如此。

《梁庄》的可贵之处，恰恰在于她试图突破这一“陌生”的障壁，写出了她对当前农村的观察与理解，由于这个村庄是她生长的地方，这样的尝试便具有了新的可能性：（1）她可以在今昔对比中把握当前农村的状况，在回忆与现实之中把握农村的变迁；（2）她不仅具有新的文化与知识的视野，而且可以深入到乡村逻辑的内部，从“内”“外”两个视角观察农村。当然这对作者来说，也是一个充满困惑的尝试，如何尽可能客观真实地呈现出这个村庄的全貌，与作者先在的预设、主观的情感之间充满了矛盾，也使整部书充满了张力。作者自述曾转换过几次文体，从“抒情体”到“日记体”，一直到现在以人物为中心的记述体，梁鸿找到了一种方式，将她的观察、思考与情感很好地结合了起来。

在《梁庄》中，梁鸿对梁庄的各个方面都做了呈现：家族与人口构成，历史与环境，政治改革，孩子、青年、成年的生活状态，信仰、“新道德”、“新生活”等等，向我们展示了这个村庄的全貌及人们的生活状态，尤其是一些人物的命运与遭际，让我们形象地看到了当前中国农村的凋敝、破败，以及精神上的涣散与结构上的解体。这也让我们看到，在经济上得到发展的同时，我们又付出了怎样惨痛的代价，不仅是“砖厂平地掘三丈”“坑塘变成黑色的巨大淤流”等环境问题，也不只是教育、医疗、养老等社会问题，而是整个村庄失去了魂魄与凝聚力，人们为追逐金钱而四处奔忙，人去楼空，村庄成为了“蓬勃的废墟”。在这部书中我们可以看到，关于当前农村的政治与政治改革，不同的人都持有类似的看法：“老支书：选举给钱都找不来人”；“现任村支书：谁干就是让谁累死”；“县委书记：农村正在一个危险期”。从这三位基层干部的看法之中，我们不难看出他们对当前农村问题难度的认识与情绪，这位颇具知识分子气质的县委书记认为，“现在看来，整个90年代，农村政策是很不成功的。三农问题像一个到站的火车，喊得响，走得太慢，文件很多，不管用。农民负担不但没有减轻，反而日趋加重”。而现任支书则认为，“按我分析，将来还得走集体化道路，集体化要比散化好，一人一点地，太过分散。集中种，成本降低，劳动力也减少，大型农机工具也能够充分利用”。也显示了他们在具体乡村工作中所达到的认识深度。作者在分析中认为，“现在，政府对农村进行全方位的改革，并且，加大了投入的力度和广度。从表面上看，国家与农民、干部与群众的矛盾减轻了，但是，却也遮蔽了许多本质性的问题。譬如民主程序、村民自治，虽然已经喊了三十年，但是，对于中国一个内陆小村庄来说，它们依然是很陌生的、概念化的名词”。当然中国农村中所存在的问题，不仅是民主程序与村民自治的问题，在此书中也有更加复杂的呈现。但就总体来说，对于乡村问题的整体分析并非此书的长处，作者也并没有着力于此，作者所做的，是对当前农村状况下人物命运与生活细节的呈现，通过这些具体的细节，或许我们更能看到当代乡村的变化。

“我管水，也只能让我儿子站在岸上”一节，写由于挖沙造成河流出现深坑，每年都会淹死人，而作者采访的水利局副局长也只能如是说，无人在意或者无人愿意为此负责；“王家少年：强奸了八十二岁老太”一节，写了一个令人震惊的悲剧，一个“好孩子”竟然做出了这样的惨无人道的事，呈现了当前农村道德观的破碎和“留守儿童”教育的尖锐性；“春梅：我不想死，我想活”一节，写一个丈夫在外打工的女人，因思念、猜疑以及被村里人议论羞愧而自杀的故事，突显出了“打工”这样一种生活方式对正常家庭伦理的破坏以及对当事人内心的打击；“生命之后：金钱与法律的较量”一节写了一家人因亲人车祸获得赔偿而盖起房子的故事，作者指出，“农村人的想法很现实，人死了，最重要的就是钱的问题。而在为钱而争执的过程中，疼痛、伤心、亲情都变为可以讨价还价的东西，一切都似乎冰冷、无情与残酷。这也是一般人在理解乡村的类似事件时常有的谴责与鄙视，似乎他们把钱看得比人重。但是，谁又能看到他们心里面的深流呢”？——正是在这些看似难以理解的生活中，我们可以看到农村在精神上的颓败，价值观的破碎。这不仅是传统中国文化观念的解体，也是20世纪中国革命所凝聚起来的核心价值的解体。在价值与观念方面，当前的农村可以说处于一种混杂的状态，或者说处于一种真空状态，我认为《梁庄》的可贵之处，是向我们呈现了农村的这一状态，也即我们所面临的不只是政治、经济危机，而是心灵危机、伦理危机与价值危机，相对于政治经济危机，这是影响更加深远的危机。梁鸿在《梁庄》中所做的，便是通过乡村人物的具体命运，将这一危机呈现在我们面前，那些彷徨游荡的少年，那些无依无靠的老人，那些背井离乡去打工的“青年人”，那些留守在土地上的“成年闰土”，构成了乡村的主体，让我们看到了一幅幅惊心动魄的画面，这里曾经是我们的“故乡”，而今竟然面目全非，又怎能不让人感慨？在这里，梁鸿充分发挥了她作为一个文学工作者与一位女性细腻敏感的天性，描述出了乡村的现状和变迁，让我们和她一起去观察、感受与思考。

2. 我们如何理解这个时代？

乡村的命运和时代密切相关，如何理解农村和如何理解时代的问题也是紧密联系在一起的。20世纪中国的命运，很大程度上是由中国乡村决定的，而中国乡村也在20世纪发生了前所未有的巨变。面对19世纪以来深重的民族危机，中国人不断探索着前进与突围的道路，最后以最广泛的基层动员的方式——“农村包围城市”取得了中国革命的胜利，建立起了独立自主的新中国。在这一过程中，也以“土地革命”的方式改变了中国乡村的基层组织与经济结构，彻底解决了数千年以来“地主—农民”的基本矛盾，实现了“耕者有其田”的理想。随后进行的“合作化—人民公社”运动，将土地的私人所有转为集体所有，试图解决中国历史上“土地兼并”造成的治乱循环，同时追求“现代化”和社会主义双重目标，但这一运动因过于急切而失败。改革开放以来，在农村实行的“家庭联产承包责任制”，以土地的集体所有为基础，以家庭为单位分散经营，适应了生产力的发展和农村生产、生活的习惯，在1980年代前期取得了成功。但是，自1980年代中期以后，中国农村的发展却处于停滞的状态，而伴随着“打工潮”的出现，农村中劳动力流失、土地撂荒、留守老人与留守儿童等社会现象不断出现，到1990年代末，“三农”问题已经成为社会各界不得不重视的危机，2002年以后，政府出台了一系列惠农政策，农村的状况得到了很大改善，但没有从根本上改变农村日益凋敝的现实。梁鸿的《梁庄》所描述的，便是中国农村从1980年代到今天的变化。梁鸿记忆中的乡村，正是1980年代中国农村的“黄金时期”，那时的农村正“在希望的田野上”，不仅初步解决了温饱问题，收入增高，各项社会事业得到发展，并且每一个人都对未来抱有希望，相信依靠个人的奋斗和努力，可以过上更加美好的生活。但是三十年的变化到今天，农村虽然在经济上得到了一定的发展，但是在各方面却陷入了一种困境，面临重重危机，而这不仅与乡村相关，也与整个中国的发展密切相关。

我们如何理解这个时代？我们可以从不同的视角去看，从中国史的角度来看，改革开放到如今已经30年，与新中国前30年形成了两个鲜明的时间段，在不同时期在农村所实行的具体政策也不同，但是从整体上来说，“土地革命”“合作化”“土地承包制”却是一脉相承的，是中国革命在农村问题上所取得的伟大成果。这一制度解决了“土地”这一根本问题，也保证了中国不会再出现因“土地兼并”所造成的剧烈分化与破坏，在这个意义上，任何土地“私有化”的做法，都可能为中国带来灾难性的后果，尤其在土地只能起到社会保障作用的现在，一旦这一基本保障受到破坏，失地农民将再无后路可退，中国也将再无后路可退。而在今天，当农村与农民被“原子化”之后，不仅乡村原有的社会结构与文化受到破坏，而且在一个市场经济社会之中，单个的农民根本没有任何力量与其他市场主体进行谈判或“博弈”，作为“弱者”的农民只有联合起来，才能从根本上保障自身的利益。另一方面，“现代化”的农业也必然要求规模经营，这也是作为“个体”的农民所无法承担的。在这个意义上，“合作化”所留下的政治与思想遗产必须得到充分正视，而如今在全国不同地区所展开的“合作化”的尝试，也向我们展示了组织起来的农民所具有的生机与活力。在今天，中国乡村正面临着一个巨大的转折，在这个新的历史时期，我们必须避免土地“私有化”或“自由流转”所可能带来的巨大伤害，而以农民及其自身组织为主体，探索一条更加公正平等的发展道路。

从一个更加长远的视野来看，可以说中国与中国乡村正处于一个从传统到现代的转型之中，这一过程从晚清时期开始，至今尚未完成。在这一百五十年间，中国乡村发生了前所未有的变化。在传统中国的乡村中，是以儒家文化为核心组织起来的“差序格局”式的社会结构，但是近代以来，这一文化与结构遭到了重重冲击。这一方面具有解放的作用，将人们从儒家文化的笼罩下解脱出来，破除了长幼秩序、男尊女卑等“封建”思想及一些陋俗的影响，在家族认同、血缘认同、地区认同之上建立起民族国家认同与现代的公民意识；但是另一方面，在破除儒家文化及其社会结构之后，如何增强村庄内部的凝聚力，仍是一个没有解决的问题，50—70年代以阶级意识为核心组织社会的尝试也遭遇了挫折，1980年代以来，中国农村作为一个社区或集体的凝聚力日趋涣散，农民在社会结构上逐渐“原子化”，在思想文化观念上则处于一种“真空”状态，既有传统文化与家族观念的残留，也有电视等媒体所带来的现代观念的冲击，以及某些宗教的广泛传播。在我国农村人口众多的国情之下，“城市化”在可以预见的将来并不能解决农村问题，那么如何在既定的现实条件下，让农民能够“安居乐业”，如何建设一个既“现代”又充满内在凝聚力的农村，需要我们借鉴传统中国与革命中国在组织与思想上的资源，做出新的探索与努力。

在《共产党宣言》中，马克思和恩格斯在谈到早期资本主义时指出，“资产阶级在它已经取得了统治的地方把一切封建的、宗法的和田园诗般的关系都破坏了。它无情地斩断了把人们束缚于天然尊长的形形色色的封建羁绊，它使人和人之间除了赤裸裸的利害关系，除了冷酷无情的‘现金交易’，就再也没有任何别的联系了。……生产的不断变革，一切社会状况不停地动荡，永远的不安定和变动，这就是资产阶级时代不同于过去一切时代的地方。一切固定的僵化的关系以及与之相适应的素被尊崇的观念和见解都被消除了，一切新形成的关系等不到固定下来就陈旧了。一切等级的和固定的东西都烟消云散了，一切神圣的东西都被亵渎了。人们终于不得不用冷静的眼光来看他们的生活地位、他们的相互关系”。在这里，马克思、恩格斯所分析的虽然是资本主义社会，但也是对现代性与“现代社会”的描述，在这个意义上，我国也处于或者说正在经历“现代社会”的早期阶段，梁鸿在《梁庄》中所描述的很多现象，也可以说是这一阶段独特的历史与社会问题。所不同的是，我国是社会主义社会，在农村中也以建设“社会主义新农村”为目标，在此意义上，如何在发展的同时注重社会主义的追求，焕发起底层劳动者的主体性、积极性与创造性，使之成为社会的主人，而不至于沦为资本的奴隶，便是我们这个时代所面临的重要问题。

3. 我们需要什么样的文学？

梁鸿的《梁庄》所启发人思考的另一个问题是：我们需要什么样的文学？在今天，文学在思想文化领域与社会整体中的重要性日益降低，读者也越来越少，而这不仅由于社会本身的变化，也在于大多数文学已丧失了直面世界的追求与能力，因而也无法唤起读者的共鸣。现在我们谈到1980年代的文学，尤其是80年代中后期的文学，一般都把“纯文学”作为一种主潮，建构起了这样一条文学史叙事，从“伤痕文学”开始，然后是“反思文学”、“改革文学”、“寻根文学”、“先锋文学”、新写实主义，这样一条线下来。但是在1985年“寻根文学”和“先锋文学”兴起的时候，这些作品可以说承担了文学的虚构功能，而文学的纪实功能则由另外一种文学形式承担了，那就是“纪实文学”或“报告文学”。如果这样来看，我们就可以认识到上述那条文学史的线索，其实是纯文学的“自我建构”，是从“纯文学”的角度建立起来的一种“文统”，它通过这样一种方式把自己合法化了，而把其他的文学形式，比如纪实文学或报告文学摒除出了“文学”之外。但其实1980年代“报告文学”的影响是很大的，它们中的一部分承担起了纪实、批判的功能，具有较高的价值。今天我们重新看待1980年代的文学遗产，应该注重“报告文学”的纪实功能，以克服“纯文学”的弊病，重新建立起文学与世界的联系。

相对而言，关于农村题材的作品在中国文学中占有很高的比例，这一类作品也较少其他作品“不及物”或“凌空蹈虚”的弊端，但是在这些作品中，也容易存在一些问题，那就是作家很容易以过去的经验来叙述今天的农村，因而无论是题材还是写法都很陈旧，不切合当前农村的实际，远远脱离了人们的现实感受，在此基础上“艺术化”而成的文学作品，不是让人更深刻地理解现实，而是以“艺术”与幻想遮蔽了现实。

梁鸿的《梁庄》，作为一个“非虚构”的作品，至少在以下方面可以给我们以启发：（1）作者注重“真实”，这种“真实”既是个人经验意义上的真实，也包括对现实的观察、思考与表现，在个人与世界之间建立起了一种有机的连接；（2）作者注重“体验”，“体验”是作者接近真实与“世界”的途径与方法，但是，这里的“体验”不是被动的、消极的，而是主动积极的，是一种介入的“行动”，也是对这一行动的内心感受，是主观与客观的融合，在这里，“体验”是连接内心与世界的桥梁；（3）作者注重“文学性”，但不固守文学的成规，而是以表达的需要创造新的形式，作者最为关心的并不是所写的是不是“文学”，而是能否表达出对这个“世界”的观察与感受，如果现有的文学形式无法表达出个人的真切感受，那么作者宁愿抛弃这样的“文学”，宁愿写出不像或不被认为是“文学”的文字，但是恰恰在这些不像“文学”的作品中，却保留了“文学”的真正精神，那是一种有情怀、有血肉、有痛感的文字，可以让我们更深刻地理解自己和这个世界。

我们置身其中的这个世界，是纷纭复杂而又变幻莫测的，在这样一个世界中，我们能否理解自己、能否理解他人、能否理解这个世界，便是一个逼迫人不得不面对与思考的问题。像梁鸿与我这样出生于70年代的人来说，我们成长的年代，是中国迅速发展、发生了天翻地覆变化的时代，而且这样的发展还在继续，中国和世界仍处于剧烈的变化之中。很多以前习以为常的事情正在变得陌生，很多以前不可思议的事情正在发生。从大的方面来说，我们经历了苏联的解体，在此之前，谁能够想到这个庞然大物会如此脆弱？我们也经历了美国的“9 · 11”和金融危机，在此之前，谁能想到这个强大的帝国竟然如此不堪一击？我们正在经历世界格局的巨大变化，而这对我们每一个人的生活都会有影响。从中国方面来说，我们的国家已经告别了物质匮乏的年代，我们童年时关于饥饿的记忆，在现在的孩子看来不啻于天方夜谭了，他们所面临的是消费主义等新的问题。而在这样巨大的变化之中，我们自身也在发生变化，我们从一个偏僻的乡村来到北京这样一个现代都市，在生活和知识上都有了很大的变化，在这样的情况下，我们能否理解自己，能否理解“故乡”，能否理解这个世界，便是一个很大的疑问。在这个意义上，我认为梁鸿的《梁庄》是一部试图去重新理解“故乡”的作品，也是一部试图去认识变化了的自我与世界的作品，而《梁庄》所做到的不仅是呈现了这个村庄的现状及其变迁，也将作者现在的“自我”与过去的“自我”连接了起来，在自我生命的内部建立起了一种统一性。我们可以说，这既是自我反思的需要，也为我们打开了一个通向世界的窗口，让我们看到了另一种“真实”。

在我看来，“非虚构”作品之所以必要，恰恰在于我们自身置身于一个“虚构”的世界中——在一个信息爆炸的社会中，我们赖以形成对世界与自我印象的信息，大多来自媒体，来自间接的经验，我们的生活与自我意识在很大程度上是“虚构”的，是没有痛感，没有血肉，没有体温的。在这种情况下，如何突破这个苍白的“自我”与世界，需要我们去“体验”、“介入”与“行动”，只有在这样进入世界的过程中，我们才能够丰富我们的生命，丰富我们对自我与世界的真切认识。但是要进入世界，我们也需要具备或培养出理解自己的能力、理解他人的能力、理解世界的能力。我认为，在这些方面，梁鸿的《梁庄》可以给我们以启示。

《南方文坛》，2011年第1期

从梁庄到吴镇的梁鸿

刘 琼

作家的乡土，是作家创作的一个重要面向。阿清离开了吴镇，成为学者梁鸿，又回到了吴镇。寓言式的开篇隐喻了小知识分子在吴镇没有前途的悲剧性。这种命运的设计，暴露了梁鸿对于乡村文化前途的悲观。回到文学内部关系写作，是梁鸿对自己的要求，因此变化对梁鸿是有意义的。至于读者诸君，只要她写得足够好，是虚构还是非虚构，接受效果是没有区别的。

创作中的作家梁鸿正在变化。以新近出版的《神圣家族》（在《上海文学》以“云下吴镇”为名连载）为据，虽然署名“梁鸿”，但与《中国在梁庄》和《梁庄在中国》的梁鸿，变化显而易见。变化的本质是什么？怎么评价这种变化？

两个“梁庄”的“冒犯”

首先说两个“梁庄”。

2009年,《中国在梁庄》出版，梁鸿和梁庄迅即被各种文学评论捕获。这不意外。对于文学来说,“2009年”是个什么状况？广大的“底层”(虽然我不倾向于用这个词)凭借坚韧的现实存在，由近十年的“被冷遇”再度成为文学写作的“热情对象”。早在2004年,《天涯》杂志发表一组文章开始讨论“底层”和“关于底层的表述”。“底层写作者”得到支持。2005年，还在流水线上作业的诗人郑小琼获得“年度华语传媒文学最具潜力新人提名”。2007年，同样是务工出身的王十月加入中国作协。也恰恰因此，2009年出版的《中国在梁庄》和2011年出版的《梁庄在中国》受到关注，有“书写底层”的因素存在，但不是因为底层的梁庄作为文学素材格外新鲜，也不是因为梁庄农民的遭遇格外曲折——显然，梁庄的现实无非是淮河以北村庄的普遍现实，梁庄农民的命运也是历史转型期的中国农民的普遍命运——从人类学的角度，梁庄既没有环境历史的特殊性，也没有族群形态的独特性，并非一个典型样本。从文学的角度，两个“梁庄”被文学界以及后来的大众传媒广泛关注，正是因为有力地主张了一种文本样式——非虚构写作，重张了一种写作方法——田野考察。文本叙事的独特性和采信的可靠性，使众人在震惊之余，迅速地把它们作为当下现实的一个细节和缝隙接受了。

人类学田野考察在欧美国家被当作基础方法使用是有道理的，文学是人学，由对具体环境里的人类个体进入，才能了解个体和环境、历史传统的关系，理解和思考它们的形成要领。这种田野考察方法，梁鸿之前的当代文学有没有人使用？有。写《黑骏马》和《北方的河》的张承志，写的是小说吗？还是散文随笔？当年有人嘀咕，但没人计较，为什么？作为历史学者的张承志，在行走和调查中写他认知的宗教、历史和族群，强烈的情感代入、深刻的思考和可征信的现实呈现形成了文本的独特价值，作品用哲学厚度、美学深度和情感浓度打倒了大家。

非虚构写作和人类学田野考察这两个名词，作为单独的话题已经议论得很多，此不赘述。通过田野考察，用非虚构叙事法结构文本，把非虚构写作和田野考察关联在一起，是梁鸿写“梁庄”的自觉。梁鸿离开书斋，回到村庄，追到城中村，与亲友们再度在一口锅里搅饭勺，踏着一辆三轮车走街串巷，目的是重新了解和熟悉土地上的人以及暂时离开土地的人的进行时态生活。作为学者的梁鸿，其厉害在于，一是有行动能力重新回到乡村，带着情感去介入和观察变化中的乡亲的生活；二是有眼光看到乡土中国的转型以及转型中的独特文化形态和精神气质，并能占据一个较为宏阔的视野进行思考和判断；三是有能力把自己的体验和经验凝结成具有冒犯力量的独特文本，而文学文本的魅力正在于这股冒犯力量。两个“梁庄”也使梁鸿的作家身份迅速超越了学者身份。

“梁庄”冒犯了什么？

一、它冒犯了非虚构写作的叙事真实原则。

梁庄是真实的存在吗？福伯、五奶奶、堂叔堂婶、堂哥堂弟和堂侄，等等，出现在文字中的梁鸿的诸多亲友和生活的村庄，是真实的指代吗？不是！梁鸿首先否认。在中国河南穰县的地图上，我们找不到“梁庄”。梁庄是梁鸿虚构的一个村庄名字，我们为什么就相信这是梁鸿自己的家乡？仅仅因为她写出了艺术真实，符合可然律吗？噢，不，梁庄是梁鸿的家乡，除了物理上的村名不对、人名不对，生活的基本走向和形象细节都没错，原汁原味，却非原型原态。原汁原味是什么？想到了一个字：“豆”。一把黄豆洗净隔火蒸熟，撒上盐油，这是最基础的做法，豆的本质和外形基本没变。一把黄豆粉碎研磨成浆再点卤做成豆腐，黄豆的营养成分没变，形态完全变了，口感也变了。一把黄豆研磨成浆掺加莲蓉、蛋黄、面粉、蜂蜜、黄油烘烤制成莲蓉蛋黄月饼，黄豆成为月饼的诸多配料之一。在这三者中，蒸黄豆需要一把火，做豆腐需要研磨点卤，烘烤月饼需要掺加许多其他食材。前两者讲究原汁原味，豆占据主料。蒸黄豆是原汁原味并原型原态。做成豆腐，还是原汁原味，但型和态已经过“料理”。理论上，这两种“原汁原味”，都被纳入非虚构写作处理素材的筐中。这两种“原汁原味”，对于接受个体来说各有所好，对于写作者，后者的技术要求和时间要求要远甚于前者。研磨和点卤是制作豆腐的技术要领，研磨是对素材的物理形态的处理，点卤则通过添加少量“异物”，形成新的物质形态，是化学处理。在非虚构写作中，从黄豆到豆腐，是从客观素材到非虚构文本需要完成的重构，研磨容易理解，这个点卤如何完成？对于文学创作来说，卤是什么？仍以两个“梁庄”的写作为例，回乡知识分子梁鸿不是一台简单的照相机，她既怀揣情感，又具有很强的思考能力，这个特点决定了梁鸿对于梁庄的素材处理，既是一台亲切的扫描仪，情感热烈地牵着所有的梁庄的线索往前走，又是一台主旨明确的编辑机，在素材的取舍、剪裁、合成中进行底色设置、细节曝光，同时依据自己的逻辑想象和趣味进行补光、补叙、补白，使主线和主旨更加典型突出。“梁鸿”的在场，既是对梁庄的生产生活常态和乡土固有情感的整理，又是深埋在平凡生活表象之后的中国农村丰满真相的朗读者。整理者的选择，完成的是描述；朗读者的语调，完成的是情感指向。它们结合，最终完成了对乡土梁庄的重构和传播。因此，梁庄是真实的梁庄，同时也是梁鸿眼里和笔下的梁庄。梁庄不是简单的复现，而是经过作家文字重构的梁庄。作家梁鸿的重构，使梁庄既熟悉又陌生，从而产生了美感，进入了美学范畴。非虚构写作也好，虚构写作也好，本质上都是叙事行为。任何一种叙事都具有主观性，虚构叙事的主观性是通过想象试图再现和表现生活，而非虚构叙事的主观性是通过想象，补白、扩大和链接生活的断裂与不足，凸出和显示生活的真相。

二、它冒犯了乡土中国的牧歌化审美惯性。

“解甲归田”“衣锦还乡”……这些中国文化传统中的美满，最终都落实在“田”和“乡”上。“田”和“乡”既指代生产生活的家园，也是精神和情感的家园。有人说这是中国传统文化天人合一的例证。这个例证从人和自然的关系的演变，反证了文明的发展与人的异化问题。在儒家思想长期占据主导地位的中国社会，由农耕生产生发的乡土精神成为精神本源。在城市化和乡村改造的进程中，个体联系紧密的农耕模式被流水线工业模式篡夺地位，城市对乡村形成空间、能源、劳动力资源的剥削，大规模的劳工迁徙由此产生。每一个离乡者都有乡愁和乡土记忆，在家园被记忆符号化的文学写作中，乡村社会成为现代文化的对立面，被赋予田园牧歌和世外桃源的象征。而现实的中国农村，经济形态变化，生产方式变化，生态环境变化，村庄组织结构变化，人际关系变化，伦理逻辑变化，这还是不是田园？或者这还是不是记忆中的牧歌？谁来讲述变化中的村庄？或者谁来判断村庄的走向？乡土文学是当代文学的一个重镇，创作总量不少，但近年来有重大影响者不多，乡土文学遭遇了创作瓶颈。其中，最普遍的问题也是被质疑最多者，是乡土文学的“现代性”问题。解决这个问题的关键不是写作技巧的翻新，而是主体认知的“跟上”。

第一，如何认识乡村发展和整个社会发展的关系？把乡村看作独立于现代社会发展之外的桃源，显然是遮蔽现实。把乡村看作从不发达社会到发达社会必须抛弃的一种生产生活形态，更是重大误解。历史的发展是环环有序的链接，解决好乡村发展的历史固有地位问题，才能真正实现中国社会的现代化。对于农业发展，中央政策已经有所针对，这个当然也不是我们谈的范围。我想说的是，农业技术的现代化不代表乡村社会现代化的必然形成，乡村社会发展有其文化自在性。

这就要谈到第二个问题。什么是现代性？现代性不是传统的对立面，它是传统的当下实现。工具的现代化并不必然推动人的现代性。人是社会的主体，人的现代性是社会现代化的判断依据，人的现代性是个复杂问题。具体到乡村社会，人的现代性问题，涉及对于乡土精神及乡村现代性的认识问题。这个认识直接影响到乡土文学的写作。中国的乡土精神经过20世纪几次大的思潮的质疑和解构，始终处在不自信状态，一旦外来文化入侵，首先自乱方阵，丢盔弃甲，溃不成军。两个“梁庄”的写作，既是对田园牧歌真相的揭露，也是对乡土精神旁落的揭露。把儒家文化的“尊者讳”“长者讳”“亲者讳”放在一边，梁鸿带着关切揭开生活的盖子：梁庄既不是牧童横笛的田园牧歌，也不是滞后野蛮的荒村野店，梁庄是变化中的中国，政治、经济、文化多种形态并存，人和土地的关系松弛，人和人的联系由紧密的家族血缘姻亲关系过渡到各种生产关系，如雇佣、伙伴、同业、同事，等等。经济关系挑战夫妻、父子母女、兄弟妯娌关系等传统伦理关系，新型矛盾出现，生活形态和生命形态丰富芜杂。走出乡村的梁鸿，重新审看乡村社会，既投射不可避免的乡土情感，又不回避知识分子的价值立场，在旁观者看来，梁鸿的梁庄具有了相对客观的价值。

三、它冒犯了职业化写作对于现实人生的隔膜和冷漠态度。

心中有，才会笔下有。写作作为一种职业，对于一个有良知的作家，最大的问题不是生存问题，而是为赋强作的痛苦。为赋强作的本质原因是，写作者缺乏热切的生命体验和值得分享的经验。经验源自了解、理解。职业化写作容易消磨作家的激情和才华，大量的无病呻吟、顾影自怜和伪装现实的作品就是这样产生的。因此，现代文学史上从鲁迅等当年力倡“为人生”的写作基点，到陶行知提出“知行合一”的行动人生，理想其实是一致的——包括文学在内的知识要学以致用，要介入现实社会和现实人生，要进入生活现场，了解民瘼，表现民情民生。将近一百年过去了，“为人生”的写作初心似乎被遗忘、被误读。

“为人生”的写作，主张文学干预社会和人生，也是儒家“兼济天下”思想在文艺领域的衍化。作为知识分子的梁鸿，不仅文字回到了乡土，身体回到了乡土，眼睛和耳朵也回到了乡土。文学如果不写身处的时代，不写活生生的人，还有什么意义？这是梁鸿寻觅的写作的意义。两个“梁庄”的成功，也是“为人生”的文艺观的成功。梁鸿是王富仁教授的学生，王富仁教授是鲁迅研究专家，鲁迅“为人生”的文学立场以及鲁迅的作品对于梁鸿这样一位从乡土社会走出来的青年知识分子的影响可想而知，下文还会提到这个问题。

《神圣家族》的局限写作

“为什么写”是问题，“怎么写”也是问题。《神圣家族》应该是在探讨怎么处理生活经验和怎么构建美学形象。

“局限也可以成为平台，也可以成为风格，如果你有足够强大与自由的文心，条条框框可以成为彩绸花棍式的道具”，作家王蒙这段茅盾文学奖获奖感言，表达了一个有丰富写作经验的作家对于局限写作的理解。“局限”在此不再是泛泛而论，而是具有特定含义的专有名词，指通过对写作对象生存环境的刻意限定，在不大的灵魂空间积聚能量，借助对有限现场的放大，厘清对象肌理，催生聚变条件，突破天花板，形成极致呈现，产生爆破美感。局限写作容易产生典型样本，成功范例不胜枚举，苏童、莫言、迟子建、王安忆、池莉等，都可以算得上通过局限写作而“风格化”。余光中当年说，“上海是张爱玲的，北京是林海音的”，从一个侧面反证了局限写作的深刻性和影响力。从两个“梁庄”到《神圣家族》，梁鸿是在试图进一步发掘自己局限写作的能力。梁鸿说，“我要前进，尽管人们还在看梁庄，但我不能停留在梁庄”。

有评论认为，从梁庄到吴镇，梁鸿是从文学的外部关系写回到文学的内部关系。这话没错，但这是不是意味着梁鸿的文艺观也从“为人生”的艺术转变为“为艺术”的艺术？因为“云下吴镇”里的12篇文章，似乎每一篇风格都有变化，作家看来是在写作的技巧上较劲儿。

《神圣家族》是虚构文学吗？许多人要问。文学必然和具体的时间、空间发生关系。这12个故事发生的空间是吴镇，有意思的是，在河南穰县的地图上，吴镇实有其名。现实吴镇的街道布局、房屋户型、集镇风貌，真实地复活在文字中。空间真实的吴镇是不是村名虚构的梁庄的“集镇化表达”？不禁起疑。如果再机械一点，作家梁鸿的家乡其实就是河南穰县吴镇。空间移到了吴镇，人物移动了，时间移动了吗？如果认为吴镇是“梁庄”边上那个集镇，那么发生在吴镇的这些本事，时间在两个“梁庄”前还是在两个“梁庄”后？还是与“梁庄”平行？

神圣家族生活在云下吴镇。“云下”与“吴镇”搭配，是文绉绉加田园。云下吴镇，既是文人化的理想情感的投射，也是大时代下的小空间的聚焦。先来看看吴镇到底是什么样的吴镇？吴镇是梁庄向集镇的蔓延。从梁庄移到吴镇，从乡村移到集镇，土地移走，集市和商贩进入。比较起两个“梁庄”的出出进进、动动荡荡，吴镇过的是相对安稳的岁月。吴镇的安稳，是因为集镇的生产方式相对稳定、经济来源相对固定。集镇是邻近乡村的政治、经济、文化中心，也是信息交流中心，集镇在文化气质上还是乡土味儿，人、事、物与乡村社会紧密相联，但集镇居民已经脱离土地，生产方式变了，生活方式自然也有别于农民。商贩再小也是商人，集镇再小也有市民，政治文化形态再粗陋也有知识分子，但都需要加上一个“小”字：小商人、小市民、小知识分子。这些个“小”，不是小而精致，而是小而不充分、不纯粹、不满足。“云下吴镇”系列按照主要人物的身份，基本上可分为两部分：以乡镇教师为代表的小知识分子群体和乡镇里有故事的人物。这两部分着墨最多、形象呈现比较完整的是前者。“云下吴镇”对小知识分子这个群体的格外关注，与作家的成长经验有关。作为一个在乡村长大的学者，梁鸿对于乡村的第一手经验都是离开土地前的经验。这些经验中，最有代表性的是作家本人中等师范学校毕业后在乡村小学任教的人生经历。这一经历使她真正接触到了乡土中国的一个特殊群体——乡村教师，对这个群体的生态相对熟悉。这个职业的艰难和尴尬在今天尤显突出，一方面，长期低薪酬，经济状况不好，生活条件恶劣；另一方面，读书改变命运的人生道路不再被信任，乡村失学儿童增多，乡村教师的政治地位下降，职业荣誉感丧失。受过教育、尚有人生要求的小知识分子既对命运不甘又无力改变，既对现状不满又经不起现实诱惑，投身生活激流又往往水土不服甚至被溺死。对此，作家既怀抱显而易见的同情和怜惜，又对他们性格中的懦弱、犹疑和价值观的不彻底进行解剖和揭批。

《神圣家族》有9篇文章都以一个扩大的小知识分子群体为表现对象，乡镇中小学教师、乡镇医院医生、沦落的老初中毕业生……这些人物具体形态虽异，但在作家的笔下，具有内在的联系。《一朵发光的云在吴镇上空移动》调子起初很淡，有点像汪曾祺的白描，借少年阿清的眼睛扫描吴镇的“隐秘的社会”，少年阿清是“前小知识分子”，他站在树上看清树下的吴镇后，离开了吴镇。这篇文章作为“云下吴镇”系列的开篇意味深长，开放式的结构埋下诸多线头，让我想到了另一个树上的故事——韩少功的《爸爸爸》，树比地面高一点点，树上的视野已是对现实人生的俯视。我们可以发散地想一想，如果阿清不离开，他将过着小镇小知识分子一眼可以看到头的人生。他就是青年的明亮、中年的杨凤喜、老年的许家亮和德泉：社会和经济转型期被轻视的乡村教师，理想破灭、现实人生失败的失魂落魄者，被侮辱被损害的弱者。《许家亮盖屋》里老上访户许家亮，穷困、孤独、落魄、年老力衰后哪怕是退缩和和解也会被碾碎。许家亮的悲剧，不仅仅是制度和人的互塑问题，还有彻头彻尾的无力感，这是12个故事中最令人悲伤的故事。为了调和这个故事的悲伤调子，作家类黑色幽默地写“地下宫殿”建成后乡民的膜拜“盛景”以及色彩、造型和美感的张扬。“文人笔舌武夫刀，抚忧中华气量豪”这副原本荡气回肠的对联，在此因为处境和理想的巨大反差更显荒诞。阿清如果考进中师，当上教师，那就是《明亮的忧伤》里的明亮——青春梦想破灭、职场竞争失败后一蹶不振的小知识分子。这里出现了海红，这个形象的身上有梁鸿的自许，可以看作梁鸿的一种青春祭。《圣徒德泉》具有复杂的表述。小知识分子不彻底的自省，首先让自己找不到世俗的出路，身陷道德伦理危机后德泉疯狂了。“一本书，半卷着边儿，陈旧破烂”，这个孔乙己般的德泉，有一个令人抬不起头的风流妈妈，讲着上帝才能听懂的语言，做着拯救弱者和迷途者的事——试图用自认为散发出来的光明“照亮街道、树木、房屋和万物”。圣徒形象，是从小镇医生第三方叙事角度进行的一种讲述。而在多数吴镇人的眼里，德泉早已疯了二十多年。两种截然不同的叙事逻辑，形成了断裂的语境，我们仿佛看到了另一种《狂人日记》。《杨凤喜》里那个日夜在欲望中盘算的小知识分子杨凤喜不过是一个低级的于连，这个人物不值得同情，但这个故事的写法有讲究，生理欲望从杨凤喜的妻子周香兰丰满的胸脯和乳房开始蔓延，写到周香兰、杨凤喜、张晓霞这个三角恋的历史和现在，特别是张晓霞躺在病床上大呼小叫的十段意识流，将小镇小知识分子的婚姻、爱情和职业前途残酷地搅和在一起，成为一潭令人作呕的臭水，吴镇的小政治大白天下。《那个明亮的雪天下午》也是梁鸿的青春祭，与《明亮的忧伤》可以对比着看。《肉头》带有传统话本叙事风格——基本是单线叙事，文中主要讲述人也即雪丽，从她的有限角度把乌镇的桃色传闻层层铺开，讲述人间或变化，听众也不断插话，这些都会短暂地改变叙事角度，使故事呈现不至于过于单调。《大操场》其实有志怪传奇味道，写到恐惧和欲望、报应和报复时，中年世故的小知识分子毅志开始了内心反思。

作家的乡土，是作家创作的一个重要面向。阿清离开了吴镇，成为学者梁鸿，又回到了吴镇。寓言式的开篇隐喻了小知识分子在吴镇没有前途的悲剧性。这种命运的设计，暴露了梁鸿对于乡村文化前途的悲观。作家也意识到这一点，于是，在《好人蓝伟》里，试图要给小知识分子群体重构一个出路：把蓝伟对于现实的“无为”上升到一种主观自觉。“努力淡化失败感”，“无可无不可”，“并不是所有的坚持都是美的、对的，妥协也是美的”，等等，这些作家梁鸿忍不住跳出来替蓝伟说的话和想的理，给吴镇小知识分子的人生画出一点精神的亮光。

但是,“努力淡化失败感”的蓝伟，在想起没有勇气去探看的女儿时,“眼泪涌了出来”。这些画出来的亮光之虚假不言而喻，小镇知识分子的身份焦虑和精神焦虑一目了然。这是梁鸿的矛盾，她不想彻底剥夺亮光，却又给不出理由。

除了小知识分子群体,《神圣家族》的其余三篇，说实话，写得很别致。它们是《美人彩虹》、《漂流》和《到第二条河去游泳》。《美人彩虹》写失去青春和梦想的小镇美人，题材不新鲜，但对夫妻关系的本质以及双方在这种关系中的钝化的把握十分精准，人物的体态和内外活动描写得凛冽、生动，既见现实白描功夫，又有后现代虚无感。《漂流》一文有明显的哲学意味。一个坐在轮椅上失去行为和思维能力的老女人，被或盲目或蓄意地推来搡去，最终还是停放在小镇上。这应该是梁鸿对于人生的一种理解。不过，也由于说理意图强，文气反而不够舒畅。比较而言，我当然最喜欢《到第二条河去游泳》。这是一个农村青年女人的故事：嫁了两个丈夫，生了一个孩子，在妈妈喝药自杀后自己也投河自杀。这个短篇前半部分是情感节制，后半部分是意义解构。原本极悲怆的命运却写成了平淡的调性，一个女人人生的最后一天仿佛是在逛街、散步、走亲戚，冷静的动作，零碎的幽怨，小小的不甘，似乎都在撇去悲伤的色彩。漂流在水面这一段，显然是魔幻现实主义写法，死去的人集市般地吵闹，争议或纠结令人发笑又伤感，生命尚不足惜，其他的执着、执念有何意义？在漫不经心的死亡面前，生便显得无聊、无趣。这个女人似乎一直在为自己的死找理由。

一个不想变化的作家注定不是个好作家。回到文学内部关系写作，是梁鸿对自己的要求，因此变化对梁鸿是有意义的。至于读者诸君，只要她写得足够好，是虚构还是非虚构，接受效果是没有区别的。梁鸿，你写得足够好了吗？

《文学报》，2015年11月19日

梁鸿《神圣家族》：贴地飞翔

何怀宏

乡镇和都市的差别可能是中国目前最大的一种差别。这种差别之巨大有时甚至让人觉得像是两个中国：一个是其发展速度和巍峨建筑让世界发达地区都感到艳羡的“都市中国”；另一个则是仍然陷在泥泞乃至衰败中的“乡土中国”。而最让人担心的则是乡镇地区的吏治文化和教育。

梁鸿在写了《中国在梁庄》之后写了《出梁庄记》。出了梁庄的人都去了哪里？去了本省和外省的县城、省城、京城甚至国外，最不济的大概也到了吴镇，或者在外面挣了一些钱回到吴镇。

梁庄已经半空了，剩下的多是老小。今天，居住了中国最多人口的已不再是乡村，也还不是大都市，而大概就是这样的城镇。中国的城镇化也是今天政府政策推进的一个方向。

写作风格的丕变

作者的风格发生了一个丕变。梁鸿两本写梁庄的书还被归类为形象记录性的“非虚构作品”，甚至可以被视为一种社会学的观察和调查，但现在的这本《云下吴镇》看来已经是一本小说，是纯粹的文学作品。作者有了凌空的一跃。现在不再只是“立足大地”，还有了“发光的云”；不再只是平视的眼光，还有了俯视。我们以前在梁庄系列中见识过作者敏锐的观察力和思考力，这次还见识了作者的想象力。她善于把握细节的能力依然留存，思考却借助想象进入了更大的时空。

在这本书里，作者已经转向了艺术的创造。作者飞翔起来，不仅关心社会和政治的问题，也关心灵魂和信仰的问题，不只是写实，而是已经有虚构，甚至有一些荒诞。比如开首一篇“一朵发光的云在吴镇上空移动”中，一个孩子阿清为发光的云所吸引，为了阻止砍伐一棵老槐树，他爬上了这棵树，吃住都在树上，因登高看到了平时看不到的情景，变成了“树人”。作者也尝试了一些不同的文学结构和笔法，如12篇的结构，首尾呼应。这些篇章大多是写人物的，也有放在前面写场景的“漂流”一篇，先扼要地勾画出了小镇的轮廓。她也尝试了叙述角度的转换，基本都是第三人称的叙述，但在“肉头”一篇中，却是采取第一人称对多个家庭的“闲话”叙述。

还有象征的描写：比如在街头上绑在轮椅上被人推来推去的老妇人。当然，保证文学质量的，最重要的还是一种文学的感受，或者说文学对生命的真切和细腻感受，以及一种表达的能力。比如在“那个明亮的雪天下午”一篇，就细致地揭示了朦胧的、似乎是初恋的少男少女微妙的心情转换。我希望这种接地气的虚构写作成为一种文学的样式，甚至一种比较主流的文学样式。对于学者来说，阅读一些这样的作品，或许还能使思想者不致“天马行空”，臆想一些不可能实现，而若强行将带来祸患的乌托邦。

云下的吴镇

虽然时有高低，这飞翔始终都还是贴近地面的飞翔。这不是异邦的“云上的日子”，而就是本土“云下的吴镇”。吴镇还是连着梁庄，乃至就包含着梁庄。在吴镇的故事中，一位女性海红从少女起就开始在多篇中出现，从她可以看到“梁庄女儿”自己的影子。医生毅志大概也是从梁庄而来。“圣徒”德泉也还是普通人的能力，并没有展现神迹。更重要的是，作者内心深深牵挂的还是那一方水土，还是她亲密和熟悉的人们。

而在这些人中，给人印象最深，也是分量最重的是那些作为“乡村知识分子”的人：杨凤喜、明亮和蓝伟等。他们读了师范甚至本科，无一例外地都想从政治上出头，但最后都失败了。他们并不是没有才华和斗志，但却都没有成功。

杨凤喜农民出身，家庭贫困，姊妹众多。但父亲却是一个不甘心的农民。为训练儿子的各种规矩和礼仪打骂了无数次，直到杨凤喜考上大学，并很快成为学生会干部的那一刻，他才明白，“父亲的教育是多么必要而且完整。他的谦恭有礼、沉默内敛，一下子就把他从众多还懵懵懂懂的农村娃中区别出来，也把他从众多单纯骄矜的城里学生中独立出来”。毕业后，他虽然被分配做了中学教师，但他从来不去领他的教师工资，“他始终觉得他不是那样拿着几张纸片的人。那不是他设想的生活。他的未来本应该一呼百应，前呼后拥，运筹帷幄，指点江山”。然而最终，他的仕途没有了，情人张晓霞得胃癌死了，妻子周香兰丰满的乳房也因长满瘤子被割掉了。他什么也没有。可是到哪儿去？他不知道。于是，他只能在网上匿名地袒露他内心最冷酷无情的想法和最辛酸悲凉的心态。

另一位教师明亮比杨凤喜更有斗志，也更脚踏实地，他分到一个条件很差的中学，发出“大风起兮云飞扬”的豪语。他没有机会直接进入政界，就追求校内的权力，一路过来，自然有他的工作业绩，但是也有不少人说他“一心想当官，眼睛往上翻，对下面人苛刻得要死”。竞争校长时的失败让他一下不见所有人了，手机也关了，甚至有自杀倾向。这次失败后他退还了私下留存的海红的照片，看来准备完全丢掉过去还遗留的一点纯真，这种纯真或许只是阻力，或者让其不安乃至难堪。

文学会特别注意描写两类人，一类是最弱势、最孤苦无告的人；一类是最有才华但命运不济的人。《神圣家族》中的人物也是比较集中于这两端：一端是特别的贫困者、流浪者、自杀者，但他们并不是完全意义上的弱者，有的也能找到办法，就像许家亮多次想方设法上访，用近似无赖的战法对抗权力；另一端是有文化的“乡村知识分子”，其中不乏有才干和抱负的佼佼者。书里形象地写到了老师们的窘况。这些老师是了解乡村的人，又是乡镇最有文化的人，本来也是最有可能改变和引导乡村的人，然而他们的地位非常尴尬，甚至可以说是相当卑微的。他们无权、无钱，在今天甚至连尊敬和需要也丧失了。以上两种情况总是要促使我们提出这样的问题：有志者能不能有恰当的途径，从而光明正大地拥有权力？而弱势者能不能有恰当的手段，从而光明正大地对抗权力？

“两个中国”

中国近百年经历了巨变，一条上千年缓慢流淌的河，突然变得无比湍急。中国社会的重心已经由乡土变为都市，这或许是现代社会的通性，特殊性则在于，中国的乡村和繁荣进步的都市形成了让人吃惊的对照。它并没有跟着都市发展，不仅失去了过去的人文生态，连昔日的自然生态也遭到了破坏。

我宁愿将乡、镇都划为一类，将大都市划为另一类，并认为乡镇和都市的差别可能是中国目前最大的一种差别。这种差别之巨大有时甚至让人觉得像是两个中国：一个是其发展速度和巍峨建筑让世界发达地区都感到艳羡的“都市中国”，另一个则是仍然陷在泥泞乃至衰败中的“乡土中国”。而最让人担心的则是乡镇地区的吏治文化和教育。

的确，传统社会也是官本位的，但是，在科举时代的千年里，农耕子弟要出头只需会读书，可以说是相当严格和机会公平的。来自田野的乡村子弟由此进入上层，退休之后又回到乡里，成为一方文化和财富的权威。他们和昔日权力及现任地方官员保持着某种联系，也支持和资助本地和本家族的读书人入仕。如此循环流转，故地方文风总是保持着一定的水准，整个社会也通过家庭和家族维持着一种有机的联系和基本的秩序。

现代社会自然不可能，也不必复原到传统社会。官本位应该打破或者淡化，权、钱、名、位应当有分流。但如何让乡镇能够成为一个有机的共同体，同时让乡土中国与都市中国也联合为一个有机的共同体，则可能是未来中国最大的一个需要解决的问题。

当然，如果看不到最近三四十年取得的巨大进步，或者径直否定市场经济，可能并不公道也不厚道，发达的市场经济给一直被压抑的某些才能提供了展现的舞台和发展的机会。在“美人彩虹”一篇中，普通的乡村姑娘却具有经商的兴趣和才能，她非常勤勉，“彩虹洗化”商店多年来一直都是早晨8点开门、晚上10点关门，即使生孩子、妹妹出嫁、弟弟被枪毙、父亲去世也雷打不动。的确，彩虹的世界还相对狭窄，不仅是空间上的——她甚至多年没有走出方圆一公里之外，这种狭窄也是感情和精神上的——她因此忽略了她的朋友、亲人，甚至于她的丈夫。但这或许也是她的一种专注？焉知她如果走到更广阔的世界上去，不会也成为一方的“刘强东”？

但彩虹还是满足的。如果没有改革开放，她不会得到这种满足，甚至不会发现自己的这种才能，只是她的世界太单一、太狭隘，对其他的人太冷淡，这甚至限制了她的这种才能。无论如何，中国依靠其压抑多少年而终于释放出来的求利动力，又赶上了世界高科技革命的大潮，在融入全球市场中近年经济终于大幅崛起。但是，不管前台如何光鲜，在一个都市的中国后面总是还有一个乡土的中国。这也是中国，是不可推卸、不可剥离的中国。台前的要人、名人、富人追溯起来其实也都是来自这个中国。它是我们所有人的故乡，我们都是从它走出来的，我们如何使这“两个中国”不断接近，最后合为一体呢？

爱与和解

小说的最后一篇是“好人蓝伟”。蓝伟一直做学校的班长，对别人和公益的事业一直热心和公正，人们都看好他的仕途，但在一次跟着上面领导嫖娼被抓住以后，他的晋升之路就完结了，他回到了吴镇，只拿一千多元的干薪，妻子与他离了婚，带着孩子走了。但他反而心安了，他依旧是一个热心人，通过他，几乎可以联系到所有过去的同学，他被所有人信任，一旦谁需要帮忙，他必定是第一个出现。他热爱吴镇和吴镇上的每一个人。他在作品最后的诉说，看来也是作者的声音。他想告诉那个爬上树、看到在其心目中代表一种信仰和坚守的阿花奶奶的俗态而失望的阿清，让他不要沮丧，因为人都还是会有尘世的一面，有时妥协也是美的。他希望彩虹也离开她的以店为家的地方，去海滩边晒晒太阳，吃一次少女时代最梦想的西餐。他也含泪想起了他的女儿。

蓝伟的这种爱，归根结底也是一种对大地的热爱、对人间的热爱。这爱也是一种和解：是与生活和解，与命运和解，与他人和解，与故乡和解。“仇必和而解”，“恨必爱而纾”，爱与和解不仅是我们追求的一个目标，也应是我们改造现实的动力。

《文艺报》，2016年3月28日

城乡同构，德泉悖论，以及隐秘的活力

黄德海

《出梁庄记》临结束的地方，说起村里的不平事，家里人忽然提起一个梁鸿陌生的名字，勾国臣。传说是这样的——吴镇常受水淹，人们辛苦种下的粮食，往往十不得一。落第秀才勾国臣爱打抱不平，听了乡亲们的诉苦，便提笔向玉皇状告河神。玉皇大帝嫌他多管闲事，引他的魂魄到天上，打了四十大板。勾国臣不久过世，去世前，嘱家里人将其葬在河边，如大水淹了他的坟，他就名正言顺去告状。自此之后，虽然还是年年发水，可水始终绕过勾国臣的坟。据梁鸿家人说，这坟一九四几年还在，还能看到刻有“义士勾国臣之墓”的石碑。后来呢，“这坟不知道啥时没有了”。家人说起勾国臣，甚至那个不甚讨人喜欢的玉皇，“就好像他们仍然活着，仍然是现实生活中大家熟悉的人和事”[①]。

仿佛是为了衔接这个结尾,《神圣家族》十二篇里的首篇，写到了一个清真寺。吴镇少年阿清“走到吴镇北头的清真寺那里，走不动了。他就在清真寺前的石板上躺了下来。他爹吴振中说这个寺有几百年了，比吴镇还早”[②]。这个置放在倾向于虚构的《神圣家族》里的清真寺，看起来一直都在。实际上，也确实一直都在，因为它是从梁鸿所在的村庄到镇上的必经之地，而自小学五年级，梁鸿就在镇上上学了,“但非常奇怪，我童年时代、少年时代，几乎从来没有听见过清真寺里传出的祈祷声，但是我这次一回家就听见了”。有点奇怪不是吗？一个东西长期存在,“可能就在那个地方，但是因为它没有进到你心灵里面，所以你就看不见它”[③]。一个东西忽然被看见，却又不是新的，仿佛它一直就在那里，就像清真寺新被回家的梁鸿看见，却在虚构里变成了阿清少年时就熟悉的情景，清真寺里传出的歌声,“他一句也听不懂，可他喜欢这旋律，那么高，那么远，好像要传到天上的云那里，又好像要钻到他心里，钻到最

---

① 梁鸿：《出梁庄记》，花城出版社 2013 年版，第 298 页。

② 梁鸿：《神圣家族》，中信出版社 2016 年版，第 2 页。

③ 梁鸿、李敬泽：《梁鸿携新书〈神圣家族〉对话李敬泽：城镇人生的荒诞与神圣》，http://book.ifeng.com/a/20160111/18503_0.shtml。

深的地方”[1]。

这个奇妙的首尾衔接，似乎预告着梁鸿不再是被确认的非虚构作家，也让她的《神圣家族》来到了一个颇难命名的叙事地带——你无法用虚构或非虚构来轻易指称这个作品，你举出一个确定的例子，相反的例证立刻出现，命名便会在这时显出狼狈的样子。那么，不急着命名如何？让我们从这个首尾衔接处开始，看看这个略显奇特的叙事，带来了哪些新的发现。

在梁鸿的“梁庄”系列里，我们看到一个处于倾颓和流散之中的乡村，那里充满破败和衰老的气息；我们看到一群离开乡村进入城市的人，他们普遍困窘而卑微，没有自己的面目。这个梁庄，提醒我们睁开眼睛，看一看扎根土地或离开家乡的大多数人的生存境况，可是，生活在梁庄内外的人们，虽然有着属于自己的穷苦、挣扎和不一样的命运，也有作者的同情在里面，但多没有自己独特的精神生活，因而也就看不到他们每个人清晰的纵深背景，差不多是一幅前景和后景交织在一起的画。或者说，他们都孤零零地突出在一个荒凉的背景之上，单纯，明确，坚决，指向一个个极难解决的社会难题。现在，梁鸿用《神圣家族》，把人物连同他们的纵深背景，一起放置在

---

① 梁鸿：《神圣家族》，中信出版社2016年版，第3页。

一个混沌得多的世界上。

前面提到的偶然发现的清真寺,《神圣家族》里不时提到的算命打卦、求神问卜、装神弄鬼、各路亡魂、各种禁忌、各样礼数，都如勾国臣和玉皇大帝一样，跟人生活在一起，参与着人的日常决定。例子很多，不多举，就拿镇上的“活囚人”阿花奶奶来说吧。因为年轻时害死了头生儿子，她“就向神发愿，一辈子侍奉他老人家，不穿红戴绿，不吃肉，不和儿女丈夫住一起，自愿把自己囚起来，向神赎罪，做神的传话人”[①]。因为阿花奶奶遵守了自己的誓言，终日一身黑衣，吴镇人都很敬畏她，遇事请她求签解签，当然也不会断了供养。就这样，人的各种行为，都牵连着一个更深更远的世界，由此构成的复杂生活世界里，所有的行为都复合着诸多不可知和被确认为理所当然的因素。这些因素氤氲聚集，跟可见的生老病死、衣食住行、吵架拌嘴一起，用丰富刻写着吴镇的日常，也纠正着对乡镇只被经济和现代统驭的单向度想象。

这鬼神与人共处的情景，很多人会以为是愚昧或者迷信吧——或许是。卡尔 · 萨根尽管要破除鬼神的世界，但他的《魔鬼出没的世界》却恰恰反证了一个事实：“鬼神世界从不消

---

① 梁鸿：《神圣家族》，中信出版社 2016 年版，第 8 页。

失，事情远比我们大白天的常识印象要严重多了，它们在幽暗的角落里秘而不宣地依然存在并活跃，在夜间依然神秘飞翔，并且在某些特殊的困难时刻、人虚弱不堪的时候、人欲念超过自身能耐自身努力太多这一类生命时刻，重拾其昔日强大乃至于接近统治性的力量。”[①]对这个世界，你信其为真也好，为妄也罢，为有用也可，总之，这是一种不得不然的存在，在某种意义上安顿着人的生活，也奇妙地作用到人的良知。

毅志经人撺掇，买了一栋小楼，准备倒腾一下赚点钱。可三年过去，小楼无人问津，周边人的却几乎都搬走了，房子就显得阴森荒凉。不得已找精于算命的老李哥问计，老李哥说房子风水有问题，建议跟吴传友家的交换。经过周密运作，换房成功，毅志意兴扬扬。事有凑巧，吴传友换房之后，到外地打工，却不幸被机器卷了进去，死无完尸。受此震动，毅志“跑到五台山，请了一尊神回来，闲的时候，燃一炷香，插上，拜一拜”[②]。毅志与吴传友换房，本是《白鹿原》中白嘉轩与鹿子霖换地一样的阴谋，只是毅志没有白嘉轩那样粗硬的神经，吴传友的死引动了毅志柔弱的良知，炒房之心顿息，还就此添了

① 唐诺：《眼前：漫游在〈左传〉的世界》，广西师范大学出版社 2016 年版，第 85 页。

② 梁鸿：《神圣家族》，中信出版社 2016 年版，第 189 页。

一桩心病。

人们或许早就明白，“在历史的织体中，只有命运与人的行为交织的线索，绝无一个来自另一世界的干预进入尘世”[①]。但在《神圣家族》里，这样鬼神参与的人间之事，却所在多有。读过后，我们或许会明白，鬼神存在可以不论，但对鬼神的存在相信与否，在在影响着活人的世界。这个世界不只是由实证的物质层级决定，莫须有的鬼神也一样起着作用，就像列维-施特劳斯所说，影响人生活的，“可以是发生在实证领域中的事物，也可以是一些人在思想上经验着的东西，尽管这些人在观察他们自己的感性材料时不免有失偏颇，但他们的意愿在于发现什么是恰当行为的规定性”[②]。兜兜转转，鬼神落实到了精神和思想层面，实证领域的事影响着精神和思想，精神和思想也影响着实证之事。如此运转起来，乡村的自为空间会稍微阔大一点，容得下更多的成败得失，经得起更大的精神风浪，甚至会有贫苦里的跌宕自喜。

这个容纳了鬼神的精神世界，是《神圣家族》较“梁庄”系列多出的一部分，既显现了乡镇生活里丰富的一面，却也提

① R.Schfer 语，转引自刘小枫：《罪与欠》，华夏出版社 2009 年版，第 58 页。

② 唐诺：《眼前：漫游在〈左传〉的世界》，广西师范大学出版社 2016 年版，第 4 页。

示了另外一个更重要的问题，即随着现代化的进程，这一涵容了鬼神的精神世界早就在被揭穿之中，与此相关的乡镇风习，也在被逐渐荡平，呈现出较为单一的样式，从而使精神生活有了乡镇和城市的同构趋势。在这个意义上，阿清看穿阿花奶奶的伎俩，几乎是一个妙笔天成的隐喻。原来，阿花奶奶只是人前肃穆，关上房门，她照样和家人在一起吃肉说笑，请卦的人走了，阿花奶奶“从黑裤子最里面翻出一个小口袋，挑出小口袋里面的钱，把这钱放上去，又仔细数了一遍，才又小心翼翼地放进去，把衣服盖好”。鬼神营造的灵晕消失，“阿清浑身发软，只觉得头晕、想吐……那朵一直在他心里移动的云没有了，那光和云梯也找不着了”，“从此，阿清成了一个认真学习、懂事乖巧的好学生”[①]。

有了这样的成人仪式，当然不会再给鬼神留下余地，那个眼看着灵晕消失的阿清，或许就隐喻着整个乡镇里的人们，他们用理智驱逐了鬼神，当然也就“其鬼不神”。就像我不知道牵连着世俗的鬼神世界是不是只会愚弄人，我也不知道这理性的启蒙仪式是否过于决绝了，只是看到，与鬼神被逐渐驱逐的生活世界相伴的，是《神圣家族》中精神生活的城乡同构。在

① 梁鸿：《神圣家族》，中信出版社 2016 年版，第 12—13 页。

这里，你会看到敌意和戒惧，少年人无端的恶意；你会看到寂寞、无聊、颓废，人默默习惯了孤独；你会看到很多人变得抑郁，自杀形成了示范效应；你会看到倾诉、崩溃和呆滞……这是一个慢慢崩塌的精神世界，并毫无疑问到就是现实。

我无法从上面的论述中推断出，城乡精神生活的同构跟鬼神的被驱逐绝对有关，但可以肯定的是，某些禁忌（taboo）和风习正在转化，人们只欢庆它消失时的自由之感，却忘记了霭理斯的话："生活永远是一种克制，不但是在人类，在其他动物也是如此；生活是这样危险，只有屈服于某种克制才能有真正意义上的生活。取消旧的、外加的塔布所施加于我们的克制，必然要求我们创造一种由内在的、自加的塔布构成的新的克制来代替。"[①]

生而为人所必要禁忌一旦消失，风习的引导又缺少必要的克制（想一想那些展览名车豪宅、以娇嗲充当可爱的影视剧吧），甚而转向了人的私心，便从内里败坏了世界的品质。看多了编造出来的虚假励志、真实虚荣故事，可见可欲之物越来越多，又仿佛得来全不费功夫，无论城市还是乡村，人在现实世界偶遇挫折，便不免怨天尤人，郁郁不得志的人日益增多，

---

① 吕叔湘：《未晚斋杂览》，北京三联书店1994年版，第10页。

精神的困顿几乎无法避免。不过，无论怎样单薄吧，新的克制因素仍在形成，比如作品里的圣徒德泉，他构成的某种威慑，不妨看作生成中的新塔布。

母亲在德泉父亲去世后接待不同的男人，导致了德泉的沉默。在第三次高中复读时，因老师大骂老复读生，德泉爆发，足足骂了老师二十分钟，回家后即待在角落里，一言不发。着急的德泉妈拜佛烧香，磕头许愿，却均告无效，于是德泉妈开始信耶稣，也跟相好们断绝了关系。一夜，德泉听到母亲唱出《圣经》里的话："眼睛就是身上的灯，你的眼睛若明亮，全身就光明；你的眼睛若昏花，全身就黑暗。你里头的光若黑暗了，那黑暗是何等大呢！"若获神启，"德泉的脑子里有了光明。他看到，在黑暗中，光明从他自己身上散发出来，照亮街道、树木、房屋和万物"。[①]这个通体光明的德泉，此后便"端然行走于吴镇的大街小巷，河坡草场，收集来自吴镇深处的声音，并去拯救那些被不幸抛置于夜晚的各种境遇的人。他准备好了随时从天而降。他要做他们的守护者。他不允许有人破坏夜晚的吴镇，他不允许哪怕一丝一毫的强迫、污辱和伤害"[②]。

① 梁鸿：《神圣家族》，中信出版社 2016 年版，第 35 页。

② 梁鸿：《神圣家族》，中信出版社 2016 年版，第 37 页。

或许是因为获得了神启，德泉便不管不顾地去照看那些被侮辱与被损害的人，即使自己可怜而无助，他仍然监视着那些欲火焚身的旅人，阻拦着无行的调戏者，把孩子从父亲的暴力中抢夺下来。现在，他要处理的，则是两个年轻人的初吻。正当两个年轻人沉浸其中的时候，德泉从天而降，“顿住、定格。然后，下台阶，一步步朝海红和清飞那边走过去，月光在地上投射出一条长长的阴影，越来越近，罩住正在博弈中的两个人”[①]，立时惊散。这次“拯救”，却不折不扣成了海红和清飞的困扰，甚至一种禁忌。长大后的海红，“和男人的关系总有点别扭。在最亲密的时刻，她会突然惊惧地扭过头，仿佛那黑色的剪影又站在那里”[②]；清飞呢，日子过得殷实，也与人为善，可他始终没有结婚。这就是不可避免的德泉悖论——他给弱者以扶助，却也要禁绝一切在他看来的过分：你不能穿闪闪发光的衣服，不能发出淫荡放肆的笑声，否则“他会跟上你，直到他抱住你，拯救了你，他才肯放手”[③]，即便这会给你造成终身阴影。

---

① 梁鸿：《神圣家族》，中信出版社 2016 年版，第 31 页。

② 梁鸿：《神圣家族》，中信出版社 2016 年版，第 45 页。

③ 梁鸿：《神圣家族》，中信出版社 2016 年版，第 47 页。

在新的禁忌未经严格检验，没有内化成人的自然反应，并急切地推行的时候，必然携带着让人忧心的副作用，并且，在一个德泉这样看着灵魂慢慢沉沦下去的人眼中，恶狠狠地给予对方拯救，或许是唯一的方法。由此造成的灾难性副作用，如果还因为德泉的圣徒心理可以忍受，那么，德泉悖论降落一点，消去其携带的神圣性，则几乎是纯粹的灾难了。

许家亮是孤寡老人，村支书却不肯给他上五保，他便不停告状。吴镇头面人物聚会一处，解决了许家亮的五保问题，并由支书奉上赔礼钱。可支书并不真的尊敬他，只是为了怕他给乡里惹事，才敬之如宾，私下里仍骂他是地老鼠。为了给支书难堪，许家亮开始挖洞，动静越来越大，招来了记者。报道出来之后，支书果然难堪，许家亮气消了，也逐渐适应并开心地在宽阔的地屋里生活。记者又来了，显然不相信许家亮真的开心，于是再次报道——“农民被迫害几近成狂，住地洞如上天堂”。随后，许家亮的地屋被强行拆除，他的家具用品也被放回象征着正常生活的地上房屋。在媒体、支书“帮助”下，许家亮必须过上人们认可的幸福生活。没错，这就是德泉悖论的奇特变形，你必须过上他们定义的幸福生活——如果他们想给你的生活不是你想要的，他们是不是非要把你从安顿的地下拉到地上，从而完成他们的美好愿望而不是你的？

如果许家亮的委屈我们还能够理解，那么，赫胥黎《美丽新世界》中“野蛮人”提出的要求呢：“就算我是在争取苦难的权利……不用说还有衰老、丑陋和性无能的权利，要求生梅毒、得癌症的权利，食物匮乏的权利，令人讨厌的权利，为明天担惊受怕的权利，感染伤寒的权利，遭受种种无法言说的痛苦折磨的权利。”[①]如果你要求这一切而无人理会，如果人们执意动用德泉悖论，和支书、媒体以及各种各样的力量一起抱住你，直到拯救了你，给了你他们理想中的生活才肯放手，你将如何呢？

写出德泉悖论的梁鸿，显然有对乡镇过人的熟悉，也就不会过于美化或丑化任何一个具体。《神圣家族》里的人物，往往声口毕肖，有他们各自的样，也有各自复杂的心事。读着读着，你几乎要喜欢上书中的某个人了，却发现他有自己的缺陷；刚刚对一个人心生厌恶，他却又做出让人喜欢的事来。这是一个无法轻易判断是非对错的所在，你轻易论断了别人，别人就会反过来论断你。在这样一个世界，你应该多看、多听，多体味其中的无奈、辛酸以及笑容，如此，吴镇，甚至所有大

---

① 阿道司·赫胥黎：《美丽新世界》，黄津译，陕西师范大学出版社 2014 年版，第 200 页。

地上的村镇，才不只是一个人实现自己雄心的泥塑木偶，人们也才真的会显露出自己带有纵深的样貌，与我们生活在一起。

蓝伟热心、无私、诚恳、乐于助人、开朗活泼，镇上的人都说他是好人。妻子艳春可不这么认为：“你真的因为心地善良才去帮助别人吗？你不是。你只不过想让别人说你好，想获得别人的承认。你是在表演，你把表演看得比你老婆孩子，比你爹妈重要得多。”[①]形势急转直下，仿佛戳穿了蓝伟的假面，把他无意的虚荣拷问了出来。可就是这个或许是虚荣的蓝伟，却真的爱着吴镇，爱着这里生活的人们。他在想象中劝说阿清，不要苛责阿花奶奶，“她只想让她儿子快乐、安全。并不是所有的坚持都是美的、对的，妥协也是美的”[②]；他劝毅志不要自责，因为无法确认吴传友的死与他的换房有关，可他也指出，毅志仍然超越了生活的某些界限，心的一角便永远缺了；他让海红原谅作为男人的父亲，并忘掉圣徒德泉，因为他不是有意成为她生活中的阴影……到最后，蓝伟仿佛变成了这本书的作者，写下了“一朵发光的云在吴镇上空移动”——正是《神圣家族》的第一篇。

---

① 梁鸿：《神圣家族》，中信出版社 2016 年版，第 225 页。

② 梁鸿：《神圣家族》，中信出版社 2016 年版，第 233 页。

这个蓝伟，是不是真的有点像这本书的作者梁鸿？或许是。不过，蓝伟还要等妻子来责备他，“梁庄”系列就写着乡村的梁鸿，早就开始了自我反思：“（我）没有真的参与一个社会形态里面，居住了一段又出来，安然无恙，却写了它，并且得到某种外界的成功，似乎利用了它……虽然从自我意识上，我已经自我定位为一个书写者，但问题是这样的定位就完全够了吗？”[①]所有有过双重生活体验并反思过的人，大约都不难理解梁鸿这种亏欠的感觉。她永远无法只在一个世界里居停，而是要不断在城、乡两个世界里出入，如果她更少停留的那个地方，恰好又是弱势的一方，这种亏欠的疼痛感就尤其强烈。兴许是为了安顿自己，梁鸿说：“我个人愿意保持这种痛感，被它折磨，我倒能感到轻松一点。”当留在家乡的、有被迫害妄想症的朋友骂她时，她“一方面怕被骂，另一方面，当他骂你时，你觉得自己真是卑劣的，看到自己真实的不堪面目”。这样，她就可以知道自己“永远欠着人，他们一直都在那里，而我在这儿。我欠自己一点东西，这点卑劣感提示了我的赊欠”[②]。

① 袁凌：《梁鸿：不能再像鲁迅那样去写乡村》，http://dy.qq.com/article.htm？ id=20160216A043IE00。

② 袁凌：《梁鸿：不能再像鲁迅那样去写乡村》，http://dy.qq.com/article.htm？ id=20160216A043IE00。

这样一个自省的写作者，几乎主动承担起了在两个世界里穿梭的责任。不管乡村怎样衰退，精神的转化多么困难，周围的环境多么糟糕，她却不抱怨，不解释，不等待，不以这些为借口退进一个世界过自己的安稳日子，而是忍耐着两个世界的撕扯，做自己能做的，既让自己不断向前，又为未来的某个改善契机积攒着力量。或许正是这个原因，我们在《神圣家族》的颓败和腐烂、无奈和悲伤之上，能感受到一种隐秘的活力。为什么会在无奈里感受到活力？为什么能在哀伤里感受安适？是不是略略有些让人生疑？借M.H.艾布拉姆斯在《诗歌的第四维度》里的话来说吧："华兹华斯在他的抒情诗中直面最为哀伤的失却，爱儿之死，又将其转化为对于读者而言的一种安适（comfort）甚至是欣喜（joy）的经验；我们将之称为一种美学欣悦（aesthetic delight）。他做到了这一点，因为经由揣度并使用与哀痛的情境极为切合的语言，他实现（同时也令我们实现）了一种对哀痛的驾驭的模式。他做到了这一点，同时是经由恢复我们对以下二事的信念：我们并不孤独，且我们借富有洞见的诗作来分享我们关乎人类境况的困惑。"[①]

① ［美］M.H.艾布拉姆斯：《诗歌的第四维度》，茹恺琦译，载《上海文化》2016年3月号。

没错，梁鸿在《神圣家族》里实现了一种对乡村颓败的驾驭模式。她没把自己所见触发的感伤和伤痛带进文字，那些显见引发感伤或伤痛之物经过了她的精神转化，让我们即使在颓败里，也能感受到向上的力量，那隐秘流淌着的动人活力。梁鸿文字里最让人感奋的，正是这个隐藏甚深却处处可以感受到的活力。对这样一个写作者，人们能做的大概就是——小心地保护这活力，别向她索取太多。

《南方文坛》，2016年第4期

梁鸿的美学坐标：上升与拓展

——以《四象》为论述中心

曹　霞

过去的生命已经死亡，我对于这死亡有大欢喜，因为我借此知道它曾经存活。死亡的生命已经朽腐，我对于这朽腐有大欢喜，因为我借此知道它还非空虚。

——鲁迅《野草·题辞》

从非虚构到虚构，从《中国在梁庄》《出梁庄记》到《神圣家族》《梁光正的光》，这是我们所熟悉的梁鸿的叙事路径，她笔下的乡村现状、人物故事及其与传统和时代之间的复杂联结，已经成为中国当代文学乡村/城镇叙事谱系的重要部分。但梁鸿并不满足，有一种动能和热力推动着她不断地向着更深处和更复杂处前行。在她以“梁庄的女儿”这一身份完成了对中国乡镇的在地化实录之后，她更渴望以“中国的知识分子”

这一身份，对近现代百年来的中国之变、中国之痛、中国之殇及其带来的变迁进行书写和反思，这就是《四象》[①]。

一　分身叙述的象限与复调美学

从《神圣家族》起，梁鸿便极为重视结构、视角、想象、戏剧性等“虚构”元素。《神圣家族》在总体结构上类似于《小城畸人》和《米格尔大街》，12篇中短篇小说各具独立性[②]，又共有着“吴镇”这一微型现代化小镇的地理空间和人物关系背景。在其后的长篇小说《梁光正的光》中，“父亲寻亲”更是一个可以拔节生长的巧妙结构或者说富有弹性的“情感容器”。在“寻找”的过程中，父亲带领儿女们滑脱出了日常生活的轨道，不断遭遇种种“陌生”和“意外”，也不断地碰撞出新的情感和生命状态的可能性。

梁鸿每部小说的视角和结构都不一样，叙事风格也各有特色，这表明，她对于每一部小说都进行了谨慎的考量，她不愿意重复自己。在《四象》中，她设置了一个颇为特别的具有一

---

① 《四象》原刊于《花城》2019 年第 5 期，单行本由花城出版社于 2020 年出版。

② 《神圣家族》的 12 篇小说最初是在《上海文学》以专栏形式发表的。

定难度的“门槛”。那些能跨过这个“门槛”而抵达叙事核心的读者，应该能充分理解她为何如此“苦心经营”，为何要在已成如烟往事的某些历史范畴内自出机杼。这个“门槛”既是视角，也是结构。在她最初的想法中，叙述者是一个人的四个分身，由此有了“四象”之说。它既与“两仪生四象，四象生八卦”“尽意莫若象，尽象莫若言”的传统文化表现方式相关，也与意大利画家提香的《智慧的寓言》有着内在的呼应。在提香的画里，老年男人、中年男人和青年男子的形象仿佛是一体三面，又分别与狼、狮子和狗等物象构成对应叠合的关系。在《四象》中，韩立挺、韩立阁、韩灵子、韩孝先，四个叙述者各讲其事，各司其职，将一段从义和团运动迄至当下，长达百余年的风起云涌的中国历史及现实的巨大变化，从不同角度和不同方向，以不同方式呈现出来。

为了更好地理解文本，我们需要打开更多的空间和向度。在《四象》中，梁鸿将古老《易经》的“两仪”“四象”转换为了历史化和人间化的结构。在她笔下，“两仪”是生与死、阴与阳的博弈与转化，“四象”则是四位叙述者在四季、四章、四节的分层变化中渐次呈露出来的令人唏嘘感慨的人生遭际。立挺、立阁和灵子是亡者，是心有所念、心有所怨而不得安宁的幽灵。孝先是唯一的生者，少年天才，大学生，同时也是一个精神分裂症患者，这决定了他们的讲述不可能是“正常”的。在此，我们可以借用笛卡尔的平面直角坐标系，结合《易经》的阴阳之说，将“四象”纳入其中[①]。

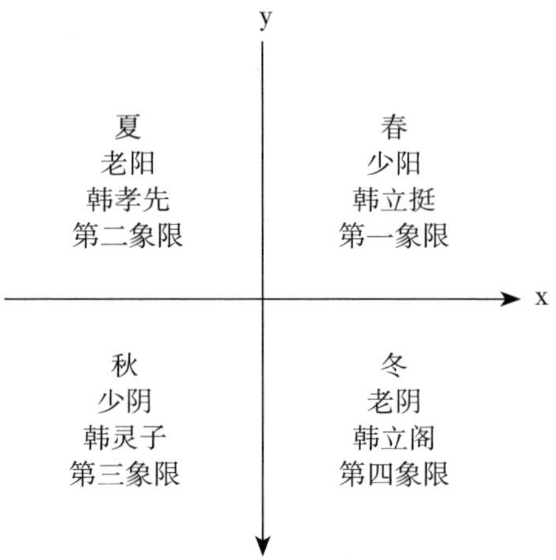

这个集易学、自然、文化、美学、叙事学为一体的结构可谓“与天地合其德，与日月合其明，与四时合其序，与鬼神合其吉凶”[②]，它太巧妙了，也太丰富了，它本身就能够生发出巨

① 黄德海在《像亲人在黑夜相逢——评梁鸿长篇小说〈四象〉》(《长篇小说选刊》2020 年第 1 期）中将人物与阴阳分别对应如下：“少阳”—孝先、“老阳”—立阁、“少阴”—灵子、“老阴”—立挺。本文的四象限图在这方面借鉴了黄德海的思路。不过对于阴阳与人物之间的对应关系，本文的看法略有不同。“老”“少”非指年龄，而是阴阳之比。

② 《周易·乾·文言》。

大的驱动力。“阴”与“阳”处于动态的变化与平衡之中，构成了小说情节与情感的内在循环。按照逆时针方向，这四个分身叙述的象限呈现出“少阳—老阳—少阴—老阴”的转换模式，同时，其所对应的季节的生命象征也充分印证着人物命运和精神层面上正/负能量的比例。

四个叙述者从自己的角度和经验出发进行讲述，共同构成了巴赫金所说的复调叙事，即“有着众多的各自独立而不相融合的声音和意识，由具有充分价值的不同声音”组成的叙事[①]。在复调叙事中，不同的声音与意识之间互连互动，使得叙述者都成为了“主体”和“当事者”，而非“客体”和“旁观者”。巴赫金之所以看重陀思妥耶夫斯基的小说，就在于它的主人公和人物拥有各自独立的意识阈限，“主体间”是双向度、多向度的对话关系和精神交往关系，如同“复调音乐”中的多声部，音乐织体的各个层面都得到了有效表达。对于复调叙事，莫言运用颇多，如《红高粱》《天堂蒜薹之歌》《酒国》，及至《檀香刑》则几乎抵达了“复调”与“狂欢化”的巅峰。多个叙事者带来了不同“视野”和“经验处理器”，不同叙事元素被调动

---

① [俄]巴赫金：《陀思妥耶夫斯基诗学问题》，白春仁、顾亚铃译，河北教育出版社1998年版，第29页。

起来，构成了“混响”的美学效果[1]。这种阐释方式对于理解《四象》同样有效。四位叙述者通过对“往事”与“现实”的讲述，将自身所在的象限及其边界勾勒出来。

我们可以从“第一象限”开始，通过叙述者所在象限的内容分析其“声音”的特质与功能。韩立挺刚出生时，教堂就被义和团烧毁，牧师和教徒的焦尸散发着可怕的气味。类似场景在李锐的《张马丁的第八天》中亦有呈现。他终生怀揣着可怖的回忆，守着教堂一心伺奉上帝，小心翼翼地活到了九十多岁。立挺唯一的罪孽是当年失信于堂弟立阁，没有及时地把他的信送给他娘和妻子，以帮助她们从“运动”中逃脱。在立挺心中，爱大于恨，自我赎罪的意愿大于审判他人的恨意，可称为“少阳”。这决定了他的“声音”是仁慈的、谦卑的、保守的。梁鸿将立挺的象限设置为一个“缓冲”，一服忧伤而不无警醒的“冷却剂”。

韩孝先是村里唯一考上重点大学的天才。他有理想有抱负，却因遭遇情感问题而导致精神分裂，被关进了黑林子。他放羊的时候坟园塌了，被埋在地下四天，在那里与三位幽灵相逢。他是生者，又当盛年，在四象中为纯阳之体，可称为“老

① 张清华：《叙述的极限——论莫言》，《当代作家评论》2003年第2期。

阳”。他的叙述象限非常关键，勾连着阴阳两界以及相关人事的来龙去脉。从他开始，象限由阳转阴，由夏而秋，由生气蓬勃转向阴柔寒冷。他的叙述象限最为复杂，其自身也经历了从荣耀（村里唯一的大学生）到骄傲（得到娟子的爱情）再到颓废（失恋）和崩溃（精神分裂）的过程，他还同时接受了立阁的《易经》和立挺的《圣经》。他的“声音”是多元的，时而清醒，时而模糊，时而如病人般陷入呓语狂言，时而如先知般发出了面向人类的“警示”和“预言”。他的象限具有众多的接驳点，最大程度地与其他象限之间保持着沟通和交流。

韩灵子死于车祸时只有13岁，因此在幽冥世界里依然有着那个年龄特有的天真与童心。她虽遭亲人遗弃和被“谋害”却依然深爱自然万物，她也比立阁和立挺都更关心“大哥哥”（孝先）的情感状态。灵子阳数甚少，又为少女，心肠柔软，性情温顺，可称为“少阴”。灵子人如其名，她能与植物直接交流，她挨个儿跟龙葵、苍耳、虎尾草、拉拉藤、风铃花打招呼，均匀地分配宠爱，免得它们争风吃醋。她的“声音”温柔清灵，她的叙述象限柔化了幽冥世界的阴翳、坚硬、阴冷和些许恐怖色彩。

韩立阁15岁离开家到开封府读书，一路去了北京、日本、上海、广州、云南。他散尽家财，在丽县搞县政自治，路不拾遗、夜不闭户。但“运动”一来，他还是落得个身首异处，家破人亡。他亲历了莫名的迫害与残杀，巨大的创伤从未愈合。他所牵念者有二：一是娘和妻子的下落；二是向杀戮者复仇。他壮志未酬身冤死，对于造成自己一家惨剧的那些人，他怨毒至深，可称为“老阴”。他手持不知何人的骷髅头，心中燃烧着复仇的烈焰。他的“声音”是冰冷冷、硬邦邦的。他迫不及待地指导孝先学《易经》、占卜，无非是要借孝先之手捏住人们的“命”，完成复仇大业。他的叙述象限的主要功能是将“历史”引入“现实”之中，为自己的复仇提供充分的合理性。

梁鸿采用了并置式的叙事结构，四个分身叙述的象限相互叠合，叙事模块和线索之间不断地交织渗透，生动地演绎着自然、生命、灵魂、信仰、情义的共生共存，构成了一部交叉往复的多声部、多重奏。这是一个整合了传统与现代的结构，梁鸿由此接通了对于中国文化的呼应，那是“70后”一代在历史的真空中游荡、一直苦苦寻觅与本土本族文化实现融合的美学接榫。《四象》形式创造的努力由此彰显出其意义和价值：打通关于中国传统文化的理解路径，实现对于中国近现代以来的历史/现实的生动追溯与再现。

二　信仰的“实利化”及其问题

信仰在中国大概是个“伪问题”，这意思不是说中国没有信仰，而是信仰在中国多半被“现实主义化”“实利主义化”了。李泽厚认为“实用理性”（“实践理性”）是中国传统思想的性格特色，使得中国人不可能走向抽象思辨和精神超越，而是“执著人间世道的实用探求”[①]。在一些特殊的年代，具有理想和政治魅力的“克里斯玛”（charisma）被神性化为全知全能的信仰象征，或者某种意识形态的极端化实践亦可充任“准宗教”的功能，但都无法解决人们精神上的终极归宿问题。20世纪90年代以来，随着政治生活被淡化、经济功能被突显，金钱、权力、资本等一度成为“信仰”的替代品，全面裹挟和改变了人们的生活，带来了精神的大面积滑坡和萎缩。

在梁鸿此前的创作中，并没有专门对信仰、精神等问题进行探讨，但作为学者和知识分子，我相信形而上的论题始终是她所关心和致力于研究的。《四象》对中国人的信仰问题、精神状态进行了一番彻底的展现和披露。在梁鸿看来，人们由于缺

① 李泽厚：《中国古代思想史论》，北京三联书店2008年版，第320—321页。

乏至高层面的信仰，很容易陷入无依无凭的精神空地而成为任人利用的“傀儡”，也很容易在利益面前摒弃人性与道德的底线，欺骗、背叛、迫害、杀戮、出尔反尔、恩将仇报、落井下石等人性的“黑洞”在历史和现实中触目可及，比比皆是。

在《四象》中，这一切都是通过生动的、有意味的故事形态而非说教式的道德伦理展现出来的。梁鸿以东方的《易经》和西方的《圣经》作为考察信仰的“显影剂”。两部经书，一个依循天地之间的自然规律，通过观察“天道”提取出“人道”，作为“群经之首”深刻地影响着中国人的人伦观、命运观；一个在上帝开创的世界里，教诲人们知善恶之别，行正义之事，作为西方文明的重要源头衍生出了一系列终极命题。这种设置是极为巧妙的，也是相当有难度的，它彰显着梁鸿对“知识”和“精神”谱系学进行叙事处理的考量。中国近现代以来的历史正是一部中西两种文化/信仰/精神不断排斥、抗拒、接受的过程，近现代以来的中国人、中国知识分子的“精神现象学”，也是不同文化和文明冲突孕育而成的结果。

“经书”如何在叙事与生活中铺陈开来？在这里，结构依然发挥着强大的功能。《四象》通过立阁和立挺的分身叙述，对“天地之道”和“上帝之道”分别进行了阐解。“一阴一阳之谓道。天地之间，阴阳交汇，四季依序而来”，这是立阁对传统文化的理解。“上帝考验人，是让人向善，让人爱人”[1]，这是立挺矢志不渝的信念。但显而易见的是，人们更乐意相信和跟从的是《易经》而非《圣经》，因为前者可使他们提前“预见”自己的命运而避开凶险，后者则因不具备“实用性”而无法被人们接受。

正是由于“实利化”“实践性”功能的不同分野，两部经书在小说中的命运各不相同。小说给予了《易经》以更大篇幅和更重比例的书写，不是为了宣扬它，而是通过它在孝先“奇幻”经历中的功能来展现人们匍匐在“信仰”脚下的奇姿怪态。“奇幻”指的是“了解自然法则的人”在“明显的超自然事件”中的体验，代表着“极限的体验”和充满不确定性的“冒险”[2]。孝先接受了立阁的指点，他能“看到”人们的未来，“掌握”人们的命运，教导人们避凶趋吉，这种“通天”的本事使得他从精神病患者成为众人膜拜的“上师”“救世主”。县长将孝先（带着立挺、立阁和灵子）安排在城里幽静高档的湍菊书院；居士小心翼翼地伺候“上师”的饮食起居；民众把“上师”与“观音、菩萨、清官、元帅”[3]放在一起虔诚地膜拜；一帮贵气

① 梁鸿：《四象》，花城出版社 2020 年版，第 66 页。

② [法]兹维坦·托多罗夫：《奇幻文学导论》，方芳译，四川大学出版社 2015 年版，第 68 页、第 16 — 17 页。

③ 梁鸿：《四象》，花城出版社 2020 年版，第 134 页。

的女人向“上师”供奉钱财、白玉佛、金观音，都不过是为了要得到升官发财或者家族兴旺的“秘诀”。正是由于他们如此理直气壮地要求“上师”为其俗世愿望负责，才使得被供奉之“神”的超越性精神走向了破产。

“精神贫乏是一种疾病”[①]，当孝先在河坡上开始布道、吸引了一大批无聊的信众时，我们就知道，重要的不是布道内容，而是人们的内心已经无所依凭，成了“呈形却没有形式，呈影却没有颜色”（艾略特）的“空心人”。那些或平庸无能，或穷凶极恶，或被严重磨损腐蚀的灵魂暴露出了荒芜的“病象”，急于用任何看似有力量的学说来填满内心的“空洞”。为了乞求“上师”的指引，人们毫不犹豫地褪下了为人为官的尊严，毫无掩饰地呈露出疯狂滋长的贪念和欲望。为了争夺“上师”的占有权和使用权，人们上演了一场场充满谵妄、狂热和非理性的迷狂表演。就连一直担心儿子精神病症的孝先父亲也加入了这一行列，请他回梁庄，“给大家开开光”[②]。这就是中国人的“信仰”！它和所有的生活实践都有着相同的演化路径，那就是迫不及待地将手中的一切进行实利化兑现，越快越好，越多越好。膜拜

① 梁鸿：《四象》，花城出版社 2020 年版，第 97 页。

② 梁鸿：《四象》，花城出版社 2020 年版，第 135 页。

神性与追逐实利对于中国人来说无非是“信仰”的一体两面。

在《四象》中，一个更为深刻和隐藏的主题是，“上师”与信众之间并非单方面的“控制”与“被控制”的关系，而是双向的、彼此的、相互的“主奴辩证法”的呈现。梁鸿通过讲述民众如何借“信仰”之名行“不义”之事，深刻地演绎着这个判断。一个典型的例子发生在丁庄村。在孝先的“后台”下落不明时，花婶儿将他接到了自己家，是为帮助他，到后来也免不了有利用之嫌。当花婶儿借“孝先上师”走上致富道路时，丁庄村村委会抢走了他。孝先不愿意配合“弘扬传统文化有限公司”的运作，他们便用栅栏和玻璃屋把他隔离起来，屋前设有香炉和功德箱，方便信众供奉，村委会每晚清点财物并及时瓜分。“孝先上师”成为一种稀有资源被人们觊觎争抢。当县长来接孝先时，村主任的一番话道出了实情：“县长，他现在是我们村重要的经济收入来源，你看，每天都进账上万元，我们准备再进行一轮宣传，在网上搞直播，到时，那钱就滚滚而来了。”孝先被当成了村里的“致富项目”和“支柱产业”[①]。不独村主任和花婶儿，包括县长、部长、院长、居士、权贵，他们貌似对“上师”尊重有加、敬畏有余，实则明里暗里对他熟

① 梁鸿：《四象》，花城出版社2020年版，第215页。

练地进行种种实利化操作和盘剥。孝先不但不能掌握自己的命运，反而沦为了庸众的“奴隶”、看客的“对象”。他作为“救世主”得到的只是“片面的和不平衡的承认”①。这个具有警世意味的潜在主题，与众人的非理性狂热恰好构成了信仰“实利化”的双重证明。

这里面包含着一种深刻的反讽和反思。一个一直在追求精神性实践的人，最终却败于俗世，毁于他者的欲念。“看客—被看者”“受难者—受益者”“独立意识—依赖意识”“自为存在—为对方而存在”，这些复杂的既对立又具有转化性的关系，把一个严肃的形而上命题搬演为了一场草根的闹剧，也把一个奇幻的幽灵叙事推到了非常现实和残酷的场景之中。当人们不再满足于现世的利益，而疯狂地想要像孝先那样与死去的先人通灵、大张旗鼓地将明晃晃的灯盏从坟地一路铺到家门口时，孝先便不无悲凉地意识到，这一切都该结束了。他用信众奉献的钱财修建了一座坚牢的“地下长城”，将生者与亡者、地上与地下永远地冰凉而坚硬地隔绝起来。幽灵再也不能出世，包括立阁、立挺和灵子。他自己则从“精神异常活跃反应症下的通

① [德]黑格尔：《精神现象学（上卷）》，贺麟、王玖兴译，商务印书馆2015年版，第144—146页。

灵者”还原为了一个“正常”的精神病患者，将被颠倒的“乾坤”又扳回到了“正常”的秩序。从此，深陷于功利主义的“信仰”与尘世孽缘做了彻底的切割，人与鬼与“神”联手改变命运的企图宣告失败。

在中国当代文学中，对于“信仰”问题的思考一直是较为艰难也较为匮乏的书写，史铁生、张承志提供过相关文本。《务虚笔记》探讨非常年代的人们如何在历经背叛和蹂躏之后依然保有着“神性”的问题,《心灵史》呈现的是“血脖子教”哲合忍耶百年来与官府的对抗与牺牲。而这两位殚精竭虑追寻“信仰”问题的作家，一位因病而逝，一位放弃写作而趋向于宗教实践和学术研究，也似乎颇有意味地表明，探寻“信仰”这个问题本身就意味着要承受、承担起常人难以想象的沉重的“十字架”，心灵虚弱者难以为之。《四象》的探讨方式或许可以为我们打开一扇“窗”：以信仰之“匮乏”反衬其“珍贵”，以其“被实利化”的现象深度思考中国当下的现实和精神问题。

三　抵抗遗忘的艺术

在《四象》的篇首，梁鸿引用了艾米莉·狄金森的诗，“就这样，像亲人在黑夜相逢/隔着坟墓，喋喋低语/直到苔藓封住我们的嘴唇/覆盖掉，我们的名字”，加上她为此书作的“后记”《死者不会缺席任何一场人世间的悲喜剧》[①]，以及她与多方人士围绕小说所作的访谈，都使得整个文本充分地展露着“抵抗遗忘”的叙事动力。这与《野草》的“题辞”有着内在的重合性，明与暗、生与死、过去与未来、遗忘与记忆构成了相互转换的共同体，一种悖论、一种矛盾沉淀为了更为深层的情感表述与叙事逻辑。

梁鸿此前曾多次实践过用“写作”来“抵抗遗忘”这一重要命题。《中国在梁庄》和《出梁庄记》是记录着中国乡村的人情、伦理、血缘、生态逐渐走向颓败的“证言”。《神圣家族》指引着我们记取这样的事实：大地上的亲人被连根拔起，再也找不到充满泥土味儿的返乡之路，只能在宽阔齐整的人工河（冥河）里喁喁独语，成为流动的介质中的孤魂野鬼。《梁光正的光》是梁鸿献给“父亲”的抒情篇章。梁光正的诸多言行与农民身份不甚相符，他是“梁庄的堂吉诃德”[②]。对于《四

① 梁鸿：《四象·后记》，花城出版社 2020 年版，第 243—245 页。这篇后记曾以《死者不会缺席任何一场人世间的悲喜剧》为题发表，https://www.sohu.com/a/351590840_369033。

② 梁鸿、邵丽、李敏、刘军：《“梁庄的堂吉诃德”——梁鸿作品对谈纪实》，《汉语言文学研究》2018 年第 1 期。

象》的写作缘起，梁鸿这样说，父亲在坟墓里很寂寞，而他生前是一个喜欢热闹的人："我听见很多声音，模糊不清，却又迫切热烈，它们被阻隔在时间和空间之外，只能在幽暗国度内部回荡。我想写出这些声音，我想让他们彼此也能听到。我想让他们陪伴父亲。我想让这片墓地拥有更真实的空间，让人们看到、听到并且传诵下去。"[①]这是梁鸿再次以文字形式对亲人进行的无限追忆。"人们忆起死者，是因为情感的联系、文化的塑造以及有意识的、克服断裂的对过去的指涉。"[②]只要文字不朽，亲人们便能得以永生。

《四象》最引人注目的是叙述者的身份。四个叙述人中有三位是幽灵。如果我们从"抵抗遗忘的艺术"这个立场来解读小说，就完全能够理解作者为什么要采取幽灵化叙事。立阁、立挺和灵子由于在人世受到重创和不公平待遇，他们死不瞑目，死而不逝。他们既无法投胎重生，也无法去往天堂，只能在幽暗冰冷的地下，绝望地等待着能够帮助他们的人。"通灵者"孝先带着他们返回人间，从梁庄的河坡去到了穰县，又去到省城，最后又回到了梁庄的河坡，这个空间在不断地挪移、

① 梁鸿：《四象·后记》，花城出版社2020年版，第244页。

② [德]扬·阿斯曼：《文化记忆》，金寿福、黄晓晨译，北京大学出版社2015年版，第27页。

回归，同时也衍展出了与历史、现实紧密相连的诸多事件。在立挺的记忆里，抹不去义和团烧毁教堂、烧死牧师和教徒的残酷往事。在立阁的记忆里，一直有着他创立“理想国”的悲壮豪情以及在“运动”中家破人亡的惨烈。在小灵子的记忆里，回荡着她永远无法忘记的父母亲人的往事，即便她一生下来就被重男轻女的父亲嫌弃、遗弃，甚至最终被从人间抹去。至于他们亲眼所见、亲身所历的那些从人性深渊里升腾起来的“恶”，则进一步强化着他们对于人间复杂的情感原型，也充分传达出作者的思考：所谓“正义”的实质是可耻的私利，是蝇营狗苟，是从牢笼中释放出来的人性凶猛地咆哮着嗜血的本能。这些历史的教训经由幽灵们的爱与恨、痛与悔等情感形态传达出来，就格外地令人难以忘怀，铭心刻骨。

孝先是四个叙述者之中唯一的生者，他有着复杂而相互矛盾的身份，这表明他在现实中经历了极为痛苦的个体性创伤，他在爱情、学业、事业等方面均遭到了“失败者”和“失意者”的命运。虽然我们不能直接看到历史/政治/权势之手如何作用于他，但他对自身遭遇的惨痛记忆和被恋人抛弃、被友人背叛的绝望感受，仍然有效地传达出中国当下社会运作的某些规则和本质。在阴阳交界的空间里，幽灵与生者合成了一个命运的“共同体”。幽灵将自己的过往经历与当下生活缝合起来，将自己的不幸遭遇投射于阳世，企望借生者之手完成复仇、赎罪或寻找之旅。生者亦在与幽灵的凝视和交流中，对记忆中错乱的情感往事和不幸遭遇进行了全方位的清点。他们的经历共同构成了奇特而别具意味的互为见证，互为镜像。

在所有的记忆形式中，文学之所以成为鲜明而有效的编码方式，乃是由于它本身具有柔软丰富的多义性和多维度。为了让历史的喻象更加丰富，梁鸿对于一些词汇和意象从不同的语义层面上使用它们，使其获得了多元而立体的意蕴，比如“绿狮子”这个意象。“绿”代表生命、新鲜、活力，但在梁鸿这里，它却成为了杀戮主体“狮子”的定语，作为“绿的威胁”即将胀破河坡，吞没坟园和村庄。再比如“审判”这个词。立阁因家庭成分和身份而遭到“审判”，立挺因亏欠于亲人而在内心终生接受上帝的“审判”，而那些最应该受到“审判”的杀死立阁、害死其娘与妻子的罪犯却安然于世。“该让神审判世人。他们不会不做恶事，他们有颗嗜血的心。”[1]但漫长的时间证明，“神”的“审判”落空了。还有人物的名字，梁鸿也有意识地进行了设置。那些“杀人犯”“帮凶”及其后人的名字呈现出能指与所指之间的强烈悖反：忠义、忠信、培明、培亮、立德、

① 梁鸿：《四象》，花城出版社 2020 年版，第 99 页。

立仁，这里的反讽性不言自明。正词反用、庄词谐用、同词多用等简约化带来的结果，是记忆维度和空间的极大扩张，是文本内涵的趋于复杂和丰富。

至于那个贯穿文本始终、命运几经变迁的“黑林子”，则作为一个巨大的政治指喻和回忆空间不断地与人物发生关联。它本是一个大院子，是立阁立挺的爷爷亲手置下的产业，后作为家族财富和地位的象征被立阁继承，但“运动”一来，它转眼就被变成了公有财产。它那雕着精致图案的砖瓦、南洋买来的檀木，都成为了见证历史的“历史剩余物”。唯有固若金汤的寨墙原封不动地被移用为最好的设防，成为关押犯人、罪人、精神病的令人闻风丧胆的恐怖监禁之地。它是立阁身份认同的象征和回忆的重要线索。立阁的复仇计划就是让孝先告诉各路来“改命”的人：回到梁庄，在“黑林子”里修房子、植树、种花，把它建成一个桃花源，然后等待“绿狮子”膨胀着扑过来，大家同归于尽。但立阁的计划没有实现，“黑林子”在县长手上被建成“桃源水郡”之后不久，就连人带房成了县长的“犯罪”证据。“黑林子”在小说中如基底般绵亘着、起伏着，与“绿狮子”作为一对历史/政治/精神痼疾的结构而使文本保持着时空与意象上的平衡。

在《四象》中，梁鸿避“轻”就“重”地选择了颇为紧张、压抑、沉重甚至已经成为某种禁忌的题材，通过时空的腾挪转换、随物赋形的语言、思想闪电般的照耀与扑裂、不同声音内部流转的生动与繁复，共同召唤出了抵抗遗忘的艺术。“人类的记忆在自然状态下的最根本形式是遗忘而非回忆，而回忆、对过去本身及对其产生的研究和梳理的兴趣，才是需要被阐释的问题。”①通过对回忆的一再强化和确认，梁鸿使之获得了可持续性和定型化的力量，提醒我们记取逝去之人寂寞清冷的面容，记取自己生命的来路与去处，以及主宰过人们精神和生活的那些或辉煌或荒谬或暴力的历史经验。此外，我还注意到，《四象》与“非虚构”的“梁庄”系列同样都有着中原大地上那些朴拙的地名与身影，但同时，它又超越了那些在地化、实录化的书写，以抽象的形式和气质获得了更为内在和“真实”的思考。

《四象》对于历史、现实的书写和对“信仰”的拷问构成了一个鲁迅式的沉重而深刻的精神质询，这也是一次试图通过文学形式完成精神追问的努力。它所涉及的国民性、启蒙困境、看与被看、忠贞与背叛、信仰与救赎、审判与惩罚、书写

① [德]扬·阿斯曼：《文化记忆》，金寿福、黄晓晨译，北京大学出版社 2015 年版，第 63 页。

与抵抗等，是20世纪以来中国现代知识分子孜孜矻矻上下求索而无解的难题。在我们因某些原因而不得不停止或者自愿停止追问的地方，梁鸿重新出发，对兼具难度和价值的问题尝试着进行了阐解与回答。从这个意义来说,《四象》的出现是一个标志，一个回应并实践着精神召唤的标志。它在梁鸿的美学坐标中亦构成了一次上升，一种拓展。

《南方文坛》，2020年第5期

村庄里的中国：城乡二元化结构中的“返乡”文学

——以近年人文学者的非虚构写作为例

项　静

2016年春节黄灯的《一个农村儿媳妇眼中的乡村图景》①在微信圈广泛传播，破败的乡村形象和凋敝的图景成为被广泛传递的文学意象；2015年春节王磊光的《一位博士生的返乡笔记：春节回家到底看什么》②在网络和媒体上造成刷屏效应，引起了在文化界和媒体传播深远的“返乡”话题；这个话题还可以往上继续追溯到2010年梁鸿写作的《中国在梁庄》③和2013

① 《回馈乡村，何以可能》，《十月》2016年1期，由当代文化研究微信公众号2016年1月27日推送。

② 《一位博士生的返乡笔记》，澎湃新闻2015年2月17日推送。

③ 《梁庄》，《人民文学》2010年10期，改名《中国在梁庄》，江苏人民出版社，2010年11月。

年的《出梁庄记——梁庄在中国》[①]两部非虚构文学。这三位写作者都从事中国现当代文学文化研究，都有农村生活的经历，他们的写作带着人文知识分子的深切关怀和问题意识，以某个村庄作为个案，是他们由城市返回乡村的社会观察记录，并且由对当代文学的反思和人文学者对当代中国的经历和认识而形成的一种特殊的写作形式。近年来，由媒体、知识界所形成的对乡村社会的关注以一种社会调查、观察和个人经验相结合的方式呈现，并且衍生了大量的返乡日记、返乡观察，也收获了超越一般文学写作的社会关注。他们的写作以及由他们的写作所激发的集体主义式的写作现象中包含着复杂的社会、政治、经济、文化的信息，文学以什么方式去呈现今天的村庄，不仅仅是一个文学与现实的问题，其中所牵涉的经验真实与艺术真实、虚构与非虚构、具体与抽象等问题，也是观察当代文学的一种方式。

“返乡”文学是我自己的一个粗略的命名，主要是指近年来在出版、传播特别是新媒体上出现的返乡观察、返乡日记的写作现象，这种写作容易唤起熟悉的“少小离家老大回，乡音

① 梁鸿：《出梁庄记》，花城出版社 2013 年版。

未改鬓毛衰”的朴素古典情怀，也有沈从文《湘行散记》中久别返乡的细节之爱和对故乡现状的隐隐担忧，更重要的是现代知识分子对乡村社会发展进程，对城乡二元化结构下的农业、农村、农民问题的呈现和思考，当然还有他们自身城市生存焦虑的折射。这类写作以个人记忆和亲历为经，以社会问题和考察记录为纬，以非虚构的方式呈现出自己返乡所观察的乡村生活，其中夹杂着现代人的怀旧、乡愁以及对整个时代、社会和国家发展隐忧的复杂感情，有一种深切的情怀，期冀引起社会的关注和期望一种乡村世界的变革和改造。钱理群先生在《20世纪中国的五次乡村运动》一文中有一个总结[①]，在20世纪的百年历史中，中国知识分子、中国青年有一个前赴后继地奔赴农村，走向民间的文化传统。“五四”的先驱者（以李大钊的《青年和农村》为倡导的新村运动）是第一代；30年代的共产党人和乡村建设派是第二代；到延安去的青年知识分子是第三代；新中国成立后五六十年代的知识分子是第四代；“文革”中的知识青年则是第五代。这五次“到农村去”运动，是中国知识分子寻找真理、探索生活的价值和意义的方式，背后也有各种政

① 钱理群：《20世纪中国的五次乡村运动》，微信公众号：思想史，2016年2月22日。

治经济的推动力量。而与这五次返乡运动相关的文学记录和文学作品，也都在当代文学史上留下了自己的印记，比如与知青生活密切相关的“寻根”文学，乡村成为一种活力和美学。“返乡”文学是知识分子返乡、试图反哺乡村的衍生品，既是知识分子的个人行为，也是百年知识分子传统的延续，在由文化和文学所塑造的城乡关系世界中，“返乡”既是知识者的实践行动，又是非常重要的写作动力。

一

黄灯的《一个农村儿媳妇眼中的乡村图景》以婆家兄弟姐妹的生活为例，讲述了一个农村家庭在社会发展进程中的变故和遭遇，2008年金融危机、政府拖欠工程款、信仰危机所导致的价值观混乱、基层执行计划生育的粗暴和失责等，给这个农家带来种种无声的悲剧，悲剧通过各种渠道渗透到他们的日常生存，并且由一个小家庭而影响到整个大家庭。这个农村大家庭面临先天的劣势，和整个社会发展的大势断裂，改革开放无数的财富和机会，几乎都没有流到他们的生活中去，他们内心的伤痕和波澜没有获得疏通的渠道，面临一种天聋地哑的困境，这是对政府治理和城乡规划提出的疑问。另一个问题是针对乡村的未来，回馈乡村，何以可能？呼吁建设一种更为持续发展的城乡关系，弥合撕裂的社会，给这些社会底层的人以上升的通道和一种健康的有安全系数的生活。王磊光的返乡笔记主要讲述农村生活的现状和个人见闻，比如最重要的是农村生活的“原子化”，他所记忆中的农村原有的那种共同体已经消失，人与人之间不再像原来那样有着密切的关系和交往，不再像过去那样每到过年时相互串门，集体上街玩等。婚姻市场化，房子车子成为炫耀和社交的媒介，知识无力感等标志的乡村社会的世俗化，急功近利，攀比成风，这也是乡村内空之后的种种不良风气现象。梁鸿对于农村的观察更为宏阔和细致，她从梁庄内外展开，呈现了梁庄在城市化进程中出现的问题：留守儿童的无望，养老、教育、医疗的缺失，自然环境的破坏，家庭的裂变，“性福”的危机，建设的流于“形式”，进城打工的梁庄人流转组合，他们的尴尬和智慧，精神困境和生存艰难等。

三位作者所共同之处在于他们都是在展示村庄里的中国，它的物质与精神世界目前是什么样的生态，为什么会是让人深感凋敝落后的面貌，以及在担忧村庄的未来在哪里。在他们的作品中，除了这些活生生的人和事，还有一个隐形的主角——村庄，村庄作为一个当代文学形象由来已久，“在30—40年代之交的‘民族形式’大论争之后，村庄这一乡土中国社会的最小单位，开始成为中国作家书写的重要对象。某种程度上甚至可以说，在40—70年代的文学中，存在着某种以‘村庄’为主体的文学叙事范式……40—70年代表现中国农村的土地改革和社会主义改造运动的诸多小说中，自然村落几乎总是被作为叙事的主体，并且在现代农民主体、乡村共同体与社会主义理想之间，构造出一种不同于启蒙立场的书写形态”。[①]新时期以来的文学里，何士光的《在乡场上》，贾平凹小说《腊月正月》《鸡窝洼人家》，路遥的《人生》《平凡的世界》等小说中，村庄未必是故事的主角，但那个有未来前景、有生气、有活力、有尊严的小世界，是一切改革和人生故事的“乡场”。而今天的“返乡”文学中，无论从自然景观还是社会景观上看，村庄都已经累累伤痕，不复旧日光彩，有批评者把对它们的呈现称为“新伤痕文学”，而在这种文学意识形态里，村庄几乎已经成为“恶托邦”的代名词。

关于农村、村庄凋敝的叙述，非常自然的一个反应就是，农村曾经繁荣过吗？梁鸿也承认，“如果说从历史的长河来看，梁庄始终没有什么大的变化，一代代人生命的更替，命运有时

① 贺桂梅：《村庄里的中国：赵树理与〈三里湾〉》，《文学评论》2016年1期。

像一种轮回，而农民始终在中国社会结构里处于相对底层的位置”。近百年来在中国的发展进程中，从经济角度讲，农村相对于城市一直是贫困的，虽然曾出现过50—70年代政治上翻身的时代。这几部非虚构作品关于今天村庄生活的观察基本都有一个时间线索，建立一种叙事，首先需要把杂乱、偶然、无序的日常生活放进时间线条中，这些作者的童年时代记忆，大部分都是80年代的农村，这也是他们叙述的起点和隐形的参照系。《中国在梁庄》开头梁鸿回到梁庄做长期停留，“从二十岁出外求学到现在，每次回家我都只是短暂停留，这次我终于可以长时间地和他们（家人）在一块儿生活，一起重温过去的温馨，回忆过去的那些艰难岁月”。路途遥远颠簸，囊中羞涩都没能减少生活的美好记忆，少年时代骑自行车走过乡村公路，“沿河而行，河鸟在天空中盘旋，有时路边还有长长的沟渠，青翠的小草和各色的小野花在沟渠边蔓延，随着沟渠的形状高高低低一直延伸到蓝天深处，有着难以形容的清新与柔美。村庄掩映在路边的树木里，安静朴素，仿佛永恒”。接着，青春年少回忆中的唯美画风陡转回到现实的千疮百孔，马路变成高速，给村民们的生活带来改变，近在咫尺的两个村庄要绕道才能过去，村民不谙交通规则，经常发生悲剧，“乡村的生态被破坏，内在机体被损伤并没有纳入建设前决策者的考虑范围。高速公路，犹如一道巨大的伤疤，在原野的阳光下，散发出了强烈的柏油味和金属味”。王磊光《博士返乡日记》里对乡村个人原子化的分析也是基于童年记忆的对照，小时候“我和我的众多表哥，小时候一起上山捉鸟，下河摸鱼，关系好得不得了，但这一二十年来，他们一直在外打工，我一直在外读书和工作，一年最多在过年时见一次，平均下来每年还没有一次，因为他们不是年年都回家。拜年的时候，大家也不再像过去那样，在亲戚家吃饭喝酒聊天，甚至留宿一晚，现在大家都骑着摩托车拜年，去亲戚家匆匆走一遭，放下东西，客套几句，就要离开了”。这是一个非常明显的友情、亲情变化的图示。黄灯也有类似的表述，“在我记忆中，故乡虽然说不上富裕，但绝对是一个山清水秀，人情味极浓，而且有着良好风气的地方。记得20世纪80年代在农村总是流行‘严打’，但‘严打’的对象从来就没有在故乡这块土地上出现过。但最近几年，我却深刻地体会到故乡变了，故乡烂了，烂到骨子里了，只要一踏上故乡的土地，谁都能感受到这块土地的无序、污浊和浮躁”！[①]

三位作者对于故乡的美好印象和青少年时代的记忆，应该都在1980年代，文学叙述除去故乡和童年的浪漫想象之外，也

① 黄灯：《故乡：现代化进程中的村落命运》，《天涯》2006年4期。

可以在学术研究中找到支撑。根据曹锦清的研究[1]，农民自己认为"80年代农民的日子最好过"，1978年到1980年持续提高粮食收购价格，大概提高了百分之五十到百分之百，而城市的供给价格一分都没有变化。这是中央在20世纪80年代对农村第一次做出让步，也是国家第一次对农民进行财政转移支付。那时东南沿海和中部地区的城乡接合部，大量的农民投身乡镇企业，农民也因此获得了一定的工商业收入。20世纪80年代，一个重要的农村现象就是农民都盖起房子来了，这一时期资本没有大量进入农村，也没有中西部地区的大规模的人口转移和打工潮，基本在一个稳定的社会结构之内。高晓声有一篇小说《李顺大造屋》，李顺大从旧社会到新社会几经周折，又重新燃起造屋的梦想就是在1977年，并且最终实现，这是那个时代农民生活开始好转的一个注脚。路遥的《平凡的世界》里孙少安的盖房子和办窑厂大概都是在这个时间段内，1982年家庭联产承包责任制实行之后，双水村的第一能人孙少安用机器办起了砖瓦窑，并且第一家在村里修整了一院新地方，村里其他人也纷纷开始搞副业，有一种欣欣向荣的景象。孙少平与田晓霞谈起自己要为父亲盖新窑洞的愿望实现了，"窑洞的好坏，这是

---

① 曹锦清：《土地制度与三农问题》，《书城》2014年5期。

农村中贫富的主要标志，它直接关系一个人的生活尊严……对我来说，这却是实现一个梦想，创造一个历史，建立一座里程碑！这里面包含着哲学、心理学、人生观，也具有我能体会到的那种激动人心的诗情”。这个时段的村庄叙事修辞，都是与“尊严”“梦想”连接在一起的，比如何士光的《在乡场上》，一个怯懦没有尊严的农民终于可以挺直腰杆说话了，他的自信和尊严是建立在土地上，耕种出来的粮食成为他的立身之本，几乎是只属于那个时代乡土文学叙事的一种光荣与梦想。无论是现实中的还是文学中的1980年代农村，都有黄金时代的色泽，当然这是改革故事带来的“光芒”，它允诺了未来的平等和财富，也是叙事中的“时间”意识形态的副产品。

相对来说，1990年代的村庄在三位作者的作品中没有如此明确的文学形象，观察笔记直接面对的是1990年代城市化、市场经济加速现代化的后果，也就是以文学的方式所形成的颓败修辞。1990年代国税、地税分开，国家政策向城市倾斜，计划生育政策等是真正造成目前困境的源头，都是难以用文学的方式予以呈现的，改革故事的主旋律中，对未来的美好幻想，先富带动后富的远景想象，都在把这些正在进行中的问题后置化。在1980年代和今天两个时间段的对比中自然会产生震撼的体验，而为什么会避开中国农村社会发生巨大转折的1990年代，也很容易找到解释。一方面1990年代这些写作者的时间被求学读书、找工作等事情占据，另一方面也是从乡村进入城市的中产阶级前身们奋斗积蓄的时期。如果有一种凋敝、落后的叙事，更应该属于1990年代中后期，而不是今天，根据各种政策的解读可以看出，今天的社会已经在实行对农村的各项回补政策，比如留守儿童保护、大病医疗、基层政治改善、惠农补农政策等，也的确产生了一些效果。这就是文学叙述与现实之间的错位，带有原罪意识的叙事很容易强化因果对比，叙述与真实的关系进入更复杂的地带。

二

从空间上看，这三位作者叙述的村庄故事都发生在中国欠发达地区，都是中国的劳务输出大省的乡村，三农问题比较突出。而且三个叙述者又是身处中国最发达的上海、北京、广州，大都市生活的社会遭遇和个人经验，都会对这种观察的结果产生影响。在发达地区与欠发达地区的乡村中间还有一个巨大的空白地，比如县城、地区市、省会城市等，如果以上述城市为参照，乡村是不是适合凋敝的修辞？许多欠发达地区的县城同样也在凋敝之中，在城市化进程中同样也是凋敝的国土，并且在共同承受市场经济带来的两极分化和无法分享改革财富的尴尬，在产业升级中被抛弃的小城市，比如学者潘毅[1]田野调查中，以煤炭为主的小城市同样陷入没有生机活力的困境，面临着乡村生活中类似的天聋地哑局面。如果我们把乡村世界的空间范围放宽，在劳务输入省份比如江浙沪的农村，教育、养老、信仰、人际关系、风俗等的观察可能是另外的结论。

这是个人经验讲述与普遍性，个人讲述与真实性问题之间的一个缝隙，代言人、启蒙者或者行动者等写作者一度拒绝的知识分子角色会在叙事的后台再次侵扰。梁鸿应该早就意识到了这个困难，强调了个人叙事的特殊性，她拒绝请命者的角色，强调回到故乡和写作首先是自我疗愈，“我终究只能，也更愿做一个旁观者。我更习惯于一个人悄悄在生活中行走，感受着世间万物压过来的痛苦和充实。我喜欢分析、体味这世间万物的复杂、混沌和难以辩解，喜欢走向那杳无人迹的林中小路，它能带我通向幽深之地，虽然那幽深之处可能什么也没有。我始终只能做一个写作者和研究者”。这当然是一种自卫式的宣言，新伤痕文学、展示苦难，僵硬的传统现实主义编码方式都是内

① 潘毅、吴琼文倩、邓韵雪：《煤矿工人的“中国痛”》，《南风窗》2013年第18期。

心的禁忌，而介入的题材又无法挣脱此类问题的纠缠，也让我们看到了1990年代文学写作中最重要的文学概念“个人”的影响，回到“个人”可能是逃避那些难以厘清的诸如个人叙事与国家、社会、政治、意识形态、群体等关系的一种方式。

“返乡”文学的出现与发酵效应远远超出个人叙事的范围，它与新媒体的出现几乎是同步的。青年学者沙垚在农村社会与新媒体关系[①]的论述中，提出与农村生活相对应的三种媒体，广播、电视、手机客户端，分别对应了农村社会生活的三种方式，集体主义、家庭联产承包责任制（从集体走到个体）、市场经济下农村社会大面积人口流动。三种媒介方式跟农村生活发展甚至是整个社会的发展都有一个对应的关系，它们的出现标志着农村生活的深刻转变，既改变了乡村内部生活的方式，也改变了文学和媒体对农村生活的修辞、想象和呈现方式。智能手机是2010年左右开始在中国登陆，iPhone在国内的大面积普及是在2010年末2011年初，2011年1月21日，微信正式推出，跨平台、拍照发给好友、发手机图片、移动即时通信等功能极大地改变了人们日常交往和接受信息的方式。传播方式的改变，对今天的文学写作也是一个契机，《博士返乡日记》《一

① 沙垚：《新媒体对于乡村意味着什么？》，破土网，2016年2月5日。

个农村儿媳妇眼中的乡村图景》都是在微信平台上获得广泛传播的。新媒体的出现，带来的一个最直接的反应是所有人对所有人的传播，而不再是文学内部的感受和传播方式，并且有一个模糊的大众群体加入进来，就像王朔在《一切都变了》里所说的，“人民的汪洋大海”。这两篇作品在新媒体传播中都属于“10万加”（微信传播中指阅读量10万人以上的文章），在一份当代文化研究微信公众号提供的读者批评中，我们能看到各种读者群体的反应，有批评质疑的，也有深切认同的，更多的是借此引发自己的回忆和观察。编码和解码的过程中，每一个人都会加入自己的思想、情感和偏见，传播中的形象和情感可能已经不是编码者的本意，如果有一个本质意义上的真实，这恰恰是一个脱离的过程。

新媒体对于具有社会公共性的话题、知识、形象和感情都会呈现发酵式的传播，“返乡”这个意象中所蕴含的社会意义、人情伦理、情感想象都要大于一般“故事”，写作不再是灵感和编码，而是带上了“审视”的聚焦性质，并且由于“这一次”写作强化和凸显了今天的“真实”。我们非常清楚写作者们都不是第一次返乡，在中国“春节”的节日效应中被固定在被观看者的位置上，这已经不是一个简单的写作问题，而是要考虑其中的传播性和被放大的效应。

“返乡”作为一个日常生活行为，当它成为一个传播中的文学行为的时候，可能跟许多外在因素联系在一起，比如春节，这个节日本身所包含的各种文化文学沉积和现代转折，以及其中所折射的现代人类意识都是其背后的内容。春节原本就是农耕社会的节日，祭祀众神、祭奠祖先、除旧布新、迎禧接福、拜望乡邻亲戚、祈求丰年，彰显着人与历史，人与乡里，人与天地的关系。但实际上，人们的日常生活感受和秩序与春节的仪式之间失去了有机联系，传统的乡村意象譬如（食物、风俗和仪式感）和我们正在经历的生活失去了真实关系。而我们的部分文学文化生产的意象与当代正在进行的社会转折之间也失去了有效的互动联系，正在生产一种文化保守主义，比如黄灯和梁鸿都对当代的写作表达了不满。

“返乡”文学获得广泛的社会关注，非虚构写作方式是一个非常重要的因素，这些作品在传播中一个重要评价就是“真实”。在现实主义对真实性的诉求中，假定了作品直接产生于对生活的描摹，在文本与现实之间存在着理想的对应关系。这个问题的正当和过时，以及它的矛盾性在文学中几乎是一个陈旧的话题。而在当代文学中呈现一个真实的乡村，也几乎一直是现实主义文学一直的诉求，尤其在面对乡村社会的巨大转折之时，追随社会变革，切中时代的中心，捕捉到世道人心几乎是当代文学不变的追求。当非虚构以高于现实主义小说的“真实性”出现的时候，其实是在宣布异议和不满，呼唤一种新的真实观。非虚构的写作方式就是在如此情势下兴起的，《人民文学》非虚构栏目的宗旨[①]是，以“吾乡吾土”的情怀，以各种非虚构的体裁和方式，深度表现社会生活的各个领域和层面，表现中国人在此时代丰富多样的经验。要求作者对真实的忠诚，注重作者的“行动”和“在场”，鼓励对特定现象、事件的深入考察和体验。非虚构文学到底如何获得自己的新颖性和吸引力，我们可以把它放置在1990年代以来关于乡村书写的实践中做一个对比。

1990年代以来出现了大量的三农问题专家、学者写作的有针对性的专著，诸如陈桂棣、春桃《中国农民调查报告》、温铁军《三农问题：世纪末的反思》、贺雪峰《新乡土中国》、吴飞《浮生取义》等，在这些著作中我们可以看到所有今天非虚构文学作品中呈现的问题：城乡二元结构，养老、留守儿童，乡村教育，情感和精神的困顿等，并且这些著作都在知识界产生过影响，三位写作者的非虚构作品几乎都汲取了这些研究成果的营养。而这些学术专著与非虚构写作的区别就是，后者更

---

① 《“人民大地·行动者”非虚构写作计划启事》，《人民文学》2010年第11期。

接近虚构作品的写作方式，大量生活细节的呈现，真实可靠的故事，经过选择的人物形象，它们组合而成的强大现实感和共鸣感，“类似于悲剧，在读者的心中实现了一种情感的仪式化涤荡，尤其是当读者对书中人物满怀同情（怜悯）和为再现的故事欷歔不已（恐惧）之时”[①]。无论从叙事风格，还是对读者的期待上，后者都是我们这个时代所缺少的艺术形式，一种由“真实”的形式功能所带来的力量，既能够满足大量在城市出生、成长的个体，欲了解乡村中国的愿望，又能给那些农村出身，进入城市生活的大量城市中产阶级以经验和认识上的认同感，获得精神满足。

众多现实主义农村题材的文学与非虚构作品相比，往往现场感不强，农村只是一个题材，没有真正体现和关注农民的生活。这可能也是文学的一种意识形态性，像梁鸿所批评的自己原来的写作，与天空大地没有关系，是一种不及物的写作，它的关注点在于审美、形象甚至是形式，隐匿作者的情感和倾向，制造模仿生活的假象，人为制造了文学与历史、社会学、人类学的脱钩。而非虚构写作一个很大的贡献就在于作家的经

① ［美］安敏成，姜涛译，《现实主义的限制》，江苏人民出版社2011年版，第18页。

验、感受、关怀和焦虑可以直接表达，这正是这种文体的力量所在。这种写作有点类似中国传统的“赋”，是一种铺张的“描写”方式，从各种可能的角度去逼近描述的村庄，而不受某种文体规范的限制。黄灯的文章中谈到湖北作家陈应松，一个多年在湖北大地奔走，书写了大量底层社会生活的作家，他的小说中大量的生活景观整体上来说与这三位作者非虚构文本中的乡村图景并无太大差别，“但因为是纯粹的文学作品，读者和作品之间天然有一种艺术虚构性带来的隔膜感，或者说，不信任感，因为文学作品，尤其是小说，首先就是一种虚构的文字”。[①]黄灯的回答是一种同意反复，却也朴素地表明虚构这种文学形式与期待中的读者、社会生活之间的隔膜。而农村题材的电影、电视剧自1990年代中后期开始几乎让位给城市题材，近几年具有话题性的《乡村爱情》《老农民》《马向阳下乡记》等，所使用的依然是习惯性的思维方式或者大众流行文化的思路，缺少的是对当下农村生活的认真表达和关注。农村、农民、农业、留守儿童、养老、城乡二元对立，大众关注度特别高的话题经过电影放映机制、商业考虑等之后，在影视剧中

---

① 黄灯、郭春林：《让学术落地——〈一个农村儿媳妇眼中的乡村图景〉的对话》，澎拜新闻2016年2月6日。

只有经过修饰的真实，在现实中无解的问题，在电视剧中可以通过虚拟的方式轻松地获得解决。

“作为语言的外在之物，‘真实’及其力量最终成为无法再现、最多只能被指涉的东西。不是它们的再现，而是它们对想象世界的作用——非神秘化的图景——构成了作品。因为，文本之中的‘真实’在一个层面上可被理解为拒斥和限制，而在更深的层面——作为‘不可命名之物’——却构成了意义确定性的威胁。”①而“返乡”文学对乡村世界的呈现几乎都在塑造自己“意义的确定性”，比如对村庄世界的判断，这种确定性既来自现实，也来自叙述本身。当非虚构以对“真实”的更高要求开始，却辗转达到一种确定性时，这个真实的限度是需要质疑的，因为真实必然构成对意义确定性的威胁。

三

与强大的真实性相呼应的是叙述者所表现出来迷茫修辞与理想主义情怀的消失。黄灯一直在追问的“回馈乡村，何以可

---

① ［美］安敏成，姜涛译，《现实主义的限制——革命时代的中国小说》，江苏人民出版社2011年版，第17页。

能”？王磊光写道：“越看，对乡村的未来越迷茫。”20世纪的中国知识分子、青年学生前赴后继到农村去、到民间去，尽管农村落后的现状并没有得到根本改变，但无论是官方政党提倡还是知识分子群体自发的运动，都有一种理想主义情绪，值得深思的是，这些非虚构作品几乎都没有使用这种对于知识分子来说十分便当的思想资源。为什么理想主义情怀消失，一方面是对自己所从事的文学和写作方式的怀疑，另一方面是面对在国家整体现代化进程中落在后边的乡村故地的无力感。“返乡”文学的写作初衷，按照黄灯的说法，“首先自然是情感的冲撞，其次，最重要的是理性的求索”，而“返乡”文学造成的一个后果，落后与凋敝成为今天审视农村的主流价值视角，这又是一重悖论。

从乡村的现实来分析，经济意义上的乡村概念已经基本瓦解，也就是说仅仅从土地的投入和产出来看，无法满足乡村人口生产、生活的需要（高价经济作物除外）。一个更复杂的乡村社会，目前还在经历动荡、分化，期待着转型和变革。作为一种人际关系、人情社会的乡村依然存在，并且延伸到城市，梁鸿有一段对梁庄的描述非常有代表性，梁庄是一个有机的社会网络，并非只是一栋栋房屋。每一个人和另一个人有关，彼此互为所属。在当代社会，他们也利用这一互为所属的关系以

“扯秧子”的方式进入城市，并在城市的边缘建构一个个“小梁庄”社会。刘绍华的《我的凉山兄弟：毒品、艾滋与流动青年》[①]有一个例子，这是一部以四川大凉山地区的彝族村落为主的田野调查，其实也是当代中国偏远乡村曲折迈入现代化进程的一个缩影。

怎样叙述村庄里的中国，又不制造新的遮蔽，或许柳青的文学传统依然有其价值，柳青的“返乡”，并没有把写作看作一项神圣的事业，不仅仅是寻找题材，而是自觉地把它放置在整个社会发展的事件中。《创业史》中梁生宝的行动——无论是公共性的为集体买稻种、领导合作化，还是爱情——都和整体的结构密切相关，集体和国家是梁生宝意义的来源，梁生宝领导的合作化事业是集体和国家建设的重要环节，个人、集体、国家三者构成了紧密互动的整体。这当然是一种理想化的乡村社会发展模式，但是这种叙事把村庄世界放在一个具有流动性的社会发展结构中。“村庄”不是单纯的审美对象或者聚焦对象，而是当代中国发展、转折和困境的重要组成部分。从社会学的角度来看，乡村不是一个单独的问题，不解决农村的问题，就无法应对今天中国面临的经济困难，城乡差距继续扩

① 刘绍华：《我的凉山兄弟：毒品、艾滋与流动青年》，中央编译出版社2015年版。

大，陷入拉美化的处境。另一个极端是全部城市化，鼓励农民工以十几年的收入为代价进城买房，拉动经济增长，这势必造成乡村世界的荒芜，除此之外，一个农村人城市化单从费用的角度讲就代价极大，无论对农民、农村、城市，还是对国家来说都是沉重的负担。许多社会学研究都在指出农村有巨大的市场和消费能力，如果不解决农村的未来规划问题，给予他们一个未来，这个市场消费能力就不会存在。村庄作为一个具体的叙事对象，以其细节、真实不断回到具体化的语境中，而作为抽象的“中国”是悬空了的，越具体越无法想象一个有效的共同体，并且在其运转机制中看到这个村庄的价值。

村庄里的中国，不能被叙述成一个封闭空间里的文学意象，也不是一个和城市无关的话题，而是一个事关当代中国进程的话题。另外，作为自然主义的乡村无论是作为文学形象，还是乡村现实，都是人类天性中永恒追随的部分。虽然乡村自己也面临环境破坏，但是与大地的接近、与自然的亲近是人类永远的怀乡病。构建开明、敦厚、合理的社会和人生，乡村是其重要的一部分。“叙述之虚假性的一个主要部分似乎在于，它假定生活是容易理解的因而是能够控制的，叙述的本质是解释，它会情不自禁地告诉人们事情是怎样的，它们为什么会这样。”[1]村庄里的中国一旦进入叙述的领域，无论是用什么方式，很难避免制造新的遮蔽，但非虚构的确不仅提供了有关村庄里中国的一种描述，还提供了一个重新审视当代乡土文学的角度。

《南方文坛》，2016年第4期

① [美]莱昂内尔·特里林，刘佳林译，《诚与真》，江苏教育出版社2006年版，第134页。

梁庄与中国：无法终结的记忆

——评梁鸿的长篇非虚构文学《出梁庄记》

房　伟

一

“我终将离梁庄而去。”读完了梁鸿教授的长篇非虚构文学《出梁庄记》，不禁长舒了一口气。以河南小乡村梁庄为坐标，梁鸿经过艰苦跋涉，以大量鲜活生动的口述实录与田野调查，厚重大气的学术思考和无所畏惧的心灵，完成了一次具史诗气质的非虚构现实冲击波。这本书是《中国在梁庄》的姊妹篇，它考察了梁庄与现代中国的“深度相遇”，以北京、西安、青岛、郑州等不同地域大城市的梁庄打工者为蓝本，为我们展现了当代打工者在中国几十年现代转型中的梦想与耻辱、绝望与抗争、尊严与等待，也写出了他们一次次“以头叩石”般血淋淋的现代自我认同。梁鸿在梁庄血脉上延伸，仿佛顽强的枝丫和根须，她的目光穿越了中国，在时间和空间上延伸出一种“阔大”的力。也许，梁庄对梁鸿而言，不仅是学者梁鸿试图透视中国现代转型的着眼点，也不仅是作家梁鸿展现艺术才华的试验田，它更是“梁庄的梁鸿”对回忆和现实的一次血肉纠缠的“追认”，一次自我驳诘的“精神拷问”。它的每个字都有金石撞击的硬气，展现着血与泪的超密度。它黑暗沉重，严酷暴烈，那一场场生存的真实悲剧，闻所未闻，见所未见，压得你喘不过气来；它峻急锋利，荒诞却严肃，将打工农民和他的后代们，在现代中国的种种境遇，勇敢地加以剖析，无畏地加以嘲讽；它又温暖细致，用情至深，动容处令你不能掩卷，不能自已。它不同于一般夸饰猎奇的报告文学，也傲视于浅薄无聊的文学臆想。它不仅有批判和同情，思索和研究，更有深深的自省、彷徨和虚无。这正是此书最打动我的地方。

该书没有回避农民打工者的“伤”和“罪”。那些残酷的原始积累，传统伦理在金钱面前的崩溃，大规模的黑心制假，坑骗乡亲的传销梦，都是打工者在城市的精神畸变。然而，书中更写出了农民工们的尊严和梦想。他们坚守城市，虽然他们的心还在梁庄，但他们希望通过努力，不仅过上物质丰裕的生活，且从精神上成为真正“现代的人”。这里有为汶川地震捐款，带车奔驰几千里，热心公益的打工者“万敏”；有北京河南村坚持讨个说法的“王福”；也有心思灵活，不甘平庸，在北京开保安公司的老板“建升”。当然，这里也有千万富翁秀中，对河南农民工身份的愤慨和反思，有新生代农民工梁欢的奋斗，有向学和银花的打工速配婚姻，有通过占卜算命，给打工者以简单心灵慰藉的贤义。他们的梦想，无论微小还是宏大，都值得关注；他们的尊严，无论卑微还是固执，都不能忽视。

然而，该书最惊心动魄之处，还在于真实展示了打工农民的严酷生存现实。我们看到电镀厂韩国老板的黑心情妇，不让工人喝水，不给防毒设备；我们看到富士康等血泪工厂如何将人变成机器；我们看到被撞伤的工人如何哭号无门；我们看到小女孩“黑女儿”如何被侮辱和强暴；我们看到积劳成疾的农民工在家中等死。我们更看到新时代“骆驼祥子”们的灰色人生。无论是万国还是万立，这些来自梁庄的三轮车夫，他们在西安城咬紧牙关，忍受城管和市容们的欺诈，忍受所谓“中间说和人”的盘剥，忍受城里人的白眼，忍受同行们的排挤，也忍受着疾病、劳累和绝望。当无法忍受，他们就用最极端的暴力方式，表达抗议。他们上访、打群架，为一块钱和别人打生打死。梁鸿饱含悲悯地分析这些“打工暴民”的成因，即当侮辱和被损害成为生活常态，“羞耻”就成为弱势打工群体唯一被公众接受和重视的方式。他们以惨烈的符号形象，以号啕、粗鄙、乞怜、破败的印象进入公众视野，才能赢来迟到的公平："他们做假、偷窃、吵架，他们肮脏、贫穷、无赖，他们做最没有尊严的事情，他们愿意出卖身体，只要能得到一些钱。他们顶着这一'羞耻'的名头走出去，因为只有借助于这羞耻，他们才能够存在。直到有一天，这个年轻人，他像他的父辈一样，拼命抱着那即将被交警拖走的三轮车，不顾一切地哭、骂、哀求，或者向着围观的人群如祥林嫂般倾诉。那时，他的人生一课基本完成。他克服了他的羞耻，而成为了'羞耻'本身。他靠这'羞耻'存活。"这种带福柯意味的权力分析中，梁鸿不仅看到了城市对农民工群体的身体损伤，更尖锐地揭示了城市对他们自尊的篡改、剥夺和惩罚。书中最令人心碎的，则是一系列"不可避免"或"可以避免"的死亡。这些辗转在红尘中的卑微生命，可以过劳死、病死、猝死、被车撞死、被打死、失足淹死、自杀、被恶劣的工厂环境毒死，无处不能死，不可死，唯有"活着"最艰难。

全书以"军哥之死"开篇，而以"小柱之死"和梁庄最权威的长者"老党委之死"做结。军哥死后，仅因为补偿款，就被亲生哥哥拒认尸体，而光河惨遭车祸，一子一女死后，他在那座用赔偿款建起的房子里等待着死亡降临："他每天躺在儿子和女儿的心脏里，悲伤地怀念他们。"死后被千里运尸回家乡的“金”，那“甜腥的尸体气味”，读来真实地令人惊悚。而作者的儿时玩伴，小柱的死亡，则是全书浓墨重彩的一笔，梁鸿深情地写道：“小柱的打工史也是他的受伤史。从十六岁在煤厂干活起，到铁厂、刨光厂、乙炔厂、家具厂，再到电镀厂，最后到他倒下的那一天，整整十二年，他一直在污浊的工作环境中辗转。他头顶的天空没有晴朗过。”这些文字，不是浸泡在象牙塔里的美丽标本，而是活的文字，有血肉，有情感，有态度，有粗粝的真实，有复杂的世态人情，仿佛扑面而来的寒风，令人不舒适，但令人警醒。

二

可以说，《中国在梁庄》之后，梁鸿已进入了一种“激情燃烧”的生命状态，那就是将学术思想与文学性创造融为一体，创造出独特的中国非虚构写作品格。这也表现在其日渐成熟的非虚构的方法论和叙事策略。梁鸿的学术研究，以“乡土中国经验”见长，在论文《回到语文学：文学批评的人文主义态度》中，梁鸿表明了自己的学术理想，那就是做“活的学问”，而不是“死的学问”，拒绝成为一个困守书斋的学者，勇敢地走向广阔复杂的天地，用带着“温度”的文字去解读、剖析、批判当代中国现代化转型中的“乡土经验”。而这种学术方法论，梁鸿将之称为“乡愁”：“把‘乡愁’作为方法，意味着以此出发，把自己置身于民族生活之流中，去感受民族生活的种种。对于文学批评者来说，则是要以此感受文学中所透露出的情感信息。乡愁包含着对词语的回忆，它是我们以人文主义态度进入语言之时的基本态度。”[①]可以说，梁鸿的这种学术态度，是和1990年代以来强调“岗位意识”的保守主义学风背道而驰的，颇有几分新时期启蒙知识分子的道义担当。而在她研究河南文化群落的系列学术论文中，我们看到的是一种新社会文化史观对现代文学研究的拓展，是“文化研究、物质形态考察、知识生产的综合立体的研究”。[②]

梁鸿的非虚构文学创作，其实延续了她的学术理想。与卡波特的《冷血》、梅勒的《夜幕下的大军》等西方非虚构文学相比，梁鸿的《出梁庄记》的主题却似有几分“复古”，即文字背后的理性坚守和知识分子启蒙理想。在西方的非虚构文学中，我们更多体验到的是一种“新闻主义”的影响，冷静客观的态度，对事物细节的迷恋，及其背后浓浓的虚无主义。关键

① 梁鸿：《回到语文学：文学批评的人文主义态度》，《南方文坛》2011年第5期。

② 刘绪才：《新社会文化史与现代中国文学史研究范式转向》，《山东师范大学学报》2012年第4期。

原因在于，西方的非虚构文学诞生在后现代社会氛围之下，着重的是反映晚期资本主义社会中严重的社会虚无病，而梁鸿的非虚构文学，无论如何都无法摆脱一个大的历史背景，那就是中国巨大的现代转型的特殊经验。从一个落后的农业大国，变成一个现代工业大国，其间巨大的资本积累和社会阶层变动，需要现代伦理的支撑，需要公平正义，也需要人性和人道主义的力量。从这个意义上说，中国的非虚构文学，其内涵和表现形式，远远超出了西方的同类文学形式的限定。可以说，“梁鸿式”的非虚构文学，正是在某种程度上，完成中国当代文学某些被“忽视”和“压抑”的任务。

具体到《出梁庄记》的文本，我们发现，它的文学性比《中国在梁庄》大大加强了，有非常鲜明独特的叙事文体和叙事结构特征。如果说，《中国在梁庄》的“非虚构性”，在于“不是外来的闯入者，而是村庄的晚辈、亲人，这样的视角和身份使‘我’注定不会被村庄人拒斥，个人经验与‘在场感’为梁庄故事的可信性打下了坚实的基础”[①]，那么，《出梁庄记》的“非虚构”叙事特征，显然要更丰富多姿。梁鸿将小说的文学性，

① 张莉：《非虚构女性写作：一种新的女性叙事范式的生成》，《南方文坛》2012年第5期。

与纪实作品的真实性，学术研究的深度，通过“非虚构”策略，进行了很好的融合。《出梁庄记》的“非虚构性”，表现在对现实的忠实描述、分析，以及有学术味道的真人真事的口述实录，细致的田野调查和实地采访；而其“文学性”，则表现在灵活的多叙事视角运用，亲历者饱含情感的主体反思，以及对故事性、细节性、人物特质的文学把握。整个作品的叙事时空视野非常开阔，囊括了北京、青岛、西安、内蒙古、郑州等不同时空，而整体叙事结构则巧妙地呈现出闭合的圆形，从第一章“梁庄依旧”到最后一章“过不去的春节”，是一个“梁庄—中国—梁庄”的结构，既在结构上呼应了作家从梁庄看乡土中国现代转型的主题，也呈现出了地方性与全局性，个体生命体验与整体观照的有机结合。

口述实录和田野调查的恰当运用，让梁鸿理性分析的哲学思辨能力，广阔的学术视野，和那些鲜活沸腾的真实紧密结合在一起。这是《出梁庄记》的一大特色。口述实录提供了鲜活真实、未经包装和规训的打工经验，而采访笔记则以亲历者第一人称，提供超越其上的学术性和情感性的主观分析判断。作者视角对受访者故事的介入越来越隐蔽，议论与叙事的结合也更圆熟，能在突出学术高度的同时，力图“贴着人物的心”去写——既能对人物所处的文化语境进行“乡愁般”的考察，又能在含蓄内敛的克制中表现巨大的情感张力。那些生动的口述实录，又是一部活生生的“乡村词典”。从大庙小庙的丧葬习俗，到“没材料”“生红砖”“赚脓了”这类乡村土语，这里浓缩着中国农民几十年从乡村到城市的生存经验。例如，第一章中二哥的一段口述，鲜活地为我们展现了他对打工的心灵体验：“1991年、1992年的时候在河北、安阳都干过，咱没技术，年龄也大，只能出苦力，挣不来啥钱。小柱（大哥二哥的小弟）、咱们韩家几个人在河北邢台铁厂那儿干活，我就去了。是翻砂，环境差哩很。一堆堆铁在地上烧，铁末子乱飞，我们用铁锨扒拉，又烤又烧，每个人都像鬼娃儿一样，嗓子成天像被烤煳了一样，受罪得很。我忘了我是干一个月，还是不到，反正没拿到钱。我给小柱说，走，咱必须得走，这活儿干不成，到最后非死人不行。厂里坏得很，去之前还得先押两百块钱，工资也是好几个月结一次，就是防止你提前跑。最后，我和小柱走了，押那个钱也不要了。”[①]更令我惊讶的，是梁鸿能以多重目光，把握这些纪实材料的内在理论敏感点和学术深度。人性，历史，社会，都能在那些鲜活的细节中得以再现，并被提升出抽象思考。无论是那些包罗万象、囊括生动世态、

① 梁鸿：《出梁庄记》，花城出版社2013年版，第24页。

五行八作的梁庄人物口述，还是作家独特细致的田野调查，它们活泼生动，又符合人物个性特征。这些文字也避免了一般性报告文学的粗陋简单，干瘪呆板，充满着开阔的学术思考。那些描述中，我看到了作家挖掘材料的历史感洞察力和对社会微观格局的判断力，也看到了细致冷静但纤毫毕见的观察力和对事实真相不遗余力的探寻。例如，对西安的梁庄打工者与城市的关系，打工者和当地居民的冲突，协警和城管对打工者的欺辱，梁鸿在对大量材料的使用中，没有从简单的城乡对立去考虑问题，而是一针见血地指出城市现代化的“宏大叙事”背后的非人道和非理性的逻辑：“‘城市，让生活更美好’，这一城市是奥斯曼式的，直线的、大道的、广场和主旋律的。它忽略了活生生的社会现状，忽略了那些随机的，还没能达到‘现代的’和‘文明的’存在和生活。现代城市每推进一步，那些混沌的、卑微的而又充满温度的生命和生活就不得不退后一步，甚至无数步。”①

《出梁庄记》有很多地方，也出色地运用了小说笔法，比如，对梁庄地理面貌的描写，从公路、石灰砖厂到庄稼、南水北调工程，徐徐道来，很有写实小说环境描写的细致与节奏

① 梁鸿：《出梁庄记》，花城出版社 2013 年版，第 57 页。

感。又比如，第二章中对二哥出场的描述："二哥从车上下来，紫糖色的大脸，肚子挺得很高，腰带在肚子下面虚挂着，裤子几乎要坠下去。二哥胖多了，少说也有一百七八十斤，倒是那两颗几乎突出到嘴唇外的大门牙不那么突了。……看见我们，二哥大声嚷着：'日他妈，变化太大了。前些年在这儿还拉过三轮，这几年都没来了，到哪儿都不认识了，路硬是说不清。'然后，上前一把抱住父亲，'二大，你可来了，说多少次叫你来你不来'。"[①]这一段近乎白描的、粗鄙真实的语言，与"大肚子""大门牙"的外貌细节，一下子将一个在西安城生活多年，久历风霜人世，却乡情未改的中年打工汉子的形象树立在我们面前。又比如，梁鸿对城市算命先生贤义的描写，也颇见细节把握的功力："毛泽东像的四周散发着金色的光芒，头顶上写着三个大字，'红太阳'，脸也是金色的，整幅图金光闪闪的。毛泽东像两边分别是三幅像屏风一样长的条幅，黑细框淡蓝边白纸黑字，写着自我勉励的话和佛教偈语，六幅满满的，多种话语混合在一起。正墙下面的长柜子上，毛泽东像的正下方，并列摆放着几个塑像：黑红脸的祖师爷，拿柳枝净瓶的菩萨，圆脸团笑的财神爷，红脸长须的关云长。前面是一个香炉，香炉

① 梁鸿：《出梁庄记》，花城出版社2013年版，第18—19页。

里的香还在袅袅生烟，香炉脚下散放着一些五十、二十、一百的人民币。”梁鸿敏锐地在这个算命先生的私人空间，发现了中国现代性的“混搭杂糅”风格的细节指向性。儒、道、释，连同毛泽东，都成了在欲望城市苦苦挣扎的打工者内心渴望被拯救的“宏大符号”。这种对细节的捕捉力和细致的描摹，体现了梁鸿很好的文学修养。而那些对打工者“苦难”的描述，如“打工者金的非正常死亡”“孤独的小保义”“小柱之死”等，克制、简约、准确，又悲悯、深情，读来令人震撼。比如，第一章中，农民光河的孩子死于车祸，他在绝望中绝食而死：“他拒绝进食，每天斜躺在床上，眼睛直直地盯着门口，仿佛在期盼着什么，又仿佛什么也没看，眼神空茫，没有焦点。他不吃不喝，也不说话，一直这样一个姿势，直到虚弱得不能动弹。光河的老婆花婶把一个吸管插到光河的鼻孔里，每天用针管往里面注入流食。只有此时，光河才把头转过来，绝望地看着花婶，他拒绝吞咽，可是，吸管直接进入他的胃里，他无力抗拒。梁庄人都说，他是在等着他惨遭车祸死去的那一儿一女来接他。据说最后半个月，他忽然又想活了，拼命地吃东西，每天乞求花婶给他弄东西吃。他吃完就吐，吐完再吃，吃完又吐，最后，还是死了。2010年11月21日，光河去世。享年48

岁。”[1]读完怎不令人潸然泪下！

《出梁庄记》的叙事视角也很有特色。梁鸿擅长用第一人称亲历者叙事视角，与外视点的第三人称视角。亲历者的视角，形成了内在的反省，而外视点的第三人称叙事，则力争客观叙述事实。同时，整部作品中还有着由于“口述实录”带来的“第三人称限制性视角”，这三种视角的运用，形成了有效的文本“互文性”，发展了非虚构文学的艺术表现力。“口述实录”的限制性视角，最大限度地还原梁庄打工者的真实语境。外视角的第三人称，则严谨细致，力求客观，如作品开篇即对采访口述的人物进行资料列表，保证了“非虚构文学”的最大特征——真实性。同时，作者视角通过采访者的形式对叙事进行介入，而不是简单的夹叙夹议的手法，便使得叙事的视角更丰富，对人和事的观察也更全面准确。采访者不仅参与到故事叙事中，评价打工者的故事，而且，采访者强烈的“自省性文字”的存在，也强化了启蒙特质。梁鸿不是“远距离”地观察那些梁庄打工者，而是真实地走入他们的生活，感受他们的喜怒哀乐，承受恶劣的环境压力，也与他们的环境产生激烈的“碰撞”。更令人感动的，或者说，也是该书的深刻之处在于，

① 梁鸿：《出梁庄记》，花城出版社 2013 年版，第 4—5 页。

梁鸿总是忠实地记录了“身在其中”而引发的对“知识者自我”的否定和反思，不仅反思知识者面对民众困苦时的软弱与退缩、虚荣与麻木，也反思知识者的使命与启蒙理想，以及理想与现实发生巨大冲突时内心的紧张与绝望。这种反思“异乎寻常”的坦诚真实，这也是梁鸿延续自《中国在梁庄》的非虚构文学的叙事特点。比如，在对西安的二哥一家的采访中，梁鸿不吝于展现自己在恶劣环境面前的应付心理：“二嫂总是笑吟吟的，看我疲惫的样子，劝我说，有啥看的，别去了，不就是那几个人，见天干一样的活儿。我不敢承认自己内心的念头：我其实已经在盘算着什么时候走了，过敏只是给自己的一个借口。”当采访被强暴的小女孩黑女儿的时候，梁鸿写道：“九岁的小女孩儿始终以缓慢、平板和迟钝的声音回答，这迟钝在小小的房间里回响，像钝刀在人的肉体上来回割，让人浑身哆嗦。愤怒逐渐滋生、涨大，充斥着胸膛和整个房屋。我听到自己的心脏在‘通通’地跳，感觉到眼泪流到嘴角的咸味。”[①]梁鸿写出了知识分子的愤怒和忧伤。而在作品结尾，梁鸿更是写出了绝望和无奈，没有任何拯救的豪言壮语，却裸露出真诚泣血的灵魂和深刻的自省：“我无法忘掉奶奶朝我看时的神情和小

① 梁鸿：《出梁庄记》，花城出版社 2013 年版，第 300 页。

黑女儿的迟钝与天真。我知道，和大家一样，我是把那祖孙俩抛弃了的。我努力了一下，没有办法，也就算了。不久之后，我们会把她们忘记。面对奶奶滔滔的泪水和期待的眼神，我甚至有些烦躁。我想逃跑。不只是无力感所致，也有对这种生活本身和所看到的镜像的厌倦。我不知道该怎么办，不知道该作哪一种选择，不知道那正在赶着回家过年的妈妈会如何面对她被伤害的女儿。我只想离开。”①

三

其实，梁鸿对梁庄打工者城市体验的关注，其思考点还在于“传统”如何与“现代”更好地对接。打工者和城市的博弈背后，不仅是公平和正义的问题，且是一个现代伦理建构问题。这是所有国家进入现代都会面对的问题，更是非常“中国化”的问题。是要庄严宏大、雄伟恢宏的现代，还是人性化，保证个体尊严和生存权利的现代？这两种现代想象一直没有停止过争论，这也许正是现代性的基本矛盾，是启蒙与民族国家意识在现代性交会点上所产生的内在悖论。现代性作为“世界

① 梁鸿：《出梁庄记》，花城出版社 2013 年版，第 305 页。

精神”（黑格尔语），无论线性的乐观进步，还是波德莱尔式的瞬间永恒之美，人的主体解放程度的加深，同时伴随着“人奴役自身”的程度在加深。人受制于自身想象之物的奴役，无论金钱、欲望，还是所谓“伟大的现代”。而在一个有几千年辉煌帝国传统的国度，我们更易为那些伟大恢宏图景的现代所鼓励、蛊惑，而忽视那些生命个体。为了城市的繁荣，为了现代图景，一切“粗鄙丑陋”皆在可消灭的范畴。

而他们恰恰忘了，现代首先是“人”的现代，是个体生命和尊严受保障的现代。而在中国目前后现代与前现代、现代并置的文化时空，我们沉溺于后现代的快感幻觉，现代的庄严恢宏，前现代的历史自豪感，而更易忽视三者并置杂糅的荒诞，及其间所隐藏的，对个体生命的遮蔽。我们时刻被资讯淹没着，覆盖着，然而，我们却忽视了更多无法言说的“沉默大多数”。

常有人抱怨现在的学者，特别是文科学者，说他们是象牙塔里皓首穷经的酸儒，也常有人哀叹着“文学之死”，因为文学不能再为心灵提供新鲜经验，丰富的想象和对世界的整体认知。然而，梁鸿用《出梁庄记》和《中国在梁庄》，再次验证了“中国经验”作为人类历史上规模空前的现代转型的重要性，也召唤着中国知识分子独有的担当。正如有的学者所说，这种独特的中国现代性经验的描述，既有“观念上的强烈刺激”，又有“思想上的自我批判”和“知识上的内在反弹”等多种向度，最终会形成独立于西方之外的有价值的文化核心。[1]“乡村无罪”，也许，中国现代化的道路，如何寻找一条容纳乡土传统，而不是消灭乡土的中国现代化之路，正是梁鸿苦苦追寻的答案。梁鸿以非凡的勇气和责任感，开阔的视野和敏锐分析能力，强大的人道主义力量，为我们奉献出了梁庄系列非虚构作品——由此，梁鸿和梁庄，应该被21世纪的中国文学史记住。

《文艺争鸣》，2013年第7期

① 聂茂：《走向世界的中国新时期文学》，《山东师范大学学报》2012年第6期。

“现实”作为种子

——梁鸿《四象》及其他

行　超

走进梁鸿的文学世界，看起来并不是一件非常困难的事，你很容易就能找到那把打开大门的钥匙——她的故乡、她的梁庄。从非虚构《中国在梁庄》到最新的长篇小说《四象》，梁鸿的笔触不曾离开中原大地上那个平凡的小村庄，生活在这里的人们以及他们各自的命运，在梁鸿笔下以不同的形态反复出现。

毫无疑问，梁鸿的注目与关怀在广大的乡土中国，可是，当我们试图以乡土文学的一系列话语裁定她的作品时却发现，以往的经验正显示出严重的匮乏。她是怀乡者吗？她是抒情者吗？她是逃离者吗？她是批判者吗？她曾试图启蒙与救赎这里吗？好像都是，又好像都不是。她是无法被完整归类的——有时候，她依恋故乡的踏实与安稳，怀念一去不返的童年与玩伴；更多的时候，如同所有从乡村走向城市的人一样，她努力挣脱、逃离这一切。这种逃离的冲动几乎被她视为对故乡的“背叛”，让她时时感到羞愧。也是因为这种“背叛”，如今她再也无法真正归乡，永远被区隔在梁庄那“深厚的城堡”之外。身份的特殊性与情感的复杂性，同时成为了梁鸿写作的最大动力与所她承受的最大艰难，也催促着她不断地书写，不断地诉说，不断地重新面对故乡、面对故人，她的作品也因之充满了疼痛与撕裂之感。

一

从以鲁迅等为代表的五四乡土文学开始，对于故乡与乡土世界的反叛与眷恋，常常一体两面般地出现在作家笔下。20世纪初期以来，在西方现代文明的洗礼之下，中国农村凋敝破败的现状以及农民思想的愚昧落后、乡土社会伦理崩坏等问题逐渐暴露在作家眼前。与此同时，这些作家大多出身农村而生活在城市，作为现代都市的异乡人，他们对故乡的简单、安稳，以及一切与现代性相对抗的事物充满着怀念。如何重返故乡，如何真正认识孕育与塑造了自己的乡土社会，很大程度上是作家发现并最终成为自己的重要环节。

梁鸿深谙这一点。此前，她是学者、批评家，在文学研究的学术领域颇有建树，但与此同时，她更是一位热切关注着农村与现实问题的知识分子。作为梁庄的女儿，重返梁庄是梁鸿由学者成为作家的开端，更是她重新认识自己的起点。如同她所说，“在很长一段时间内，我对自己的工作充满了怀疑，我怀疑这种虚构的生活，与现实、与大地、与心灵没有任何关系。我甚至充满了羞耻之心，每天在讲台上高谈阔论，夜以继日地写着言不及义的文章，一切似乎都没有意义。在思维深处，总有个声音在不断地提醒我自己：这不是真正的生活，不是那种能够体现人的本质意义的生活，这一生活与我的心灵、与我深爱的故乡、与最广阔的现实越来越远”。[①]象牙塔的高蹈与虚无、断裂的现实生活经验让她感到不安，重回故乡，是此刻梁鸿重启真正的生活，重新找回本质意义人生的必然尝试。这个时候，非虚构成为了她走进并书写现实大地的那道“窄门”。

做一份乡土中国的田野报告，或是写一部有关乡土中国的散文、小说，在今天似乎都不鲜见。梁鸿的特殊之处在于，当她以田野报告的客观与严谨要求自己时，她内心对故乡的深厚感情无处安放；而当她用文学的笔调书写故乡时，那种抒情的

① 梁鸿：《从梁庄出发》，《中国在梁庄·前言》，江苏人民出版社2010年版，第1页。

美学又不免显得虚浮轻飘。面对这两条路，梁鸿难以做出选择，或者说，梁鸿同时选择了这两者。这一选择让《中国在梁庄》《出梁庄记》成为了在文学与社会学领域中都颇显特殊的文本，更注定了她的写作必然面临巨大的情感困境。

两部非虚构作品中，一直存在着一个叙述者的声音，尽管梁鸿对此早有警惕，但仍有不少人批评其中透露的启蒙主义、精英主义的视角与姿态。事实上，梁鸿应该比任何人都排斥这种写作姿态，当她的儿子第一次来到尘土飞扬的乡村而无处下脚时，当她呵斥儿子不能跟梁庄孩子一起在脏污的水潭边玩耍时，当她发现外出打工者生存的狡黠甚至是不义、不堪时，梁鸿第一时间看到了那横亘在自己与乡亲、与梁庄之间的巨大鸿沟，那已经内化进自己生命的深刻的变化。如她所说，“我是谁？‘我’是我们这个时代的每一个人。逃离、界定、视而不见、廉价的乡愁、沾沾自喜的回归、得意扬扬的时尚、大而无当的时代，等等，我们每个人都是这样风景的塑造者”。[①]对于自我身份以及由此而来的立场、态度的反思，使梁鸿的叙述区别于简单的启蒙主义、精英主义，它所显示的是面对故乡与故人时的情感悖论，也是非虚构写作的根本悖论。

---

① 梁鸿：《艰难的“重返”》，《法制资讯》2014 年第 4 期。

在《出梁庄记》中，梁鸿的足迹遍布中国的大江南北，西安、内蒙古、郑州、青岛、广东……她试图走近那些从梁庄出来、四处打工求生存的乡亲。梁鸿深知，同为梁庄人的自己，若非足够的努力与足够的幸运，如今她所面对的多半也是眼前梁庄人共同的命运。然而，多年的城市生活已经确凿地将这个梁庄女儿塑造成了洁净、精致的中产阶级知识分子，身体的、生理的反应时刻在出卖着她。在西安的出租屋里，面对二哥二嫂的日常生活环境，她感到强烈不适："水池是脏的白色，上面横着一个湿漉漉的黑色木板。走进去一看，一切都是黑的、暗的。厕所没有窗户和抽风机，灯泡是坏的，屋里昏暗不明。……水池的木板上，放着那几个颜色鲜艳的塑料盆，盆子里放着新鲜的豆角、芹菜、青菜、木耳等，这是一会儿我们要吃的菜。"[①]这段文字如果出自一个外来者的观察，或许可以是客观冷静的"零度叙事"。而梁鸿不同，无论如何，她都是梁庄的一员，即便已经走出梁庄，如今梁庄人的生活仍旧在精神上、在血脉中与她息息相关，"饭桌上，我竭力避免对我们吃的菜展开联想。我吃得很起劲，以一种强迫的决心往下吞咽。为了向自己证明：我并不在意这些。粗粝的事物横亘在喉咙，我

① 梁鸿：《出梁庄记》，花城出版社2013年版，第35页。

的眼泪被憋了出来”。[1]正如亚当·斯密在《道德情操论》中提出的，“我们对他人悲惨的感同身受”源于“拿自身优越的位置和受苦受难者做交换”。[2]梁鸿的眼泪中包含着极为复杂的情感：对梁庄亲人们的生存环境感到悲伤与同情，对自己侥幸逃离了这种生活的庆幸，或是对此刻自己居高临下地拒绝这种生活的愧疚……在这个时刻，作家不过是一个离乡已久的游子，不论内心多么希望找回记忆中的故乡、试图融入故乡亲人们的世界，而坚固的现实、沉重的肉身却警钟长鸣般地告诉她，故乡回不去了。

对于梁鸿而言，书写她的梁庄，不仅是为了让以梁庄人为代表的“沉默的大多数”得以发声，事实上，它对于写作者自身的意义更为重要，她希望经由行走与写作来厘清自己，找到那个“此心安处是吾乡”之所在，更需要找回虚空的精神世界与踏实的现实、大地之间的联系，以获得重新生活的勇气。在这场“艰难的重返”之旅中，相比所目睹的乡土社会的种种问题，与故乡、故人之间坚固的隔阂、陌生让梁鸿感到痛心，而那深藏在骨子里的情感困局更让她无力拆解。面对故乡时的种种复

① 梁鸿：《出梁庄记》，花城出版社 2013 年版，第 36 页。

② [英]亚当·斯密著，蒋自强等译《论同情》，《道德情操论》，商务印书馆 2003 年版。

杂情绪，在梁鸿这里，最终落实为如何面对自己的问题，这种撕裂的、痛苦的，又充分清醒自觉的状态，源于作者与现实之间的紧张关系，或许也正是学者梁鸿与作家梁鸿、理性的梁鸿与感性的梁鸿相互角力的结果，它就此成为了梁鸿作品的情感底色，与之相伴的是其作品贯穿始终的自省意识与思辨色彩。

二

这种撕裂的痛感与紧张感，在非虚构《中国在梁庄》《出梁庄记》中，是既置身事外又身在其中的作者的反复剖白与自我反省；在《神圣家族》中，是轻盈而荒诞的故事外壳之下所包裹的忧伤；在《梁光正的光》中，则表现为“我”对父亲的复杂情感，以及由情感困境转化而来的道德困境。到了小说《四象》，梁鸿创造了四个声音，其中三者来自亡灵，另一个是传说中的通灵者，现实中的精神分裂者。这四个声音当是作者心中的四种力量，更是她看取现实与历史、肉身与虚无的四种面向。小说选取春夏秋冬作为四个章节，每个章节中又有四个叙事者的声音，以此勾勒出四个人生、四段历史。

如同生活中所有郁郁不得志的人一样，小说《四象》中的四个主要人物，他们生前或是不受待见，或是被人误解、遭人陷害，死后坟头上草木茂盛，却没有一只羊愿意过来。在小说中，梁鸿让他们泉下有知，让他们重塑自己的人生，尽情倾诉其中的哀怨、愤怒或者不甘，甚至拥有了改变个人所处的具体现实的机会。韩立挺与韩立阁这一对堂兄弟，他们的祖先在吴镇发家，爷爷是当时“吴镇唯一喝过洋墨水的人”，临终前曾嘱咐兄弟俩:“我过身后，教堂给立挺，老院子给你（立阁），立挺你守住教堂，守住天，立阁你守住咱们大院，就是守住地，天和地都守住了，咱家就既保现世平安，又保来世通达。”[①]韩立挺承继着“天”的使命，成为受人尊敬的牧师，在他漫长的人生中，一直希望通过传递信仰、劝人向善而改变人的精神世界；韩立阁主“地”，他少年离家，四处学习新知识、新文化，后来回乡组织自治，用尽自己毕生所学努力改革现实、推动社会进步。韩立挺的“天”与韩立阁的“地”，代表了出世与入世、受难与反抗、修来世与博今生这两种基本的人生态度，但是，在一些特殊的时刻，韩立挺的“信仰”成为了他软弱怯懦、逃避现实的一个借口；而所谓的“变革现实”在韩立阁这里，则很有可能转化为暴力与杀戮的源头。

与韩家兄弟俩，以及以此为代表的两种基本人生观不同，

---

① 梁鸿：《四象》，花城出版社 2020 年版，第 69—70 页。

小说中的灵子更接近人的原初生命，她天真无邪，未及经受尘世的浸染就离开了世界。她所关心的是小龙葵、拉拉藤、八仙草、小苍耳、蚂蚁草……在那个小小的王国中，灵子可以与一切生灵对话，一起感受春去秋来、草木荣枯，一起接受大自然的恩赐。灵子的简单与快乐消解了她生命中的仇恨与灾难，虽然生前被爹娘说是“扫帚星”，但她没有丝毫怨恨，死后最大的心愿仍旧是再看一眼父母和哥哥。不管是对待立挺爷爷、立阁爷爷，还是她的孝先哥哥，灵子的一片赤诚让她几乎看不到人间的恶与恨，在那个清澈的王国中，她只渴望温暖、渴望拥抱，渴望她短暂人生中不曾拥有过的爱。

在这三种力量统摄之下，韩孝先出现了。这个曾经的重点大学IT专业的高材生，一度被视作家乡的骄傲。大学毕业后，韩孝先接连遭遇感情、事业等的多重挫折，最终精神分裂。他跑到坟园里住了三天三夜，所有人都以为他疯了，谁知他竟因此通了灵，转眼成了受人追逐的“上师”。在小说中，韩孝先出场时是牧羊人的形象——在基督教的信仰中，牧羊人带有救世主的意味，长老韩立挺将韩孝先的出现视为“主在考验我”，也将自己生命中未竟的使命赋予了韩孝先。韩立阁笃信因果报应，他生前被人构陷，连同母亲妻子一起被乡民所害。眼前这个备受乡民敬仰的“孝先上师”，对他来说正是实现复仇的大好机会。而灵子，她唯一的心愿就是她的孝先哥哥能够保持本心，希望他始终都能安心、放松，有人可以拥抱。在这三个声音的撕扯过程中，韩孝先未曾完全建立的个体信仰不断遭受冲击，他到底应该相信谁、应该以怎样的态度去生活？事实上，现实生活中屡遭背叛的韩孝先再也不会完全信任任何人，"我受不了立阁爷的说教，受不了长老爷的唠叨，还有，我不想像灵子那样永远天真"[①]，他想要的是一个完整的、全新的自己，他要成为自己的国王。或许正是从这个时候开始，现实世界中的韩孝先正在逐渐失却与他与魂灵、与地下世界的联系，小说的第三章"秋"开始，"孝先上师"在众人的敬仰下，在满目的物质、金钱面前逐渐心生贪念。但梁鸿并没有就此将他塑造成一个满口谎言的江湖骗子，小说最后，孝先回复成了一个普通人，他既没能帮助任何人实现救世的梦想，也没有沉沦在虚华的物质旋涡中，他看尽了不义的人、不义的村庄，最终悟得"我是他们可见的希望。我的存在本身就是错误。我让人们更加贪婪，贪婪于金钱，贪婪于相爱，最后，甚至要超越生死，超越世间最后的界限"[②]，这与韩孝先内心对世界与存在的

① 梁鸿：《四象》，花城出版社 2020 年版，第 148 页。

② 梁鸿：《四象》，花城出版社 2020 年版，第 234 页。

认识——“因人在而显世界，因世界而彰显上帝”——是一致的。此时的韩孝先历经种种声音的诱惑与考验，又重新找回了自己。他将本属于立阁、立挺和灵子的地下世界还给他们，又放逐自己回到人间，回归凡俗肉身，“我不再是一个无所不知的大师，不再是一个可以同时感受无数人的生活和命运的通灵者，我只是患精神分裂症的病人韩孝先”[①]。尘归尘土归土之后，韩孝先成了聋哑人，一切劝导、诘难、奉承，他再也无须倾听，也再不必替任何人发声，一片寂静的世界中，韩孝先最终收获了安宁。春夏秋冬这个轮回对他来说，好像一场意外的出走，回来之后，生活仍旧继续。

小说中的四个人物、四种声音相互驳斥，又彼此补足。某种意义上，这四个视角代表了梁鸿对于乡土世界的四种理解，也隐含着她对于生命意义的深入辨析。以韩立挺为代表的宗教信仰，或是朴素的“向善”愿望，或许确有改造人精神世界的意义，却也常常伴随着软弱的，甚至是消极遁世的时刻，对他们而言，雅不足以救俗，当以“力”救之。韩立阁在这个意义上成为其兄长的反面，他所主张的经世致用的人生哲学，在现实图景中更具有实践意义，但由此而来的恨与暴力却最终吞没

---

① 梁鸿：《四象》，花城出版社 2020 年版，第 237 页。

了他。灵子的纯真是所有人都珍视的，却又是转瞬即逝的人生状态，韩孝先最后最眷恋的回音，恰恰是灵子的笑声。但这种简单与快乐只可能属于灵子、属于孩童，它无法被成人世界所接纳，亦难以对抗残酷的生存法则。在小说中，韩孝先代替作者，也带领我们，经受着灵魂的质询和现实的考验，他一面在各种力量的撕扯中摧毁自己，一面在不断的对抗中发现自己，也最终回归到真实的自我。在这个层面上重新审视小说的题目："四象"，结合小说前面的引文："是故，易有太极，是生两仪，两仪生四象，四象生八卦，八卦定吉凶，吉凶生大业。"（《易传·系辞上传》），就不仅是一种结构与形式上的追求，同时暗示着多种力量、多种信仰、多种生活之间相生相克，又浑然相融的境界。由此，梁鸿也冲破了此前那种痛苦、紧张的写作状态，如她在小说后记中所说，"那些时刻，活着与死去，地上与地下，历史与现在，都连在了一起。他们仍然是我们的一部分。他们的故事还在延续，他们的声音还在某一生命内部回响"。我想，对于作家而言，这种打通恰恰也是写作中的重要时刻。

三

有一种观点由来已久，在信息化高速发展的今天更是被反复提及。那就是，文学的虚构与想象在今天已经远远落后于瞬息万变的现实，与其虚构一部小说，不如“真实”地描摹一段现实。2010年开始,《人民文学》杂志开设“非虚构”栏目，推出了《中国在梁庄》为代表的一批行走于田野，积极介入社会现实的作品。中国的非虚构文学，因为其特殊的历史与现实环境，在今天仍存在一些未能彻底厘清的问题。它的确切定义、它的内涵与外延，在文学界始终存在争议，近年来，一些出版方甚至将散文、随笔等归入“非虚构”，也足见对于这一文体认知的模糊甚至误解。与纪实文学、报告文学相比，中国的非虚构融合了社会调查和田野调查的写法；与20世纪五六十年代在美国出现的，以诺曼·梅勒《刽子手之歌》、杜鲁门·卡波特《冷血》等为代表的“非虚构小说”相比，中国的非虚构又常常缺乏小说的特质。不过，这些都未曾阻挡非虚构的蓬勃生命力，事实上，非虚构写作近年来在文学创作领域蔚为大观，一些作品也引发了社会学、人类学等的广泛关注。

但如果我们就此认为，非虚构的写作已经消解了虚构存在的意义，在分析梁鸿的写作时，又必然遭遇困境。在创作了非虚构《中国在梁庄》《出梁庄记》之后，梁鸿将写作重心基本转向了虚构领域，先后出版了小说集《神圣家族》、长篇小说《梁光正的光》《四象》。更重要的是，她的非虚构与她的虚构具有共同的精神源头，它们来自同一片土地，来自同一群人。如同梁鸿所说，“因为奉‘真实’之名，一切都变得非常艰难。‘非虚构写作’变为了一种悖论式的写作。或者，写作本身就是一种悖论。写作要面对世界，但是，我们面对世界时并非为了改变它，而只是为了叙述它。文学者对叙述世界的兴趣要远远大于面对世界的兴趣，更不用说‘行动’”。[①]小说有可能在书写现实的同时，不沦为其附庸吗？梁鸿用她的作品给出了答案，她的虚构与非虚构由此构成了互文。在她的作品中，我们不仅看到了在现实面前虚构的孱弱与非虚构的力量，同时也可以看到非虚构的局限与虚构的深远空间。

梁鸿坦言，《中国在梁庄》所做的是“一个文学者的纪实”，她的写作目的是呈现乡土社会真实的形态，让她的谈话对象发出自己的声音。在写作中，她努力克服自己“先验的意识形态”，尽可能地忠于真实性原则，让自己成为一个记录者、呈现者、展示者。《出梁庄记》中，梁鸿进一步隐去自己的声音，叙述者对采访对象以及具体事件的评价、判断，被更原生态的采访记录取代，尽管写作本身的筛选、编码难以避免，但不添加、篡改或想象额外内容，是非虚构写作的基本底线。两部作

① 梁鸿：《艰难的“重返”》，《法制资讯》2014年第4期。

品共同呈现了乡村以及乡村人的生活现状与困境，包括其中的教育缺陷、婚姻问题、基层政治、犯罪行为、信仰危机等，是关于当下乡土中国珍贵的现实读本。但是另一方面，非虚构的写作伦理对于作家梁鸿来说又成为一种束缚——那个引而不发的叙述者的声音，恰恰是作家梁鸿的声音。面对梁庄，面对故乡与过去，面对眼前的乡土世界，梁鸿还有很多话无法说出口，于是，她几乎是宿命般地转向了小说写作。也只有在小说中，梁鸿不必隐于书后，她可以让自己笔下的梁庄人“飞”起来了。

那些现实生活中擦肩而过的人，在非虚构作品中一笔带过的故事，就这样在小说的世界中获得了新的生命，繁衍出无尽的新的可能。例如,《中国在梁庄》的“‘新道德’之忧”一章，呈现了农村基督教信仰的复杂情况。明太爷的妻子灵兰是农村信众的代表，按照明太爷的说法,“你让我说你大奶奶（明太爷的老婆）信主的事，那可真是三天三夜也讲不完。我这一辈子算是叫主给坑了。真叫个家破人亡”。[①]而在另外一位信教的姊妹口中,“那明太虐待灵兰，打她，脾气来了就骂，还不叫

① 梁鸿：《中国在梁庄》，江苏人民出版社2010年版，第176页。

反驳，你说灵兰咋爱他”？[1]在县基督教协会会长看来，“信了之后，我觉得自己精神变化大，过去在社会上与人交往太过功利，心中要强；信了之后，觉得可以当一个善人，好人。从文化角度上是一种修养，从宗教上，它也有利于社会”。[2]对于很多像灵兰这样的乡村妇女来说，宗教信仰是对她们不幸的婚姻与家庭生活的一种补偿，更是她们人生与心灵的重要寄托。明太爷的叙述则体现了宗教问题的复杂性，“我说，你问问老殿魁，当年立挺们是咋骗他的。老殿魁见人都说，我算认清了，印传单，连一分钱也没落着。倒是立挺们个个盖着大院子，吃美喝足。都是一帮坏货，坑你们这憨人哩。有鸡蛋拿鸡蛋，有粮食拿粮食，那时候多可怜，他们发财了，俺们算绝了。能人信主是发财哩，憨人傻子是送钱去哩”。[3]在这里，韩立挺的名字一闪而过，以他为代表的传教者、宗教活动组织者，被明太爷视为借此赚钱的投机分子。而他所宣扬的宗教信仰，在农村也不仅是精神领域的问题，更与实用主义、功利主义等现实问题相纠缠。韩立挺在这里并没有得到发声的机会，对于这样个

① 梁鸿：《中国在梁庄》，江苏人民出版社 2010 年版，第 185 页。

② 梁鸿：《中国在梁庄》，江苏人民出版社 2010 年版，第 182 页。

③ 梁鸿：《中国在梁庄》，江苏人民出版社 2010 年版，第 177 页。

体的人来说，他的“真实”人生、“真实”内心，恰恰是因为非虚构的“真实性”要求而被遮蔽了。

到了小说《四象》，梁鸿让韩立挺自己站出来说话。小说中的韩立挺是方圆几十里德高望重的韩长老，九十多岁时被乡亲关起来“每天报告、学习”，“他们问不出来了，他们就把我扔到后院。……他们把我扔到地窖里，没人给我送饭，没人再想起我”。[①]韩立挺一生难解的心结在于，在死亡和懦弱面前，他一次次背叛了主，“我的教堂被拆了，我没有再盖，我家里贴的对联是：花沐春雨艳，福依党恩生。……主啊，我一生中背叛了你无数次”。[②]在非虚构的世界中，韩立挺是透过他人的讲述而存在的，但在小说中，梁鸿尽可能构建她笔下人物的前世今生。在这里，梁鸿并不深究现实生活中农村宗教信仰的话题，也无意与那段改写了韩立挺晚年命运的历史相纠缠，她所着意的，是那个来源于真实生活，又在众口铄金的讲述中面目模糊的长老的精神世界。《四象》中的韩立挺固然不会受到梁庄的韩立挺的制约，但后者又确乎是前者孕育之初的一粒种子，这粒种子在小说中不断成长，一步步涨破了现实。小说《四象》

---

① 梁鸿：《四象》，花城出版社 2020 年版，第 24 页。

② 梁鸿：《四象》，花城出版社 2020 年版，第 98—99 页。

中，韩立挺的善良与卑微，他的强大与软弱，他被误解、被迫害的人生一一得以呈现，在这个意义上，小说不仅没有沦为现实的附庸，更抵达了非虚构无法触及的新的世界。

与之类似地，《出梁庄记》中的“算命者”贤义与《四象》中的韩孝先具有相似的特征，贤义外出打工受挫后自学《易经》，“一个农村青年追求现代梦来到城市，结果却在现代化的都市里操持了最古老最具传统色彩的职业，且获得了一定的生存空间”。[①]贤义的“整个房间基本上是一种混搭风格，政治的、宗教的、巫术的、世俗的，有些不协调。按通常的理解，它有点神神道道的，思路不清，可以说是乱七八糟。……但是，贤义是如此坦然，他的神情是如此明朗、开放，他对他的贫穷生活如此淡然，他对事情的独特超然理解，又使得这几种相互冲突的事物融洽地相处在一起”。[②]这些现代都市中神秘的“算命仙儿”，他们到底信仰什么？他们是在装腔作势、故作高深吗？他们与现实的、物质的世界保持着怎样的关系？《出梁庄记》中，我们很难通过贤义语焉不详甚至略有防备的叙述深入他的内心，但在《四象》的虚构世界中，年轻人韩孝先的故事

---

① 梁鸿：《出梁庄记》，花城出版社 2013 年版，第 83 页。

② 梁鸿：《出梁庄记》，花城出版社 2013 年版，第 84 页。

则帮助揭示了现实生活中贤义们的精神世界。

梁鸿善于捕捉现实生活中一闪而过的瞬间，经由想象的自由，将它们编织成血肉丰满的故事。她一方面对现实、对所谓“真实感”具有强烈兴趣，另一方面，又不仅仅受困于此，更热衷于探索、发现其中被掩盖的秘密。对于父亲梁光正的人生，女儿梁鸿一直有很多困惑。尤其是，在那个贫穷的、黄沙漫天的农村，为什么父亲却总是穿着一件柔软妥帖、一尘不染的白衬衫？小说《梁光正的光》正是由这不合时宜的白衬衫开始，如她所说，“这本书，唯有这件白衬衫是纯粹真实、未经虚构的。但是，你也可以说，所有的事情、人和书中出现的物品，又都是真实的。因为那些不可告人的秘密，相互的争吵索取，人性的光辉和晦暗，都由它而衍生出来。它们的真实感都附着在它身上”。[①]在小说创作中，梁鸿试图抵达的是非虚构难以触及的、幽深而晦暗的角落，她借此构建了纸上的故乡，重新审视了乡土中国那些平凡的、沉默的，却又形态万千的个体生命。也正是经由这两种不同的写作方式，梁鸿重新解答了虚构与真实这个古老的话题。

约翰·伯格曾以同题写作致敬本雅明的《讲故事的人》，

---

① 梁鸿：《梁光正的光·后记》，人民文学出版社 2017 年版，第 316 页。

同时也是对本雅明这一理论的重要补充。在他看来，一个村庄的故事，就是这里各种“闲话”的聚集，“如果没有这样一个自画像——‘闲话’是其素材——村子会被迫怀疑自身的存在。每个故事，以及对于每个故事的评论——它是故事被目击的证明——成就了这自画像，证实了村子的存在”。我愿意用“自画像”来比喻梁鸿的非虚构写作，它从内部话语出发为自身画像，也由此证明了现实的存在。但与此同时，约翰·伯格提醒我们，“作为他们自己群像的制作者，农民又是随性的，因为随性更符合真理：典礼和仪式只能支配部分真理。所有婚礼都是相似的，而每个婚姻是不同的。死亡走向每个人，而亡灵只能独悼。这就是真理”。[①]如果说，梁鸿的非虚构是从“闲话”中发现“故事”，由此勾勒一幅以梁庄为代表的现实乡村的素描，那么，她的小说则指向了“故事”无法抵达的角落，那些深藏在“相似的婚礼”背后的“不同的婚姻”，那些孤独的个体与他们守口如瓶的人生。

《扬子江文学评论》，2020年第5期

① ［英］约翰·伯格《讲故事的人》，翁海贞译，广西师范大学出版社2015年版，第28页。

研究资料索引

1. 研究论文

阎连科:《梁鸿：行走在现实与学理之间》,《当代作家评论》，2008年第5期，第122–124页。

张清华:《理性与“灵光”——简谈梁鸿的文学批评》,《南方文坛》，2009年第6期，第31–33页。

程光炜:《认识梁鸿》,《南方文坛》，2009年第6期，第34页。

周立民:《回首难寻来时路——〈梁庄〉阅读札记》,《南方文坛》，2011年第1期，第87–91页。

李云雷:《我们能否理解“故乡”?》,《南方文坛》，2011年第1期，第92–96页。

杨俊蕾:《复调下的精神寻绎与终结——兼谈〈梁庄〉的非虚构叙述旨向》,《南方文坛》，2011年第1期，第96–98页。

张新赞:《一个村庄的生与死——评〈中国在梁庄〉》,《中国图书评论》，2011年第6期，第54–58页。

邢小群:《多维视角里的乡村现实——谈〈中国在梁庄〉》,《名作欣赏》，2011年第19期，第113–116页。

马兵:《新世纪乡土文学的“常”与“变”》,《时代文学》，2011年第9期，第222–224页。

孟繁华:《怎样讲述当下中国的乡村故事——新世纪长篇小说中的乡村变革》,《天津社会科学》，2011年第5期，第122–130页。

岳雯:《怀乡者说》,《小说评论》, 2011年第6期，第4–10页。

刘颋:《从报告到对话》,《南方文坛》，2012年第1期，第110–111页。

霍俊明:《“非虚构写作”：从文学“松绑”到“当代”困窘》,《文艺争鸣》，2012年第1期，第115–119页。

刘颖:《怀想故乡——评〈中国在梁庄〉》,《书屋》2012年第3期，第83–86页。

傅修海、刘红娟:《“非虚构写作”漫议》,《文艺评论》，2012年第3期，第21–24页。

陈剑晖:《因为真实，所以感人——评《中国在梁庄》的成功与不足》,《文艺评论》，2012年第2期。

何弘:《中国新文学中的中原作家群》,《小说评论》，2012年第2期，第80–87页。

李敬泽:《寻找进入现实的路径》,《小说评论》，2012年第2期，第90–92页。

蒋进国:《非虚构写作：直面多重危机的文体变革》,《当代文坛》，2012年第3期，第84–87页。

雷达:《地气·人气·正气——谈谈我对当前文学发展的几点思考》,《文艺争鸣》，2012年第7期，第79–81页。

陈桃霞:《单向度的叙述——论〈中国在梁庄〉兼及叙事伦理》,《湖南科技学院学报》，2012年第9期，第48–51页。

张莉:《非虚构女性写作：一种新的女性叙事范式的生成》,《南方文坛》，2012年第5期，第43–48页。

何平:《行动者的写作》,《中国图书评论》，2012年第12期，第5–10页。

刘汀:《镜像里的中国》,《中国图书评论》，2012年第12期，第55–60页。

罗屿:《走出梁庄，却走不进城市》,《小康》，2013年第3期，第48–50页。

赵普光:《把根留住?》,《博览群书》,2013年03期，第85–88页。

张莉:《非虚构女性写作：新世纪女性写作的新成就》,《博览群书》，2013年03期，第5–10页。

卢艳芳:《论“非虚构”写作的特点及其在中国兴起的原

因——从“非虚构”写作作品谈起》,《新乡学院学报（社会科学版）》，2013年02期，第63–65页。

秦香丽:《从“非虚构”来看新世纪乡土文学的困境及出路——以梁鸿的〈中国在梁庄〉和〈梁庄在中国〉为例》,《创作与评论》，2013年08期，第31–34+39页。

吴长青:《重构非虚构》,《苏州科技学院学报（社会科学版）》，2013年03期，第36–41页。

李丹梦:《“非虚构”之“非”》,《小说评论》,2013年03期，第89–96页。

李冬雪:《梁庄新“影像”：进城农民的命运和表情》,《中国图书评论》，2013年06期，第97–101页。

林怿、慧远:《梁庄里的中国》,《工友》，2013年06期，第50–51页。

申霞艳:《“梁庄”与中国想象》,《文艺争鸣》，2013年07期，第87–93页。

郎毛:《梁庄：写实与寓言——〈出梁庄记〉读书札记》,《文艺争鸣》，2013年07期，第94–99页。

贺仲明:《如何让乡村说出自己的声音——读梁鸿〈中国在梁庄〉〈出梁庄记〉有感》,《文艺争鸣》，2013年07期，第100–104页。

房伟:《梁庄与中国：无法终结的记忆——评梁鸿的长篇非虚构文学〈出梁庄记〉》,《文艺争鸣》，2013年07期，第105-109页。

林秀琴:《“非虚构”写作：个体经验与公共经验的困窘》,《江西社会科学》，2013年11期，第78-83页。

谷亚光:《抒写隐形的中国——评梁鸿〈出梁庄记〉》,《社会科学论坛》，2013年12期，第238-243页。

杨庆祥:《出梁庄，见中国》,《当代作家评论》，2014年01期，第172-176页。

贾钊:《无法安放的的青春——读梁鸿〈出梁庄记〉》,《佳木斯教育学院学报》，2014年03期，第95-96页。

贺仲明:《论近年来乡土小说审美品格的嬗变》,《文学评论》，2014年03期，第135-142页。

郑迦文:《乡土的消失：当代文学中的乡土叙事》,《云南社会科学》，2014年03期，第186-188页。

罗小凤:《个人话语与公共话语的重新调解——“非虚构写作”的再思考》,《艺术广角》，2014年04期，第93-96页。

王全:《直面哀痛与乡愁》,《法制资讯》，2014年07期，第77-78页。

徐春浩:《文化心结的展示是“中原作家群”的心灵秘史》,

《名作欣赏》，2014年23期，第20–21页。

葛丽娅:《作为“他者”的农村形象——“非虚构”农村文本的写作之反思》,《河南师范大学学报（哲学社会科学版）》，2014年05期，第149–151页。

胡淼森:《让心灵回到故乡——读〈中国在梁庄〉》,《中国纪检监察》，2014年19期，第62页。

杨磊:《文学作为一种文化阐释机制：从非虚构到虚构》，《扬子江评论》，2014年05期，第87–91页。

葛丽娅:《非虚构的“梁庄”：文学与档案的双重解读》,《河南社会科学》，2014年09期，第108–110页。

吕晓洁:《乡土世界的美学重构》,《小说评论》，2014年06期，第165–169页。

任雅玲:《文学视域下的民间述史研究》,《当代作家评论》，2014年06期，第17–24页。

许俊莹:《“非虚构”文学的无力——从〈中国在梁庄〉说开去》,《九江学院学报（社会科学版）》，2014年04期，第94–97页。

刘剑梅:《探索“乡土中国”的学者》,《创作与评论》，2014年24期，第27–32页。

刘涛:《近年三种乡村叙事》,《南方文坛》，2015年01期，第98–104页。

叶君:《乡村荒野：想象与非虚构——从丁庄到梁庄》,《天津师范大学学报（社会科学版）》，2015年01期，第37–43页。

张丽军:《“梁庄书写”：当代乡土中国最深的乡愁》,《社会观察》，2015年02期，第70–72页。

叶君:《非虚构以及“看与被看”——论“梁庄系列”的叙述策略》,《文艺评论》，2015年05期，第53–59页。

李炎超:《新乡土世界的美学建构——新世纪河南女作家乡土小说分析》,《齐鲁学刊》，2015年04期，第156–160页。

马春光:《精神返乡与价值探寻——对〈二十四城记〉〈出梁庄记〉的互文性解读》,《温州大学学报（社会科学版）》，2015年04期，第105–110页。

李汝佳、陈小碧:《“非虚构写作”之〈梁庄〉对文学界的启示》,《写作（上旬刊）》，2015年08期，第32–35页。

叶君:《意识形态建构与乡村救赎——从〈中国在梁庄〉到〈生死十日谈〉》,《郑州师范教育》，2015年05期，第72–77页。

师力斌:《打开一座村庄呈现中国——读梁鸿〈中国在梁庄〉〈出梁庄记〉》,《当代作家评论》，2015年06期，第134–140页。

欧阳蒙、欧阳宁:《从“梁庄”出发的生命记忆》,《天中学刊》，2016年01期，第103–105页。

黄慧:《故园归去却无家：评梁鸿的梁庄系列》,《文学教育（上）》，2016年03期，第51–55页。

孟庆澍:《非虚构写作的几个理论问题——以“70后”作家为素材的札记》,《山东青年政治学院学报》，2016年02期，第1–5页。

由婧涵:《梁鸿非虚构写作的乡土关怀》,《文艺评论》，2016年03期，第18–20页。

吴雪丽:《寻找新的文学写作可能——论女性的“非虚构”书写与文学传统的对话》,《西华师范大学学报（哲学社会科学版）》，2016年02期，第148–154页。

王燕:《聚焦城镇人生的荒诞与神圣——评梁鸿的〈神圣家族〉》,《出版广角》，2016年04期，第86–87页。

武歆:《写随笔的梁鸿》,《文学自由谈》，2016年02期，第92–98页。

王大鹏、张丽军:《“吴镇”：现代性逻辑下的艺术幻象世界——论梁鸿的〈神圣家族〉》,《文艺评论》，2016年05期，第98–102页。

张丽军:《新世纪乡土中国现代性蜕变的痛苦灵魂——论梁鸿的〈中国在梁庄〉和〈出梁庄记〉》,《文学评论》，2016年03期，第72–80页。

小乙:《〈神圣家族〉：打开中国乡村和县城的样本》,《交通与港航》，2016年03期，第70–71页。

施幸子:《乡关何处——当代文学书写的空间意识与身份认同》,《内蒙古农业大学学报（社会科学版）》，2016年04期，第141–143页。

江梦洋:《近年来非虚构文学中的女性创作风貌》,《华北水利水电大学学报（社会科学版）》,2016年04期，第138–140页。

吕佳蒙:《“我”眼中的世界——论梁庄印象兼及非虚构文学的女性书写》,《名作欣赏》，2016年30期，第64–66页。

杜颖莹:《聚散与沉潜：知识分子的生存变迁之路》,《海南广播电视大学学报》，2016年04期，第8–15页。

张莉:《非虚构写作与想象乡土中国的方法——以〈妇女闲聊录〉〈中国在梁庄〉为例》,《文艺研究》，2016年06期，第14–22页。

周珉佳:《家族叙事的“笨拙”与“精巧”》,《小说评论》，2017年01期，第160–164页。

刘亚美:《“人”的价值追问——论〈梁庄〉的伦理叙事》,《开封教育学院学报》，2017年02期，第20–22页。

乐绍池:《意义感的坍塌，或小镇里的人生困境》,《上海文化》，2017年03期，第37–44页。

刘昌宇:《力透纸背的中国乡村拷问录——读梁鸿〈中国在梁庄〉》,《中国工人》，2017年04期，第75页。

吕永林:《非虚构写作的弹药和阵地》,《文艺评论》，2017年05期，第25–31页。

薛静:《大众文化语境下的“非虚构写作”》,《文艺评论》，2017年05期，第19–24页。

李国华:《非虚构文学的“真实”与形式》,《文艺评论》，2017年05期，第12–18页。

李志荣:《梁鸿〈神圣家族〉中的乡镇知识分子生存境遇研究》,《阴山学刊》，2017年03期，第45–48页。

谢玉明:《身边人的生活常态：在“回”与“出”之间游走》,《连云港师范高等专科学校学报》，2017年02期，第33–36+104页。

龚道臻:《“返乡体”非虚构写作的乡愁书写》,《汉江师范学院学报》，2017年04期，第44–49页。

王海涛:《困局·疏离·虚构——梁鸿〈神圣家族〉三题》,《小说评论》，2017年05期，第186–190页。

薛晓霞:《别样女性叙事范式的探索与建构》,《小说评论》，2017年05期，第172–175页。

黄德海:《真问题·拗生活·思想实验》,《上海文化》，2017年07期，第10–16页。

杜若松:《学者与作家“非虚构”写作的“异质同构”——从梁鸿、孙惠芬的两部新作的历史叙事说起》,《福建论坛(人文社会科学版)》,2018年01期,第124–129页。

禹权恒:《乡村挽歌与身份迷失》,《信阳师范学院学报(哲学社会科学版)》,2018年01期,第104–108页。

李广旭:《当下乡土中国写作的叙述策略一种——重读〈梁庄〉系列》,《名作欣赏》,2018年03期,第25–30页。

刘卓:《“非虚构”写作的特征及局限》,《文艺理论与批评》,2018年01期,第113–120页。

曹霞:《乡村书写与知识分子精神的重建》,《文艺理论与批评》,2018年01期,第108–112页。

李洱:《梁鸿之鸿》,《扬子江评论》,2018年01期,第34–36页。

王尧:《关于梁鸿的阅读札记》,《扬子江评论》,2018年01期,第29–33页。

徐洪军:《版本的修改与创伤的书写——从〈梁光正的光荣梦想〉到〈梁光正的光〉》,《小说评论》,2018年02期,第187–194页。

徐洪军:《在意义的追问中呈现反思、乡愁与创伤——论梁鸿的文学创作》,《百家评论》,2018年02期,第71–79页。

王豪:《想象父亲的方法：评梁鸿〈梁光正的光〉》,《安康学院学报》，2018年05期，第48–51页。

王杰:《有着知识分子气质的农民形象——梁光正的另一个世界》,《写作》，2018年06期，第28–31+33页。

张敏:《梁光正：新文学农民形象谱系中的“这一个”》,《写作》，2018年06期，第31–33页。

谢建文:《以“忏悔”与“救赎”的方式重返“梁庄”》,《写作》，2018年06期，第18–23页。

张东旭:《“光芒”何在？——论〈梁光正的光〉中的父亲形象》,《写作》，2018年06期，第26–28+33页。

李保森:《作为隐喻的“父辈”》,《写作》，2018年06期，第24–26+33页。

郭茜:《乡土荒野与都市图景——再读“梁庄系列”》,《襄阳职业技术学院学报》，2018年05期，第133–136页。

丁晓原:《非虚构文学：时代与文体的“互文”》,《东吴学术》，2018年05期，第42–49页。

吴雪丽:《“非虚构”女性书写：性别经验与乡村图景的重构——以梁鸿、孙惠芬、郑小琼的写作为考察对象》,《学术论坛》，2018年03期，第112–117页。

庞秀慧:《“返乡书写”的情感困境》,《扬子江评论》，2018

年04期，第60–67页。

廖四平、赵乐瑄:《光辉灿烂的梁光正——论梁鸿〈梁光正的光〉中的梁光正》,《当代文坛》,2018年04期，第125–128页。

张佳雨:《城市化发展中乡村传统文化的溃散》,《名作欣赏》，2018年21期，第132–133页。

王光利:《新世纪中国文学的非虚构写作》,《江西社会科学》，2019年02期，第147–153页。

姬亚楠:《梁鸿乡土书写中的农民身份认同问题研究》,《中州学刊》，2019年04期，第157–160页。

范楚蘅:《〈中国在梁庄〉话语形态分析》,《绵阳师范学院学报》，2019年06期，第120–123页。

邹建军、胡忠青:《“梁庄系列”中的“散点透视”》,《当代文坛》，2019年04期，第67–73页。

白鹤:《从〈故乡〉到〈梁庄〉: 知识分子变化的乡土情感》,《山东农业大学学报（社会科学版）》，2019年02期，第113–116+121+158页。

屈蓉:《触摸“看不见的阶层”——漫谈〈中国在梁庄〉中现代性书写》,《贵阳文史》，2019年04期，第91–94页。

范飞娇、王静:《论非虚构文学创作的“真实”》,《名作欣赏》，2019年20期，第77–80页。

阎海军:《“非虚构”写作的勃兴与趋向》,《长江文艺评论》，2019年04期，第39-43+26页。

王磊光:《论“非虚构”写作的发生机制》,《长江文艺评论》，2019年04期，第31-38+26页。

李萌:《非虚构文学的文学价值》,《河南广播电视大学学报》，2019年04期，第36-39页。

薛月兵、韩嘉敏:《浅谈“非虚构”写作的二重真实性》,《今传媒》，2019年09期，第136-139页。

孙元元:《在“坦白”与“沉默”之间——关于乡村非虚构叙事中的两重虚构》,《中国现代文学研究丛刊》，2019年11期，第168-180页。

姜汉西:《当代地域文学研究的困境与新的可能性——以21世纪“中原作家群”研究为例》,《地域文化研究》,2019年05期，第114-120+155-156页。

李泾荷:《论“梁庄”系列的农民主体性表达》,《文艺评论》2019年06期，第42-49页。

苏敏:《现实书写与精神还乡》,《小说评论》2019年06期，第140-145页。

付兰梅、李娜:《迷失与阵痛中的吾土吾民——梁鸿的“梁庄”系列作品解读》,《长春理工大学学报（社会科学版）》,

2019年06期，第134–138页。

廖四平、李丹:《光芒四射的〈梁光正的光〉》,《当代作家评论》2020年01期，第156–161页。

李雅妮、彭岚嘉:《〈四象〉之“象”与梁鸿的叙事突破》,《小说评论》，2020年02期，第132–138页。

王露佳:《精神与物质的双重困境——浅析〈出梁庄记〉》,《今古文创》2020年14期，第18–19页。

曹梦雨:《非虚构视野下的新乡土写作——以梁鸿作品为例》,《百家评论》，2020年02期，第120–130页。

樊奕萌:《〈梁光正的光〉中“光”的探究》,《济源职业技术学院学报》，2020年03期，第84–87页。

邱凤鸣:《梁鸿小说的底层书写》,《濮阳职业技术学院学报》，2020年03期，第93–96页。

曲宗厉:《“非虚构”作品多元叙事的可能性——〈中国在梁庄〉的叙事研究》,《百家评论》,2020年03期，第127–130页。

吴圣刚:《本省与“外省”：中原作家群的互渐与超越》,《河南大学学报（社会科学版）》，2020年05期，第89–95页。

丁子钧:《论〈四象〉的亡灵叙事与情感经纬》,《中州大学学报》，2020年03期，第24–27页。

刘家民:《俗世中“堂吉诃德”的精神之光》,《安康学院学报》，2020年03期，第57-61+70页。

刘杨:《问题意识与叙事问题——论梁鸿的梁庄书写》,《当代文坛》，2020年04期，第111-116页。

姜汉西:《非虚构写作的层次结构：从问题意识到正义精神——以梁鸿和乔叶的相关作品为考察中心》,《天府新论》，2020年04期，第143-149页。

谢尚发:《“非虚构写作”及其四个面相——以梁鸿、黄灯与阿列克谢耶维奇的创作为话题》,《中国当代文学研究》，2020年04期，第20-32页。

景兴燕:《〈中国在梁庄〉:“外来者”视域下的乡村想象》，陕西学前师范学院学报，2020年04期，第120-124页。

苟志和:《旷野中的“先知”——读梁鸿〈四象〉》,《上海文化》，2020年09期，第16-22页。

洪治纲:《论非虚构写作的反自律性及其局限》,《文艺理论研究》，2020年05期，第112-118页。

曹霞:《梁鸿的美学坐标：上升与拓展——以〈四象〉为论述中心》,《南方文坛》，2020年05期，第137-142页。

宋佳仪、潘家恩:《“重返”为何艰难？——论梁鸿返乡书写中的内在张力》,《南方文坛》，2020年05期，第143-148页。

行超:《“现实”作为种子——梁鸿〈四象〉及其他》,《扬子江评论》，2020年第5期，81-86页。

2. 学位论文

博士论文：

秦香丽：《移民文学视野下的农民工形象研究》，南京大学，2013年。

邓晓雨：《当代中国“非虚构”写作研究》，吉林大学，2017年。

宋学清：《“新乡土写作”的发生：新世纪长篇乡土小说研究》，东北师范大学，2018年。

段永建：《当代“中原作家群”灾难母题研究》，山东师范大学，2019年。

刘婧婧：《新世纪女性小说的超性别写作研究》，山东师范大学，2019年。

硕士论文：

刘亚美：《论“非虚构写作”〈梁庄〉的作者主体性》，广西师范学院，2013年。

徐慕旗：《新世纪中国文学中的非虚构写作——以〈人民文学〉“非虚构”专栏作品为例》，东北师范大学，2014年。

张小平:《非虚构——新世纪女性写作的转向与突围》，广西师范大学，2015年。

卢甬月:《新世纪以来“非虚构”文学的叙事研究——以〈人民文学〉“非虚构”专栏为主要个案》，安徽大学，2015年。

谢杉杉:《当代中国“非虚构”文学研究——以“梁庄”系列作品为例》，中国海洋大学，2015年。

王文涛:《华语文学传媒大奖视域下的70后作家》，延安大学，2015年。

叶露:《梁鸿非虚构文学创作研究》，三峡大学，2016年。

魏珊:《2010年以来中国“非虚构写作”研究》，西北师范大学，2016年。

陈瑞:《论新世纪以来河南作家的乡土写作》，南京师范大学，2016年。

郝娟菡:《20世纪90年代以来河南小说的“村庄”意象研究》，南京师范大学，2017年。

王坤:《〈人民文学〉“非虚构”专栏作品叙事学研究》，南京师范大学，2017年。

欧阳田:《乡关何处？——从“鄉”字探寻打工文学中的原乡困境》，南京师范大学，2017年。

徐文泰:《书写的“乡土”与乡土的“书写”——梁鸿非虚

构文学的突围与困境》，武汉大学，2017年。

梅周慧:《非虚构写作中的乡土叙事策略——以“梁庄系列”为例》，武汉大学，2017年。

任风梅:《新世纪中国“非虚构”文学现象研究——以〈人民文学〉“非虚构”专栏为例》，新疆师范大学，2017年。

张志娟:《梁鸿非虚构文学的乡土书写研究》，广西师范学院，2017年。

杨莎莎:《新世纪乡土文学中的家园书写——以梁鸿和孙惠芬的创作为例》，江西师范大学，2017年。

陈林:《重建文学与现实的联系——论新世纪“非虚构”写作》，浙江大学，2017年。

吴莎莎:《乡土的失落与现代性焦虑——新世纪乡土文学的“乡愁”叙事》，河北大学，2017年。

黄婷婷:《新世纪中国非虚构文学研究——以〈人民文学〉和〈收获〉为例》，江西师范大学，2017年。

鲍蕾:《新世纪70后女性写作中的日常化叙事研究》，西南民族大学，2018年。

孙元元:《纪实与虚构——论新世纪乡村非虚构叙事》，黑龙江大学，2018年。

周月惠:《新时期以来文学豫军笔下的河南人》，兰州大学，

2018年。

田裕娇:《新世纪“非虚构”文学中的中国图景——以〈人民文学〉“非虚构”专栏为例》，山东理工大学，2018年。

白娅:《梁鸿非虚构写作研究》，河南师范大学，2018年。

先敏:《中国当代非虚构文学场景建构研究——以〈人民文学〉非虚构专栏作品为例》，广西师范学院，2018年。

李家安:《“非虚构”写作论》，江西师范大学，2018年。

郑一梦:《新世纪乡土叙事中的城乡关系研究》，江西师范大学，2018年。

康绪红:《“非虚构”写作中的女性叙事研究——以〈人民文学〉专栏作品为例》，山东师范大学，2018年。

陈冰:《从非虚构到虚构——论梁鸿的乡村叙事》，黑龙江大学，2019年。

苏睿:《乡关何处——论新世纪返乡叙事》，黑龙江大学，2019年。

司茜:《底层“非虚构”叙事研究》，四川师范大学,2019年。

杜淑文:《“70后”作家小城镇书写研究》，辽宁大学，2019年。

余梦月:《“梁庄系列”与二十世纪二三十年代乡土文学比较研究》，武汉大学，2019年。

刘帅坷:《现代农民之女的心路历程——梁鸿双重视角的表意功能》，沈阳师范大学，2019年。

赵月:《非虚构文学中的人类学向度研究——以“人民文学非虚构奖”获奖作品为例》，贵州大学，2019年。

李超:《“神实主义”引论——阎连科文学观研究》，福建师范大学，2019年。

周春燕:《梁鸿“梁庄系列”中的“异乡人”分析》，山西师范大学，2019年。

袁雪:《新世纪“非虚构文学”创作研究——以〈人民文学〉系列作品为例》，山东师范大学，2019年。

谢腾飞:《“70后”长篇小说的抒情传统研究》，西北师范大学，2020年。

韩玥:《新世纪“批评家小说”现象探析》，山东大学，2020年。

3. 访谈

舒晋瑜:《乡村的疼痛》,《文学自由谈》，2011年第2期，第116–124页。

刘莉:《怎奈故乡变他乡？——梁鸿访谈》,《中国图书评论》，2011年第6期，59–63页。

师力斌:《文学呈现中国的一种方式》,《创作与评论》2014年第20期，第115–128+114页。

徐鹏远:《说农民爱土地是虚妄的——梁鸿访谈录》,《创作与评论》，2014年24期，第17–26页。

张丽军:《梁庄：乡土中国的现在与未来——梁鸿访谈录》，《百家评论》，2015年第2期，第39–56页。

邵丽、李敏、刘军等《“梁庄的堂吉诃德”——梁鸿作品对谈纪实》,《汉语言文学研究》，2018年第1期，第100–109页。

徐洪军:《梁鸿访谈录：我一直在努力回到个体的内心》，《南腔北调》，2018年第5期，第48–52+33页。

须一瓜、梁鸿:《尊重人性的复杂，是社会成熟的表现》，《北京日报》，2018–09–13。

何映宇:《梁鸿：梁庄是我生命中无法绕过的存在》,《新民周刊》2020年32期，第74–78页。

陈秋圆:《梁鸿：呈现生活的复杂度是作家的任务》,《小康》，2020年15期，第78–80页。

季亚娅:《女娲曾抛夫弃子吗?》,《思南文学选刊》，2020年第3期。

澎湃新闻:《让那些被遗忘的生命再活一次》，2020.04.10，澎湃新闻官方帐号，https://baijiahao.baidu.com/s？ id=16635454

22814125426&wfr=spider&for=pc。

刘鹏波:《在这个泛写作的时代，人人都可以成为作家》，中国作家网，http://www.chinawriter.com.cn/n1/2020/0426/c403994-31688336.html。

作家创作年表

1999 年

12月，论文《张爱玲小说家族人物模式初探》发表于《郑州大学学报（哲学社会科学版）》1999年第6期

12月，论文《性与族权——论〈白鹿原〉的性文化意蕴》发表于《河南师范大学学报（哲学社会科学版）》1999年第6期

2000 年

2月，论文《陈染、林白作品中的“性”世界》(与唐晓玲合作）发表于《东方艺术》2000年第2期

3月，论文《从性的成长史看女性的命运——试析李昂小说中的性意识》发表于《华文文学》2001年第3期

2002年

1月，论文《话语、权力和主体——关于后结构主义者福柯的理论分析》发表于《郴州师范高等专科学校学报》2002年第1期

8月，论文《论师陀作品的诗性思维——兼论中国现代乡土文学的两种诗性品格》发表于《中州学刊》2002年第4期

8月，论文《王朔：从“黑马”到“白马”的嬗变》发表于《北京社会科学》2002年第4期

10月，论文《“生命存在”的赞美诗——重读“三恋”兼谈王安忆的创作理念》发表于《青海社会科学》2002年第5期

10月，学术论著《巫婆的红筷子》，春风文艺出版社2002年10月版

11月，文学访谈《小说是一种想象的状态：著名作家阎连科访谈录》发表于《北京文学》2002年第11期

12月，论文《论中国20世纪小说家族主题的流变》发表于《郑州大学学报（哲学社会科学版）》2002年第6期

12月，论文《试论刘震云小说的闹剧冲动》发表于《河南社会科学》2002年第6期

2003年

1月，对话录《“中原突破”的陷阱——阎连科、梁鸿对话录》发表于《小说评论》2003年第1期

6月，论文《评王泉根著〈现代中国儿童文学主潮〉》发表于《北京师范大学学报（人文社会科学版）》2003年第3期

10月，论文《周大新小说论》发表于《小说评论》2003年第5期

10月，文论《中国现代文学与当代文化的发展》(李怡，王卫平，鲍国华，彭小燕，王翠艳，杜震，高俊林，孟庆树，李春雨人等）发表于《黄河》2003年第5期

2004年

3月，文论《一部“不可说”的小说》发表于《全国新书目》2004年第3期

4月，论文《所谓“中原突破”》发表于《文艺争鸣》2004年第2期

6月，论文《阎连科小说创作论》发表于《解放军艺术学院学报》2004年第3期

8月，论文《论刘震云小说的思维背景》发表于《中国青年政治学院学报》2004年第4期

8月，论文《论当代文艺的“外省意识”》发表于《文艺争鸣》2004年第4期

8月，论文《“革命浪漫主义”的怕和爱——从两个短篇看阎连科的小说追求》发表于《上海文学》2004年第8期

2005年

8月，论文《神话、庆典、暴力及其他——阎连科小说美学特征论》发表于《南方文坛》2005年第4期

12月，论文《韩剧：日常生活的诗性建构》发表于《理论与创作》2005年第6期

2006年

1月，论文《妥协的方言与沉默的世界：论〈受活〉兼谈一种语言精神》发表于《现代中国文化与文学》2006年第1期

10月，论文《当代文学视野中的“村庄”困境》发表于《文艺争鸣》2006年第5期

2007年

1月，论文《当代文学往何处去》发表于《文艺理论与批评》2007年第1期

1月，论文《“重返现实主义”与中国当代文学的发展》发表于《现代中国文化与文学》2007年第1期

3月，论文《“外省”：一个新的地域文学研究的理论视野》发表于《郑州大学学报（哲学社会科学版）》，被人大复印资料《中国现当代文学研究》2007年第2期转载

8月，论文《新的小说诗学的建构——李洱论》（与于新超，王军，吴秉杰，女真，刁斗，周景雷，韩春燕合作）发表于《当代作家评论》2007年第4期

10月，论文《“乡土中国”象征诗学的转换与超越》发表于《南方文坛》2007年第5期

10月，论文《阎连科长篇小说的叙事模式与美学策略——兼谈乡土文学的“现实主义之争”》发表于《当代作家评论》2007年第5期

12月，论文《从“外省”到“中心的边缘”》发表于《文艺争鸣》2007年第6期，《中国现代、当代文学研究》2007年第9期转载

12月，论文《新的小说诗学的建构》发表于《山花》2007年第6期

12月，论文《妥协的方言与沉默的世界——论阎连科小说语言兼谈一种写作精神》发表于《扬子江评论》2007年第6期

12月，文学访谈《在怀疑意识下的当代小说美学》发表于《上海文学》2007年第12期

2008年

1月，论文《大众文化视野中的学术与知识分子》（与王富仁合作）发表于《渤海大学学报：哲学社会科学版》2008年第1期

1月，论文《女性书写中“男性”角色的转换与象征——女性主体意识的发展与困境》（与周艳秋合作）发表于《长江师范学院学报》2008年第1期

3月，论文《从“声、色、气、味”说起——北方、南方与川地文学》发表于《红岩》2008年第2期

5月，文学对话《虚无与怀疑语境下的小说之变》（与李洱对话）发表于《当代作家评论》2008年第3期

5月，文学对话《百科全书式的小说叙事》发表于《西部》2008年第3期

5月，论文《“日常生活”的诗学命名与建构》发表于《渤海大学学报（哲学社会科学版）》2008年第3期

7月，论文《让“底层”离开文学》发表于《当代作家评论》2008年第4期

9月，论文《理性乌托邦与中产阶级化审美——对六十年代出生作家美学思想的整体考察》发表于《当代作家评论》2008年第5期

9月，论文《“灵光”消逝后的乡村叙事——从〈石榴树上结樱桃〉看当代乡土文学的美学裂变》发表于《当代作家评论》2008年第5期，人大复印资料《中国现代、当代文学研究》2008年第11期转载

9月，论文《悖离与游移：河南新文学的发生》发表于《渤海大学学报（哲学社会科学版）》2008年第5期

10月，论文《知识分子的庙堂之痛与民间之痒》发表于《文艺争鸣》2008年第10期

10月，论文《博尔赫斯有多远？——〈结局〉与八十年代“文学青年”的精神之旅》发表于《岁月·原创（上半月）》2008年第10期

10月，学术专著《外省笔记：20世纪河南文学》，社会科学文献出版社2008年10月版

11月，论文《现实的超越与回归：论〈丁庄梦〉兼谈乡土小说审美精神的困境》发表于《平顶山学院学报》2008年第6期

11月，论文《“温暖”有多暖：由〈推拿〉对一种写作美学的探讨》发表于《扬子江评论》2008年第6期

12月，论文《通往“底层”之路》发表于《上海文学》2008年第12期

2009年

1月，论文《世俗主义时代的“狂人”们》发表于《粤海风》2009年第1期

3月，论文《通往“底层”之路：对“底层写作”概念及批评倾向的反思》发表于《当代作家评论》2009年第2期

3月，论文《有体温的文学批评》发表于《南方文坛》2009年第2期

5月，论文《温暖有多暖——由〈推拿〉对一种写作美学的探讨》发表于《当代作家评论》2009年第3期

6月，论文《暧昧的“民间”：“断裂问卷”与90年代文学的转向：90年代文学现象考察之一》发表于《文艺争鸣》2009年第6期，人大复印资料《中国现代、当代文学研究》2009年第9期转载

6月，学术专著《“灵光”的消逝：当代文学叙事美学的嬗变》，文化艺术出版社2009年6月版

7月，论文《小城镇叙事、泛意识形态写作与不及物性：七十年代出生作家的美学思想考察》发表于《山花》2009年第

4期

9月，论文《“狂欢”话语考：大众文化的兴起与九十年代文学的发生》发表于《当代作家评论》2009年第5期

9月，文学对话《九十年代写作的难度》发表于《当代作家评论》2009年第5期

9月，论文《愤怒的颓废强大的虚无：朱文〈磅、盎司和肉〉赏析》发表于《名作欣赏》2009年第9期

10月，论文《王小波之死：90年代文学现象考察之二》发表于《文艺争鸣》2009年第10期，人大复印资料《中国现代、当代文学研究》2010年第5期转载

11月，论文《对“常识”的必要反对：当代文学“历史意识”的匮乏与美学误区》发表于《南方文坛》2009年第6期

11月，文论《迎向“灵光”消逝的年代》发表于《南方文坛》2009年第6期

11月，论文《那荒凉而又温馨的“圆形盆地”：周大新论》发表于《中国作家》2009年第21期

2010年

1月，论文《“中国生活”与“中国心灵”的探索者：读〈一句顶一万句〉》发表于《扬子江评论》2010年第1期

1月，文学对话《“发展主义”思维下的当代中国：阎连科访谈录》发表于《文化纵横》2010年第1期

5月，论文《程光炜：“知识—社会学”批评及其历史意识》发表于《当代作家评论》2010年第3期

9月，非虚构作品《梁庄》发表于《人民文学》2010年第9期，出版后更名为《中国在梁庄》

11月，非虚构作品《中国在梁庄》，江苏人民出版社2010年11月版

11月，论文《“玩笑”与“嬉闹”背后的中国镜像——读长篇小说〈哎嗨哟〉》发表于《当代作家评论》2010年第6期，人大复印资料《中国现代、当代文学研究》2011年第2期转载

2011年

1月，非虚构《中国在梁庄》摘录发表于《党政干部参考》2011年第1期

1月，《〈梁庄〉讨论会纪要》（与李云雷、杨庆祥、李遇春、黄平、聂伟、李丹梦、周立民、刘志荣、贺桂梅、刘颋、杨俊蕾、刘春等人）发表于《南方文坛》2011年第1期

3月，文论《寻找自我精神的依托地》发表于《南方文坛》2011年第2期

3月，文学论坛《大地行吟与历史书写》（与程光炜、杨庆祥、马俊杰、梁鸿、李建立、徐勇、杨晓帆、张炜等人）发表于《当代文坛》2011年第2期

3月，文学对话《乡村的疼痛》（与舒晋瑜对话）发表于《文学自由谈》2011年第2期

5月，论文《行走在大地的书写：读〈忆阿雅〉和〈曙光与暮色〉》发表于《理论与创作》2011年第3期

5月，非虚构《迷失"在故乡》发表于《新校园（阅读版）》2011年第5期

8月，非虚构《春梅：渴望"性福"的牺牲者》发表于《芳草》2011年第8期

9月，论文《回到语文学：文学批评的人文主义态度》发表于《南方文坛》2011年第5期

11月，文学对话笔记《消费时代与文学反思》（与傅小平、邓晓芒、徐友渔、沃尔夫冈·顾彬、汪涌豪、李浩、余泽民等人）发表于《南方文坛》2011年第6期

非虚构作品《中国在梁庄》，商务印书馆（香港）有限公司2011年版

2012年

3月，论文《中原作家的意义与可能性》发表于《小说评论》2012年第2期

4月，文学对话《短篇小说写作的现状与可能：以蒋一谈、劳马、邱华栋、阿乙为中心》(与杨庆祥、李洱、李云雷、房伟、霍俊明、周立民、张莉等人）发表于《作家》2012年第7期

5月，文学论坛《非虚构与虚构（上）》(与李洱、周立民、李云雷、霍俊明、张莉、房伟、杨庆祥等人）发表于《上海文学》2012年第3期

7月，论文《"乡土中国"：起源、生成与形态：以"世界史"的视野》发表于《上海文学》2012年第4期

7月，文学论坛《长篇小说的"中国化"及其他》(与李云雷、李洱、房伟、霍俊明、周立民、张莉、杨庆祥等人）发表于《作家》2012年第13期

8月，学术专著《新启蒙话语建构：〈受活〉与1990年代以来的文学和社会》，中国社会科学出版社2012年8月版

10月，文学对话《拆迁深处的人性真相：银川书博会〈拆楼记〉对话实录》(与乔叶、周大新）发表于《黄河文学》2012年第10期

12月，书评《一种谦卑的行动写作》发表于《中国图书评

论》2012年第12期

12月，非虚构作品《梁庄在中国》发表于《人民文学》2012年第12期，出单行本时改为《出梁庄记》

2013年

1月，非虚构作品《梁庄在中国（西安篇）》发表于《青春》2013年第1期

1月，创作谈《呼愁与哀痛》发表于《青春》2013年第1期

3月，论文《招魂、轮回与历史的开启——论〈受活〉的时间》发表于《当代作家评论》2013年第2期

3月，文学论坛《2012年新锐长篇小说七人谈》(与张莉、杨庆祥、房伟、霍俊明、周立民、李云雷等人）发表于《南方文坛》2013年第2期

3月，非虚构作品《出梁庄记》，花城出版社2013年3月版

4月，散文《让逆境变为一种奖赏》发表于《文苑》2013年第4期

6月，论文《“残缺之躯”：乡土中国的感性形象:〈受活〉的身体叙事》发表于《文艺争鸣》2013年第6期

7月，论文《对抗遗忘》发表于《文艺争鸣》2013年第7期

7月，论文《阎连科的“现实”与“主义”》发表于《中国作家》2013年第13期

9月，文学对话笔记《九十年代文学：从“断裂问卷”与〈集体作业〉谈起》(与李敬泽、吴义勤、施战军、邱华栋、程光炜、李洱等人)发表于《南方文坛》2013年第5期

9月，文学对话《莫言、诺奖及其他》(与房伟、张莉、霍俊明、周立民、李云雷、杨庆祥等人)发表于《山花》2013年第5期

9月，论文《阎连科文学年谱》(与蒋书丽合作)发表于《东吴学术》2013年第5期

9月，散文《寄语黄河》发表于《黄河文学》2013年第9期

9月，散文《每个人都不是孤岛》发表于《文苑》2013年第9期

10月，散文《这片土地上的陌生人》发表于《大学生》2013年第19期

11月，散文《呼愁与哀痛》发表于《文苑》2013年第11期

12月，论文《个体乌托邦的追求与困境》发表于《读书》2013年第12期

2014 年

1月，散文《历史与“我”的几个瞬间》发表于《天涯》2014年第1期

1月，杂文《陌生人》发表于《杂文选刊》2014年第1期

2月，书评《乡土中国日常生活的文化伦理学——论〈土地的黄昏〉》发表于《中国图书评论》2014年第2期

2月，非虚构《出梁庄记》发表于《东城》2014年第2期

4月，创作谈《艰难的“重返”》发表于《法制资讯》2014年第4期

4月，学术论著《巫婆的红筷子：阎连科、梁鸿对谈录》再版，漓江出版社2014年4月版

5月，散文《孤独少年的幻象与漫游》发表于《天涯》2014年第5期

6月，散文《梁庄：归来与离去》发表于《作品》2014年第6期

7月，论文《“后文革”时代的忏悔与生活》发表于《南方文坛》2014年第4期

7月，散文《童年的河流》发表于《视野》2014年第13期

8月，文学对话《仰仗“土地文化”：阎连科、梁鸿对谈录》发表于《书摘》2014年第8期

10月，论文《书斋与行走》发表于《中国现代文学研究丛刊》2014年第10期

10月，小说《漂流》发表于《上海文学》2014年第10期

10月，文学对话《文学呈现中国的一种方式》（与师力斌对话）发表于《创作与评论》2014年第20期

11月，论文《寻找自我精神的依托地》发表于《淮阴师范学院学报（哲学社会科学版）》2014年第6期

11月，小说《圣徒德泉》发表于《上海文学》2014年第11期

11月，小说《云下吴镇》发表于《上海文学》2014年第11期

12月，小说《许家亮盖屋》发表于《上海文学》2014年第12期

12月，论文《个体经验与历史意识的辩证存在："70后"作家三论》发表于《创作与评论》2014年第24期

2015年

1月，非虚构《出梁庄记（节选一）奔波》发表于《环境教育》2015年第1期

1月，小说《到第二条河去游泳》发表于《上海文学》2015年第1期

1月，小说《云下吴镇》发表于《上海文学》2015年第1期

1月，小说《“觅子”的歌唱》发表于《天涯》2015年第1期

1月，小说《美人彩虹》发表于《上海文学》2015年第2期

2月，散文《愤怒与烂漫之花》发表于《岁月》2015年第2期

2月，文学对话《梁庄：乡土中国的现在与未来——梁鸿访谈录》(与张丽军对话)发表于《百家评论》2015年第2期

3月，小说《肉头》发表于《上海文学》2015年第3期

3月，非虚构《出梁庄记（节选二）作假》发表于《环境教育》2015年第3期

3月，文学论坛《当代文学叙事中的代际差异》(与韩少功、孔见、张莉、王雁翎、刘庆邦、徐晨亮、沈苇、李少君等人)发表于《天涯》2015年第3期

3月，非虚构作品集《历史与我的瞬间》，上海文艺出版社2015年3月版

4月，小说《杨凤喜》发表于《上海文学》2015年第4期

4月，非虚构《出梁庄记（节选三）生计》发表于《环境教育》2015年第4期

5月，论文《鲁敏之痛》发表于《扬子江评论》2015年第5期

5月，非虚构《出梁庄记（节选四）入伙》发表于《环境教育》2015年第5期

6月，非虚构《出梁庄记（节选五）相亲》发表于《环境教育》2015年第6期

6月，文论《历史与我的瞬间》发表于《书城》2015年第6期

7月，文学作品《一朵发光的云在吴镇上空移动》发表于《上海文学》2015年第7期

7月，非虚构作品《出梁庄记（节选六）创业》发表于《环境教育》2015年第7期

8月，非虚构作品《出梁庄记（节选七）机器人》发表于《环境教育》2015年第8期

8月，小说《明亮的忧伤》发表于《上海文学》2015年第8期

8月，文论《如何重返现实：从“梁庄”到“吴镇”》发表于《商周刊》2015年第8期

9月，非虚构作品《好人蓝伟》发表于《上海文学》2015年第9期

9月，非虚构作品《出梁庄记（节选八）凤凰男》发表于《环境教育》2015年第9期

9月，文学对话《回望出生地》(与田春雨)发表于《大学生》2015年第11期

10月，创作谈《文学如何重返现实——从“梁庄”到“吴镇”》发表于《名作欣赏》2015年第34期

10月，非虚构作品《出梁庄记（节选九）狐狸精》发表于《环境教育》2015年第10期

11月，非虚构作品《出梁庄记（节选十）外地人》发表于《环境教育》2015年第11期

2016年

1月，非虚构作品《出梁庄记(节选十二)忧伤》发表于《环境教育》2016年第1期

1月，学术专著《“灵光”的消逝：当代文学叙事美学的嬗变》再版，中信出版集团2016年1月版

3月，文论《作为神话和故乡的南阳》发表于《人民文学》2016年第3期

3月，文论《愤怒与烂漫之花——评玄武散文〈温小刀〉》发表于《名作欣赏》2016年07期

4月，文学论坛《到第二条河去游泳——从“梁庄”到“吴镇”》(与李洱、黄德海、项静、饶翔、张丽军等人)发表于《南

方文坛》2016年第4期

5月，文论《我们的命是这么土》发表于《新城乡》2016年第5期

6月，论文《作为方法论的和美学的“王小波”——从房伟的“王小波研究”谈起》发表于《创作与评论》2016年第6期

6月，论文《重新发现当代乡村的“生活实感”——穿越鲁迅的思想幽光》发表于《探索与争鸣》2016年06期

6月，学术专著《作为方法的“乡愁”:〈受活〉与中国想象》，中信出版集团股份有限公司2016年6月版

7月，出版学术论文集《“70后”批评家文丛：梁鸿卷》，陈思和、周明全主编，云南人民出版社

7月，文论《亡灵在大地游荡》发表于《文汇报》2016-7-18

9月，书评《“土”是一种世界观——读袁凌〈我们的命是这么土〉》发表于《农家书屋》2016年第9期

9月，论文《拿来主义与文化主体性：鲁迅传统中的中国与世界：纪念鲁迅诞辰135周年暨逝世80周年（上）》人大复印资料《中国现代、当代文学研究》2016年第9期转载

11月，非虚构作品《中国在梁庄：当代作家与她的故乡》再版，北京：台海出版社2016年11月版

12月，小说集《神圣家族》，中信出版集团股份有限公司2016年12月版

2017年

1月，论文《我的批评观》发表于《当代作家评论》2017年第1期

2月，论文《“灵光”的消逝：当代文学叙事美学的嬗变》发表于《文学自由谈》2017年第2期

3月，论文《遗失的身体、语言和镜像中国——〈青鸟故事集〉及其他》发表于《南方文坛》2017年第4期

4月，文论《自然、肉身与现代文明的处境》发表于《文艺报》2017-04-21

7月，论文《黑洞与灰烬》发表于《文艺争鸣》2017年第7期

9月，论文《作为“知识”和“文学”的批评》发表于《当代作家评论》2017年第5期

9月，长篇小说《梁光正的光荣梦想》发表于《当代》2017年第5期

10月，长篇小说《梁光正的光荣梦想》改名为《梁光正的光》，人民文学出版社2017年10月版

11月，文学论坛《城市化进程中的中国文学到底何为?》（与陈仓、葛水平、李浩、付秀莹、乔叶、石一枫、黄孝阳、朱山坡、弋舟、大解等人）发表于《江南》2017年第6期

12月,《闪光的白衬衫》发表于《河北日报》2017-12-01

2018年

1月，文论《杯中的北欧天空》发表于《天涯》2018年第1期

1月，论文《爱的形式》发表于《扬子江评论》2018年第1期

1月，文学对话《“梁庄的堂吉诃德”——梁鸿作品对谈纪实》(与邵丽、李敏、刘军等人）发表于《汉语言文学研究》2018年第1期

2月，散文《到底能走多远》发表于《十月》2018年第2期

2月，散文《父亲的白衬衫》发表于《小品文选刊》2018年第2期

4月，文论《非虚构写作的“故事”》发表于《青年作家》2018年第4期

5月，小说《梁光正的光》发表于《华北电业》2018年第5期

5月，访谈《梁鸿访谈录：我一直在努力回到个体的内心》（与徐洪军）发表于《南腔北调》2018年第5期

8月,《在生长中彼此塑造》，梁鸿、石一枫发表于《文艺报》2018-08-29

9月，文论《改革开放文学四十年：非虚构文学的兴起及辨析》发表于《江苏社会科学》2018-09-10

9月，文学对话《尊重人性的复杂，是社会成熟的表现》，须一瓜、梁鸿，发表于《北京日报》2018-09-13

12月,《世相中的生活百态和人性矛盾》发表于《文艺报》2018-12-12

2019 年

10月,《不断开拓新的文学空间》发表于《文艺报》2019-10-23

10月，长篇小说《四象》发表于《花城》2019年第5期

2020 年

1月,《这世界上所有人的姐姐》发表于《文艺报》2020-01-10

3月，短篇小说《迷失》发表于《天涯》

4月,《他们是我们的一部分》发表于《文艺报》2020-04-29

7月,《女娲曾抛夫弃子吗?——梁鸿、季亚娅对谈》发表于《思南文学选刊》第3期

后　记

这套“当代河南女作家研究资料汇编”系列丛书分为五本，包括:《当代河南女作家研究资料汇编　何向阳卷》《当代河南女作家研究资料汇编　邵丽卷》《当代河南女作家研究资料汇编　梁鸿卷》《当代河南女作家研究资料汇编　乔叶卷》《当代河南女作家研究资料汇编　计文君卷》。为全面而完整地呈现这些作家的创作及研究样貌，每本书二十余万字，分为六部分：作家作品选、作家创作谈、对谈、研究论文、研究资料索引、作家创作年表。

作为资料选编，我们的工作主要致力于对21世纪以来的河南女作家——何向阳、邵丽、梁鸿、乔叶、计文君的研究论文进行收集、汇编。在我的构想里，这些研究资料的编纂是构成当代河南女性文学发展史的重要部分，尝试呈现河南女性文学的发展脉络。我所期待的是，这套资料汇编能尽可能兼容并包，众语喧哗，为河南女性文学发展提供丰富翔实而深具学术品质的参考。

特别致谢五位青年批评家——行超、李馨、杨毅、马思钰、张天宇，作为每本研究资料的副主编，他们承担了研究资料的基础搜集和整理工作，而具体篇目的选定，则由我和他们分别商量、讨论定稿。

感谢河南省文联、河南作家协会的资助。感谢五位作家何向阳、邵丽、梁鸿、乔叶、计文君的作品授权。感谢责任编辑韩晓征、李婧婧、张小彩、窦玉帅及北京十月文艺出版社，没有他们的工作，就没有这个系列研究资料的问世。

张莉

2021年6月9日

图书在版编目 (CIP) 数据

当代河南女作家研究资料汇编. 梁鸿卷 / 张莉，行超主编. -- 北京 : 北京十月文艺出版社，2021.9
ISBN 978-7-5302-2164-8

Ⅰ. ①当… Ⅱ. ①张… ②行… Ⅲ. ①梁鸿—文学研究②梁鸿—人物研究 Ⅳ. ①I206.7 ②K825.6

中国版本图书馆 CIP 数据核字 (2021) 第 117785 号

当代河南女作家研究资料汇编　梁鸿卷
DANGDAI HENAN NÜ ZUOJIA YANJIU ZILIAO HUIBIAN　LIANGHONG JUAN
张莉　行超　主编

出　　版　北 京 出 版 集 团
　　　　　北京十月文艺出版社
地　　址　北京北三环中路 6 号
邮　　编　100120
网　　址　www.bph.com.cn
发　　行　新经典发行有限公司
　　　　　电话（010）68423599
经　　销　新华书店
印　　刷　北京盛通印刷股份有限公司
版　　次　2021 年 9 月第 1 版
　　　　　2021 年 9 月第 1 次印刷
开　　本　850 毫米 ×1168 毫米　1/32
印　　张　15.25
字　　数　260 千字
书　　号　ISBN 978-7-5302-2164-8
定　　价　55.00 元
质量监督电话　010-58572393
如有印装质量问题，由本社负责调换。